漫步

海 平——著

STROLLING
ACROSS
THE
ATLANTIC
OCEAN

中国旅游出版社

序

新年伊始，我踏上了一次环球之旅。

精心准备了近一年的时间后，终于可以登上地中海邮轮公司的“诗歌”号邮轮，进行一趟环球航行了。我将在船上生活 121 天，过足航海生活的瘾头。如此长久时间的越洋航行，是我有生以来第一次，心中自然早有几分热切的期盼向往。想想，怕是连通常跑船的海员也难以遇到这样的机会，因此异常珍惜。

“诗歌”号邮轮，将从地中海的意大利热那亚启航，行经法国的普罗旺斯、马赛，西班牙的巴塞罗那、帕尔马，意大利的西西里，还有马耳他、塞浦路斯、以色列、埃及、约旦、沙特等国后，穿行苏伊士运河，再经红海进印度洋。

邮轮在印度洋上，将由北向南沿非洲东海岸航行，到达非洲东岸的肯尼亚，再续航南下，经坦桑尼亚、塞舌尔、毛里求斯、莫桑比克、马达加斯加，至南非，绕行好望角，到达纳米比亚。

“诗歌”号邮轮将在南部非洲的纳米比亚那里掉转船头，向西横穿大西洋，经圣赫勒拿岛的詹姆斯敦港，到达南美洲巴西的里约热内卢港。未来的 3 月初，邮轮将在辽阔的巴西水域恋栈半个月，经港口城市萨尔瓦多、贝勒母、法赞迪尼亚，再逆流而上，直抵亚马孙河上游的玛瑙斯市。到达玛瑙斯后，我将参加心仪已久的亚马孙雨林探险活动，切身感受其魅力。

自巴西亚马孙河流域返回大西洋后，邮轮将进入加勒比海。在东加勒比，“诗歌”号将经停巴巴多斯、圣卢西亚、马提尼克、多米尼加、巴哈马一众岛国，于 3 月末到达美国佛罗里达州的迈阿密。然后沿美国东海岸继续北上，到达纽约、纽波特。再北上进入加拿大，经哈利法克斯、悉尼、夏洛特敦、魁北克、蒙特利尔，然后再返回北大西洋，去格陵兰的努克，冰岛的伊萨夫约尔、雷克雅未克。

这时候已经到了 4 月下旬，“诗歌”号终将掉转船头南下，从北大西洋驶入爱尔兰海峡，到达英国。经贝尔法斯特、利物浦、南安普顿，再入英吉利海峡。然后在法国的勒阿弗尔、荷兰的艾默伊登各做停泊。最后到达德国的瓦尔内明德港——此次环球航行的终点。

这次四个多月的环球航行，绕行四大洲，续航 6 万余千米，经停 27 个国家和 62 处港口城市，是我这一生中历时最多、行程最长的旅行。

早在出行一年前，我们就开始办理签证等一应事务。动身也在年末岁尾，提前就从海南岛登程出发。记得那时候正是冬季，从海口登机，经停珠海，气候还算温和。到了北京，已感到数九隆冬、滴水成冰的寒冷。电视节目里，正报道北国冰城哈尔滨的新闻，说是勇敢的南方“小土豆”们，不惧严寒纷纷赶过去，欢天喜地过冰雪节。

几天后，飞往荷兰的阿姆斯特丹，再转飞到了意大利的热那亚。这里是我们集合的出发地，也是登上邮轮的启航港。头一次在冬季来到意大利，没想到地中海这里竟是温暖如春，明日高照，金色阳光纷呈，铿锵作响。

天连海，海连天，满世界里充盈饱满，纯净通透，通通是无穷无尽的蔚蓝色。登上这 10 万吨巨轮的船桥，极目远眺，寻得到那条天海间的际

线。它上面辽阔的晴朗天空，蓝得脆薄，里面好像特意藏着无限的秘密。天际下面的大海，延宕向无尽的远方，颜色倒是蓝得深厚，隐隐悬浮了无限的生机。我的目光，远近上下扫视，和那天海一线无数次相探相拥，心里像是一下子年轻了二十岁。稍许，我轻轻地摇了摇头，笑着叹了一口气，只一心祈告上天："让自己身心尽浸在这无边无沿的蓝色中，心无旁骛，随大船去漂泊世界。"

我将在"诗歌"号邮轮上，度过我舒心恣意的蓝色日子。未及启航，我已经猜到，未来那些日子里，每天金光碧海，航程壮丽。当然也会有紧张疲惫，风雨飘摇。航海生活嘛，所居本来也是地球上最汹涌、最风雷激荡的海洋。

我也预料着，四个月过后，当我从"诗歌"号上最后登陆，向大海挥手告别的时候，我一定收获了比金子还宝贵的经验，那些亲身经历过的蓝色日子里，一定变化多端，非同寻常。自己的生命被注入了航海百日的激素，应该像重新被锻造了一炉，更新了一回。我这一路上，可是要详细做笔记，再花费相应的时间精力，认真整理，到头来自然成一本真实的游记。已经是随心所欲的年纪，还能有一篇崭新的岁月来读，让人心安理得，又兴奋不已。

再历时一年，杀青了手稿。这书献给我的家，给我的妻、女和外孙。不是她们全力地支持着我大步流星往前走，这次环球旅游怕也只能是望洋兴叹，画饼充饥。

眼看邮轮临行之际，中东地区登时局势多变，危险系数大大增加。苏伊士运河几乎停运，我们的航程未及启动，就不得不做出了重大的改变。"诗歌"号的航线，变成了从地中海向西，出直布罗陀，进大西洋，再一路南下，沿安全的非洲西海岸航行。眼看着的环球航行，就变成了环大西洋航行了。航行的线路变了，可航行的时间未变，仍是 121 天。

邮轮将在大西洋上环行，我在船上每天散步。我最喜欢"诗歌"号的顶层甲板，上面势高纵览，没有碍眼的地儿。我的目光自由随意，饱览无余。船行 6 万多千米，环行大西洋。我在船上也走了一百多万步，随船漫步大西洋。

所有行程中靠岸落脚的景点，我们都上岸登陆，一一游览，这大概又是几百千米的陆上行程。遇到特殊的境地，我们还执意参加了深入的探险行程，如深入亚马孙丛林。因为参与了这次丛林行动，船长颁给我们“亚马孙探险家”证书。漫步大西洋，于我乃是一生难得的经历，这让我热情高涨，一路上积极观察，认真思考，仔细清点了我所珍视的收获。

我没按时间，像日记那样逐天地写这一路的故事。我看重那些经历过的城市，那些地球上有历史有文化的人类活动坐标。我依着它们写，写那些城市和城市里的人。

我提醒自己，可别写成各处的地方志，更别写成旅游攻略一类的册子。我坚定地挥动着自己的笔，盯住那些历史文化的符号思考，写我眼睛里所见的活气儿，写真实新鲜的事物，写那一路上意料之中和出乎意料的人性显现。至于我是不是有那火眼金睛般的透彻和心手一致的描写本领？那就拜托我亲爱的读者，最后给打个评分了。

我像征战过一番的士兵，披着双肩的硝烟味，平心静气地坐在自己安全静谧的小房子里，书写自己刚刚度过的漫步大西洋经历。

海平

2024 年 5 月 22 日于海南海口

目录 Contents

01 | 亚洲至欧洲启程

02 | 地中海沿岸航行

03 | 大西洋跨洋航行

04 | 加勒比海环游

05 | 北美与北大西洋航行

01

亚洲至欧洲启程

启航：从北京至阿姆斯特丹的序曲

还有几天就到新年，正是2023年的12月27日。

海南岛的天气，突然逞疯般地热起来。两天前还是不到10摄氏度的低温，眼下温度计上那根红线，就突然跳高似的蹦上去一截子，达到了零上25摄氏度。好家伙！这气温可都赶上北方夏天了。前几天穿上身的厚衣物，眼看着就捂得人大汗淋漓。

热是热点儿，可对于出门在外的人来说，倒是好事，少穿少戴，轻手利脚。再者这晴天白日，温暖如春，让人心绪畅然，几乎都能哼着歌儿上路登程。

和家人事先商定，提前出发，赶早不赶晚。环球旅行，咱更得小心谨慎，一丝马虎不得，按时准备行装，进入状态。早一天即从三亚驾车赶往海口，车子在“椰梦长廊”里缓缓穿行，车窗外十几米就是平静的三亚湾。时近新年，海水清清静静，蓝得发绿。早晨的阳光，在细碎的海浪上跳跃，像洒下了一片金沙。不一会儿，车子就驶上了西线高速公路，路间隔离带上的海南三角梅开得盎然，弥漫深紫的颜色招展在路中央，成了漂亮颤动的花墙，像是在和我挥手再见。

第二天，在海口，晨起八时离家，由女儿开车相送至机场。一切顺利，准时飞赴珠海。

原本印象中，珠海机场规整洁净，但规模不大。与和它相近的广州、深圳机场比起来，甚至有点袖珍。而且一天里头，也没有一两趟航班。在以前，有时候去香港办事，返程常常选走澳门、珠海。主要是珠海那里有大型免税商店，就设在拱北口岸上，热热闹闹，很是红火。我们总会在那里买上免税的两大瓶威士忌，再加上一条中华烟，或是一盒真正的南美雪茄，以待赠送亲友。

其实我老早就已经不喝酒，也不吸烟了。可心中理解烟酒人的喜好，买这些是因为相信免税烟酒都是些真家伙，远比那些街店里的东西可靠。商品经由国家海关进入市场，当然不会让人上当受骗，入手了假货。买这些免税商品做礼物送亲朋，自己心中有底。何况这烟酒的价格，因为免税，还大约便宜了三五成。

当年的珠海机场，常常作为我返回海南的必经之路。想起那时候，这里真就松松散散没多少人，看上去十分清静。事隔才几年，如今的珠海机场，已经建设得很有气势。从宽敞的窗玻璃看出去，能见到远处众多正在施工的大型工程。机场里往来的航班，明显增多了不少。不大一会儿的工夫，就有大型客机，发出呼啸的声响，拔地而起。

我们搭乘的山东航空公司航班，在这里停降。看样子是接了华南一带的乘客，在珠海集中，然后一起飞往北京。眼看着珠海有大布局上的发展，猜想未来一定是为大湾区的客流疏散，发挥相当的作用。

下午 3 时再起飞，6 时 30 分在首都机场降落，算是完成了国内这一段的旅程。接着就是从北京飞抵荷兰的阿姆斯特丹，再转机飞意大利的热那亚。在那里等待登上地中海邮轮公司的“诗歌”号环球邮轮，开启航程了。

北京很冷，零下 12 摄氏度。打机场里出来，从亚热带海南的 26 摄氏

度，一下子降温 30 多摄氏度。刚一出航站楼，低温寒气打透了衣裤，浑身一抖，心都揪起来。赶紧钻进女儿预定的网约车，直驶向 20 分钟车程的亚朵酒店。打车窗看出去，街角路边，些许残雪薄冰。零星灯光闪烁，点点商家，还算能从一众街边建筑中看得出来。但没见有大城市里欢度新年的氛围，大多的街道建筑也没亮起灯光，夜色中昏暗冷凝，实在没有几分海南那样的热闹。向开车师傅打问，说是上面有规定，新年期间不得燃放爆竹烟花。

我们所看到的是机场一带的实情。想那北京城里，是个什么样子，也不得而知。应该是一番辉煌宏大、人气冲天的架势吧。

折腾了一天，在酒店住下，收拾洗漱，已是晚上 8 点，顿感腹中饥饿，原来一天里也没怎么吃东西了。如今的航班，好些都不供应饭食，不知是个什么新规矩。飞机上只是发个小袋的坚果，或是不新鲜的小面包一类。偕老妻转出酒店，找吃喝填肚。暗夜中寒风刺骨，更觉腹中空涩。

抬眼就见到，隔壁相隔没几家，标着“川野”字样招牌的食店。推门而入，热气扑面，满眼睛里都是鲜艳的色彩，满鼻了里都是热乎食物的香味儿。脚下不由得就停步不动，像被施了定身法。刚把眼镜擦了清爽，有胖乎乎的小伙子，魔术般滴流滴流转到了眼前，脸上堆笑，嘴上打招呼：“叔儿，来点儿热乎的？”

这一声“叔儿”，叫得人心花怒放，情暖如春，帮我们两个老家伙抖去了浑身的寒意。这“叔儿”，是老北京地道的尊称，别的地儿都不这样招呼人。听着就是暖心，毫不犹豫留下来，吃上一餐热乎饭菜，以解整天旅途的困顿饥渴。

胖小伙经理，接下来还是一口京腔，向我们介绍膳食。热情、耐心、细致，稍有啰唆。这家“川野”经营日式火锅，是那种小巧精致的单人份小锅。看那小锅里面，汤头微微翻滚，呈透明酱色，上面漂浮了些许金针菇、香蘑片一类，相信也调定了滋味。想起来，曾被女儿和外孙女相逼着尝过这新式的小火锅，知道那里是一股酱汤味儿，而且明显发甜。咧咧嘴

犹豫三秒，还是为小胖经理的热心所感动，实实在在坐稳了屁股，一心等开饭了。小火锅咕嘟咕嘟，沸腾不断，下锅的各种配菜也就陆续上来。别的也没什么特殊，倒是那一盘牛肉鲜红惹眼。大筷子夹了涮下去，薄肉片儿一打卷儿，就捞上来沾了蘸料入口，大快朵颐，嫩牛肉鲜、香、烫，汁水充盈，滋味饱满。两口下去，就把一日间的奔波疲惫一扫而光。好肉！一时吃得性起，再向小胖讨加两份鲜牛肉过瘾。

一顿小火锅涮定，小胖经理始终笑意盈盈，殷勤热情。临出门告辞，还热情相邀，望再来吃肉。好一位小胖经理，心地和善，懂得待客之道，为我们两个老人带来了心灵的温暖，也为他自己的生意添彩。打心里祝福小胖，愿他买卖兴隆，健康快乐。

房间恒温，睡眠舒适。次晨 7 时早起，吃酒店里的自助餐。那早餐制作的手艺不行，虽说鱼、肉、蛋、奶都不缺，可大多凉硬。让人感觉着，这酒店的早餐，好像就是把各种能吃的食物在柜台上简单码齐了，便可大呼开饭，随捡随拿而已。想来，那台子上的食物，也都是时下流行的“预制”菜肴吧？

饭后电话联系了网约车，左等右等，来车迟到了 17 分钟。开车师傅来话儿，问我们能否搬着行李赶到大马路边儿上去。当时天都没亮，应该没堵车，不知这师傅可是个什么意思？我们说：“两个老人，都是年过七十，实在没办法搬着几只大箱子行李赶到百米之外的大路边，还是您开过来吧。”

司机无言，再迟 5 分钟赶到。车却又不靠在这酒店大厅的门前，倒停在相隔 20 米开外的空处。他人又不下车，只是按动开关，把车子后备厢开了一道缝儿。我们两个连推带拖，气喘吁吁，折腾了小一阵子，总算是把两个大箱子好不容易放到后备厢里。

我们坐进车里，问他为什么不帮我们弄弄行李？坐在驾驶位置上的那位胖胖的中年人，似乎不屑于开口和我们说话，只是一味驾车前行。车里果然微暖，和外面清晨的天寒地冻，简直冰火两重天。胖司机或许怕冷，

才不肯下车相助。

京城的胖司机，把我们载到国际航站楼前，停下来的时候，宁可一直坐在车上，却不肯下车帮我们卸下行李。我们只好再次自己动手，又“哈哧哈哧”再大喘上一回。

眼前就是国际出发大厅，回头看看一溜烟跑走了的网约车，心里别有一番滋味。说来也是巧，昨儿有幸得遇“川野”的好小胖，难得让人燃起热情真心。今儿立马就来个对等，虽说又让你得遇一胖，可此胖非彼胖，一副嘴脸冷若冰霜，万难动动手脚，懒到家的德行。两下对比，让人怀疑人生，人果真就善恶两分，正邪难辨？这京畿重地，怎么就永远少不了些个装模作样的人才。

机场里有些冷清，猜着是来早了。眼看十个八个远航的乘客，一副留学生模样，在检票柜台前静候，等着办理登机牌。时过漫长，一直到了8点40分左右，才见身着机场制服的工作人员赶过来。打头的是一位年轻小妹，她身强体壮，手脚麻利，先在柜台上“乒乒乓乓”归整打理一番。然后是那些漂亮的男女闪亮登场，接待早就排好队伍，候了一个半小时的乘客。

得遇机场工作人员接办，详细询问，仔细登记。排定了转机两趟登机牌，先是从北京飞抵荷兰的阿姆斯特丹，第二天再从阿姆斯特丹飞抵意大利的热那亚。女士还认真告诉我们，如何托运行李，怎样通过安检和海关等事项。

临登机，又有检票的工作人员，见我们老弱残兵的样子，不由动了恻隐之心，帮我们改了座位号码，给调整到经济舱的第一排座位上去，说这里要比别处宽敞许多，可以不时活动活动胳膊腿儿。这可是令人感激不尽的好事，因为自己年岁较大，腰椎又不好。老妻原本要替我升舱，到前边的商务舱里就座，图着一路长途飞行，减少些疲累。可到头来，升舱的票却又卖光了。年轻的工作人员，为没有升舱票表示抱歉，同时帮我们改成

了第一排的座位。这我们有经验，第一排能伸直腿儿，坐着相当舒适。因此，心下嘴上不胜感激。

在飞机上坐定，看看时间，航班已经晚点了 40 分钟。旁边的一位金发碧眼的外国青年，和我们搭讪，他用准确的中文告诉说："别担心，这点时间对于他们来说，简直就是张飞吃豆芽，小菜一碟。这大型的客机飞行员，在飞行途中，不费吹灰之力，就能加速把延误的时间赶回来。"

可爱的小老外，看来在北京练就了一口标准的京片子，说话间的神情甚至姿态都和我们没什么差异，说得我们都不由得笑了。

大型波音客机，轰鸣着加速前冲，接着就拔地而起，升腾到空中。不大一会儿，再飞平了机身，一路向西。我根据飞行的方向，大致能判定，眼下的航程是经内蒙古、新疆，出境哈萨克斯坦。再向西，还是经过几个"斯坦"，最后经阿塞拜疆、土耳其而进入欧洲。

飞机升到 12000 千米的高度，周围没有了云彩的相对参照，感觉着它就像一条半睡半醒的大鱼，漂浮在湛蓝的天空中，一动不动。只是引擎不断发出单调的"嗡嗡"声，像轻轻的呼噜声。这种感觉让人迷迷蒙蒙，时间一长，不由得也昏昏欲睡。飞机里的一切，似乎都不知不觉间静滞下来，根本感觉不到飞机的动态，更没法体验它那风驰电掣的速度。只有偶尔探向那方小窗，向遥远的地面下看去的时候，才能费力地感觉到这巨大的飞行物，正强劲地缓缓移动。

机下能见到凸凹延宕的白色波涛，无边无沿。那应该是蒙古高原上的山峰，所见是山上铺排堆积的隆冬白雪。也不知道什么时候，机身下方生成了云朵，而且没多大一会儿，相聚的云层就越来越厚，以至完全遮挡了视线。

只剩下前面椅背荧屏上的视频地图，能让人清晰了解飞行的状况。上面展示的飞机模型，还拖了一条红线，缓慢地移动。也忘记过了多少工夫，视频地图上标示着飞机临近了里海。里海不是海，万米之下，会是个什么状态？心中好奇，再探头小窗。谢天谢地！窗下竟透出了难得的晴朗，让

我见到了飞机下深远碧蓝的波光。里海辽阔雄伟，那大气的风姿，竟也不输真正的海洋。我突然感觉着，里海是那么的美丽而又孤单，那万顷波涛，在无尽的荒漠中跳荡闪耀，竟和真正的大洋相隔得远远。

里海也是亚洲和欧洲的分界线，飞过了里海，也就飞进了欧洲。掠过阿塞拜疆，飞机进入了黑海。那紧贴着土耳其北岸的黑海海域，却不见真容。云层好像就那么小气，闪开个缝隙，刚刚让我看了看里海，就立马拥上来，挡住了下面的视线，严严实实地遮蔽了黑海。好像有意把这战火缭绕的内海遮蔽起来，不好意思再露真容。其实，我多想看看，在万米之下的黑海，是不是还那么黑？那黑海里，还有怎样的战火纷呈？然而，浓厚的云层成心别扭着，徒唤奈何。

继续西飞，是黑海西岸的罗马尼亚、保加利亚、捷克、斯洛伐克等一众中东欧国家。航线继续西指，飞机向北进入波兰、德国，最后到达荷兰。

经过长达 13 小时的飞行，我已经疲惫不堪，心烦意乱。脚疼、腿疼、腰杆儿疼。像干了一天重活儿，浑身上下很是乏力。大飞机一声响动，飘然落地，在我听来，这飞机着陆的声音，不啻是一种解脱的福音。说起来真是有些不解，如果搭乘十几个小时的火车，好像没谁拿这当作一回事，也没人难受得死去活来。可搭乘飞机飞行十多个小时，却让人抽筋拔骨般受不了，乘飞机怎么就如此受罪？

此行坐在第一排，是个好位置，少受了很多苦。大飞机一排 9 座，很是宽敞。可尽管如此，到头来还是让人苦痛不堪。双腿胀痛，眼看着就肿起来，用手指头一按就一个肉坑儿。不想吃喝，不想睡觉，也睡不着。我就那么盼着，看定了那个电子钟，三十分钟，二十分钟，五分钟……心里竟像小孩子盼过年一样，分分秒秒盼下去。直到那飞机轮子砰然一声响，搭在地面上，才算长叹一声，这罪算是遭到头了。

那位同机的外国青年说得没错，飞机准点到达阿姆斯特丹。在 13 小时的飞行中，机长加速找回来丢掉的时间，真是不把迟缓起飞了 40 分钟当回事。

下飞机，随客流进入阿姆斯特丹机场大厅。女儿帮我们预订了机场内的宾馆，让我们住上一夜，缓缓老胳膊老腿儿，再搭第二天的航班飞意大利的热那亚。心中牢牢记住女儿的叮嘱，不要出荷兰海关，只在关内的宾馆里住宿。见到胸前挂牌的工作人员，就主动上前打听，得到的回答却是：“排到过‘安检’的队伍里去。”

我们心下有疑，以为这过“安检”就是出了海关。踌躇再三，不敢过那道“安检”。心里一着急，口中那闲了十余年的英语就更是“卡壳”，磕磕巴巴说不清楚。老妻再在身旁一催，汗都下来了。越难越为难，眼看人家那些过“安检”的人都顺利通过，留下来的人越来越少。没人管我们，就再跟那位穿蓝色工装的秃顶先生打听，求他帮忙。那位抬手往远处一指，就继续做他的事去了。

等我们颠颠地跑过去，那所指远处连个门都没有。幸好又遇见了一位女士，问了问我们的情况，告诉我们：“走错了。还是得回到‘安检’那里去，不管怎样，首先必须过了‘安检’。”

老两口气喘吁吁，再窝回头来走老路，但还是不知道怎么办才好。

终于过来一位阿婆级的机场工作人员，老太太看样子是个管事的。她说她听说了我们的事，特意赶过来帮助我们处理。她先是耐心地听我们说，还连连点头。最后，微微笑着，告诉我们：“请放心通过‘安检’，过了这里也不是出海关。我知道那家宾馆，回头会告诉你们去路。”

我们听“领导”的，顺利通过“安检”，进了大厅。临走，我们抱怨那个蓝衣工作人员。老太太听了，脸色有点严肃，还让我们指给她看，看是哪一个。可这时候我们再抬头左看右看，却怎么都没见到他，只好学他们那个无奈的体态语言，缩脖儿、端肩、扬起眉毛，摊开双手，惹得老太太倒又笑起来。

按着阿婆领导的详细指点，我们很容易地找到了女儿预订的海关内那家宾馆。想想荷兰阿姆斯特丹机场里，才不到二十分钟经历，却又显现了两张截然不同的面孔。在北京的时候，也发生了类似的人和事。都是些小

事情，都是些普通人，在这里想象着，对比着，思考着，却让人心中翻江倒海，一时沉静不下来了。

旅行出发，一路乘机、寻路、过关、入住……总能见到些嘴脸，凭着几十年的社会经验，也总能辨出其中的善恶冷暖。这在国内也一样，在无论哪一个国家也都差不多。文化虽然有别，人性并无二致。

宾馆里房间狭小，四下里似也不那么洁净。无窗，躺在床上似睡非睡，竟有身陷一个匣子里的感觉。默默盥洗，一宿无话。心中有事，警觉着自己，早早就醒来了。抓紧退房，漫步到机场大厅里，先找好登机口，认准了，再转身寻些饱肚的吃食。心中念着最好能有汤水，再就是热乎些的早餐。眼看着这欧洲的冬天，外面也是只有零上几摄氏度的气温。吃顿热饭，一来聊解饥渴，再者暖暖身子。可现实中的机场里，满不是那么回子事情。喝的只有咖啡，家家经营，满大厅里都是那么一股子糊香糊香的气味儿，很是耐闻，要喝管够，可又绝不是我心中所想的。吃的大都是一个长条的小面包，当膛切开，再铺了咸肉、火腿、熏鱼一类夹着，并且一律凉爽硬实，非常耐嚼。寻过了几处，家家如此。转过几家吃地，终于痛下决心，排了个小队伍的尾巴。临到近柜台才看清，好不容易挑来选去，这家的内容似乎也同别家差不多。好在还有一杯热牛奶，能把干巴的面包泡软喽。结账时候又心疼起来，两人一顿普通的早餐，竟花费了近五十欧元！合咱们人民币三百多元。

一直到了中午，才想起来，那早餐还是值价。因为四个小时过后，腹中竟未空虚，人也还精神。重金原来买下了真营养，正经顶得小半天儿。老妻说：“难得喝到这大杯的鲜牛奶，货真价实，入口的味道都不一样。还有那牛肉、香肠，也真是抵事。这早餐别看口味差点，吃上人却一晌都不蔫。”

飞热那亚航班的飞机不大，所载不及百人。机身涂色蓝白相间，造型端庄修长。检票时候慢慢腾腾，拖拉误点。不想，一旦发动，小飞机接着就爽快起来，在零星小雨中迅速拉起机头，“嗡嗡嗡”欢唱着穿过了厚云层，升到阳光灿烂的万米高空。合计着这离地前后也不到两分钟，飞机就已经开始了平稳高速的飞行。发动机均匀地运转，发出轻微的声音，整个机身稳定平和。向小窗外看出去，得见连绵不断的雪山缓缓向后移动，这移动中，能让人感觉到飞机强劲的推动力。机下白雪皑皑的，应该是欧洲的阿尔卑斯山脉吧。

从高空的飞机上看，下面的陆地山河、地形地貌都差不多，看不出中国和欧洲在地理上的自然排布有什么天壤之别。可我知道，这两块土地上生发的文化却相差太大了。而且，越是在历史上接近现代，那种差别就越大。

我知道，这飞机正载着我自北向南，飞去地中海。我的心甚至有点急切，不由自主地想着早点见到她，见到南欧那充满无尽风光的美人海。

意大利热那亚登陆：哥伦布与帕格尼尼的重叠印痕

机窗下最先看到的热那亚，是一条紧紧贴着海边的跑道，转眼间，飞机就轻巧地降落在这条跑道上。透过机窗能清楚地看见近在咫尺的地中海那波动跳荡的海水，因为天气阴霾，美人地中海在飞机下面，却并未显出活泼艳丽，只是泛着单调的灰蓝色。再探头去瞧机身另一侧的窗子，在微微的颠簸滑行中，眼里竟立时出现了充盈丰满的绿地。小草都细密齐短，毛茸茸地挺立起来，让人不由得想起这次远行出发的起点——绿色的海南。哈，这隆冬的南欧意大利，这古代罗马帝国，“海的女儿”热那亚怎么也是满眼春绿？倒像温暖日子里年轻活泼的姑娘，展露肌肤，欢快大方的样子。莫非她把厚重的冬衣，都甩脱在了阿尔卑斯的雪山上？

热那亚的机场不大，我们下了飞机，取好从北京发出的行李。原以为又得折腾一通，经历出关、安检、询问一类。可出乎预料的是，原来想到的这些，都没了影儿。短短的走廊里，只是多出来一只被人牵着的黑白斑

点大狗，它把人们拖出来的行李挨着个地闻了一遍，想来这是缉毒犬在工作。狗儿最终对所有闻过的行李，均未表达任何异议，统统放行。一飞机的几十个人，就那么大大咧咧出了机场大厅，到了大门外。原来在这欧盟国家间旅行，都是飞行联运的方式，就像在一个国家里旅行一样。

打出租车赶去预订的酒店 Hotel Continental Genova（大陆酒店），车程也不到十五分钟。路上还经过了海港，顺便向司机打听了地中海邮轮公司的邮轮。留了披肩长发的出租车司机，深目高鼻，穿着一件半旧的呢子外套，举手投足间，倒像个落魄的画家。他说："那邮轮停靠的码头，就在不远的右前方海边，从您所住宾馆走过去也才十分钟的行程。不过今天尚未见那艘大船，大概要在明后天才能到达吧。"

说话间，事先预订的大陆酒店就到了，外观一看就是很有些年代感的建筑物，古香古色，紧靠在路边。推门而入，办理 check in（入住），有约在先，一切顺利。乘那架古老的电梯，"咯噔噔"升上三楼之前，和前台小姐聊了几句，原来这还是 1885 年的建筑呢！言语间，也顺便提到了机场到这里的出租车费用，小姐言："最多二十欧元。"

回想刚刚被收取了三十块，不觉哑然。好家伙！看来，那位开出租车的"画家"朋友，拿我牛刀小试了。

机场、码头都不太远，街道很有些狭窄，这城市果然不大。站在三楼的小阳台上，举目环顾，四周山体连绵，城市建筑古香古色，并未见到那些高耸入云的摩天大厦，也没有见到风驰电掣的车辆来往，看上去，市面上少了很多的嘈杂和忙乱。

喜欢这临时所居，这建于清朝末年的 6 层洋楼。房子里每层之间的举架都很高，总在近 5 米的样子。高顶棚让屋子里显得宽敞，很有空间感。走在屋里的木地板上，猜想着，在这漫长的 150 年间，有多少像我这样的人来人往，都在这同一空间里。

这房子还让我想起了小时候，在哈尔滨就有很多这样类似的俄式房子，被哈尔滨的老乡称为"苏联房"或是"毛子房"。到了后来，城市里

住房紧张的年代，这样的房子都被老百姓使用散碎的木料，在房间里面做了吊铺，在这样举架高的屋子里，分出了上下两层。吊铺上面，正经能睡下家里三五个秃小子兄弟。

那架老式电梯，也分明有点博物馆的味道，竟然时过百年，仍能“咯噔咯噔”地运行，当个正经家什用。电梯间罩着一木一铁两道门，铁门是那种能伸缩的铁条门。透过那些铁条呈“X”状的缝隙，能清楚地看到几根粗铁链子在电梯的升降中，改变着长短。外面的木门，很有些沉重，架在门下的导轨上，“骨碌骨碌”或开或关，仍然实用。老电梯似乎得意于我心中的赞美，载着我们上下，悠悠然于漫长的岁月里，不动声色。

下午出行热那亚市区，打定主意不乘出租车。不是小气，只为更快熟悉城市，更接近社会，反正也是不大的小城，让人有胆步行其中。

先是参观了同一条街道上的热那亚王宫。三层楼高的宫殿，雕梁画栋，镶金镀银，总体呈粉、白颜色。这是一座 17 世纪的古建筑，后又经过两次大规模维修。风格上承袭了古罗马的艺术特征，也自然透着欧洲文艺复兴的氛围。

看着几百年前的贵族居住房间，能体会到当时房主的享受和他们受惠于建筑设计的细心与人性。房间里面舒适实用，外面是地中海的涛声阵阵，明媚阳光。

王宫所有的房间里，都有大量的绘画作品。可惜，只能看懂其中少部分天主教题材的画作。在那些古画间徜徉，能强烈感受到，艺术烘托的浓重宗教气氛。

据说，这热那亚老城里，类似的宫殿还有不少，像什么公爵宫、圣乔治宫……这些古老的宫殿都在自己的临街外墙角上挂了标牌，着意注明所在。想想，这些漂亮的殿阁楼宇，都是当年那些贵族的家呀！那些古香古色、琳琅雕琢的房子，实在就是一篇又一篇诗章。细细听，似乎能听见古音的朗诵。是啊，如果没有了这些诗歌般的宫殿，哪里还有热那亚？

据说，那些当年居住在这些宫殿里的贵族，依着当年的法律，都有热

情接待来访者的义务。他们不但要任人家参观自家的内室，甚至厨房、厕所，还得一路笑脸相迎，向来人介绍这房子历史上的来龙去脉。这就有意思了，不大好想象，当年这门儿就那么容易进？进了门儿，脸色还就不那么难看吗？那可不像现在，这王宫早都改成了博物馆，花上六个欧元，就能理直气壮地往里走。

最后，绕到王宫的前门去，在海边，再次抬眼注目王宫。然后傍着大海，沿滨海大道无目标地往前走。有正宗地道的烤面包气味儿，浓重而又强悍地往鼻子里钻，一个欧元就可以买一个刚出炉的大面包。喷香的面包太具诱惑力，让人根本扛不住。看看街上也有人买了新鲜面包，随走随吃。哈！来吧您哪！也就学样买来大面包，拿在手里随意撕扯着，当街开吃。口渴了，就站在小店前，买了冰凉的牛奶，用吹号角的姿势喝了。原本也想着，像在国内那样，疲累之余，找一家上讲究的餐厅，好好点几个意大利菜，随意享受一番。怎奈这热那亚老城里，竟真就没有什么辉煌霸气的大餐厅让你撒欢儿过瘾，没有什么山珍海味，极尽吹嘘讲究的菜品，供你倾囊一注，胡吃海喝地折腾。

迷宫一般的小巷，被称为卡鲁吉（Carruggi），是欧洲保存完好的中世纪城市的典范之一。它们似蛛网密布，纵横相连，宽窄也就两三米，小街上走不了车辆，只能步行。

一眼看过去，临街的门面，时有一家一户卖吃食的小店。里面大都是面包、披萨、咖啡，或是变了点模样，本质也卖着相同的食物。看那样子，就算是总统赶来热那亚老城这里，饿了也是和我们一样，拿这些东西填肚子。

吃饱喝足了，就继续大步流星地在那些小巷里任意游逛。若论这热那亚街头，还有些高大雄伟的建筑，那就是教堂。从上千年的古老年代，到近几十年的新时期，教堂建筑抬眼所见，比比皆是。教堂大门总是敞开着，随时可以进去参观。教堂里面尽是绘画、雕塑、灯光、音乐……把明显不同于俗世的追求，展示给我们这些芸芸众生。

想想这些意大利人，应该大都是天主教徒。他们的信仰里有神明的约束，或许对吃喝一类物质的欲求，不那么极致，所谓穷奢极欲，太过讲究。眼中所见，以前一直被认为讲求精致烹饪的意大利人，原来在吃喝上，真就是简单，饮足食饱而已。

可说到咖啡，意大利人好像又刻板地追求起来。我们特意想着试试这地道的意大利咖啡，就逮个小咖啡店点两杯品尝。还事先说好，要美式的。可到头来，人家热那亚咖啡店，根本不管什么美式、拿铁、卡布奇诺那些花哨招式。一转头，就把两只牛眼珠儿大小的酒盅类家什端了上来。打眼往盅里一看，量似不及两大口。再细瞧，那液体浓黑似漆。沾沾嘴儿，苦得让人咧嘴紧鼻子。专讨这恶苦的汤水进口，可是图个什么？现实中当然不可如此直问，只是学人家的样子，微笑着抿了恶苦。偏有活分的热那亚人，还探过头来，礼貌地问我感觉如何？于是，赶紧收了苦相，扮笑在脸上，频频点头表示赞许夸奖，意大利咖啡大大地好，天下第一（苦也）。接着强咽意大利咖啡，满腔苦难逃出咖啡店。二人反过来琢磨，这意大利人只求咖啡的纯粹，不图计量的多少，还不加糖、奶一类添味儿，这倒是喝咖啡的真功夫。想想咱们也跟着学样，张罗着喝的，那只能叫咖啡水。热那亚这里，人家这才叫真喝咖啡。

你看不远处，斜倚着小店柜台的那位老者，衣着随便，须发皆白，可不正持小盅，享受意大利咖啡。只见他抿了嘴唇，顺着牙缝吸那么几滴浓咖啡进口。然后，就露出闭目默默神游的样子，简直像在教堂里祷告般虔诚。待那一小口咖啡在他口中充分蔓延滋润之后，老者才慢慢往下咽那口溶液，脸上又显出十分不舍的样子。把咖啡喝到了这种似乎成仙的程度，令人动容，热那亚人不得了。

想想自己这凡胎俗骨，如何能练就这似刀枪不入般的功夫？咱人不在意大利，不在热那亚常住，怕这辈子都别想啦！呵呵，这意大利咖啡。

装着咖啡的苦，再满小街里窜，是想着寻个文具店，买两面意大利的小国旗。这次出游，就定了个小计划，尽量在自己经过的国家，买下那里

的微型国旗，带回去留作纪念。到时候能攒下很多面途经国家的小国旗，插在大厅台上的阔口大玻璃瓶中，花花绿绿，琳琅满目，一定也很有趣。

在热那亚的老城区里逶迤穿行，贪心享受千年的文化氛围，一时竟还忘却了时间。眼看着正接近一座悠久高大的城堡，天色暗了下来，刚刚还明亮温和的时光，怎么好像咣当一声，就收起来，变成了黑夜。没想到会匆走夜路，心情稍有急躁，身子也随着就感觉疲累无力。赶紧放弃眼前的古城堡，掉转身打听回程，该回我的大陆酒店去了。

出示自己酒店的房卡，连续问及三名路人。他们都非常热心，但又都帮不上我的忙。一是那些路人虽和我那大陆酒店同城，但他们生生地都不熟那酒店的去处。他们掏出自己的手机，三点两弄，出示了市区地图，再指给我看，详细说给我听。而他们所说，又都是意大利语，其中能听懂的英语词汇，实在没有几个。原来，意大利人大多不会说英语！这可是我事先绝没想到的，我还想着，这整个欧洲都联盟了，花钱都一样了。这怎么还各说各话？这可是真正的文化自信了。

可意大利人诚心帮助陌生人的样子，还是让我感动。有一位女士，本来是牵着一条黑色的拉布拉多犬散步。她主动上前来帮我找回家的路，热情耐心，不厌其烦。可她自己又是一位高度近视，拿着我的房卡，几乎就贴着眼镜辨认字迹。她又不会说英语，急得恨不得领着我们送过去，真是个难得的好人。我想，除了礼貌文明，一定是女士自己行动也不容易，才更能体会一个迷路人的苦处吧！

不管怎样，我们显然是越走就离家越远，方向上简直相反了。脚下的地势也渐显陡峭，走起来像是登山坡。没多大一会儿，老头儿已经气喘吁吁，汗珠子都滚下来了。老妻小我五岁，平时也知道锻炼，脚力尚健。这时候紧跟在我的身后，一声不响。热那亚的小街，已在黑暗中十分安静，竖起耳朵听，也是只听得到两个人的脚步声，还有两个老人沉重的喘息声。

眼看着前面灯光稀少，越发黑暗，不见人影儿，我的心中不免升起几

分担忧。记得出国之前，还有旅行社的人告诫我们说："要防着法国的小偷、意大利的强盗。那群家伙，专门找中国人下手。"

想到这些警示，情绪更是烦躁恐惧，徒增几分慌乱。眼看着到了一个便利店的门口，正有一个体型粗壮的大汉，站在门前，他正专心打开手里的一包香烟。我已经没得选择，只好贸然上前请求问路。大汉停下了手中的事，仔细听我诉说，最后点了点头，把自己的手机拿了出来，指着上面显示的地图，用英语告诉我："你走错路了，要返回去，赶到右边那条隧道，穿过去，直走就到了。嗯，你还有三千米左右的路程，才能赶到大陆酒店。"

我听见大汉准确地说出了大陆酒店的英语名称，不由得心花怒放，我断定今夜得遇的这位意大利先生，是我的指路仙人。我紧紧地握着他粗壮的大手摇了摇，连声感谢。抬腿迈步，率老妻返回有隧道那条街去。

可到了隧道的跟前，却被一条斑斓色带拦住了去路。再看竖立的警示牌，原来，这里正进行道路施工，禁止通行。归路断了，令人十分懊丧。举目探看自己身处的十字路口上，灯火灿烂，车声轰鸣，人们来去如蚁，却没有我们的路，一时真是不知如何是好了。没想到，会在这可爱的热那亚迷了路，光顾着玩儿，无意间倒把自己给弄丢了。

一位高挑身段的中年女士，穿着一件浅蓝色的呢子大衣，手里牵着一条小狗。她就像一下子从地底下蹦出来的仙女一样，来到了我们的身旁。她笑着向我们打手势，神情中透着明显的关切。她说意大利语，但我能听懂她话里的一个单词——taxi。Taxi 就是的士，就是出租车呀！眼下我们正晕头转向，不知如何是好，要是能找到出租车那就好极了，搭上车一下子就能到达酒店了不是？点头谢了"仙女"，按她的指点，转身越过斑马线，走不上两百米，taxi station（的士站）果然就在旁边。原来这热那亚的出租车，是这样分不同地域停泊，招揽乘客。

搭乘出租车顺利返回酒店，时间已近晚 11 时。再看手机里面记录的当日行程，也接近了 18000 步！怪不得身子发软，筋疲力尽，原来走步运

动已经创了日纪录。赶到隔壁小夜店里，买了比萨饼加矿泉水，躲进宾馆房间里垫补胃肠。然后忙着盥洗，倒头睡去，身居的热那亚平静异常，任何声音都听不到了。

第二天是 2024 年 1 月 4 日，是个典型的地中海大晴天。阳光从阳台上挂着的意大利国旗角下钻进来，把房间照得暖烘烘的，让 1 月初的热那亚一点冬天的寒意都感觉不到了。

昨天从机场取出的一只带密码的大行李箱，今早怎么也打不开来。不知是不是因为随着飞机长途运输，被扔来扔去，变了形。那箱子反正就是咬紧了箱盖，再不肯开。细看原来又是在广州买的样子货，到了关键时候来害人。眼看明天就要上船，却打不开行李。就算强行开箱，到时候怕又关不上，不是更耽误事？思来想去，只好决定去买个新的来用。

门厅接待小姐告诉我们，出门左拐，有卖中国发来的箱子，很便宜，几十欧元，只是质量差些。要想买好的，得去市中心的法拉利广场（Piazza de Ferrari）。两人一对眼光，就明白了，还是买质量有保障的家什来用，否则三天一坏，这一路里受窘的还是我们老两口儿。

得抓紧时间，别再像昨天那样，在外混到天黑，还把自己给丢了。出了大门，就站在路旁伸手招呼的士，可眼看着连续过去两辆的士，却都没有停下来的意思。猛然想起来，热那亚的出租车是分站停泊的，这样子在街边挥手，是打不到的士的。定定神，一时又不知怎么才好。道路的另一侧，却眼看着急坏了一位戴眼镜的老者。他向我们摆了摆手，竟跨步穿过马路，到了我们身边。老者满头白发，背稍有些驼，总有六十多岁，张口说得一口好英文。他告诉我，那些出租车都在站里停泊，需要打电话叫它。说着，没等我们回答，就一闪身进了我们旁边的一家药店，还请求药店里的女士借电话一用，他要帮我们打的士。

老者看样子和药店里的女士都相熟，三两下就安排完毕，回头示意我们在药店门前稍等就是。眼看着老者迈步又过去了斑马线，回到那幢古香

古色的建筑大门前。还没容我们表示谢意，心里十分抱歉。那老者似乎懂我们的心思，站在对面冲我们摆手。因为街道狭窄，距离不远，我一眼看到那建筑门旁的铜牌，竟然标示着热那亚大学的名号。再细看，大学又正挨着我们昨天参观的那幢王宫。

“大学紧挨着王宫，甚或大学就在王宫里。”

这念头在我脑中一闪，心头升起别一样的滋味。那善良的老者是大学里的教授？还是王宫里贵族的后裔？抑或二者身份兼具，也未可知。我的心里转着这古怪的念头，未及再深想，出租车已经到了身边。待到上了车，自觉还被真挚美好的心意围着，像今天的阳光一样，暖洋洋的。

乘车到了市中心，下车寻卖箱包的去处，竟一时不得，反倒将空腹的饥渴又勾了起来。已经做过一天的热那亚人，自然晓得这里吃食的规矩，也用不着挑拣，推一扇店门进去，老道地点两杯咖啡，两杯牛奶，一块披萨，稳稳坐下来，不慌不忙地分而食之。店主老板心意相通，笑睁着绿色的亮眼睛，熟练安排我们的早餐。学他们小口地啜纯意大利咖啡，大口地灌下牛奶、吃饼，还加付了一元小费，交流间稍加探问，人家就详细地告诉我们买箱包的去处，像对待亲戚里表一般热情。

找到了真家伙，那店里的箱包琳琅满目，提、背、挎的箱包各式各样，应有尽有。只是价格略贵，少说都百多欧元，合成了人民币都在千元上下。老板大个子，长着一头黑卷发，眯细的黑眼睛。他一开始以为我们是日本人，等听到我更正是正宗中国人之后，不知为什么，神色上却略显黯然。

论起这些箱包，对我们这次长途长期的旅行实在重要。遂下了决心，除了买定那 28 寸的大箱子之外，每人又买了一个双挎背包。我原来的老“Diesel”背包，用了近二十年，上面的拉链都被换过。如今新背包时髦又实用，背了上身，果然倍儿爽。

买了新的装备，高高兴兴在那店门一侧找到出租车站，打车回去。再扔了坏箱子，重新收拾一番。这下好了，齐装满员，精干利落，满怀信心，

一心等待明日登船，做全球游的标准游客。

看看还有一下午的时光，碰上如此美好的蓝色天气，实在舍不得浪费了，就鼓起勇气，再做徒步热那亚一游。

转过街对面的亭子，沿小路下坡往港口赶去。抬头竟迎面见着了从米兰赶到热那亚来的广州陈姐，她和夫君是我们此行的同路伙伴，没想到在街上见了面。两下相见甚欢，不由得高声招呼，引得街人侧目好奇，赶紧收声，再亲切细语地聊起来。原来他们已经从米兰赶过来，准备好了明天在这里登船。这下好了，有了知根知底的旅伴，可以相约而行。

再转过街心花园，在一家中国同胞开的牛排店里吃了一顿。价钱不算贵，牛排多汁味足，很是过瘾。当然，饭后还是上意大利咖啡，抿了三两口，苦仍还是那么苦，自己嘴里倒好像习惯些，忍得住了。店主是温州人氏，三十年前来意大利做生意，日久流落在热那亚。看得出老板两口儿，似愿意打听国内的事宜，神情中似有对多年前故国的依恋。年轻的两口儿，似无所深虑，对身处的热那亚已经适应。至于小的，那三五岁的孩子，除了脸还是东方式样，其他一切都已经是纯粹的热那亚人了。

被称为“海洋之女”的热那亚，今儿晴得透。天海相连，蓝得闪闪发光，当空铿锵作响。隔着栏杆看宽敞的港口海面，正轻轻地跳荡着细碎的小浪，排过去无边的深蓝色。海水凝重，像似透着浓稠的油，蓝得要发黑了，海的深处，是不是永远藏着无穷的秘密？天空倒蓝得浅，是那种轻盈活泼的蔚蓝色，细腻而又纯粹。让人感到，这飘扬的美本来就应该升腾起来，完整地罩在世界上空。有两架战斗机，像微粒一样飘浮在蔚蓝的高空中，为了显现自己的轨迹，突然喷出了两条洁白的烟儿。飞行员想作画，试试笔吗？

老妻召唤，指向岸边近处的海水，原来有小群的鱼儿正在赶来凑热闹。手掌长短的小鱼儿，挺起乌黑的脊背让我们瞧。可等到人们纷纷伸手指向它们的时候，却又害羞得不行，一甩身子，眨眼就潜到水深处，不见了踪影。

水族馆的门庭宽阔雄伟，这座现代艺术风格的建筑，据说在整个欧洲都能在同类建筑中排上个一二。有成双成对的夫妇，领着自己的孩子，进去参观，人流络绎不绝。

有一艘大型的古帆船，上面帆缆绳索密密麻麻。船头高耸，上面那位木雕的大胡子，手里正端平了三叉戟逞威风。一看就知道，是希腊神话里的海神波塞冬来打场子。再看古帆船的两侧船舷上，成排地露出了怀抱粗细的炮口，数百年前的巡洋舰吧？再细看，知道是一件逼真的仿品，泊在港里面增色，再邀大家上去游玩，有心思当然也可以追古。

海港码头，也是宽敞洁净的公园。阳光灿烂，游人不断。这地中海的大太阳，光明一片，又不那么炙热。这和海南的太阳可是完全不一样，我们那里如果有这样规模的大太阳，人可早就烤成黑饼干了。

海边的凳子上，有很多人闲坐。他们就那么静静地委着，无所事事，悠然地享受着阳光和海风，享受生活。这些意大利人，身心放松，无所担忧。明显地就能看出来，他们都没有什么非要拿自己的时间、精力，甚至身家性命去拼搏不可，去争夺的利益目标。一眼就看出来，他们都满足着呢！真羡慕他们能有着如此发自内心的轻松和惬意。

从海滨大道上绕过去，又到了昨天的老城中心。抬头间，竟是昨天没来得及进去参观的圣罗伦索大教堂。今儿得着机会，正好细看。高挑宽阔的门庭，都是用黑白两色的大理石建造的。那些石块，摸上去细腻光洁，像小孩子皮肤一样温润。所有的门窗，通道上沿，都成圆拱形，极尽古罗马建筑的美感。好一座古香古色的大教堂！

进入大厅，那装饰着不同色彩的高高穹顶，让人不由得心生尊崇。周边的墙壁上，布置了很多绘画、雕塑、彩玻璃拼图，还有巨大的管风琴。正前面的讲台上，是圣母像，是圣母怀抱圣子的塑像。游人如织，摩肩接踵。可每一个人都小心翼翼，安静着活动。也有虔诚的信徒，在自己胸前画十字，闭上眼睛默祷。

我们交了 4 欧元，钻进钟楼通道里，盘阶而上。狭小的塔形空间里，响起气喘吁吁的声音。老头老太拼了气力，登顶到 10 层高的钟楼。站到高高的楼顶平台上，两条老腿哆哆嗦嗦抖个不停。等转身放眼眺望，豁然开朗，整个热那亚就在脚下，那边是山，山下是海，是地中海。太阳普照在海面上，晶光四射。我们隐约能见到那片晶光里，正停泊着一艘洁白高大的邮轮。那是我们的船，是我们明天就要登上的环球航船“诗歌”号。

趁脚下还有几分余力，我们还是绕行到了昨天没来得及到达的那尊城门去。残存的古城门，砾石凛凛，落满了时代的沧桑。我似乎摸着那些古城墙的石头，能听见冷兵器时代战士们冲杀的呐喊声。旁边有游客模样的人，见我凝神于古城门，告诉我说：“热那亚的昵称 La Superba，意思是‘骄傲的人’。”

是啊，我们常说的文化自信，是要有依托的，是要有能眼见、手触、心思，立于世界的实在证物的。在我心中，这座至今还遍布着宫殿、教堂、古建筑的热那亚，是一座延续了古罗马文化的历史古城，它也因此而成为地中海的一颗文化明珠。

2024 年 1 月 5 日，是我们登船的日子。

晨起本来还打算上趟街，购置些小东西，以备在船上用。可天公不作美，竟当空飘起了小雨。不想眼看着就登船之际，再冒雨上街，只好静下心来，在房间里休息。

11 时 30 分，准时下楼办理离店结算（check out），在行李箱上钉好牌子。出租车几分钟就到了门口，干净利落一顿折腾，装箱上车，奔了海港码头。雨倒越下越大起来，好在登船之前排队时候，港口里面有遮雨棚。忙忙乎乎安检、过关、验护照、发邮轮卡，又折腾了一个小时。终于顺利登上了渴望已久的大船，这十万吨巨轮，地中海邮轮公司的“诗歌”号。

我们乘电梯升上 12 楼入住房间。小房间和我上次去阿拉斯加所乘的“公主”号上差不多大小，比一般人想象的还是宽敞一些，总有近 15 平方

米的样子。房间里带着一个小型卫生间，一张大床，还有一张小桌子，虽然略显小些，可也稳定，灯光柔和，够铺下纸笔，愿写就写点什么。和老妻聊起来，年轻时候，住十几平方米的土房子，晚上睡觉，炕沿得支起来一块木板，躺下才能伸直了腿儿。眼下的房间，干净整洁，让人心满意足。

激活了邮轮卡，卡片蓝白相间，上面有我们姓名、就餐位置、房间号码的详细记载，还有一个条码，随时能登录船上电脑，是我们的身份证明。这邮轮卡也是船上专用信用卡，可以在船上刷卡购物。它还是房间的门钥匙，把卡插进门锁的槽里，“咔哒”一声就能打开房门。一卡在手，干什么都方便，再无麻烦。上了邮轮，将要在这里生活四个多月，成了“船客”，连护照都交了，好像进入了一个小国家，成了这里的居民。

登上 13 层，是凯撒自助餐厅，能同时坐上千人，开饭不分昼夜。饮食供应十分丰富，前菜、主食、甜点、水果，还有各种不用付钱的饮料，从啤酒、红酒、白酒到矿泉水，应有尽有。我挑好自己中意的萨拉米牛肉肠，还有在油煎下“滋滋”叫着的肉饼，沙拉、煮蛋、小点心，大快朵颐，很是满足。

再回到房间里，竟见小桌上摆了冰桶香槟。一时兴起，“砰”然开瓶，和老妻碰杯，“叮叮”作响。酒好，细腻、绵软，喝下去感到喉间丝绸般润滑。这酒上头也快，转身照照镜子，老家伙满脸皱纹里竟还泛起了难得红晕。

晚 6 时 40 分，船机启动。偌大的动力，消音效果蛮好。尽量一心在等待，还是感到了那船身顿然一震，接着就是微微地颤动不停。如果不是这样刻意体味开航，怕还真就感觉不到这大船的动作呢。

我们在船上选了接近船尾的一家酒吧，偎在红色的沙发上，透过大窗，眼看我们的船身缓缓地漂移起来，正在掉转船头。岸上亮起的灯火，开始慢慢旋转着向后侧倒退。不知不觉间，岸上景物的轮廓越来越模糊，热那亚依托的远山渐渐消失。港口白日里那些远近显见的建筑，已经彻底看不到了。城郊那些山丘也隐进了夜色之中，只剩下了山上的灯光在困倦地打哈欠，眨眼睛，迷迷蒙蒙。夜空里的星辰，却都被擦得晶亮，冷静坚定，默不作声。

那座称为灯笼（Lanterna）的著名灯塔，并没有燃起光柱，扫射海面。只是早早就挂起了两盏橘红的灯球，灯球微微向我们摆手，渐渐远去。

推开门，来到甲板上，海风湿冷。一直飘洒的雨丝变得粗重，把夜空涂满了淋漓的斜线条。雨水溅落在甲板上，隐隐映射着岸上的残光，像即将熄灭的火花，迸射飞溅。能听见船舷外传来“哗哗”的水声，巨大的动力正推着整船的“诗歌”，吟诵着。邮轮驶离热那亚，轻轻滑进了地中海的茫茫夜色中。

热那亚是哥伦布的故乡，这里还保留有他的故居。哥伦布在15世纪，从欧洲启航，越过大西洋，发现美洲新大陆，其丰功伟业世人皆知。小时候就读过关于他历险航海的故事，记得他是为了西班牙国王而驾船远航，每征服一块美洲的土地，就插上西班牙的国旗。

而今就在意大利的热那亚，知道了这里是哥伦布的家乡。1491年，他出生在一个犹太平民家庭。他年轻时候曾当过工人、海员，精通航海技术。人到中年，哥伦布胸有成竹，向西班牙国王建议，远航东方，去寻找土地和财富。他曾先后四次出航，都是向西横穿大西洋，发现了加勒比群岛和美洲大陆。

时至今日，世界上对哥伦布的评价仍相当高，说他是伟大的探险家、航海家，是开疆拓土的伟人。也有不同的声音，批判哥伦布曾经在新殖民的土地上，犯有杀戮的重罪。我的观点也清晰，我认为哥伦布还是新思想新文化的先驱，是地圆说的勇敢实践家。

想想，如果不是坚定地相信，地球是个球体，无论从哪个方向出发，最后都会回归原地。有谁能明白，本意图到达东方，却执意往西开航呢？知道当时最先进的文化学说，科学论断，这个不难。但果真勇于扯帆启航，以百

吨小船勇搏大西洋的狂风巨浪，来证明地球是圆的，哥伦布是人类第一人。

我曾在哥伦布故居附近的街道上徜徉，心生异想，我希图神光一闪，能与那位伟大的航海家见上一面。五百多年前，那个尚未成名的中年意大利人，披着地中海的阳光，正在这热那亚港口码头上驻步深思。

热那亚还是帕格尼尼的故乡。凡是懂一些音乐的人，都知道帕格尼尼。这位天才的音乐家、小提琴演奏家，在1782年，就出生在热那亚。他在自己的小提琴演奏中倾注了深刻丰富的情感，技艺出神入化。他还创作了很多宝贵的音乐作品，在人类音乐史上留下了灿烂的篇章。

帕格尼尼喜欢当场即兴演奏，能在瞬间随心所欲进行创作。我想，这一人一琴，一旦完美结合在一起，就犹如神灵附体般美妙。所有的听众，琴声入耳之时，无不飘飘欲仙。

和他那美妙到极致的音乐相比，帕格尼尼的身体却实在糟糕。他自幼多病，到了中年，更是肺炎、眼疾、喉癌……各种疾病纷至沓来。到最后，音乐家的牙齿都被拔光，甚至连话都说不出来，成了哑巴。一边是辉煌的成就，一边又是命运的残酷折磨。这让我不得不对帕格尼尼的一辈子心生感慨，深深叹息。

据说帕格尼尼生前演奏用的小提琴“加农炮”，至今仍被热那亚市政府委托专人保管，藏在一个大玻璃瓶里。我也曾多方打听，希望一睹真容，寄托星点历史的哀思，但终不得见。

我在热那亚停留三天，在那里的体验应该能记住一辈子。

别了，热那亚！哥伦布！帕格尼尼！

02

地中海沿岸航行

法国土伦—马赛：拿破仑与《马赛曲》的诞生地

好些年都没搭乘这样的巨轮旅行了，多少有些兴奋，躺在床上睡不着。打开闭路电视，在里面看了一段对这艘大船的简介视频。

这艘地中海邮轮“诗歌”号，是法国阿科尔马船厂建造的。船主特意请了意大利著名影星索菲亚·罗兰为这条邮轮命名。这船长 293.8 米，总重 9 万多吨，最大航速可达 23 节，换算一下，大概在 48 千米 / 小时。船上总共有 1275 间客舱，满载时候可搭乘 3223 名乘客，船上有 987 名船员工作。这次的航程，船上乘客共 2149 人，其中中国人 232 人。船上通常使用英语为官方语言，有时候会用六种语言，西班牙语、法语、德语、英语、意大利语、汉语，进行公共广播。

船长罗伯特·利奥塔，是意大利西西里岛人，自 1984 年在邮轮从甲板实习生做起，在这一行业里面深耕 40 年，具有丰富的工作经验，是一位资深航海家。看他在视频里面，着专业制服，身材矮小，略有点秃顶。想

着，他如果脱了制服，倒像个街头漫步的小老头儿。船长不在意我心中的想象，在视频里始终露出微笑，向大家挥手致意，自然大方，信心十足。

船上的管理团队，还包括副船长、轮机长、总监、总厨、首席管家……一众行家里手。他们大多是意大利人和法国人，还有亚洲的菲律宾人，北非的突尼斯人，甚至东南欧的克罗地亚人。看得出这是一个专业的团队，正有效地管理着这艘巨轮。

夜更深了，耳边不断传来船艏划破海水的声响，这“哗哗”的声音，单调而连续不断，我不知不觉间感到了一种踏实和舒适，终于沉沉地睡去了。

一夜之间，“诗歌”号沿地中海北岸，从热那亚向西航行了 220 海里，在清晨就静静地停泊在法国的土伦港。

一觉醒来，天已大亮，赶到 13 层上去吃早餐。透过通体的大玻璃窗向外观望，一眼就能见到，海湾里的不远处还泊了好几艘小型炮舰。炮舰都漆成灰蓝色，像这一早晨薄雾中海水的颜色。细看那些炮舰，都成双成对，似两姊妹间相依相靠。我能断定，那些舰桥分明、枪炮显露的一类，是比较老旧的军舰。另外那一对，用钢板材料把整个舰身都封闭起来的军舰，才是新兴的现代化产品。那种封闭是为了隐身，为了躲避对方雷达的探测。看着军舰，我们都知道，这土伦是法国的一个军港。可眼下这几艘军舰的规模，显然和我事先了解的不大一样。我看过的资料里说，土伦是法国最重要的军港，甚至法国海军的司令部就设在土伦，法国的航母应该停泊在这土伦港。我想，土伦一定还有和我们停泊的这个港口不同的、大型的军港。我还记得，“二战”的时候（1942 年），法国战败，他们为了不资敌战力，宁可把自己海军的几十艘战舰就在这土伦港里自沉了。

这座小城，四周都是丘陵，围着一方深港。就像英文字母“C”，横了过来，开口朝下，形成了天然的港湾。其水深且平，最适宜舰船停泊，是为天然的深水良港，直至今日，还能担负起法国海军的海防重任。

我说过，海岸上如果有起伏的山丘，延宕到海里，大陆架就深且陡，海港自然就成优良的深水基地。论这一点，昨天的热那亚，实在有几分和今日的土伦相似。秉承海洋文化的地中海沿岸城市，在古代选址时利于航海，也在意料之中。当然，土伦要比热那亚小很多。

土伦城任我遐想，仍然安静如熟睡的婴儿。是不是因为今儿是周六，人们都在家里放懒贪睡？还是这里清闲淡然，长期自然而成了习惯？在热那亚时候，感觉这地中海的城市居民，都不那么张罗，更不折腾。连走路都是慢悠悠、四平八稳的样子。他们睡懒觉的时候，大概更是踏实放松，恣意慵懒地躺平吧。

我们船上的一众游客，总有二百多人，在码头上集合，分乘三辆大巴，准备赶到马赛去观光。高大豪华的巴士，坐起来十分舒适。穿过土伦的几条街，轰然驶上了去马赛的高速公路。

此去马赛 70 千米，公路大多延宕在海岸线上。这区间的地势并不平坦，大巴在丘陵间疾驰，就像船儿缓缓地上下沉浮。车窗外难得见到大块平整的土地，随处都是条条框框的葡萄园，时断时续。只是，这隆冬的季节里，虽未见冰雪，田野里也大都枯萎萧瑟，难见星星点点的绿色了。有葡萄秧藤生长着，早晚会结葡萄。用不了三两个月，这法兰西的地中海沿岸，就会是无尽的绿色春光了。

不到一个小时，车子贴近海岸，驶上一座小山。站在一处陡峭的平台上，放远了目光，平视过去，是水平如镜的地中海。再顺着海岸向右扫视，能见到建筑密集、道路纵横。导游指点着说：“看吧，那就是马赛。”

说完，他又加上了一句：“不过，咱们还是先登上这座山顶的教堂，然后再下山去马赛城。”

我们转过身，纷纷扬起头仰视。哈！在顶上果然就有一座高高矗立着的金顶教堂，肃然高贵，几乎近在身边，触手可及。

说起来容易，可真若抵达山顶教堂，还是要攀登几百级石头阶梯。时下隆冬，尽管地中海气候还算温和，可眼下也在零摄氏度左右。越往上爬，地势越高，冷风萧萧，发出强劲的怪叫，吹得手脸疼痛。

大家鼓劲儿，奋力攀登，终于到达了山顶，来到了这著名的加尔德圣母大教堂。现在可看清楚了，远处所见的金顶，到了近处细看，正是一尊十米高度的镀金圣母雕像，高高擎立在教堂的最顶端。圣母玛利亚神态端庄慈爱，金光闪闪。

教堂里面装饰着大理石、马赛克，挂着数不清的壁画，还有各种精致的船舰模型，甚至是一些勋章。和其他一些教堂比起来，这实在是很有些别致。

登上圣母大教堂的宽敞平台，人们的视野一下子打开来，刚才在山腰处所见的景观，显得更加辽阔，更加完整。精致的马赛城，完整地展现在山下，简直就像一个彩色的沙盘，无一处不在人们的眼中。导游说："从这里看马赛，正是这种感觉。事实上，等会儿到了马赛，大家不论走到城市的任何地段，也都可以举目尽览这山上的教堂。"

我好像有点明白了，原来这圣母大教堂就是马赛，是马赛的地标。教堂和城市互为映衬，以神的角度，护佑着城市的平安。

有人向遥远的海面上指指点点，说那处隐约的古老建筑，应该是《基督山伯爵》里面那座监狱的原型——伊夫堡。我睁大了眼睛，也只是瞭望到了贴近山体的些许故旧岩石，和与之相衬的残垣断壁，难以想象那就是森严壁垒，常年关押着伯爵的监狱。

教堂的外墙边，有石碑记载，这圣母大教堂始建于 1853 年，历时几十年才完成。经人指点着细看，外墙上似有手指粗细的圆孔，据说是"二战"时期，德军和盟军交战时候留下的弹痕。

有便利店售热咖啡，买两杯喝了暖身子。刚刚放下纸杯，导游已经在那里呼唤，一众"诗歌"号游客，该打马下山了。

近在咫尺，又是自上而下。不大一会儿，我们的大巴就停在了马赛"旧港"一侧，广场的东边。所谓"旧港"，是相对着新建的大码头而言。事实上这里也足够大，眼下改成了马赛的游艇码头。撒眼打量，这两三个

足球场大的港口里，樯桅林立，停泊了不下上千艘游艇，十分壮观。

就是这个港口，在近百年前，还是马赛唯一的世界级码头。马赛这里，三面环山，一面朝海，傍着罗纳河口，水深港阔，是欧洲有名的海港。从世界各地赶到法国来的轮船，都在这里进进出出，汽笛鸣响，一片繁忙。曾经读到过，百年前有一批赴法勤工俭学的中国青年，周恩来、李富春、邓小平、陈毅……他们远渡重洋，历尽艰辛来到法国，就是在这个马赛港登岸。

想想那些活泼热情的年轻人，可能就在我此时脚下的一方土地上为到达目的地而欢呼庆祝，扬起歌声。

在余下的两个小时里面，我们信马由缰，漫步在马赛规整的街道上。时值周六，街上的大多数商铺都关门歇业，行人稀少，略显冷清。我们能做的，也就是一路欣赏沿街的建筑，那些公寓、教堂、亭台楼阁。我们故意挑剔，在挑剔中比较这里和热那亚之间建筑风格的区别，看看这法国和意大利有什么不同。说实话，给自己出的这道题目有点难，面对长街两侧的楼房，冷不丁是看不出来什么差异。可远远地漫步一个来回，还是能隐约体会到两地城市建设中那些点点滴滴的不同品位。可到头来细说，却又说不那么清楚了。

码头边有大广场，有小型的花店，出售小把的鲜花。偶有买花的人，手捧鲜花，行色匆匆。隐隐的香气在冷风中飘荡着传过来，让人忍不住深呼吸，清新香隐，浸人肺腑。

香气一扫而过，再飘过来的，是浓重的鱼腥。正有一溜摊床，上面挨个儿摆了海鱼待售。看着那些黑亮的鱼眼，就知道，这些海鱼从地中海里被打上来也没多久，还相当新鲜。渔的价钱也不算贵，和海南鱼市上比着略高。但看那鱼的肥嫩，品质似更好于海南。

又买了两面法兰西小国旗。

天近傍晚，一众伙伴集合登车，直返土伦港。

按原定的航行计划，“诗歌”号从热那亚出航，是直赴法国马赛。后来不知什么原因，马赛港不让停靠，所以才改变航线，把船停在了土伦，人们再从土伦搭大巴赶到马赛去游览。这样的变化，对于我来说，不但没有丝毫的不快，反而还给我带来了不小的兴奋。和马赛相比，我内心里更看重土伦。因为我知道，土伦正是拿破仑初露锋芒的地方。只有 24 岁的小个子炮兵少尉波拿巴，就是在这土伦一役，力克国外联军，取得了空前的胜利。如今落脚土伦，正可经历感怀一番。

土伦战役的胜利，挽救了法国大革命。1793 年，是大革命的第 4 年，土伦叛军把土伦出卖给了英国。一时之间，整个法国南部危在旦夕。青年炮兵军官拿破仑，正巧赶上了土伦之战。他凭着精准的判断力、过人的军事才华，还有身体力行、吃苦耐劳的品质，率领法军一举击败了英国和西班牙联军。说起来二百多年前的那场决战，是多么艰难。拿破仑改造军工场所，搜集火炮，加紧训练士兵。他还在战时身先士卒，鼓舞士气，身负重伤仍一往无前。

任何胜利和成功都不是轻而易举的，拿破仑的成名之战，当然也满是血雨腥风。

夜幕慢慢降临，我站在“诗歌”号 14 层的甲板上，正赶上邮轮离港起航。土伦的灯火正在安静地褪去，邮轮正在朦胧中缓缓滑向港外的深海。在夜色中，我弄不清自己和邮轮的具体方向，更无从判断当年土伦战役时的克尔海角、小直布罗陀、马尔科雷夫堡……那些土伦战役中的要地。海风徐徐，除了大船在海面上行驶时候发出的轻微的机械声音，四周的一切都那么平静。我的内心，翻腾着 230 年前土伦之战的风云，耳边响起了拿破仑指挥冲锋的呐喊声、枪声、炮声……

我在小时候，听过父亲哼唱《马赛曲》。记得我还问过父亲：“这听着感觉很有劲儿的歌儿是什么歌儿呀？”

父亲回答说：“这是《马赛曲》，是法国国歌。法国大革命时期，法国

马赛人民高唱着这首战歌，进军巴黎。”

后来，父亲还给我写下了《马赛曲》的歌词。

今天游览了马赛，在这渐驶渐远的邮轮上，回首土伦隐约的灯火，让我自然想起了《马赛曲》那激越、雄壮、热情无比的歌词：

前进！祖国的儿女们，快奋起，光荣的一天等着你！
你看暴君正对着我们
举起染满鲜血的旗，
举起染满鲜血的旗！
听见没有？凶残的上兵
嗥叫祖国土地，
冲到你的身边，
杀死你的儿女和妻。
武装起来，公民们！
……

夜色更深，寒气袭人。我默默注视着遥远的灯光，心中向土伦告别，向马赛告别。

别了，印刻着辉煌历史的英雄城市。

西班牙巴塞罗那驻留：高迪建筑美学的现场解码

夜半三更，房间里的小喇叭突然响起来，先是英语，后是法语、德语、意大利语。最后轮到了汉语："现船进入了深海区，也遇到了这次远航的第一次大风浪。20 分钟之后，最高浪头将达到 8 米……"

后面是船长委托二副向大家好言安慰的话。意思大概是："如此风浪，对于'诗歌'号来说，简直就是小菜一碟，请各位放心睡觉，没有任何问题。只是有些反应敏感的人会出现眩晕、恶心的情况，是为正常，不必多虑。"

听见船上高级职员拍胸脯，心中释然，就仍坐着写字。不想，大船竟渐渐像秋千一样，缓缓地荡起来，还越荡越高。也不知道在船身的什么地方，还"吱吱嘎嘎"地响个不停。虽说有过远航的经验，甚至经历过更大的海上风浪，可事到临头，还是觉着越来越头昏脑涨，晕晕乎乎。接着就犯恶心，胃肠里一股一股地往上冒酸水儿。实在没办法，只好扔了笔，再

把自己也扔床上，形同烂醉如泥一样瘫着。

度日如年，度时如月。苦苦地熬着，总算没吐出来。等到渐觉船身的摆动幅度小一些时候，艰难地看看时间，已经是早晨 7 点钟了。长叹一声，咬牙奋起，挣扎着简单洗漱，披挂冬装，摇摇晃晃地登上 14 层甲板，推门站在露天当中。

天海间乌压压、灰蒙蒙，气势压人，却又没有想象中那么寒冷。分不清船外周围的上下远近，只是在耳边能听见大船引擎不间断的轰鸣声。稳住了身心，大口呼吸。借着船桥上的灯光，能隐约看到船身的一侧正在慢慢靠上低矮的码头。

“诗歌”号长出一口气，终于停泊下来。可它的发动机仍然运转，只是声音小多了，像轻轻的喘息。夜色越来越淡，抬眼看岸上的灯火，灿烂辉煌，正簇拥着一座大城市，冲着我微笑。

巴塞罗那，我们已经在一夜之间，从法国来到了西班牙，从土伦赶到了不同凡响的西班牙第二大城。

天大亮，气温反倒降下了几摄氏度。晨风萧萧，吹得人们缩肩驼背，互相挤挤擦擦，集合在几支队伍里，登车前行。20 分钟后，我们已经像小学生一样，下车排起队伍，在早晨显得很是冷清的巴塞罗那的街道上穿行。

最后，大队集合在一幢高大的楼宇前。仰头看大楼，心生几多诧异。先说这楼房的外墙面，一点都不像通常情况那样平直，而是铺排得凸凹起伏，呈不规则状，还像大网似的画了许多格子。这样一来，楼房很有些不像是房子了，朦胧着倒像什么昆虫的巢穴。我感觉到新奇，也体会到这建筑设计上的另类。

不知道怎么回事，这次游览巴塞罗那，邮轮上的旅游部竟没给我们配汉语翻译。抱怨没有用，只好自己多打问请教了。参观楼宇的门房告诉我：“这里就是著名的‘米拉之家’(Casa Mila)，是天才的建筑设计师安东尼·高迪创造的最有他的典型风格和最成熟的作品。”

啊哦！心下恍然，知道高迪。曾被他的那幅圣家族大教堂挂图所吸引，当时紧盯着看，感觉几分神秘，还有点疑惑，教堂还可以这样设计、这样建盖吗？再问船上来的领队，才知道，原来我们这次游览也包括参观那座圣家族大教堂。先“米拉之家”，再大教堂，这次游览巴塞罗那，看样子是冲安东尼·高迪来了。

进入“米拉之家”的大厅，就先见到一婴儿头颅的雕塑。雕塑呈灰色水泥的原色，有半人多高。神态自然，栩栩如生。只是，那雕塑的孩子似乎心情不佳，神态悲伤，正撇起小嘴儿，欲哭无泪。我们这些毫无人性的过客，不管人家高不高兴，一个个嬉皮笑脸，依着靠着哭孩儿，纷纷拍照留念，也不知可留下个哪门子的纪念。

上楼出了点小差错，别人都搭电梯，直冲楼顶。我们这一路，也看不清楚前面是被谁指挥着，却选了安全逃生楼梯，不断向上攀登。一楼又一楼，楼梯还又直又陡。一气儿上了7楼，老头儿停下脚步，感觉心跳如鼓，气喘如风箱。真是担心自己，可别筋疲力尽，老心脏梗一家伙，一口鲜血喷在高迪大师的建筑艺术上。然而，最终还是一切正常。

外观设计上的夸张另类，丝毫未影响“米拉之家”内部功能上的舒适性。想不到一百多年前，我国还是清朝的时候，这“米拉之家”里，办公室、书房、卧室、客厅、儿童室、卫生间……各个区域功能都分派得清清楚楚，管理得井井有条。

既已登上高层，索性就攀顶。一股心劲儿撑着，找到了一架盘旋小梯，拧着身子上了顶棚。顶棚里四至宽敞，间有镶嵌的圆形飘窗。只是细看棚顶，竟未见一根钢筋混凝土预制横梁，顶子上都是红砖发旋造成的拱顶。一块接一块立砖挨着砌在一起，盘出拱起的弧线，靠着砖与砖之间的张力，撑起整个房顶上一条又一条的砖“筋”，起到预制钢筋混凝土弧形梁的作用。我见到过这种类似赵州桥的拱形建筑结构，但如此之多的砖，如此纵横交错地排布在整个楼房顶部的拱形砖石结构，却还是第一次见。我不仅惊讶于这精妙的手艺，更衷心敬佩这其中的计算。想想，这整个顶

棚里，纵横交错的几十条砖石发旋形成的拱梁，只要其中一条里面的一块砖受力不匀，或是施工不精，都会留下灾难的隐患。风雨剥蚀，自然震动……都难免造成事故。然而，一切正常，“米拉之家”历经百年，还能不断接待来自世界各地的游客，还是那么坚固牢靠。那些红砖，每一块仍坚守职责，牢牢地镶嵌在自己的位置上。

时近中午，我们才从美丽的“米拉之家”里尽兴而返。出大门的时候，感觉腿肚子发软。果然是上一层楼抵半里地，这是累着了。踢踢拖拖上了大巴，算是喘上来一口活气儿。

车子攒足了劲儿，一路吼叫着冲上了山顶，停在一处遍种了花草树木的大门前。铁栅栏的大门上，有标示的铜牌，有人拼读出来“奎尔公园”（Parc Guell）的字样。

令人惊奇的是，门前竟有留学生模样的中文翻译，在大声简洁地介绍公园的概况：“这里是安东尼·高迪设计的奎尔公园，这里的设计注重观念上的价值。从环保的观念来说，如何把一个荒芜的小丘绿化、人性化，变成让人赏心悦目、心旷神怡的公园，才是设计者最高的艺术境界。

“在参观时候，大家要注意到，这些巧妙的自上而下的隐形沟管，它们最大限度地保存利用了天然雨水，水是生命的源泉，看看这满山植物的丰盈，就知道高迪设计思考上的高明之处了。

“再看这棕榈上的鸟儿，这成双成对的绿色鹦鹉，它们正在做窝，准备成婚诞子。如果这里环境不好，它们还会来吗？”

我们漫步在奎尔公园的沙石小路上，看着飞来飞去的鹦鹉，发出“吱啊吱”的叫声。这声音不好听，但透着鹦鹉鸟的欢乐，显得生机勃勃。

经门前英文翻译的点拨，我似乎对眼前的公园有所悟。这确实不是个一般的公园，随处可见的景观表面总有些怪诞，又好像都具有生命，四下里正嘁嘁喳喳议论着眼前的游人。原本的人游园，变成了园游人。活泼的公园，正阅历欣赏各色来客。这想法简直让我自己惊讶得目瞪口呆，分明见得那些建筑物就差一点会活起来，会跳起来，会载歌载舞扭起来。高迪先生真是神人，把他的建筑物都设计成了有灵魂的东西。

在奎克公园里走，每个人都成了在“七个小矮人”“白雪公主”“水晶鞋”……一派童话中神游的读者，都回归了自己美好的童年。

我们到达圣家族大教堂（Basilica of the Sagrada Familia）的时候，只能在门前欣赏外景。有栏杆挡在大门前，上面还有简短的说明，说是：“因为教堂在维修，恕暂不接待游客进内参观。”

坐在外面也不错，能歇歇腿儿。再说就算是在外面，这世界第一大又第一高的教堂，在午后的阳光中，光怪陆离，透着无限的美丽和神秘，也足够你看上个把时辰都不愿错眼珠儿了。并且，还真有汉语的介绍小册子，可以读来解惑。

好的建筑令人赞叹，最好的建筑更能令人心生遐想。这圣家族大教堂用无声的语言引领，让我们心里飞升了数不清的想象。这教堂有点像很多集在一起的巨大蚁冢，虽然那高大那宽展，显然是人为的建造。但让我怎么也抹不去心中联想到非洲高原上那些自然生成的蚂蚁的窝。那些一人多高的蚁冢，曾经吸引了我停下疾驰的车子，走过去专心琢磨它。我看不到蚁冢的里面，但能想象那里面的复杂甚或精致。我惊叹蚂蚁的才能，更赞美大自然造物主的神奇。圣家族大教堂的设计，破天荒地依托于自然景观。这让它的外观在一瞥之下，完全不同于原来心目中所有的建筑形象，让人为之一震，为之一新，心中慨叹，这才是真正的新生建筑。

再细看，教堂有些外观还让人想到骨骼、树木、肋条、贝壳、水晶……很多自然界里的物品。这也让这座巨大的教堂，完全异于以往见过的所有同类建筑。

那本中文小册子告诉我们，这是一座从1882年就开始动工，已经建盖了一百四十多年，还没有完工的教堂。天才的安东尼·高迪，于1914年就在这里安设了工作室，每天为这座教堂的建设忙碌不停。先生全身心地投入工作，起早贪黑，废寝忘食，常常弄得不修边幅，甚至专注到恍恍惚惚、衣衫褴褛的样子。1926年，他横过马路，赶去祈祷，竟被电车撞了。

人们不知道这个平凡到近乎乞丐的老头儿，就是高迪先生。等到人们了解了真情，高迪先生已经在医院里不幸去世。后人把高迪葬在了他还未完成的圣家族大教堂的地下，这样一来，高迪和他终生为之奋斗的事业永远相伴在一起了。

这不是一座普通的教堂，这简直就是一部巴塞罗那建筑艺术史，是高迪建筑艺术的课堂。我赞美高迪艺术，虽然我还不能完全懂得这种艺术的风格。

登船时候，天色渐暗。我站在 14 层高的甲板上，回首巴塞罗那。城市灯火灿烂，光明一片。看不到更远处的米拉之家、奎尔公园。只有巍峨高耸的圣家族大教堂，还在夜空中略显神采。

巴塞罗那是西班牙的第二大城市，这里举办过奥运会和世界杯足球赛。这里还有斗牛场、餐厅、落日海滩、巴斯拉姆大道……众多的旅游景点和打卡地。来去时短，容不得我一一前去鉴赏这些文化艺术的瑰宝。再见！巴塞罗那！我一定还会再来，到时候我会选定一个巴塞罗那巴萨足球队比赛的日子赶过来，看一场精彩绝伦的足球比赛。

西班牙马略卡岛—帕尔马：弗拉门戈旋风与“庞氏骗局”

夜里，有同船相近的伙伴叫醒我，相约到船尾最高处去看灯塔。隆冬夜半，地中海冷风萧萧，寒气逼人。我们已经计算好了，随着邮轮驶近帕尔马。在马略卡岛北面，福门托角上的灯塔（Cala Figuera），会出现在船的左舷。事实证明，我们的判断准确。茫茫夜海，混沌无尽。一团明确的光亮，正照耀在我们的左前方。除了那盏灯火，和相称在后面的隐约山崖，什么都看不见。但这已经足够了，想见在古老的航海年代里，有灯塔上这一点光明的指引，千百艘航船，就都确保了安全的方向，放心大胆地航行地中海，到达这马略卡岛南面的帕尔马。

天色微明，我就又登上了 14 层甲板。船还在前行，但速度明显慢了许多。抬眼就能看见被灯光打扮着的城市，只是那些明亮鼓了一夜的劲儿，此时在晨曦中都暗淡了许多，好像疲惫了的样子。环绕着城市的公路上，有早起匆忙行驶的车灯排列着，像细小的溪流在流淌。再仔细看，见车灯

一个接一个，又像晶亮成串的珠子，飞快地向前滚动。

大船慢慢地掉转船头，缓缓地靠在低矮的码头上。天色一点点发亮，朦胧的远方隐约显露出延绵的深色影子，一时还看不出，那是山还是云？偶尔有孤单的灯光在那影子里眨眼，影子应该是山吧？不然云里怎么会无故燃起灯火？

越发明朗的天地，暗中抖动，把沉重色深的部分降落下来，再把轻巧光亮的部分升腾上去。于是，没几分钟的工夫，世界变得轮廓分明，清晰深刻。被沉降下去的，果然是天边缭绕的山，还有脚下漫荡的海。而被升腾起来的，是还淡然的蓝天和蓝天中飘荡的白云。清晨的云，重叠堆积，有些深厚。云下的海水显暗灰色，也不活泼。可没多大工夫，地中海的暖风就赶过来，把那些深厚的云吹成了一片片的棉絮。大束的阳光，赶紧刺透了那些浅薄的云层，照射在近处的海上，让那一片海水变成了晶光四射的银板。

帕尔马到了。这地方对于我来说，实在陌生。这是西班牙东岸，地中海里的巴利阿里群岛，群岛中最大的岛是马略卡岛，岛上最大的城市就是帕尔马市。这是一座 36 万人口的中等城市，也是整个群岛巴利阿里自治区的首府。

9 时集合，随队出发。地中海的阳光，光灿灿普照大地。

所乘的巴士，行驶在海边宽敞的公路。在车上，能清楚地看到全方位的帕尔马大教堂。能断定那古香古色的建筑，都是用褐色砂页岩做材料砌建而成。大教堂正宗古典，是距今 800 多年的古建筑。

导游说：“我们今天的第一站，是松阿马尔庄园（Son Amar），我们去那里观看西班牙传统的弗拉门戈式表演。

“大家也看到了帕尔马大教堂了，等下回来的时候，我们可以就近停车等待，让大家下去游览，顺便拍个照片。眼下，我们通过了帕尔马的市区，正在马略卡岛上穿行。

“这岛是巴利阿里群岛里面最大的岛，这里在古时候就被西班牙所征服，一直是西班牙的属地。等下我们回来，还会去山上参观贝尔弗城堡。那个圆形的城堡，就是西班牙在1203年修建的。不过，这个城堡自打建成以来，就从来没有发生过攻防一类的战事。如今，也只是一处观光打卡地而已。”

车窗外出现了宽大的高墙建筑，还有与之相配的大片田野和橄榄树林。有人好奇地打问导游，那是个什么去处？导游笑了，他告诉我们：“那是监狱，还是西班牙全国最大的监狱，而且也同时是全世界最具人性化的监狱。如果在里面蹲监，政府还会为其计算‘工龄’，以便出狱后核算退休金。每逢节假日，犯人都可以让自己的妻子或是女友过来相陪。”

说到这里，全车的人都不约而同发出了笑声。导游的话题一转：“帕尔马这里的环境相当不错，北部海边的高山，挡住了冬季里的寒风，岛上常年温暖，从无冰霜。这里的地中海阳光最充足，一年有近300天都天气晴朗，阳光灿烂。”

导游所言不虚，我已经感觉到了这里冬天的温暖和满世界的光明。导游还说到这马略卡岛的面积，说是有7000平方千米大小。我在自己的心里核算了一下，这面积应该有海南岛的五分之一。

越是往城市的远郊去，周遭的景观就越发显得清净，渐渐地，一路上空旷寥落，别说人影儿，连车辆也难得一见了。

松阿马尔山庄是一座建于16世纪的传统的马略卡庄园，位于特拉蒙塔纳山脚下。它的主体，是一套具有综合功能的建筑，再远近还横着一些独立的房屋。刚进院子，就有人为我们奉上美酒，是新酿的桑格利亚汽酒，泡沫在酒杯中升腾变化，清香甘醇，众人擎着晶莹的玻璃杯，纷纷一饮而尽。酒后若是未解酒意，或是撩起了瘾头，可随意再取一杯在手。敬酒的女孩，还会给每人一粒丰圆的盐渍橄榄，含在嘴里，以解酒味儿。我偷偷咬破了橄榄，一股悠然而生的浓香，就充满了口腔。也有蛋糕摆着，可在美酒跟前，就显俗几分，不受人待见，而被冷清，没人拿取。

大家端着残酒，含着橄榄，被引到了一座规模不太大的剧场里。剧场

内光线暗淡，能大致看清周围的情况。这是一座能容三五百人的剧场，设备简单，但也功能齐全。刚刚落座，就注视到前面那个舞台。总有一间教室大小的舞台上，打好了几盏射灯。最里面的挂幕上映亮了一个布景，布景像是取自西班牙某个城市的小街，至于是不是这帕尔马，不得而知，因为我还不熟悉这座城市。

靠着背景，舞台上摆了七把朝外的椅子，其中六把椅子都空着，只有最靠近侧后台的那把椅子上坐了一位琴师。琴师两鬓斑白，头发卷曲，胡须修剪得整整齐齐。他穿皮鞋、牛仔裤、白衬衫，外罩一件绣花的马甲，马甲上绣的金线，时不时在舞台灯光的照射下闪出耀眼的光芒。琴师气定神闲，看起来自信满满，怀里抱了一把白色的吉他。他稳稳地坐着，嘴角挂了微笑，似乎并不在意马上要表演的节目。从舞台到观众席，整个场子都安然肃静下来。琴师开始慢慢拨动了怀里的吉他，轻巧的音乐从吉他那里传出来。随着吉他乐音的节奏，有一位脚蹬黑色漆皮半高跟鞋，身着大红色连衣裙的女士，落落大方地从侧幕走了出来。她分开双手在裙子的两侧，略交叉着曲了腿，低头向台下的观众行礼致意。然后举起麦克风，简短地说了几句话。因为说的是西班牙语，我一句也没听懂，但猜着，应该是通常寒暄的“热烈欢迎”一类的客套话。

女士向另一侧的后台招了招手，另一位更年轻的姑娘身着上下黑白分明的裙装，登着黑皮高跟鞋，轻盈地飞上了舞台。两位女士单手拉在一起，再高高举起。琴师那里骤然拨响了一连串儿的重音，音乐不但开始响亮深厚，而且节奏也明显顿挫起来。年轻的女士似乎被吉他声牵引着，摆定了几个姿势，旋即舞蹈如风。舞者脚下踣踏出“噼噼啪啪”的响声，和吉他声相伴相合。吉他手用力演奏，头上卷曲的斑白额发坠下来微微抖动不停，舞曲越来越快，舞蹈的女士开始像陀螺一样旋转，看上去还越转越快，已经看不清舞者的面孔，只见她晃动出来的好几个模糊影子，在台上神奇地飘来飘去。等到她立定下来，就又看清楚了这个纤瘦而强健的舞者，她衣裤上那些黑色的小穗子，还没有随着舞步停下来，仍旧晃动飘荡不已。

台下的观众完全被刚才那一段舞蹈所感染，都紧张得屏住呼吸，全神贯注，不错眼珠儿。猛然间，响起了热烈的掌声。又听见吉他的乐音再往上一挑，手持麦克风的红衣女郎骤然开腔儿。她那响亮而又圆润的嗓音，就像抖动的薄金属片儿一样发声，瞬间充满了整个剧场。这位大号抒情女高音的歌声里面，有强烈的感情，有细腻的叙说，有满怀希望的召唤，也有非同寻常的慨叹……歌声绝非通常女声中小鸟依人的啲鸣，倒像依山滚动的风雷、海边暮色中的号角，自天而降的呼唤……虽然听不懂她在唱什么，但能感受到她的情怀，能共鸣于她的歌声，能心气起伏于她那美妙的旋律。

仅有三个人，一弹、一跳、一歌，却几乎抵上一个歌舞团，把整个舞台渲染得天翻地覆，激情四射。观众席上，人人如痴如醉，全场鸦雀无声。这就是西班牙弗拉门戈式的歌舞表演吗？我呆呆地盯住舞台，也被强烈感染着，激动不已。

心中不觉突然闪烁了一个名字——嘉尔曼。嗽呵，这可不就是梅里美小说里的那位西班牙女郎，那个美丽而又坚强的吉普赛姑娘吗？她用自己的牺牲歌颂自由，不肯被过时的爱情羁绊热烈的生命。她放荡不羁，使士兵唐·豪塞堕入情网，过后又爱上了斗牛士艾斯卡米里奥，最后死在了唐·豪塞的匕首下。

这小说后来被法国音乐家改编成歌剧《卡门》，人们应该熟悉那部歌剧中激越热烈的旋律。

眼前舞台上的舞者，让我想起了小说里的嘉尔曼。琴师弹奏的乐曲和红衣女郎相伴的歌声，又犹如《卡门》的序曲缭绕耳边。这让我在这万里之遥的异国他乡，一下子感受到了无比的熟悉和亲近。我很轻易地就融入了三个艺术家构建的氛围中，像相熟而又相惜的老友，几乎能被他们拉起手，随他们一起歌舞。

台上仍继续着狂热的情绪，一转眼又有三男两女，五个年轻的演员，身穿弗拉门戈式的传统服装，飞身上台，前来“助战”。年轻人生机勃勃，

热情无比。随着吉他弹奏的热烈旋律，在舞台上闪现出各种舞姿，像变幻飞舞的精灵。男演员能用膝关节着地，带动整个身子旋转，还一边转，一边齐声发出短促的断喝。他们还能飞起双腿过头，模仿翱翔的鹰。他们甚至能像芭蕾舞演员那样用脚尖，甚至用脚背飞快变化舞姿。女演员身子柔软坚韧，像两团旋风，有使不完的力量。她们时而掺进了男演员中间去，像花瓣儿，像银饰，和男演员相伴相衬共舞，甚至在几个男演员的手臂上、肩膀上、头顶上轻巧地滚翻跃动。

在这一切舞蹈间，始终伴随着吉他声，缭绕着红衣女郎酣畅野性的歌声。

表演尽力而行，眼看着演员们额头上都已汗津津，反射着光亮。众人的歌舞骤然停了下来，七把椅子上也不知道什么时候都坐上了人，只留下一个人，还在舞台上不知疲倦地舞蹈。坐下来的人们，拍起巴掌，为那个单一的舞者伴节奏，还齐声呼喊着给他鼓劲儿。如此者再三再四，自然而准确地依时轮流替换，一个一个地表演，始终保持着七张椅子八个人的布局。

一分一秒过去的时间，被人们忘记了。等到红衣女郎静下来，再次举起麦克风说话的时候，人们才想起，嗷呵，这是弗拉门戈式表演结束了。整个剧场突然静了下来，几秒钟之后，雷鸣般的掌声像暴风雨一般，炸响在整个剧场里面。

八个演员一起走到舞台的前沿，躬身行礼，向大家致意。掌声却一时停不下来，转而响成了断断续续的节奏。有呼喊声再整齐地响起来，我听不懂那些人喊了什么。但很快就见琴师从一排演员中单独站了出来。嗷，原来那些人对他也是格外欣赏，请求着让他再为大家单独演奏一段，猜着这应该是一位知名的吉他演奏家吧。

吉他手始终是一副安然自信，而又认真沉稳的样子。他为这一场歌舞表演贡献了自己的力量，此刻已显得有点疲惫，但神情间又露出兴奋不已的样子。红衣女把麦克风拿近了吉他手的嘴边，他说了简简单单一句话，

大概是在报自己要为大家演奏的曲目。我知道，在欧洲，遇到这样的场合，演奏家一般都会来上一段即兴演奏，随心所欲，来释放自己的激情。

我始终觉着这位演奏家的气质非凡，现在眼见他在一片安静的剧场里独奏，就凝神仔细观察。他已经弹响了怀中的吉他，是那种缓慢悠扬的起式。我知道，好的演奏家，并不是随着自己的乐音，在表情和动作上有什么大的波动和起伏，像配合自己的音乐一样。不会像一些钢琴、大提琴、二胡等演奏家，在自己的演奏中那么明显地伴上自己的肢体表现，闭眼皱眉、摇头晃脑、躯干抖动。最邪乎的还咧嘴龇牙，一副痛苦不堪的样子。

眼前的吉他手，在自己演奏的过程中，只是抬头挺胸，自然地目视前方。他一直在手臂上手指间使“暗劲儿”，表情和肢体反倒自然放松，看上去好像无动于衷。这应该是他的一种深层艺术修养，还有对文化本质独特的体验。如果在演奏中一味摇头晃脑，闭着眼，哆嗦颤抖个不停，就算你演奏得再好，也会让人心中升起麻痒，客观上降低了你演奏的艺术品位。人家是看你的音乐再创作，还是看你的表情形态变化？

凝神专注的吉他手，先是弹出了一连串紧密相连的音符，像随手拨动了一缕清风。待那清风荡遍了在场人的耳鼓，就开始变化，变得有劲儿，像越拉越紧的皮筋儿。琴声悠长，也没有太响亮，却给了我踏实的力量，让人感到心里有劲儿。不知不觉地，音乐开始浓重起来，似有千军万马，在地平线上跃动。其中有马蹄踏击大地声，有号角声，有金属兵器相碰声，有风声，风声里裹着敲击的鼓声、呐喊声。所有的声音都若隐若现，被剥去了粗糙的外壳，只留下精粹的内涵，徐徐而至。我好像知道有什么东西要赶过来，又不知道它怎样来到面前，什么时候来。

演奏家实在高明，只有一把吉他，怎么就能营造出如此翻天覆地的气势。好像干旱的土地上，人们仰视天边，渴望着暴风雨的来临。紧接着就雷声滚滚，雨骤风狂，天地间黑压压的，就像无限的雄师重兵，夹雷携电，冲杀过来。我们所有的小人物，都被一把吉他制造的风暴战争，震慑得手足无措，惊心动魄。

人们在这样的声音氛围里，足足承受了一分钟。吉他音乐又变了，变得轻巧和缓，像一条小溪，自遥远的山谷流淌过来，再奔流而去。溪水里好像活动着无数轻歌曼舞的精灵，先由远而近，再由近而远，远到无限，却还能听得见。就像洁白纤细的丝线，无论缭绕飘荡到多远，线头总还在手里抓着，就算最后看不见了，也还能在手里感到那银丝微微地抖动。

银线串着的音符，渐渐地又飘回来了。悠扬缓慢地摆动着，像小时候妈妈哼着的摇篮曲一样，让人感到温暖舒适，懒洋洋的。所有的人仿佛都被催眠了，心无旁骛，只想晕乎乎地在母亲的怀里睡去。

吉他手的演奏已经停了，听众却还在绕耳的音乐中，没有醒过来。有那么几秒钟，整个世界都停止下来。然后，才是暴风雨般的掌声，响彻了剧场。有些人高呼着“迪戈！迪戈”，好像喊的是吉他手的名字。结束了演奏的吉他手，这时候站起来，一手拿着吉他，平伸开两只臂膀，躬身向大家致意。他还是始终显着一脸笑意，微微侧着头，风度翩翩的样子。他那汗湿的斑白卷曲的头发，在额上耷拉下来一绺，看样子他已经很是疲惫了。

我们观赏的弗拉门戈歌舞，是西班牙特色表演，是把舞蹈、歌唱、器乐演奏放在一起的综合性艺术。“弗拉门戈”这个词，来自阿拉伯语“falah mengu”，它的原意是“没有土地的人民”。再往远追溯，弗拉门戈确实源于吉普赛人。不过，历经久远，这种表演已经演化成了西班牙的代表性艺术，成了西班牙的国粹。我们在弗拉门戈歌舞表演中，能看出吉普赛的自由随性、欧洲的高贵华丽、美洲的热情奔放。弗拉门戈表演中，还有一点很可贵，在表演时，演员注意和观众的互动，甚至强烈吸引观众情绪的介入。这一点，只有高明的表演艺术家才会意识到，也才能做得到。

回程，我们如约来到帕尔马大教堂，拍照留念。

我们也到了那个圆形的贝尔弗城堡。城堡在山上，在上面可以一览帕尔马全貌。这个从未发生过战斗的空城堡，时过千年，仍默默地守卫着帕尔马。

后面半天的游览中，不论是在教堂还是城堡，我都没法集中自己的全

部精力，一门心思投入其中。我的脑子里，始终闪现着那七把椅子上的八位弗拉门戈艺术家们的影子。

人杰地灵，弗拉门戈艺术家在帕尔马施展才华。同样的山水清境也生养邪恶，也能喂养天才的罪犯。我们都熟悉“庞氏骗局”，这种金融骗局并不复杂，就是引资人向投资人许以大比例的利润回报，甚至能高达50%至100%。他的办法就是把后加入者的钱，分配给先投入者。只要投入者不断，庞氏骗局的资金链就不会断掉，能往前延续。用我们中国老话儿说，就是拆了东墙补西墙。结果窟窿越来越大，结局无法收拾。庞氏骗局在一百多年以来，让无数渴望富裕的人上当受骗，甚至倾家荡产。

庞氏骗局的始作俑者，就是查尔斯·庞兹。所谓“庞氏骗局”的“庞”，就是取自这位发明骗术者的姓氏。庞兹正是帕尔马人氏。他于1882年在帕尔马出生，21岁时候移民美国，后来还到过加拿大，曾经在银行里做过簿记。庞兹根据自己在银行里做事的经验和金融运作中的漏洞，绞尽脑汁，发明了“庞氏骗局”，并积极运作，谋求暴利。他骗得过巨额钱财，但一生进出监狱，甚至出狱后还遭到美国遣返，回到了西班牙帕尔马的老家。据说，这家伙胆大包天，甚至试图诈骗意大利的独裁者墨索里尼，终未成功。真是替这位帕尔马老兄猜想，如果成功诈骗了当年的法西斯头子，能不能算反法西斯英雄？老庞兹流落世界各地，常常身无分文，最后在1949年，他67岁时，客死他乡——巴西里约热内卢。

告别帕尔马。

西班牙东南航线：阿利坎特—马拉加—夜航直布罗陀

从马略卡岛的帕尔马到西班牙本土南海岸的阿利坎特，海路有 200 海里。“诗歌”号傍晚启程，航行了一夜的工夫，第二天早早地就到达了阿利坎特省的首府阿利坎特市。

在大船上看阿利坎特，能清楚地看到这古香古色的小城，街道狭窄，安静淡然。而那些居民建筑的屋顶，却色彩缤纷，充满了生机。城市中那座凸起的古城堡，就是圣芭芭拉城堡。

最先随队伍登上了圣芭芭拉城堡（Castle of Santa Barbara）。

这是城市里地势最高的古代军事建筑群，坐落在高耸的贝纳坎迪山临海的悬崖上。站在城堡的制高点，俯瞰蔚蓝的地中海阿利坎特大海湾，能感觉到自己有些像滑翔的海鸟，伸开长长的双翼，几乎被框定在高高的蓝天里，下面是湛蓝的海洋，海风徐徐，迎风的双翅能轻巧地托起自己。码头旁有舟艇飞快地来去，开航间还都拖着长长的洁白浪花。巨大的“诗歌”号邮轮，正静静地趴在平静的港湾里歇息。也有三角形的白帆，竖起在海上，几乎看不到帆船航行的痕迹。可转眼再看才知道，那不声不响的帆船，速度也不慢，才这么一小会儿，分明在海水中前进了好长一段距离，已经靠近了那座苍绿的海岬。

在芭芭拉城堡上面，再回看阿利坎特，又是别有情趣。这里比在邮轮甲板上面看得更高更远，能看到阿利坎特别具一格的“白色海岸”。一边是地中海，海岸的浪花泛起雪白的泡沫。一边是贝纳坎迪山的悬崖，陡然凸起的悬崖，被海镶上了洁白的边沿。这样刀切斧劈的山海之间，就像精心雕刻出来的工艺品，让人心动。城市里街道整洁，房屋色彩鲜明，游走于其中的人群零星来去。

把目光收回来，落在脚下的城堡，可以尽心赞赏这独具一格的古建筑了。环顾这古城堡的设计，依地势而起，参差错落，既美妙耐看，又具有真正实战中的价值。这个 169 米高的古城堡建筑，曾被当年的世界大片《星球大战》剧组选作外景地。可见，就算玩未来题材的电影艺术，这城堡地域也使得开。

我们徒步登上来，有趣的是，每当在脚下的道路上完成一次转弯的时候，就会有一个宽敞的平台来到面前。一共有 4 次转弯，4 个平台。而每次站在一个新的平台上，歇歇腿儿，再欣赏欣赏海陆风光。咦？每次看到的地中海和海边的阿利坎特就又变了样子！能有 4 个地中海和 4 座阿利坎特吗？当然不是。不过，因为所处的高度和角度不同，眼里的风光山海就像重新化了浓妆的百变美人，让人看不出来了。

第四平台又称圣安娜堡垒，这里保留了几门铁铸古炮，威风凛凛地架在垛口上。顺着炮口看出去，这大杀器所指，正是平静祥和的蓝色海洋。

第三平台是武器平台，这里有很多住房，从大门进去，就是驻防的兵营。再往里面走，会看到墙上挂了很多绘图，那都是圣芭芭拉城堡在不同的历史时期，扩大更新自身的建设图纸。

第二平台是中部平台，这里显得有点平常。想来，古代的设计建设者认为，这里当年作为战斗的平台也没什么必要点缀些让人喜欢看的物件。

大概现在的管理者也想到了这一点，就用铁叶子拼制了几尊空心儿的铁人儿，还举起刀剑，摆好冷兵器时代战斗的样子，给游客瞧。可惜，游人都懂得真假，总不去搭理那些铁假人，甚至都不肯与那假人合个影。

再往上去，就是至高的第一平台，第一平台也可以说是当年总督的屋顶了。不过现在的总督府，已经变成了小型博物馆，在里面展览着一些千年的陶罐陶器。

这座城堡始建于9世纪，至今历经一千多年。城堡曾被阿拉伯人、法国人、英国人……占领过。到了1963年，城堡彻底成为西班牙阿利坎特的旅游景点，供游人参观。

在这天剩余的时间里，我们驱车45千米，来到了瓜达莱斯特（Guadalest）。这是个真正的小村庄，占地仅16平方千米，人口180人。整个"瓜"村，都建在悬崖峭壁上面。

从村边沿的停车场上下来，沿路溜达。阳光明媚，晴空万里，远近都是苍茫的大山。趴在山崖的石墙上，看近千米远的山下小河，河里面那些纯绿色的河水，平滑如镜，都成了大块儿的翡翠。

在村子沿大道的小街里溜达，随处都是卖旅游商品的小店。不管是买的还是卖的人，都悠闲耐心，不急不恼。时间好像一下子被放慢，每一秒钟都被成倍地拉长了。

领队带着我们转过那些小商店，来到一处新景观。

脚下的石头路变化了，仅有一个人伸开双臂那样的宽窄。而且，这石头路往山凹间伸下去。到了最低处，再向前升起来，可是立陡立崖，得攀登着前进才行。这V形的小路尽头，是天然巨型山石堆成的一个通道，通道呈人字形，其间更是窄小，几乎难以通行。

从那一夫当关的隘口进得身来，才又见房屋楼舍连成了一片。隘口里边还有墙垛、平台、储物石洞……进入那些民居时，见到了石头垒砌的房间，厚重结实得很。通常生活中的厨房、卧室、储物间、仓库、水井、祈祷间，一一排布，应有尽有。里面的工具、家具都一律粗重厚实，试着拿在手里，感觉都是沉甸甸的。还有一处小屋，里面摆了玻璃罩子，罩着一些金银器皿、钱币、头盔、手杖、腰带、面具……看上去像是当年人们储存财宝细软的“宝库”。

在悬崖顶上的小“瓜”村转了一圈儿，再次来到那个隘口，抬头细看，心中明白了。原来这才是“瓜”村人利用天然地势，“做”成的村庄。这里地势险要，易守难攻，一夫当关，万夫莫开。在冷兵器的古代，一旦遭逢动乱或战事，村中酋长一声令下，全村老幼即可逃进人字形隘口，躲进险要避难。到时候再派三五精壮，备下滚木礌石在人字形隘口上方，随时封锁通道。敌方绝难轻易攻进险要的村庄，到时里面的百姓就可保平安。

其实，中国在百十年前，也有类似的村庄据点。像福建的圈楼，湖南的土围子，东北的大院儿……都具有堡垒的功能。

先看了规模宏大的圣芭芭拉城堡，那架势足可与千军万马对抗，于战火硝烟之中拱卫城邦，为百姓黎民带来一时的平安。再看了精致坚实的小“瓜”村，那随时利用地势地物，精心构建的万全堡垒，能保护村民苟延残喘，延续生命。这两处大小格局不一样，精神实质却相同。人类几千年的历史，也是同类互相征战拼斗的历史，想来令人感慨。如今曾呐喊冲杀的城堡和村庄都成了旅游的去处，沐浴在地中海的阳光下，任来客游览，安静祥和。愿此情此景永远延续，成为经年活动的画幅，给阿利坎特，给地中海增加光彩。

大巴向游艇码头疾驰，像归巢的动物。心中突发感想，请求领队同意，可否弃车步行归船？得允，司机微笑着打开车门。我觉着自己就像出了笼子的鸟，兴奋莫名。背双挎包一路前行 1.8 千米，返回大船，结果疲劳又尽兴，连晚饭都多吃了一张牛肉饼。

我们仍将沿西班牙南海岸，自东向西航行，到 200 多海里外的马拉加去。

马拉加（Malaga）市位于西班牙南部的地中海沿岸。

有诗人写道："我曾站在这荒野和多风的山丘上，看过黎明和日落。他们就如西班牙的古老旋律一样，庄严而又美丽。"

这是一座名副其实的古城，公元前1000年，腓尼基人就在这里建造了马拉加城。腓尼基人是圣经里面说的闪族的一支，他们3000年前居住在现今的黎巴嫩、叙利亚一带。据说，"马拉加"这个名词，就是古代腓尼基语"盐"的意思。后来，罗马帝国占领了这里。古罗马灭亡后，穆斯林过来统治。直到1487年，基督教军队才又征服了马拉加。

现在这里是西班牙王国的安达卢西亚自治区马拉加市。

这里终年平均气温都在23摄氏度，日照时间长，又被称为地中海的阳光海岸。眼下虽正值隆冬，却不见丝毫寒意，只穿长裤衬衫就足够了。

乘车随队，沿海岸赶到吉布拉法罗堡垒（Castillo de Gibralfaro）游览。一下车，暖风扑面，突然有了冬季在海南三亚下飞机的感觉。身心为之一振，热情澎湃起来。

在地中海沿岸各个城市里，我们参观最多的就是教堂和城堡。这些眼下的旅游景点，都是欧洲文化的现实载体，是人们费力存留的活历史。"吉"堡和昨天看见的芭芭拉城堡类似，居山而建，依托险要。登上顶端，在飘扬着西班牙国旗的要塞上向下瞭望，感觉奇特。远处缩小了的洁白海岸，在阳光的强烈照耀下，色彩鲜明，光洁细腻。怪不得人称马拉加的海岸为地中海太阳海岸，细品之下，果然不凡。甚至连毕加索都说过："没有享受过马拉加的阳光，就不懂得创造立体主义的绘画。"

吉布拉法罗堡垒，在这里我称其为堡垒，没说这是城堡。因为上得山来，慢慢地走，仔细地看，心里判定着，这不是城堡，而是堡垒。城堡是能单独具有行政功能的地域，一般都有围墙等划定范围的标识，城堡当然也具备攻守抗战的军事力量。堡垒不一样，堡垒在规模上比城堡小。但大多位于军事要地，因为它的功能就是卡脖子防御来犯之敌，是单纯的军事设施。

吉堡的建设，也证实了以上的说法。它有外围的矮墙，高及常人肩胸。墙的内侧是宽仅一米的石路，石路上上下下，在整个堡垒的外沿环绕相通，呈典型的巡逻路线。如果到时候有了突发的军情，在高处巡逻的士兵会很快发现情况，然后向指挥官报告。一场攻防进退的残酷战斗，就在这吉布拉法罗堡垒内外展开。

这里的真实战斗发生在 1478 年。欧洲基督教军队意图收复失地，拿下吉布拉法罗堡垒，占领马拉加。于是，围困这里达 4 个月之久。最终穆斯林弹尽粮绝，筋疲力尽，堡垒陷落。说起来，这是一场围困战。

堡垒的内部有纵横交错的暗道，可通达战情，调动兵员。还有些深掩的暗室，用于贮藏粮食、弹药。整个堡垒非常坚固，就像在马拉加城的山上，铸成了一座铁碉堡，尽显威慑的力量。

出人意料的是，从山顶顺着阶梯走下来，刚拐过一处角落，竟发现了一个设在宽大房屋里的小型军事博物馆。馆里展示许多航海仪器设备，有两百年前的罗盘、九分仪。更多的是军品，从两百年前的铁炮到前膛枪，还有各个历史时期的各种军队的制服、军阶、水壶、刺刀……

导游指着下面半山腰的大片古建筑告诉我们："那里是阿尔卡萨瓦城堡，也就是古时候的马拉加城堡。"

古马拉加人真是聪明绝顶，他们把自己的城堡，建在居高临下，坚固强大的堡垒死角里，能最大地获得安全保障，成为最难征服的城堡。

从马拉加城堡再降落到地面上，我们看到了古罗马风格的角斗场、剧院、浴室……这些后来被发掘出来的历史遗址。其中有一处被导游特意指出，是古罗马人用来发酵、腌制臭鱼的仓室。他开玩笑说："罗马人喜食恶臭的腐鱼，弄得到现在还余味儿飘荡，这不，都用玻璃罩住了。"

有心实的队友，抽搭着鼻子闻了闻说："我怎么闻不到？"

大家哈哈一笑，无形中减去了吉布拉法罗山上积起的疲惫。

我们在老城里，转过好几条小街，小街上行人众多，摩肩接踵，来去

匆匆。这有点让人出乎意料，在新城宽广的大街上，还真没见马拉加一下子有那么多的行人。队友们和众多市民不知不觉地就混合在了一处，这让导游领队急得不断呼喊，提醒大家：“看好我手中的旗子！可别顺着人流走丢了。”

眼看着就要到马拉加的另外一个著名景点——圣母大教堂了。

没错，那么宏大高耸的大教堂，真的就坐落在平常的狭小街道旁。

进了教堂，第一个感觉是，这里面的空间虽然不算太大，但绝对高悬凌空，真高呀！导游见我们纷纷举头仰视，惊叹于这座圣母大教堂内厅的高度，就告诉我们：“这里室内穹顶高度达六十多米！若单论这高度，马拉加大教堂在欧洲中世纪教堂里面数一数二。”

教堂里面庄严肃穆，有很多人在里面参观。也有虔诚的教徒，安静地坐在长条木櫈上，双手合十，无声祈祷。悬在大厅后面整组的管风琴，巨大无比，银光闪闪，占据了一面墙。想象一下，这个像房子一般大的家什，若真是演奏起来，怕半个马拉加城都会轰响赞美诗篇的旋律吧！然而，管风琴默不作声。整个教堂大厅里面，只有导游轻轻的讲解声音，像萌虫的嘀哝，在高阔的空间里飘荡。

除了在大厅的正面有圣母圣子的雕像被花丛彩饰打扮着供人们崇拜，在一侧的墙前面，还有很多圣徒的木制雕像被供奉着。每一座雕像的大小，都有人手臂般长短，个个神情丰富，栩栩如生。只是大家的基督教知识还不那么充实，很难把他们分得清楚。

转到外面来，在另一侧再看大教堂。导游启发大家：“看看这宏伟的建筑，可有什么缺陷？”

我端详了一下，觉着看不出什么异常。却有伙伴说：“那最高处的塔楼好像只有一个，这有点不对头。”

导游领队笑了，夸队友聪明，然后解释：“没错，这大教堂的顶端，确实还缺一个钟楼来和这一个相对称。据说，教堂建造到那个年代，正好赶上美国的独立战争。当时的马拉加市议会经过讨论投票决定，把造那一座

钟楼的资金，寄给美国人民，支援他们的独立事业去了。”

我仰视着这座教堂顶端，那高达 97 米的单一钟楼，像一个独臂巨人，不由得心生诸多感慨，不知道导游说的这事是不是真实？那可是多大数目的一笔金钱呢？后来马拉加应该有能力再补修那个钟楼，可最终还是没修起来呀！

马拉加市是毕加索的故乡，他在这里一直生活到 10 岁，那可是 1881 年到 1891 年，很早的事了。可以想见，那一百三十多年前的马拉加和现在一定有天地之差。那时候的汽车还很少，但是街头上会有电车“叮叮当当”响着，从小毕加索的窗下驶过。懵懂的童年，在这如梦初醒的少女般的城市里度过，小毕加索的感情和思考，会从这里汲取了怎样丰富的营养？

他的家在一个小型的梅尔赛德广场旁边，和广场只隔了一条不宽的马路。我们在外面，能看到他家在三层楼上的窗子。我想，小毕加索大概也会趴在窗台上，看下面街道上的行人和风光吧？如今的毕加索故居，办成了个毕加索出生地博物馆（Museo Casa Natal）。

广场里有方尖塔，有纪念碑，有毕加索的纪念铜像。老画家平静和蔼，端坐在一把长条椅子上。这格局正好可以让游人来拍照，看样子和毕加索合影的人不在少数，因为不管是铜椅子还是毕加索铜像，在那个适合拍照的一侧，都被摩擦得一尘不染，金光四射。

导游还讲起毕加索的童年逸事：“说是毕加索这孩子生下来的时候，没气儿，就是不呼吸。恰好他的舅舅在他家里，舅舅是个烟鬼，吸了一口雪茄烟，往刚出生的婴儿头上喷了一下。没想到，小毕加索竟然被刺激到，‘哇’的一声哭出来，伟大的画家从此转危为安。”

我不大相信这个通俗的故事，以为那大抵是编造出来凑趣的。但不管怎样，眼下众人议论纷纷，开始说起毕加索这个传奇的画家。好像在同一秒钟里，“毕加索”这三个字，竟不约而同地不断被重复着，弥漫在他的出生地。

毕加索的名人效应在我们这些中国人中，引发强烈效果。一听说毕加

索，或是一见别人都挤过去拍照，人们就急切起来，纷纷往前拥。一时间里，本来冷冷清清的毕加索故居，又热闹异常，都快赶上距此不远的那个小菜市场了。

对于毕加索的绘画作品，我始终不懂。那些倒错、扭曲、撕扯、无理……的拼接和堆砌而成的画面，让我无从静心净意地欣赏他的画作。《格尔尼卡》《哭泣的女人》《戴帽子的男人》《梦》……这些毕加索代表画作，我都看过，甚至仔细地看过，但我还是不懂。

有人写大篇的文章，介绍《格尔尼卡》，说这是反法西斯，是控诉战争罪恶的顶尖画作。我不以为然，两次世界大战过后，人世间关于反战、人性、和平的创作如鲫过江，汗牛充栋。人们以电影、电视、小说、诗歌、摄影、绘画……各种艺术创作形式，把战争题材凸显得动人心魄，至今仍在推陈出新、百花齐放，其中不乏上乘之作，深受观众读者的喜爱。而毕加索这么一幅大多数人都看不懂的抽象画作，怎么就顶了尖儿？再者说，一幅画让人看，就是绘画艺术在创作者和欣赏者之间的最高交流。看不懂也不奇怪，谁说都得看得懂来着？可若是每一幅画作，都得在旁边书写一篇论文，以解说这幅画。那绘画还是能被直观鉴赏的艺术吗？那解说的文字，是画家以外的人写就的，能保证一定就是画家创作主题的本意吗？

由于看不懂毕加索的画作，所以也就不喜欢。我的房间里，也有两张小小的油画，一张画的是北大荒的雪野冰原，一望无际。在海南热带的房里挂着，几乎能降温。再一张是南非高原上捕食的猎豹，它正撒开四爪，全力追击。画面上看不见猎物，只显现猎豹专心狩猎时飞奔的神态。它聚精会神，双目如电，腿部拉长绷紧的那些肌肉线条，像是无数张拉满的小弓。

两张小油画，前者是年轻时候，一同在北大荒下乡的伙伴，后来成为画家的朋友相赠。他画下的北大荒，真实准确，有外人看不出来的神韵。后者是我在南非开普敦，从一位叫 Olivia 的女画家手里花了 1000 兰特买的。我非常喜欢她笔下画的那只猎豹，常常凝神端详。

真正的艺术，绝对容得人喜欢或不喜欢。

许是马拉加魅力无限，引逗得人们恋栈，“诗歌”号启航时间比前几个城市晚了一个半小时。汽笛长鸣三声，响起了“我的太阳”的男高音，高高缭绕在 14 层甲板的上空，天已经黑下来了。

我站在一侧船舷旁，力图寻找那座 La Farola 灯塔。夜色浓重，结果灯塔不曾开启灯亮，终无踪影。邮轮渐渐远离马拉加的灯火，飘然而行于浓黑如墨的地中海，那座著名的灯塔，也不知到底藏到哪里去了。

我知道，下一站是大西洋里非洲西海岸的加那利群岛中的大加那利岛的首府——拉斯帕尔马斯。那里距此将有 770 海里的航程，要航行两天一夜。

我还知道，此去西出地中海，进大西洋，是必经直布罗陀海峡的。我渴望着看到直布罗陀，用心记下了，再过六小时，在午夜时分，“诗歌”号将驶过直布罗陀。邮轮的旅游部却不把直布罗陀当作一回事，既不关心，也不提醒游客。夜航临近那个著名的海峡，想着去亲近观赏，只能是自发的个人行为了。

我曾经仔细地盯着世界地图上的地中海看，觉着地中海有点像一个横着放的“葫芦”。北非的突尼斯和意大利的西西里岛很接近，算是“葫芦”中间凹细的蜂腰部。而“葫芦”的嘴，就是只有十几千米宽的直布罗陀海峡。这里是整个地中海通往真正大洋的唯一出口，地中海之所以称为海，就是因为这里连接着大西洋。否则，地中海就是世界第一大湖了。当然，这样琢磨，还没考虑“葫芦”底部的苏伊士运河。那里通红海，再通印度洋。我只是从地中海的天然海域看，而在 1869 年才开通的苏伊士，也就暂不算数哦。

历史书中，常常在写到某地时候，称其为“战略要地”“极具军事价值”“兵家必争之地”……以我看，在冷兵器的古代，哪里也没有这直布罗陀海峡更具要害。南欧大陆以地中海相隔北非，无论是宗教、民族、文化、

历史……统统都被地中海划开来，分成了两个完全不同的世界。在航海不发达的古代，宽展的海洋能隔断地域。而两个不同地域之间如果还有一个竟只有十几千米的距离的窄窄的海峡，那这两个不同世界的征服与被征服、融合与被融合，双方无尽无休的进退腾挪，一定会成为海峡两侧的常态。

直布罗陀是地中海名副其实的咽喉，它以弹丸之地影响欧洲、非洲，乃至整个世界的政治格局。

事实上，公元 7 世纪，北非的穆斯林军队就曾越过直布罗陀，直接攻打欧洲，并且推进到伊利亚半岛的比利牛斯山脉，形成了对欧洲文化的巨大冲击。现在我看到的欧、非之间的稳定格局，绝不是天然形成，那可是经过了无数的争端战事，最后平衡而成的。而过往的那些风云，无不掠过直布罗陀。

现在的直布罗陀城市，在 1713 年割让给英国，目前是英国的一块飞地。英国在直布罗陀强调自治，后来还把这里建成了军事基地，扼守要害。西班牙政府曾多次要求收复直布罗陀，但遭到英国政府和当地居民的反对，至今无变。

我在午夜的寒风中，伫立船头，死死盯住船舷右侧那无尽的黑暗，我要找到西班牙这一侧最近的马罗基海角。我感觉着，直布罗陀快要到了。我有点遗憾，好不容易穿过这世界唯一的海上咽喉，却又赶上了个漆黑的夜晚。转念一想，又不由得开心起来，白日里过直布罗陀，固然看得清爽。可这夜航海峡，凭聚足了精神头儿的眼力，凭黑暗中自信的判断，凭静谧中敏锐的感觉，不是别有一番滋味?

机器的运转声音很小，几乎听不到，偌大的邮轮静悄悄地前进，就像在海水里滑行。远处有灯火，是那种孤独的灯，却有足够的亮度。这光亮让我能在原本混沌无尽的黑暗中，一下子有了远近距离的判断。有了距离感，我就能分辨出了天海之间这立体的构成。眼光开始自然而然地归拢再次出现的灯亮，把它们分辨成了强弱不同的类别。灯火越来越密集，越来越近了。最高的那盏红灯，似乎就挂在我们的船头斜上方。

直布罗陀看样子马上就要到了，我感觉着心里有那么一点慌乱，就疾步跑到船舷的另一侧。我还要找到，北非摩洛哥的西雷斯海角，它应该和西班牙那个马罗基海角两两相对。迟疑着，我干脆再登上一层阶梯，到了第 15 层甲板。啊！这下我可太得意了，眼看在黑暗中能感觉到分明的两岸，感到自己所坐的大船，徐徐航行在直布罗陀海峡正中的位置。

摩洛哥这一面有灯光，瞧着甚至比西班牙那一边还多，密密麻麻，像织成了明亮的大网。尤其是那大灯网的结头儿，竟还是断续闪烁的红灯。还有集成鲜明的光束，像剑一样在夜空中断续地劈刺，那应该是指明航向的灯塔吧？看上去，这边好像更热闹呀！嗷呀！猛然间记起，西班牙在北非这边的摩洛哥，也有一块飞地，就是休达自治市。这是一方 18 平方千米的土地，是个天然良港。我之所见，是不是休达？天海无垠，却也暗黑无边，我没法确定自己看到的是哪一块土地，只知道这里就在直布罗陀大致相对的位置上。

原本一切都只有光亮，而没有声音，就像无声电影，不断晃动变幻。突然间传来了声音，是哔哔啵啵的响动，若隐若现的，终于能看见，原来是左舷外不远，相向而行的航船。这些船接连不断，又相距很远，它们大多是万吨级的货轮。就这么在寒风凛冽中，夜间穿行在直布罗陀海峡。据说就这样来去经过直布罗陀海峡的船只，每年能达到 20 万艘。我默默注视着那些航船，想象着那些船上的海员，是不是也像我一样，半夜里不睡觉，正在他们的甲板上举目寻看直布罗陀？看见了海峡中我们这艘灯火辉煌的巨轮？

我注意到，有一簇红灯点缀了几盏白炽灯，在我们船舷的右侧高高地举着。感觉着很近，正缓缓地移动过来。近了，更近了。终于能看到那黑黝黝的庞大山体压过来了，在黑暗中看着，陡峭的山体好像紧挨着我们的船身，慢慢地向后移动。我猜那应该是塔里克山，是矗立在海中的巨大岩峰，也被称为台地。我想，如果是在白天时候经过这里，一定会见到那些猕猴。曾经在有关文化旅游的视频中，见过那些活泼的猕猴自由自在地生

活在高高的台地上。

我想象不出来，在7世纪那样攻城略地的年代里。统帅和士兵是怎样运筹帷幄，挺身而斗。如蜂蚁般密密麻麻的军队，搭乘木船渡过直布罗陀海峡，登陆此时我身旁右侧的伊利亚半岛。船只布满了海峡，把狭窄的海水干脆变成了浮动的陆地。杀戮和令人惊心动魄的呐喊，在欧、非之间，声震海洋。鲜血和尸体遮蔽了蓝海绿地，无数的孤儿寡母挣扎在绝望之中……

海峡两岸的灯火和影影绰绰的景物，已经被推向身后，越来越远。风力越发强劲，吹在船上某一个凹陷处，甚至都发出了轻微的啸音。气温也越来越低，露在外面的手和脸，被冻得像猫咬。向正前方瞭望，只有无尽的漆黑暗夜。大船好像也知道自己平安穿过了海峡，关闭了大多的灯光，悄然向大西洋驶去。

眼前虽然是黑夜，但我的心里还是一片光明。我赞美人类的和平，我也支持一切善良谦恭的主张。我愿世界再无征战，和平永久。

一周以来，我们的邮轮，贴着地中海北岸，走过了一连串四个国家的八座城市，就像带着我们抚过一串地中海珍珠。

西班牙加那利群岛停靠：拉斯帕尔马斯的三毛足迹

船上公告，要求游客们调整时间，把时针向后拨一个小时。这应该是非洲西海岸的当地时间，比欧洲迟滞一个小时。

“诗歌”号在午夜通过了直布罗陀海峡，进入大西洋，向西南航行。自此两天两夜间，我们在甲板上看到的，只有没完没了的海水，就再也没见到过另外的船只。和温暖热闹的地中海比起来，这空泛荒凉的大西洋，实在是又一番天地。记得小学时候学地理，老师说：“这个地球上70%都是海水。”

当时听了很惊讶，小眼珠子瞪圆了。那时候没见过海，松花江在自己的心目中就已经很大了，但那流淌的水和江边的大城市比起来，概念上还是要小得多。地球上怎么会有那么多的水？我每天见到的，可都是陆地，而且还是内陆呀！海洋可是个什么样子？后来傍南海而居，见到了辽阔的海洋。

而今就在这大西洋里漂泊了两天，邮轮航行了770海里，约合1500

千米。每天登上甲板，目光所及总在 60 多千米的视野中。在这个方圆达 70000 多平方千米的范围里面。我竟然没见过一艘船，是的，无论大轮船还是小帆船，都没见到。更没有见到，除了这艘邮轮上的游客以外的任何一个人影儿，连飞鸟也未见到一只。无论白天黑夜，任一分钟、一秒钟里，凭栏瞭望到的，都是茫茫大海，是无边无涯的海水。这是我有生以来最长的航海时段，我深深地感到了孤独，感到了那种在另一个陌生世界里的无奈和惆怅，尽管我每天还在几千人构成的一个“小社会”里折腾，但这“船上的忧郁”分明执掌了我的情绪，让人无端地有些闷闷不乐。

现在回想起“地球的 70% 都是海水”这句话，真是一点没错。这“诗歌”号巨轮，在大西洋里果真如沧海一粟。像被丢进这无边无涯的大海里的一个小玩具，一方小木块，一粒微尘。

想到古时候，那些扬帆大西洋的航海家，真是英雄。要知道，身下这艘巨轮，是以 20 节的速度在航行，相当于每小时 37 千米左右。而古时候帆船的最快航速，怕也达不到每小时 15 千米。他们会在我的航程上花费近一个星期的时间，才能走过相同的航程。真难为几百年前的他们，在这连飞鸟都看不见的海洋世界里，怎么熬过这与世隔绝的日子。

还有这无时无刻的颠簸浮沉。进了大西洋，风浪明显凶悍异常。睡着反应还不算大，可只要是立起身来，脚下就站不稳了。整个身子晃来晃去，脚下“啪啪”响着错步，不由自主找平衡。哪怕走到甲板上去，也是踉踉跄跄，时不时就得紧紧抓住旁边的扶手，像喝醉了一般。船上倒是随时随地都安装有铁制坚实的扶手，如果没有了它们，这走廊里、甲板上，甚至大餐厅里，都倒下去多少人呢。

想坐下来写几个字？美得你。坐也坐不稳，脑袋里更是昏沉沉的，胸间好像有大团的气流堵着。坚持着颤颤巍巍画上几笔，那字迹歪斜，像蜘蛛爬过，根本拿不成个儿了。

人说，越是这样，越不能在小小的舱室里傻待着。要尽量赶到宽敞的地方去，最好是坚持着登上甲板，呼吸新鲜空气。以后习惯了海上的颠簸，

慢慢就会好些。

天色大亮，但阴沉冰冷，大团大团的阴云从低空中压下来。海风强劲，嘶吼着扯起一阵又一阵的海浪，随手就甩到7层的甲板上来。整个甲板被海水冲得湿淋淋的，闪着光亮。有海水甚至都淋到手背上来了，不觉伸出舌头舔了舔，哗！简直就是盐水，我看都能直接腌咸菜了。

再搭电梯赶到14层的甲板上去，这里比较宽敞，也没有海水飞溅上来。折腾之间，风浪似乎消退了不少。云层也在升高，还单薄起来，没那么厚重了。远方的海面，颜色急剧变化，先前还黑灰得纯粹，现在那灰中却蒙上了浅蓝，把黑彻底遮蔽起来。这样的颜色有些暧昧，像天边那里被泼了清水，使得那天海之间历来明晰的界限模糊起来。

再赶到船尾去，能看到水下螺旋桨翻腾起的巨大水花，在“轰轰”的响声中，波涛显现出了纯正的碧蓝。那色彩鲜艳亮丽，外面还罩着纯白的波纹。细看那碧蓝的水花，好像翻腾得有点缓慢，像刚刚融化了的纯净油脂。

气温飞快上升，等到太阳透过云层露了露脸，就把邮轮从初冬变成了春天。人们正像春天里的虫子，抬抬胳膊伸伸腿儿，慢悠悠地赶到甲板上来。眯细了眼睛，让自己的脸朝向阳光，鼻子里感觉痒痒的，一股暖气冲进来，让人不由自主地打了个大喷嚏，“啊——啊欠！”

有季姓的华人女孩儿，被招聘在这船上工作。包管吃住。薪水也不太高，但女孩儿说她喜欢这船上的生活。想想自己少年时代，也曾有过做海员的理想，真是羡慕人家。如今的年轻人，只要有本事，可以在全世界各处找工作，真好。

又一个黎明悄悄来临，能感到船行的速度明显地慢下来。有什么笨重的设备在另外的船舱里倒腾，发出“砰砰”的响声。凭着几天来积累的经验，我断定，这不是抛锚，这是大船开始向码头靠拢。等到它最后停下来，就会被七八根胳膊般粗的缆绳牢牢系紧在岸边的铁桩上。

我们停靠在大加那利岛上的拉斯帕尔马斯。加那利仍是西班牙的属

地，是她的加那利群岛自治区，这里位于大西洋的非洲西海岸100千米处。这群岛由七个岛屿组成，其中最大岛屿上的首府城市，就是拉斯帕尔马斯。既然隶属西班牙，这地域在西非的岛屿，行政也就还属欧洲。

未等上岸，就先感觉到了炽热。和两天以前比起来，大西洋从冬到夏，完全在温度上翻了个儿。我们的大巴车，一口气冲上了位于市郊的班达马山峰顶。大家站在观景台上，阳光灿烂，晴空万里，拉斯帕尔马斯近在咫尺，尽展身姿，真是美极了。城市里没有夸张的高层楼宇。通常单户单院的民居，大多是红顶、蓝顶，粉墙、白墙，这浅颜色在阳光下洁净鲜艳，自然而又平和。漂亮的房屋伴着街道旁边的鲜花，一路延宕，从碧蓝的海岸，慢悠悠铺到苍绿的山坡上去了。能见到教堂，古香古色，钟声荡漾。有灰色的鸽子，结伴成群，绕着塔楼，在那悠长古老的声音里飞翔。人们都穿着鲜艳的休闲装，漫步街头。看上去信马由缰，随心所欲，分不出哪些是游客，哪些是本地居民。我想说，如此安静祥和，与世无争的城市，不是世外桃源吗？

上山下山，地势陡峭，道路狭窄。来往的车辆相汇，惊心动魄，两车相距也就三两厘米，眼看就贴到一块儿去了。看得出，那些拉游客的司机都是老油条，车技高超，身手非凡。驾车不动声色，来去如风。这拉斯帕尔马斯，今后若真大力发展旅游，山路非修不可。

再随队来到城市中心的一处豪华的大庭院里参观。主体的楼房显古，看上去似也没那么豪华高贵。可庭院里绿草如茵，树木琳琅。解说员告诉我们，这里的奇花异草和各种树木，都是从世界各地挑选移植过来的。这里曾经是西班牙国王和王后的行宫，他们到拉斯帕尔马斯来的时候，就是住在这里。不过，那都是很久以前的事了。现在这里还是个很有特色的酒店，叫作圣卡特里娜皇家酒店。

在拉斯帕尔马斯游览的第三站，导游把我们都丢在一处繁华的大街口，定好时间，说是让我们自由活动。我拉了老妻疾走，按经验，我历来都是往小巷子里“潜入”。因为我就是想看看这里真实的情况。三转两转，

竟被我找到了这里的圣母升天大教堂。这可是15世纪的一座典型哥特式建筑，外立面十分壮观，内部装饰上，展示了非同寻常的古典雕刻工艺。我们在这里，安静地坐了十五分钟，还点燃了两支小白蜡烛，无声地为家人祝福。

从教堂的另一道门出来，是宽敞的圣安娜广场。这教堂广场的特殊，在边沿一角上，竟有多只金属铸就的大狗模型，这些也被称为加那利的大铁狗，还都涂了绿漆，端坐广场一角。其中典故，不得而知，相信很有意思。

拉斯帕尔马斯的游览结束了，上到船上来，天还早。我呆呆地站在14层的甲板上，俯身栏杆。我有一项心愿未了，颇生惆怅。

我知道台湾女作家三毛和她的情人荷西曾在这里生活过。没错，就在这大加那利岛上群岛的拉斯帕尔马斯，在我眼前还未消失离去的这座城市里。我甚至知道，他们在这里故居的地址是泰尔德（Telde）镇，Lope de Vega街道3号。我曾请求领队，能否抽出一两个小时的时间，赶到那里去看看那处普通的居所，心香一瓣，凭吊我们的作家。可领队现出惊讶的神色，似乎不知道三毛是何许人也，他抻了抻说："哎呀，船上要求的统一时间很严格，我私下里做不了主。还是以后有机会再说吧！"

坚持也是枉然，只好随行，眼睁睁错过了一探三毛故居的机会。年轻时候，读过三毛的《撒哈拉的故事》《哭泣的骆驼》等书。那时候好像有个三毛热，我们都喜欢她和她的著作，虽然事隔四十年，那些内容大都忘记了。能记还能唱的，怕还就是那首歌词：

不要问我从哪里来，
我的故乡在远方
为什么流浪
流浪远方
为了梦中的
橄榄树

当时还记得，心中疑问，这三毛心中的橄榄树到底意味着什么呢？那橄榄树又在哪里？

三毛是个奇女子，她曾只身在北非的西撒哈拉漂泊。她心中揣着怎样的梦想？苦苦舍身追寻。她后来遇见了西班牙潜水员荷西，二人结婚，就在此居住生活。1979 年，荷西在一次潜水活动中，再也没从大洋中浮上来，他遭遇事故，意外身亡。从此，三毛又陷孤独困苦。

她曾经对她的姐姐说过："我的一生，相当于你的几生了，我已经活够本了。"

1991 年，三毛选择了自缢身亡。

三毛的文笔好，写就的文章细腻、生动，还略带一贯的淡淡忧伤。而她身上最突出的一个特点，就是迈开双腿，周游世界。笔随人行，把自己放逐到天地之间去，具有一个作家行万里路的真正格局。回头再看我们的很多作家，生于斯，长于斯，死于斯……个个修炼成了"坐家"，难怪少见他们创作的精品了。

让我默默地怀念这位有才气，有胆识，有仰望星空勇气的作家三毛。滚滚红尘潇潇落，人去如风。可三毛的文字还在，那文字里的精神尚存。我能不远万里，在心里参拜了三毛所过天地，应该还算幸运吧！喇叭里传来《我的太阳》的男高音歌唱，大船缓缓驶离码头。再拉响汽笛，"呜——呜——呜——"

别了，拉斯帕尔马斯。别了，三毛。

邮轮又开始南下，将沿非洲西海岸航行三天，然后登陆佛得角。本来按原计划是在塞内加尔靠岸，后来不知道是什么原因，改在了那个海外的群岛。

我们都安下心来，以海为家，妥妥做好一介大西洋上的船民。有船上的珠宝店，极力鼓吹，说是按个人的生日，到店里享受优惠，最低竟有五成的折扣。一众女士于是就陆续赶过去，把那里挤得水泄不通。也不知道，

最后可有幸运儿真拿到了称心的宝贝没有？

13层的露天场子上，好像分成了几支小队伍，开展趣味运动的比赛。现在正进入决赛，赛情紧张白热化，热火朝天。音乐声、呐喊声、欢笑声，声震大洋。在这本来完全空寂的海面上，竟喧嚣出一番热闹的人气。这让所有路过或是挨近了比赛场的朋友们，都发出了会心的微笑。

和家人约定，今天晚餐时，到5楼的枫丹餐厅做一回绅士淑女，好好享受一番。

上得船来，已经一周。我们的一日三餐，和大多数人一样，都是在13层的庞贝餐厅享用。庞贝是自助餐厅，其中有普通西餐、意大利餐、披萨店。甚至还专门有一个中国餐厅，厨师却是印度人。尽管那里摆出来的饭菜，只是炒面、炒饭、几道炒菜，实在不大像地道的中国餐。可总算有那么个意思，已经很不容易了。

西餐供应的肉、蛋、奶、鱼，十分充足，营养丰富。我每日里大啖那些高热量食物，十分满足。我也是知道，这样子干饭，可不是什么好事。于是，就约束自己每天在甲板上快走万米，漫步大西洋，消耗身体中的卡路里。

那种一拳大小、一指薄厚的牛肉饼是我的最爱。那饼煎得软嫩香浓，滋味可口。端上来还“吱吱”直叫，让人操起刀叉，欲罢不能。这牛肉饼绝非一般快餐店里那些货色可比，要我说，麦当劳、肯德基里那些夹在汉堡里的肉饼，简直都是些糊里巴曲的鞋底子。这船上的肉饼那才叫真正的牛肉饼，滋味纯正地道，质感鲜嫩耐嚼，满是弹性。我吃了一周牛肉饼，竟未厌腻，足见其中有正宗烹饪的绝招。

我当然不会只吃肉饼活着，事实上，餐厅里案头上摆满了那百十种的菜肴，每餐都会让你眼花缭乱，不尽选择。

那些萨拉米肉肠，足有手臂般粗细，都被切得薄薄的，红白相间，片片精细。那肉肠一片入口，风味独特，耐嚼耐品。要知道，这萨拉米肠可都是选最精的肉段绞成肉泥，熏制而成。它不经烹饪烧煮，只可着你对生

肉的品味享受。经我多嘴解释，眼看着国人同胞，在自助夹菜时候，大多就躲着萨拉米绕着走了。

羊排、牛排、猪排，几乎天天都有，轮换着上来。主刀的大厨，手持利刃，示意食客指定，在那大块的肉排上，选择不同的部位和分量，然后下刀。他笑呵呵地把切下的肉排夹到你的盘子里，还提醒你别忘了往肉排上浇上香浓的汁水。

比萨饼普通又实惠，上面摆满了香肠、奶酪、黑橄榄，蘑菇、肉丁、西红柿。这东西顶饿，吃上三两片能保你半晌都不打蔫儿。也有意大利面条，浇肉酱或是烹奶汁奶油，偶尔吃一回还行，多了似不对口味。

西餐里主要的大菜，都受欢迎。但相搭配而煮、烤的蔬菜、水果，就不被看好。那苹果烤得发黑，吃起来像冻坏了的土豆味道。菜心、花菜、芹菜一律熟得太过，进口如菜泥，了无滋味。

搭配的饭后水果、小点心、冰激凌都是上品。听说从法国上来了一批葡萄，拈起一颗都粘手，搁嘴里甜得跟糖球差不多，还外带香浓鲜美，真是世上最好的葡萄了。西瓜、甜瓜、哈密瓜，都被切成了小块儿，随你取用多少，都是新鲜味美。冰激凌有本味儿的，有草莓味儿的，有杧果味儿的……不下十几种口味，任你挑选。

酒水也随便，啤酒、红酒、白酒、威士忌，矿泉水、苏打水，如果你需要什么饮料酒水，只需要你把房卡拿出来示意一下就可以了，从无收费。在喝酒上面，中国人比较文明。船上一路，从未见有饮酒过量，失态丢人的同胞。倒是见过几个老外，平时看着一派绅士模样，偶尔喝多了，就大声大气，嬉皮笑脸，走路也踉踉跄跄。最后，把手里的杯子都掉到地上打碎了。

从拉斯帕尔马斯返回船上，心中念起三毛，一时不易排解。就约好老妻，到五层的枫丹餐厅里去吃一顿正规的西餐。我们的房卡上有标明，枫丹那里早就为我们排定了座位，随时欢迎我们去用晚餐。只是我们嫌麻烦，不愿意受正规场合的限制，所以一直都是跟着大伙儿走，觉着吃那丰富的自助餐更自由，更随心。

今儿吃正餐，先就梳洗打扮，穿了西装。老妻也穿正式的连衣裙，还描眉打鬓，涂了口红。每天随便惯了，这一本正经起来，反倒别别扭扭的，感觉浑身都不舒服。

坐下身板儿拔溜直，侍者上来摆好刀、叉、勺，一下子就是大小两副，亮晶晶直晃眼睛。亚麻布餐巾被熨烫得板板正正，也不知道是掖在领子下面，还是铺在眼前的桌子上好。略显慌乱，再看看别人，大多摆在面前的餐桌上，就赶紧照样学样，先把那雪白的餐巾铺好。

先点酒，菜单上写着今天晚餐主菜是烤小牛肉。心下念起，吃肉就点红酒，吃海鲜就点白酒的西餐规矩。随口点了一瓶最普通的法国 VDF。侍者耐心打开一瓶红酒，浅浅地倒进我面前的玻璃杯中。我学着老外装模作样，先举起酒杯到眼前，伸了鼻子闻闻。再用手拿着酒杯微微晃动，然后略嘬一小口，闭了眼睛做内行品尝状。最后点头，再说一句“very good”。我早就知道，这套喝酒的派头，只是装样子。可为了不破坏人家的规矩，扫了同桌邻座几位船友的兴致，还是照章行事，完后憋不住地笑。

前菜是熏三文鱼，主菜烤小牛肉鲜嫩可口，后面的甜点是装在矮脚玻璃杯里的果冻。一切都按着正规做派来，侍者来来去去，忙活个不停。我们吃完这顿晚餐，回到自己的舱室里，不觉间发现，身上白衬衣的肩背，都被自己的汗水浸湿了。

南行的大西洋上，风云变幻。这里和地中海可不一样，看着一上午都是大晴天，晴得个透。谁知一转眼，淅淅沥沥的小雨却纷纷扬扬，把整个世界都罩住了。晌午雨停了，又干晒。等到吃过了午饭，就远远地看见，四下里飘荡起的灰雾，沿着天际铺过来。那灰色排到海里，把海水染得色深，几乎近黑了。有一处尽南的海面，那应该是赤道的方向上，正有一大束阳光，坚定异常，顽强地透过那里稍薄的云层，在海面洒下了一大片银光。那银光跳荡翻滚，装饰着大海里那种漫长的“涌”。“涌”一波接一波，

好像很沉重，缓缓地起伏。表面上看不出什么异常，但那“涌”不断波动到眼前时，就呈现了巨大的力量，把我们的大船冲撞得不断颠簸。我们就像在打秋千，又像在水银的海里缓慢沉浮，几乎能听到金属间撞击的脆响。

我又感觉头脑昏沉，不过，比前几天强多了，至少没有那股子翻肠倒肚的恶心劲儿了。

我离开了甲板，在乱“窜”中发现了一个小小的图书馆。那里面能容4张小圆桌，8把扶手椅。这是我的宝地，可以躲进去，就像蛤蜊合上自己的壳。在里面坐上两个小时，累了就探身再看海，美不胜收。

昨天、今天、明天，都是航海日。邮轮将在大西洋上，保持着和非洲西海岸相距200千米左右的距离，一路南下，将在后天到达非洲的佛得角。

在这些航海日里，我们不靠岸，不登陆，成了地道的船民。除了每日吃睡，我就再写写字，看看海。去6层旅游处，填报表格，预订以后日子里将去参加的旅游地。今天，报名决定参加巴西的两天两夜亚马孙丛林探险之旅。心里高兴而又热切期待，亚马孙丛林是我多年来的心仪之地，如今能遂了心愿，到时定细细品味，应为此生一乐。

晚上十点，写字累了，决定到7层的甲板上去“漫步”。推门出去，一下子就觉着自己陷进了混沌一团、无穷无尽的黑暗之中。没有星星，没有月亮，眼及船外，连十米的距离都看不出去。感觉着身在其中的大船，就像一个微微发亮的巨蛋，在不分上下左右的黑暗中晃动，还发出喘息般的声响。夜海深沉无限，令人惊惧，心中充满了不安。试想，若在此时被这船随意抛弃，跌进了那触手可及的黑暗中，真是连呼喊救命都来不及，那黑暗神秘的天海吞噬了我，还不露声色，一点回响都不会留下。

我曾经在少年时代，莽撞地蹿入夜半的松花江，挥臂破浪。在黑暗迷茫的水域里，立即强烈感觉到的孤独和紧张，让人慌乱不堪，全部身心坠入了深深的恐惧。想起来在白天，和伙伴相邀，你追我赶，嘻嘻哈哈，击水横渡的场景。前后两岸，都是风景人流，花草树木，蓝天白云。心中只洋溢舒畅满足，丝毫感觉不到紧张惶恐。同一条大江，黑暗明亮间，给人

的感觉截然不同。

我小心翼翼，在甲板上迈步走动，像在一座有光亮的小城里夜行。我能熟悉地感觉到船头那里，正在奋力劈开这彻底的黑暗，按着自己的目标坚定地前进。

航海这活动可真是不得了，想想古时候，那些小小的人儿，掌起自己简陋弱小的木帆船，竟敢跟无边无涯的黑暗叫板，不惧风暴和死亡，在天海中扯帆操舵，执意前行。这哪是“勇敢”两个字能描绘得了的？人类历史上真正的英雄，并不是手执刀剑的壮汉，而是那些航海的勇士。大洋里永远都有无穷的吸引力，召唤他们挺身前行。

甲板上开始有风，是那种招摇诡谲的贼风。贼风在船舷外呼喊两声，就翻身跳进来，找甲板上那些角落、旮旯、小孔洞，在里面钻挤，发出狼哭鬼嚎的啸叫，时而略停一停，还气哼哼嘟囔个没完，一副无赖相。

气温骤然降低，比白天里少说冷了有10摄氏度。得把运动衫后面的风帽拉上来，扣住整个脑袋，才勉强抵得住。手也得抄在上衣口袋里，低着头，在甲板上匆匆地走。总得走上那么10分钟、20分钟，身上这才有了热乎气儿，感觉着舒展多了。

想到希腊神话里的海神，那个大胡子，手里挥舞着三叉戟的波塞冬。神灵有眼，他能不能看见我们这艘灯光明亮、活灵活现的邮轮？我们正在他的面前一晃而过，隆隆作响，最后在他的眼前越走越远，渐渐消失。然而，海神终究没有现身，他或许太忙？

和我一样，坚持每天都漫步大船甲板的人没几个。天气好的白日里，兴许还有十个八个，往返来去间，都互相点头致意。像这样夜行不倦，还顶风冒寒的，就没有见到其他人了。不过，在大船甲板尽头的角落里，总能见到有几个中年人。他们都是船上的技工，在机器动力的底舱里，忙完了自己的分内工作，就升到七层甲板上来，抽抽烟，说说话，略作歇息。这是被允许的，那个角落有标牌显示，这里是船上工作人员休息的专用地点。见到我一直在甲板上走，从不间断。一来二去的，那些技工里面就有

人和我搭讪。出乎我意料的是，这几个高鼻子黄头发的大个子，对英语竟然不大熟悉。我听出来，他们的单词发音好像有那个俄语里面的P，就是弹舌打嘟噜发“勒”的那个音。试着和他们说几个俄语单词，竟引来这几个人会意的笑声，让他们高兴得直拍我的肩膀。我和他们使用肢体语言交流的结果，是知道了这几个人都是来自前南斯拉夫国家，其中有塞尔维亚人、克罗地亚人，还有个黑山人。想想有意思，这些看上去和西欧白人没什么两样的前南斯拉夫人，竟然在这意大利邮轮上工作。

我知道，那个技工休息的角落，后来聚集的人好像越来越多，其中还有在邮轮上工作的菲律宾人、马来西亚人、印度人，他们时常热烈地讨论着什么。见到我接近的时候，那人群就平静下来，说些天气一类的话题了。我始终没在这个技术工人的堆儿里见过我的中国同胞。

海上又一天，14层甲板。漫步间，细看四下里的大西洋。航行而来的偏北方向上，阴霾浓重，天色阴沉。很难想象，我们就是从那个几近黑色的海域里，刚刚钻了出来。想想几个小时前，那个环境虽说不上晴朗如画，可也没让人心生压抑厌恶，只是一片平常的海天。

背后东南的方向上，似有些异样。待转过身子，正视那里，才发现，迎着船头的天边，不知怎么竟涂起了一宽条子的橘红。这艳丽的色彩，和过来西北上的阴沉形成了强烈的对比，也引起了我心中的赞叹。我们要去的地方，果真那么亮堂、鲜艳、生机勃勃？在那遥远的东南方向海上，涂画下如此美丽作品的，一定是那个烧得“吱吱”叫，直冒金星的太阳。它在云层的后面翻滚、跳荡、挣扎，全力呼喊着，一心要冲出去。你看最亮的那大朵云彩，是不是像太阳喷薄欲出的摇篮？

可天色的变迁，却偏不以我心中想的那样活动。原来桔红那一色仍不变，只是稍许厚重些。倒是正东方上，一竿子高的云层里，突然就爆开了一个大口子。一束强烈耀眼的白光，“唰”的一家伙，就像在整个阴霾的世界里，打起了探照灯的光柱。天海铿锵作响，好像终于吐出了热辣辣的活气儿。那颗急不可耐的太阳，终于有机会急匆匆赶过去，当空燃烧，把光芒洒遍天际。一切景致，在瞬间就都败下阵来。大自然在我眼前换布景，万里晴空，阳光灿烂。

海洋风云，瞬息万变。刚去别处转了一圈儿，再赶过来看海，就令人惊奇。眼一搭，刚才那幅精光四射的油画中，天海云空又都变化，变了位置，变了格式，变了气度，变了颜色，变得认不出来了。

再赶到船尾，在那个樱红色的大酒吧里靠后窗坐定，正冲着窗外，往海水里瞧。大船行驶得飞快，还像北大荒的拖拉机翻耕黑油油的土地一样，把大团的海水翻卷上来。新被翻上来的海水，色泽像蓝宝石一样。可惜那么漂亮的海水宝贝暂露的时间太短，转眼就又沉积下去，迎合了大海淡灰的颜色。再看稍远的海面，水花熄灭，浪涛平复。一切又都顺从了大海更宽、更远、更弥漫的律动，怎么也看不出邮轮搅起的那点波澜，看不出有什么异常了。

03

大西洋跨洋航行

佛得角明德卢短暂停留：西非孤岛和大洋上的一叶白帆

“诗歌”号即将于上午抵达佛得角。连过了三天船民生活，真是恨不马上就登陆，当回原来的“旱地忽律”。于是，早早地就来到了14层大甲板上，往大船行进的前方瞭望，希望能更早地见到那个行将到达的群岛。

甩眼扫视间，感觉看见了远远的海上好像有什么东西。手里没有现成的望远镜，于是就拿手机转到望远的功能上细瞧。啊哈！我说的那个目标，被确定竟是一条小帆船！心中陡然生出几分激动，连声絮叨，用手指着，报告给甲板上认识和不认识的人看：“快看！那边有一条帆船。”

大西洋航海三天三夜，始终未见有任何船只。这种海上的空旷悠荡，让人心生无名的烦恼，体验了真正的孤独。这和陆地上那种“渺无人烟”“荒凉沉寂”“人迹罕至”一类的境况完全不同，简直没法比。不管怎么着，只要是陆地，总还会看到山川河流、花草树木。就算到了戈壁沙漠，还有喘气儿的骆驼陪着呢。

可这大西洋上有什么？除了天就是海，茫茫荡荡，无边无涯。做了海洋旅行家，得承受难忍的寂寞孤独，这可是我事先没有想到的。所以，有时候想起那些古代的欧洲航海家，心中佩服得不行。而今，一大早在甲板上，当真就张眼见到了纵帆漂泊，穿越大西洋的好汉。

船小，像那种8.4米长的“飞龙”牌，那是一种设施完备、结实耐用的单桅帆船。帆船被漆成了红色，挂起了白色主帆，还有船头的球形帆。这样的帆船，应该至少有两名船员，一个缭手观察风向、风力，掌管调整风帆。像这样为了加快航行速度，升起了球形帆，缭手的工作就更需谨慎。因为大海上的情况瞬息万变，飞行在波峰上的轻巧帆船，一条缆绳弄不好，都可能出舟倾人伤的大事故。可以说，缭手就是帆船的动力，是引擎机器，也是安全员。另一位是舵手，这个好理解。舵手坐在船尾，手执舵柄，改变方向。说起来容易，一个好舵手也需要对大洋的水流、天气、风向……诸多影响船行的要素了然于心，得是个合格的航海家。

当然，也常见有强壮而又自信的人，把缭手和舵手的工作都兼了下来，孤身单人横穿大洋。那需要过人的好体力和坚强无比的意志力，非一般常人可比了。记得中国青岛就有过单独驾帆船，横越太平洋这样优秀的航海家。

远远地，只见红船白帆，却看不见航海的人。帆船上有小型舱室，里面可以供人休息睡觉，点火做饭。也许经过夜航的疲累，船长去歇息了？

其实，我也有一叶小舟。和大洋深处这艘红船相比，我那艘帆船更小，只有6.5米的长度。那也是一艘单桅帆船，它虽小，但“五脏俱全”。那艘小船，也能为提高航速，挂起船头的球形帆。我从未单独驾驶这艘帆船出航，每次驾船，我总是邀上一二好友，然后扯起风帆，从海南最北的海口港启航。风力若是满足，不到40分钟，我们就能到达琼州海峡对面的广东徐闻。待喝上一顿地道的广东早茶后，再驾船返回海口。

眼见那红船在大西洋里乘风破浪，踊跃向前，我那点浅海近峡使船的小经历实在不值一提。可我和那位不露面的航海家，实在是有着相同的爱

好和共通的心曲，我们都热爱海洋，也喜欢驾驶帆船。想想，自己如果真是年轻个二十岁，不管怎样，我也得想法儿和他联系上，追随这勇往直前的航海家，和他共驾小帆船，一搏而穿越大西洋。

又需拨表，这佛得角时间，需再比拉斯帕尔马斯时间晚一个小时。上午，我们已经加入了20号陆行团队，准备着下船登陆，驱车游览明德卢。

刚说起佛得角时，觉得很生疏，一时对不上自己的地理概念。这不奇怪，这佛得角本来又小又偏，在大西洋上，好像几粒沙。谈论次数多了之后，也就自然清楚，牢牢记住了。

在非洲大陆的西海岸中部，有个国家塞内加尔。我对这个国家还算熟悉，因为年轻时候读过一本《塞内加尔的儿子》，印象深刻。这个塞内加尔有一处半岛，伸向大西洋。殖民时代，这里就建成了深水港，后来的塞内加尔首都达喀尔，也坐落在这里，这个半岛被称为佛得角，这是个西非洲的地理概念。

后来的殖民者，来往于欧洲和塞内加尔的佛得角，在这里向西500千米，途经大西洋，发现了一个群岛。他们就称呼这个群岛为佛得角群岛，这里在1975年成立了佛得角共和国。佛得角这个名字，出自葡萄牙语的音译，是“绿色海角”的意思。在这里，佛得角是一个行政地域的概念，是个国家。

我们登陆停靠的港口，是佛得角共和国十个有人居住的岛屿之一——圣维森特岛的明德卢市，明德卢也是圣维森特岛的首府。

而佛得角共和国的首都普拉亚，在更南的圣地亚哥岛上。

这样一说，大概应该清楚了。刚开始了解佛得角，没人特意告知你这些区别要义，很多人也是搞不清楚，心里画魂儿，怎么就一下子来了两个佛得角？

略看一下地图上佛得角的位置，就很明显能感觉到，这小小的佛得角，非同小可。说得粗略些，如果几十年前，真在这里的山上架设重炮和导弹，深水港里养一支海洋劲旅，结果直接就能改变大西洋的命运。欧洲至非洲，非洲至美洲，所有的航线都将会被佛得角监控、干扰、制约。这里天然就是欧、非、美三大州的海上交通要冲、十字路口，孤悬大西洋的群岛国家。

百年来，人类历经两次世界大战，冷战也好，热战也罢。大西洋中南部未见硝烟弥漫，没发生大规模的杀戮，不知道是不是应该感谢这个始终没军事化的佛得角。

一位很漂亮的年轻姑娘，来给我们做葡语翻译。她把当地的葡萄牙语译成英语，再由领队译成汉语给我们听。领队连声夸赞这位佛得角美人，说是这位混血美人姿色满分，简直无可挑剔。

细看这姑娘，确实不是纯黑人，也不是白人。她的皮肤细腻，闪着棕色的光泽。胳膊长，腿儿更长，身材轻盈苗条，全身各处的比例恰到好处。姑娘很大方，也有教养。言谈举止温和得体，在这佛得角，的确应该算是难得的人才。她在葡萄牙读过商科管理学院，是个有文化的年轻人。再看那些随街而遇的当地人，长相和肤色，都和黑人不太一样。漂亮姑娘说："我们佛得角这里生活着的，都是克奥尔人，是葡萄牙人和本地人结合而生的后代。"

美女翻译还把我们带到一个小型广场，指着一根立在一侧的铁柱子说："这是几百年前，捆绑黑人奴隶用的柱子。那时候，佛得角这里曾是黑奴市场，有大批从西非洲、中非洲捕获的黑奴，都被押解集中在这里买卖。然后再运输到美洲去，在农场里做种植甘蔗、水果、小麦等农作物的苦工。"

顺路又拐到了一处蜡染作坊的展厅里参观，佛得角的蜡染工艺相当成熟。他们制成的花布，色彩鲜明，图案夸张，都是以蓝、白、灰色调为主。据说，很多年前，这里的人就懂得怎样从海洋里采集到蜡染所需的生物和矿物质，再自己动手制成染料，印染布料。

15 世纪中叶，葡萄牙探险家迪奥戈·阿方索发现了佛得角。他的全身塑像，就竖立在海滩上，大家都举起手机拍照。我仔细观察这尊塑像，心中生出几分疑惑。我发现身材高大的阿方索先生，头戴皮帽，身穿皮袄，

脚蹬皮靴。可佛得角这里，接近赤道，就算冬季里，气温都不低于 20 摄氏度。他如此一身抗寒的皮装打扮，就不觉热吗？

又驱车登上就近的小山，明德卢小城就像一张五彩照片，尽收眼底。美丽的小姐姐指着对面另一个岛屿上的山，启发式地说：“你们看那座山，多像一张仰面向上的人脸。你看那鼻子，那下巴。”

大家细看，然后就纷纷应和她的说法：“是呀是呀，可不是嘛。”

小姐姐笑着再肯定自己的启发，说：“那山，就叫人脸山。”

于是，大家就再重复：“是呀是呀，人脸山，人脸山。”

人们的回答就像空谷里的回音。

还能看到有三五艘单桅、双桅的帆船，慢悠悠地在海湾里随风飘荡。看那样子，它们并没打算做什么计划性的航行，只是随意游玩。我又想起了昨天看到的那艘大西洋深处的红帆船，想起那位孤独而勇敢的船长。虽然素未谋面，连他的脸都没见过，但我对他还是敬佩不已。算起来，我们的邮轮从昨天到今晨，整整在大西洋上航行了一天一夜，才到达这佛得角。那位闯荡大西洋的船长，如果仅靠风力来这里，说不定要花费怎样的辛劳呢！

佛得角群岛上，适合人类居住的，一共有十个岛。北边这一连串五个岛，受热带季风的影响，素有撒哈拉的干旱特点。我们眼下探访的，正是这北岛中最大的维森特岛。这里常年缺水，在接待我们的中巴上，连矿泉水都没准备。据说，那南边的另外五个人居岛上，淡水资源要比这边稍好一些。

从小山上下来，中巴穿城而过。这里道路狭窄，路面上铺着从山上开采下来的手掌大小的砾石。车轮子碾过去，发出“砰砰砰”的声响。街上行人不多，大多是来去匆匆、忙碌不堪的妇女。街道两旁，有许多建盖的房屋。可不知道为什么，又常见那些民用基建只干了一部分，就又停下来的半拉子工程。停工的房屋，裸露着红色的砖块儿，还从中支棱出锈迹斑斑的钢筋，像遭遇了意外事故，显得苍凉而又无奈。

我们的车子最后停在“鲇鱼湾”，这里是漫长的海滩，水位浅薄，细碎透明的小浪，一波又一波地重复在平缓细腻的白沙上面。我的印象里，鲇鱼可是正经的淡水鱼类。这里明明是海滩，就算有鱼，也应该是海鱼。怎么就叫了个“鲇鱼滩”？想了想，还是没去打扰导游的漂亮小姐姐，随口打问。

她说道：“鲇鱼滩这里是出了名的游览胜地，每年到了复活节的时候，就会有成千上万的游人赶到这里来，参加本地组织的狂欢庆典。”

她也谈到了那些半截工程的房子，她说：“那些都是在国外打工的佛得角人，积攒下一定的钱财，返回到故乡建盖的房屋。他们都希望着，等到自己退休老了，或是中途辞去工作，一心返家后，在属于自己的房子里安度余生。至于那些盖了一部分的房屋，有可能是建盖后半部分房屋所需的资金短缺了，也有可能是主人一时没有空闲，倒不出来时间。他们可能觉着，反正房子就在自己购置的土地上，怎么停工耽搁也误不了太大的事。于是，一旦干不下去了，干脆就这样停下来放着，等上几个月，甚至几年。”

鲇鱼湾海滩一带，当然也有建盖完整、修葺一新的别墅。导游引领我们进了一座宽大的庭院，院子里有种植修剪得规整平齐的花花草草。对着大门，有一座凉亭，亭子里正坐着几个人，在弹弄自己手里的吉他。琴声轻响，好像其中掺了溪水流淌的声音。那套架子鼓，打得够重，并且一直就那么沉，“咚哩咯咙咚”。不像给吉他伴奏找准节拍，倒像专门给纤细缈轻的吉他胡乱掺和气氛。怪不得，刚才进来之前，就只听到了鼓声。还以为这里正举办非洲宗教一类的什么仪式。坐下来，使劲儿把吉他的好声音从一团纷乱中揪出来，仔细吧嗒其中滋味。正经过了那么一小会儿，才听出来，音乐家们演奏的，原来是西班牙名曲《传奇》。吉他手的演奏水平还是不错，只是他们那美好的琴声，被那架子鼓给彻底毁了。

我不由得回想起了在帕尔马时候，那所杜阿马尔庄园里的弗拉明戈式表演。想起那位斑白头发的吉他表演艺术家，耳边好像又回响起他那迷人的即兴演奏。

佛得角的音乐一般，但那张长条桌子上摆了很多点心和水果、饮料，足见当地主人的好客殷勤。有大瓶装的啤酒，来一杯，就见那雪白的泡沫急不可待，都冲到杯子外面来了。举起大杯，呷了一大口。哗——，新鲜、甘洌，十分爽口，好酒！没想到，这佛得角的啤酒竟如此劲道，口味上乘。再看看那大玻璃瓶子，有足可以盛两升的大小，不由替他们着想，如此好酒，用这样的瓶子包装，是否适合远销出口？

在佛得角明德卢游览的最后一站，是到了小城的中心。这里还保留着很多几百年来的葡萄牙风格的建筑，古香古色，小巧精致。几条不那么宽敞的街道，环绕着一处街心花园。花园里有雕像，导游说："这是殖民时期，一位总督的纪念碑。"

她说得平淡简洁，语气里没有尊崇，但也没有贬低。就像随便介绍着家里的一件家具一样。纪念碑不那么高大，我仔细端详上面身着戎装，叉腰挎剑的总督大人，觉着他的一只眼睛好像有点问题。讨人嫌地去偷偷跟导游小姐姐说，小姐姐却笑，然后告诉我："他真的是一位在殖民战争中受过伤的'独眼龙'。"

登船前，又是随便逛街，自由活动。我在一家小店里，买了一面佛得角小国旗，再饮一杯冰镇的啤酒。在这葡萄牙风格的小城里漫步，似乎穿越到了几百年前的葡萄牙。时常就有刺激的气味儿冲到鼻子里，不知道是尿臊还是鱼腥，或是几种气味混合着散发的结果。总之，让人心生不快。

导游小姐姐给我们讲了一个本地故事。

说是佛得角的男人，一清早就去海湾里捉鱼。这里的鱼多而傻，不消两个钟头，男人捉了一篓子鱼。他把鱼拿回家交给妻子，让她去市场把鱼卖了，赚些钱养家糊口，然后他自己跑到小酒店里去喝酒。等到时近中午，老婆卖完了鱼，到小酒店里找到自己的丈夫。她卖鱼的钱刚刚好够付给店家的酒钱。女人结完账，转身背起自己的先生，回家去了。小姐姐最后说："这显然是个笑话，可细琢磨琢磨，其中也许有一半是真的也说不定。"

和上午刚开始接触时候相比，我们和美女导游显然要相互熟悉多了。

我开始有意谈到这佛得角的军事价值，并且表示，很想听听她对这方面的见解。小姐姐笑了笑，又告诉了我一个历史知识："事实上，'二战'时期，英美联合，在这里建立了军事观察哨，密切监视德国海军潜艇的活动。据说，当年盟军在北大西洋击沉德国潜艇，与佛得角这里观测到的敌情，有很大关系。"

导游小姐姐的知识面足够宽，她说的这条消息，足可以让我们一众船民自感对佛得角的认识犹如小儿，佛得角果真具有极高的军事价值。

这里是典型的西非洲，是濒临大西洋的佛得角。和地中海国家相比，两边具有大幅度的差别，佛得角的落后很明显。这里没什么雄厚的资源，也就没什么工农业建设，经济发展迟滞缓慢。据说，在不久前的 2018 年，这里还因为疫情、贫穷、饥饿而引起了民众的抗争。当时人群激愤，游行、绝食，奋起斗争。

美女导游也提到，这里民众的民主理念坚定，在民主制度和民主意愿方面，位列世界第 49 名。言词之间，佛得角导游露出颇为自豪的神情。

我们在一个城市里的菜市场门前，和导游小姐姐告别。然后结队搭车离开了平静、拖沓、平凡的明德卢，返回"诗歌"号。有人半开玩笑，故意问别人："这里宽松而又安全，可有人愿意来此生活？"

没有人回答，人群一时沉默。可从那无声的氛围中，我分明感到了"No"的语声儿。

大船将夜泊佛得角，一直到第二天早晨 4 点钟，才鸣笛出航。接下来将是连续 9 天的航海日，至 24 日到达南部非洲纳米比亚的沃尔维斯湾。这两个城市相距 3344 海里，算下来几乎有 6000 千米的航程。

这也将是出航以来，在海上漂泊时间最长的一次航程。按说，这航线，沿着非洲西海岸，距非洲大陆似并不远，少则三四百千米，多也超不过八百千米。为何不再加上几次登陆上岸非洲的机会？让大家也不至于长时间都困在海上。旅游处似乎知道人们的心声，但默不作声。也有私下里传来的话语，说是这非洲，没什么文化可示人。满打满算也没有个博物馆、

歌剧院、图书馆，越往内陆去，恨不连个纪念碑也见不到。去不去的，实在没什么意思。再说，还有社会治安的问题，别是热热闹闹地过去，再摊上个啰唆麻烦，就因小失大，船方负不起那个责任……

回想起上船第三天，就有年岁大的船友，因病去世被抬下了船。想想也是，还是安全第一、健康为上吧。

不知道什么原因，半夜 1 时就醒了，再怎么也睡不着。干躺着心烦，索性穿上衣服登上 14 层甲板。有人手持蛇皮水管，还在冲洗甲板，发出了“唰唰唰”的轻响，满地水迹。原来，每日里这些休闲娱乐的场地，都有人贪黑起早地干活，他们真是辛苦了。

再搭电梯下来到 7 层，伏在栏杆上看佛得角的夜景。非洲小城，像婴儿一样酣睡。隐约的街上，见不到人影儿。只有近旁的码头里，还不时传来瓮声瓮气的金属撞击的小响动。有轮船在装卸货物，彻夜没有停工。昨天白日里所见所闻的那些人迹事物，都停顿下来，都松弛下来。

只有灯光闪亮，把城市的轮廓镶嵌得明显丰满。如果只是看这些灯光，觉着这大西洋上的佛得角和欧洲地中海岸边的热那亚、巴塞罗那、土伦、马赛……那些城市都差不多。但我的心里清楚，这非洲和欧洲可完全不一样。虽然现在有夜色，把见过的海滨城市掩饰得彼此相像，但我知道那里的根本区别。到了白天，随便什么人，也会分辨得出那种深刻的不同了。

再回看大船，已不见人迹，时光已经过了半夜，大家都休息了。溜回舱室，终于能睡上两个小时。睡眠不好，最坏时候能瞪着眼珠子一直熬到天亮。结果，第二天萎靡不振，打不起精神头，不管干什么都没心思。这次出来，带了不少安眠药，预防着睡不好觉时吃两粒。结果，在路途中，睡眠倒比在家里好些。

晨起 8 时，上 13 层吃早餐。透过庞贝餐厅落地大窗，看到“诗歌”号这才刚刚离港，哈，这大家伙原来也迟误了几个小时。

落地大窗洁净通透，大船外的佛得角一清二楚。市区街道、沙滩海

湾，昨天曾亲步丈量过的那片土地，既熟悉又感觉几分亲切。而这凭空的海上游弋，真就比昨天那小山上固定的视角来得活泛。

那座人脸山，在早晨的薄雾中仰视着灰蓝的天空，生动变幻，依旧轮廓分明。一早上就罩着远处岛上山上的雾气，眼看着就散淡了。像不断被稀释了的牛奶，状如轻纱。昨天雾气浓重的时候，几乎看不清楚的山影儿，眼下清晰了。和我身旁的这圣维森特岛上的几座小山相比，稍远的那些山脉，更高大雄伟，连绵不断。船行渐近，那山几乎能探出手到栏杆外面，触摸得到。

目测有千八百米的高山，在岛屿的岸边拔地而起，突兀惊险。高峰连绵间，竟出现了一低矮的豁口。早起生成的流云，正有几大股子，攒足了劲儿，从那豁口的背后，急匆匆地冲过来，就像打开了大坝的闸口，放过来的激流洪水一样。只不过，那些流云越过了山豁口，就不往下流淌，却只是懒洋洋地陈横在苍绿的山坡上，浮动散漫。

那艘古帆船，正在和我们擦身而过。昨天就见到了那艘船，是一艘仿古建造的大帆船，少说也有2000吨的排水量。那船上船下，统漆成了蓝白相间的颜色，遍布帆缆，密密麻麻。当时，它静静地靠在码头上。没想到，今天早晨它也和我们一样，解缆启航。

那古帆船正得意洋洋，从我们身边驶过去。它全部的船帆，都被有力的海风吹起来，圆鼓鼓的，十分饱满。那些帆不是通常的白色，却是浅黄色，光灿灿大小不一。古帆船在蓝色的海水上面，轻巧地滑行，它简直打算飞起来，像一只蝴蝶。它转眼就驶过我们的船舷，那样从容，那样平静，不声不响地飘向远方。

阳光一下子强烈起来，躲过了云彩的遮挡，就像突然打开了舞台上的射灯，照在古帆船上，照在古帆船上那些排列着大小形状各异的风帆上。眼前一下子反射了灿灿金光，在太阳下晃动着的船帆，把古帆船变成了金帆船。

那位苦心的帆船设计者，不仅是精通航海的船家，还那么深切地理解

色彩的艺术，追求大自然的美好。眼看着金帆船越走越远，把一朵渐弱的金光还那么真挚地献给天空，献给海洋，留在我的记忆里。我心中感动，这辈子也忘不了，在大西洋的佛得角，曾有过那么一艘金光闪闪的帆船。

那艘古帆船，船桅上挂着瑞典的国旗。她是在这遥远的佛得角补充给养？还是完成了计划中的航行，由此打道回府，回北欧的斯堪的纳维亚？金帆船闭口无言，只管越飘越远，变成了一粒金豆子，金点儿，终于埋进了天水相连的灰蓝色中，消失不见。佛得角也没有回音，只是慢慢闪退了景观，把整个群岛都变得越发模糊起来。只留下那座孤零零的白色灯塔，还能隐约示人。

海面上又空旷起来，刚刚还有客船、货船、快艇、三角帆……众多的船只，热闹地在港口里外穿梭往返，来去繁忙。这还不到一顿饭的工夫，又只剩“诗歌”号孤单地航行于大西洋上。哪里去寻一叶小帆相伴？满眼只是天海茫茫。

再见了！佛得角。

航海日手记：大西洋上的漂泊与沉思

邮轮在未来的一个星期里，都将一直漂在海上。得注意调整好自己的心态，不急不躁，别自寻烦恼。再就是年老体衰，船上空间终究狭小，行走坐起要慢中求稳，别闪失跌倒。还有一种尴尬，心中有数，多吃蔬菜水果，以免排便干燥困难。

上午在 7 层甲板漫步，突然见到海面上有一条深褐色的“宽带子”，正紧傍着船的右舷，飘飘荡荡，不断不绝。仔细盯着看，好像是油污一类的东西，浮在水面上。至于到底是什么，又如何造成了这副样子，不得而知。

从前在新闻报道中，曾得知船舶漏油类事故，造成的海洋污染，不想如今竟亲眼得见。十多天以来，依大西洋而行，她是那么清净坦荡，一尘不染。眼下就遮了那么丑的污染带，让人实实在在地感到了心疼。不是有监视大洋环境的设施吗？不是有高科技的方法，能清除那污染的杂物吗？海洋可是全人类的财富资源啊！

褐色的污染，我行我素。几小时过去了，仍未见消失。

入夜，船舷以外是无尽的黑暗，什么也看不见，不知道船舷下面被脏了的海水是不是恢复了正常。偶尔抬头，却见到了一牙晶莹的上弦月，高高挂在薄薄的云层旁边。月牙孤独冷清，又不甘心被遮挡住，时不时和薄云相缠相拒。我还是头一次在这大西洋上的夜色中，得见一弯月牙。她那么弱小，那么暗淡，羞怯而沉默。

小图书馆里安静平和，我钻进去写字。不想，今儿竟有人抢先占据了那个不大的写字台，而他们坐在那里，只是为了看手机上的视频。我无声笑了笑，无可奈何，只好移到旁边的小桌子上去开工。

到了晚餐的时间，赶到 14 层去吃饭。旁边桌上，正聚集了三五个大妈。她们边吃边说，声若舌战，听上去就像乱哄哄吵成一团。终于有人赶过去，竖起食指置于唇前，示意说话的诸位，注意维持公共环境，还是小声为好。众大妈不好意思，终于压低了语声。

安静确实是个德行，在公共场合里尤显重要。记得年轻时读俄国小说，其中对人的评价里，经常有“那是一个安静的人”一类话语出现。当时，还不甚理解。因为我们对人的评价，从不会用“安静”这个词。安静算什么？不就是不说话吗？每到学期期末，老师就会给我们学生写鉴定评语。档案表格的那一栏里，老师经常写的有：“思想积极要求进步，参加各项组织活动，团结同学，学习进步……”

再不济也会在最后坠上“……爱好劳动，个人卫生较好……”两条。

有了上面的定论，不论老师还是学生，拿在手里，看在眼里，才会觉着正规地道，从未见有老师在鉴定中提那个“安静”，安静着不说话，可算个什么？

安静，其实非常重要。还记得小时候，在医院、银行、邮局、办公室里，经常就能见到大玻璃的牌子吊在上方，上面书写“肃静”二字，要求人们不得大声喧哗。也不知道什么时候，这些玻璃牌就全然不见了。

我们的毛病一是话太多，二是说话声儿太大。话多是因为废话连篇，

说话没什么主题，得哪儿说哪儿，漫无边际，顺口聊天侃大山。聊天没毛病，侃大山也没什么错儿。只是要分场合，比如在上面提到的那几个场合里侃大山，就实在不应该。轻则影响别人，重则会误事呀。看来，说话还是简洁有序，有问有答，作为人们互相交流的工具，好好使用着才是。

再者我们说话声音太大。我和我的广东朋友，偶然在意大利的大街上相遇。我们很兴奋，互相寒暄之间，亲切热情，竟忘了自己的强大声调，把出租车都喊停下来了。连远处的警察都伸脖子往这边瞧，以为发生了什么事故。最后，我们自己把自己弄得不好意思起来，只好红着脸，一再地降低自己的声调。有意思的是，即使我们的声音低得和平时说话差不多，也都能互相听得懂，还明白意思。看来，真就用不着那么费力喊着说话。

出国旅游，见天和特殊人群在相同的环境里生活。我得提醒自己，万分注意，不可喧嚷，高声说笑。我应该“学习安静”，做个有教养有礼貌的人，不给中国人丢脸。别让人家觉着，中国人都是大嗓门儿，说起话来不管不顾，就像在田野里呼喊一样。

转眼“诗歌”号已经在大西洋上又行驶了三天，它认准了目标，无暇旁顾，孤单而倔强。时不时来到 14 层甲板上来看看，目光所及，“前不见古人，后不见来者”。没有一块陆地，没有一处景致，没有一个人影儿，没有一株老树，一丛小草，一只飞鸟。浩瀚无边的大西洋，只有灰色的海水和灰蓝色的天空相衬，整个就是个巨大无比的空盒子，把我们的船像玩具一样罩在里面，随你漂来荡去。

昨夜抬头看见了一弯月牙，小心翼翼地挂在天上。今夜再仔细观察，在北方的夜空中，又发现了一颗星。深深沉沉的黑夜里，月牙和星星隔得很远，它们不能互相依托，只是各自微弱地表示自己的存在。一旦把目光从那两个亮点挪开，就知道，整个世界都被黑暗严密地包裹起来，再寻一丝光亮，也没有了。

海洋上的白天，不像陆地上那样阴晴分明。说晴天吧，又总有那些丝丝缕缕的云层，时而能遮挡住太阳。露面的阳光又不那么明亮，也不炙热，有时候就像镜子反射出来的一样。说阴天吧，又总是有云彩包裹不严实的时候，东一条、西一空的蓝天不经意地就露了出来。没准儿，晴天里就飘过来不大不小的雨丝，洒水车似的，但一晃又晴了。阴天里偶尔透过来充足的阳光，待你换上泳裤想下水游泳，天又变得阴沉潮湿，大雨将临。

心仪的小图书馆，被我享用了两天。到第三天上，就被一位大个子的姑娘领先占据了。她生着一张圆脸，笑嘻嘻的，一心在那个新阵地上忙活。不大一会儿，姑娘对着自己放置好的电脑大声讲话，语气先是正规严肃，说着说着，她人又笑起来，忍不住大笑俯身，直不起腰，最后，索性伸手把开关闭了。

我听不懂她说的语言，但又总觉着很有些耳熟。定定神才恍然大悟，嗨，这不就是朝鲜话吗？故乡里有些朝鲜族朋友，和他们来往之间，虽然不会说他们的语言，但一听还是能分辨出来，这就是朝鲜话，用现在时髦的说法，那可不就是韩语吗。

我也明白了这姑娘是在搞直播，想想人家也是不容易。自己被打断了一份清静，已经心生不快，哪好意思再反过来去打扰她？想了想，只有退让。灰溜溜地收拾收拾，撤退回舱。

难寻一处适合写字的去处，别看偌大一艘巨轮。想来想去，还只能回到自己的“卡宾”（舱室）里去，那里还有我的一席之地。我打电话给99号服务处，请求更换一把带靠背的椅子，终如愿以偿。好了，这下子就可以在自己的舱室写字了，愿意怎么写就怎么写，也不用背着个双肩包，绕哪转了。

船上的舱室，在英语中不能说成“room”，要说成“cabin”（卡宾）。发声出来，就是卡宾枪那个卡宾。不过，卡宾枪那个卡宾写成单词是“carbine”，两个单词不一样，说在嘴里区别不大，这一下子倒是记住了两个单词。

不管怎样，我把自己“卡宾”里的小条桌子清理出来，有电插头可供电脑充电，顶棚上有用开关控制的头灯，屁股下面是靠椅，把枕头往椅子里一搁，不由得心花怒放。绘画的要画室，弹琴的要琴房，我现在有了这“方寸”之地，就一切都好！

耳边响起小喇叭广播：“此时此刻，我们正航行在几内亚湾，在喀麦隆的外海，此处水深2700米……”

好家伙！算起来，如果把我们海南的五指山沉在这里，竟还有一千多米的富余呢。

特意出来，到7层甲板，把着船舷往下看，却一丝也看不出来，水下会有2700米那么深噢。13层上，正放了节奏感很强的音乐，然后就见有人跟着音乐的节拍扭着身子晃动不停。有很多人脱了衣服，只穿泳衣泳裤，躺在矮矮的折叠椅子上，晒自己的身子。晒完了这边，再晒另一边，像翻腾烙饼一样。直到把人晒得红彤彤的，像煮熟了的大虾。老白最爱如此折腾，他们似乎嫌弃自己的白皮肤，逮着机会就晒上一通。据说，他们旅游一趟，能捞个亚麻色的皮肤回家，人都像捡了财宝那么高兴。

突然，有几股子贼风，抽冷子吹过来，那种狠劲儿里带着湿凉。身上抖了抖，抬眼再去看天际，也不知道什么时候，那遥远的海平线上，已经抹上了一大片黑色。那黑色可是不短，好像把整个西边都连上了。西边的黑幕不动声色，但明显越来越宽，还越来越厚。再想从中分辨哪里是天，哪里是海，实在不容易了。

渐渐地，有更冷的风吹过来。一阵接一阵，在甲板上横着扫荡，刮得人东倒西歪，几乎站不住脚。干脆，我们就都转过身子，迎着阵风倾斜起身子，再抓紧栏杆，和那风公然对抗。风像心急气躁的马，左蹦右跳，嘶鸣着鬼叫，可又吓不住我们这些老船友。

船舷外的海正起变化，远近的海面均匀地泛起了白色浪花。有起伏不断的大波涛，翻着卷着赶过来，拥怼船舷，发出“轰隆轰隆”的响声。

当风势稍微减轻一些的时候，就把捎带着的雨点洒下来了。雨水闪闪

发亮，显得活泼灵动。这海洋上的雨和大陆上的雨看起来没什么两样，也给我们带来了雨天里熟悉的活气儿。雨的气味儿，闻着有点发腥。沾在舌头上，是淡淡的矿泉水的滋味。大西洋上遇到雨，没人不露出笑容，好像遇到了相熟的朋友。

海洋被雨印了一层又一层麻点儿，那些带着麻点儿的波涛，好像变得沉重缓慢，虚弱了很多。天上有很多从海面蒸腾上去的水汽，海里有天降下的云雨，天海交合，自然孕育，让我似乎看懂了一些秘密。

足有两个钟头，雨仍在淅淅沥沥。有无尽无休的白雾，气势汹汹，滚滚而来。可眼看到了船舷，也不知为什么，白雾又霎时偃旗息鼓，纷纷退去了。于是，天海间开始层次分明起来，不再搅作一团。晴朗轻快地升上去，做天做云，沉重凝结地坠下来，做海做水。天海间的大幕终于拉开来，金色的阳光在蓝天上辉映，洁白的云朵把自己的倒影投到平静碧绿的海面上。天晴得透，连呼吸都痛快，心地也敞亮。

从船速和时间上算下来，“诗歌”号应该正在由北向南横过赤道。船方依着惯例，开始举行简单的祭祀活动，祭祀希腊海神波塞冬，那位挥舞着三叉戟的大胡子。偶遇相熟的上海同胞，他直言大呼：“拜龙王喽！”

意译精准，传神。

有人发放 T 恤衫，色白质地差。讨两件留作纪念，顺笔写下“大西洋间过赤道”字样。

有人告诉我：“如果海上出现了白色浪花，应该就是五级风浪。”

回想昨天得遇天海云雨之际，真就见过那种羊群般的白浪花，还迎接了一场中雨，心中默默记下了。

船上播报，应和了心中判断：“我们正自北向南横过赤道，自此进入南半球。现在距 900 海里的大陆非洲西海岸，对应的是加蓬共和国。目前的大西洋海水深度为 4800 米……”

赤道本是人为设计的零纬度，用来标定地球横向的跨度。过了地球这根“腰带”，我们就处在南半球了。这里的季节和北半球的相反，我们那里是冬季，这里正是夏季。能回忆起，一月里的南非约翰内斯堡，热浪扑面，还干旱得很。

说起来，我们正在深海大洋中，与世隔绝。这大邮轮不啻一座流动的小城，生活惬意，却没让我感到一丝世外桃源的意思。人们懒洋洋地横躺竖卧，沐浴阳光。音乐甜腻腻的，又软又黏。那座漂亮的紫色剧院，每天都变换着节目，魔术、杂技、歌舞，甚至连口技表演都来了。还有赌场里的老虎机、21 点、美国扑克，敞开了让你去玩。小课堂里有英语课、图画课，还有各种地理、旅游知识讲座。然而，我还是感到孤独冷清，那些热闹、张罗、忙活得一塌糊涂的无聊，常常让人一声叹息。

有登陆游览的项目，让人报名参加。从非洲动物到美国穿越，不一而足。看看每一趟上岸游都价格不菲，最少的 70 欧元，最多的美国 4 日游，竟收每人近 5000 欧元，令人瞠目。好在美国去了好几次，可不用参加。最后，在南美洲的项目，我们选择了巴西亚马孙两日深入游。到时候将沿亚马孙河道逆流而上，去那里的原始森林探险。这可是我多年来的梦想，相信会有些独特的感受。算下来费用也不低，要收每人 1300 欧元。我们是中国人里面，唯一一对选择去亚马孙丛林探险的夫妇。

又是漫步大西洋，在 7 层甲板上走步运动。

这个上午，天晴得透。海水的色泽，随着空中风云的变幻而变化。时下，当空无云，几朵棉团一样的云彩，远远地躲在天际。天空呈难得的蔚蓝色，蔚蓝是蓝色中的少女，总显得轻盈活泼，洁净通透。赤道的太阳闪烁着亮晶晶的光泽，就悬在不太高的头顶上，竟并未像事先想象的那样热烈炙烤。温度计上显示了 27 摄氏度，这可是十足的温暖天气，在这样温度的海风中挺立进退，感觉着自己的心肺都好像被更新了一样。

逆着阳光看海，几乎见不到海的真面目。满眼里尽是闪光的碎银，银光跳荡，晃得人只顾眯眼了。转过头，顺着阳光的照射看海，大西洋呈给你无边无尽的深蓝色。这种颜色，在我们中国被称为藏蓝，西藏的藏。知道英、美的海军，简称“NAVY”。其实，“NAVY”也是深蓝的颜色，就

是我们所说的藏蓝色。那些海军将士，在冬季里身着的制服，正是这种颜色的呢子衣料。而我今天，在大西洋上所见的海水，也正是这种蓝色。藏蓝是海水的颜色，这颜色庄重、沉稳、透着油脂般的光泽，纯粹而又高贵。

在20世纪六七十年代里，我们还是学生，这些学生因下乡而成为知青，那个时期里，大家身上穿的，几乎都是这种颜色的衣服，就是这大西洋里晴朗天空下的颜色。当然，我们的那些藏蓝，都陈旧破烂得多。十有八九还都打了补丁，也舍不得扔掉。记得当时的工人，也穿着和这颜色差不多的工作服。爸妈都是教员，上讲台也穿着这种颜色的中山装。回想中的这颜色，十分熟悉，可眼前这同样的颜色又实在新鲜庄重，二者不可同日而语。往事如烟，时隐时现，剩下这眼前的大西洋，汪着纯粹的深蓝，不断波动汹涌，陪我追忆过去，让我享受着这蓝色的日子。

也不知道是什么时候，天际的云彩，竟又都悄悄地随风飘过来，悬在当顶头上。站在14层甲板上，恨不得伸手都能摸到它们。可当你有了这种想法，还跃跃欲试伸出手去，那些云彩看上去，却又都高高地悬起来，没有一朵是低垂的了。

悬垂的云，相互拥在一起，还越挤越多。天空看上去渐渐变了脸，阴沉起来。此时的海面，没有了阳光的沐浴，也由藏蓝变成了灰蒙蒙的颜色。可那些遮蔽的云层，又真的没那么雄厚，还竞赛似的在空中相逐。于是，就有最纤薄的云，一个不小心，被阳光透了过去。此时的海洋上，就被注了一道两道强烈的光，让人想起围棋里的“眼”。那亮光时有变化，整个海面也就跟着变得明暗相衬，斑斑驳驳。

太阳落山，眼看着就要沉下海面。西天的云彩越来越暗淡，颜色发灰。其间也伴有发黑的云，阴着脸，显得沉甸甸的。那应该是些夹着雨的家伙，只是还没到发作的时候。太阳大喝一声，跳进海里去了，却又随手甩下了最后的金子，那些显得有些丑陋的灰、黑云彩，霎时就被镀上了金红的边儿，闪闪发光。

这西方撑着最后的光明，那东方的夜色却已经浸淫了半边天。沉下的太阳那里，还没黑透，还能见到云彩缝儿间迸射出来的红光。夜色来临的这里，已经当空把月亮挂在天上，和高高的月亮隔着老远，偶尔有一两颗闪亮的星辰出来陪她。

转眼到了这次南下海航的最后一天，第二天就要登陆纳米比亚的沃尔维斯了。天气晴朗，阳光灿烂。温和的海风迎面吹来，笑嘻嘻地撩拨人。一下轻摸你的脸庞，让人觉得舒服。一下又从腋下蹿过去，搔得人痒。抬头还是蔚蓝无边的天空，低头仍旧是“NAVY”的深蓝海洋。看着天和海，好像永远互不服气，相争风头。两种蓝色，就算到了天涯，也不相掺和。只划定了那条线，再各自约束了自己的部众，不动声色而又泾渭分明。

自佛得角开航以来，“诗歌”号已经航行了3000多海里。船行大西洋，刚才报告，此时此地的水深竟达5200米，这差不多是本次环绕大西洋航行的最深海域了。我知道地球上最深的海域达8000多米，但那个海域在太平洋上。

船行靠港，都是有规矩讲究的。尤其是这近十万吨的巨轮，承载了几千名船客，最先考虑的就是安全。要避开不可约束的环境，避开人力不可抗因素，比如战争、瘟疫、地震……

这次出游，最大的改变就是，没有从地中海穿行苏伊士运河，再进红海、印度洋。没走非洲东海岸，原因也很简单，在开航半个月前，出现了局部冲突，打得炮火连天，我们的环球航行只好改道。结果，我非常想去的马耳他、西西里、塞浦路斯、以色列、沙特、埃及、约旦……就都去不成了。“诗歌”号只好绕行，出直布罗陀，进大西洋沿着非洲大陆的西海岸南下。

现在，船行一周，尚未在一处西非国家的海港码头停靠。天不遂人愿，没走苏伊士运河，成了很多游客的遗憾。我的笔下，本想写下环球航行的游记，如今也只好改成写《漫步大西洋》了。

早些时候船上播报，还提到过，在过午的航行中，会遇到一种“长浪”。当时没太在意，也没明白，这“长浪”可是个什么？结果，现在来了，播报果然准确。船体开始大幅度颠簸，像大力打出去的秋千，让人站不稳身子。写字就更不可能了，就算能握住笔，也划不成个儿。胸口堵得发慌，吐又吐不出来。

挣扎着抓紧船上的扶手，一步步挪到14层上去，看看这鬼“长浪”，可到底是个什么东西。一眼就瞧见，原来就是我们在海南说的那个“涌”。不知道是风还是震荡的力量，在海里就聚集了那些长达几百米，甚至上千米的宽宽的大波，就是“涌”，也是“长浪”。这“长浪”体积巨大，波动缓慢，带着无穷的力量，排山倒海浮动过来，和船体相撞，发出“轰隆轰隆”的响声。大邮轮在这些“长浪”面前，就像小孩子在大人的怀抱里一样，被悠着、晃着，昏昏沉沉，不能自已。

撑住了身子，瞟了一眼海面。感觉到风是从船头方向吹过来的，那应该是南，或者稍微偏东一点。风力还真没有想象那么大，那么强烈，但也足够把曾经聚在一起的那些云彩吹走，眼看着云朵狼狈地翻卷，前后拉拉扯扯地逃到行进相反的北边去了。留下的晴空，闪着光亮，很远的天际又泛起了淡淡的灰黄色。

纳米比亚沃尔维斯湾登陆：大洋与沙漠的交织

“诗歌”号和另一艘美国轮船，相隔几百米远的距离，一起停靠在纳米比亚共和国的沃尔维斯港。目光所及，海港不太大，停了这两艘大船以后，应该不能再停其他大吨位船只了。岸上远处倒是很辽阔，无边无沿的样子。

就近的小城，没有什么高大的建筑，民居似也稀疏。说实话，不用提地中海北岸那些城市，就算和一周之前那个同样也是非洲国家的佛得角相比，沃尔维斯都显得陈旧、落后，乃至荒凉。只有大船震天动地的鸣笛声和陆陆续续上岸观光的游客，算是暂时给这南部非洲的海港小城带来了几分热乎气儿。

小城稍微边远一些的地方，有一些规整洁净的住房。房前屋后都铺着平整的草地，还有室外的游泳池。导游告诉我们，这些都是白人雇员的住房。纳米比亚这里有很多外国矿业公司，因此这个国家里有很多白人。说

着，就看到了一些小孩子在空地广场上踢球、玩耍。其中有白人，也有黑人。黑人和白人的孩子在一起活动，看上去也没什么隔阂，这世界上如果只有小孩子，看样子不会有那么多的纷争，那么多不睦。

导游还说："这个国家，在'二战'之前，是德国的殖民地。后来被南非托管。到了1949年，南非干脆把纳米比亚吞并，那时候纳米比亚还被称为西南非洲。在1966年才经联合国决定，改成现在的名称。1990年，纳米比亚独立，是非洲最晚独立的国家。"

是啊，我从一下船，就感觉到了这里似曾相识。不论是房屋建筑，还是一望无际的荒原，连风中的气味儿都与南非风格颇为接近。唯一明显的区别，大概就在于那无边无沿的大沙漠了。我很熟悉南非，曾经驾车从南非的西开普省，沿着滨海公路开到这个纳米比亚的边境一带，那里盛产龙虾。我那次旅游，是在六月里，那是南非和纳米比亚的冬季。

大巴车开出去没多久，车窗外就迎面展现了无边无际的沙漠，那种真正的沉寂、风干、寸草不生的沙漠。偶见那干燥发黑的死树焦木，半截子埋在沙中，遇火简直能烧得起来。

人们被沙漠这荒芜死寂所震慑，就算下了大巴，也不肯远去溜达，只是赶紧找了能遮阳光的阴影里躲着，指指画画，议论纷纷。举起手机拍照，只是几下子就没了意思，因为不管你怎么拍，也横竖都是沙。好在还没有风，导游告诉我们："赶上风沙季节，就没这么舒服了，到时候你们怕是连车都不愿意下来。"

北部非洲有撒哈拉大沙漠，没想到这南部非洲也有沙漠，而且还同样的空旷荒凉。这里见不到人迹，见不到鸟类，连绿色的植物也见不到。被风堆起来的一座又一座沙丘，高处边沿留下了弯弯曲曲的线条，远远地看，有点像大海里的波涛。不过，这沙涛却不运动，在阳光下泛着金黄的颜色。感觉那固定的沙涛边沿很明显，很锋利，像刀锋的刃口。

车子往回返，路过了一处沙漠边沿的小山。无边无沿的沙，到了这里好像真就止住了脚步，看上去是被那几座相连的小山给挡住了。有几辆越野汽车停在山脚下，目测总有三五百米的小山顶上，有几朵花花绿绿的飞行伞，正在几个穿着飞行装的人手里升腾起来。勇敢的飞人，用力抖起长方形的绸伞，控制着那些复杂的伞绳，在山上奋力奔跑。跑着跑着，再双脚用力往山地上一蹬，曲起双腿，整个人就飘浮在天上。一朵，两朵，三朵……数一数，总共有六只飞行伞，也没用上几分钟的时间，就都五颜六色，飘飘荡荡飞起来。飞人技艺高超，在空中借用上升气流的力量，时不时就把飞行伞操纵得向更高的空中盘升。

导游和司机倒是理解大家，特意把大巴车停了下来，和我们一起看飞行伞的表演，把这原本没算在游览项目中的高超体育表演看了个心满意足。五彩的飞行伞，悬在蓝天里，慢悠悠地飘动，下面是一望无际的黄沙。这让人一下子觉着，沙漠原来也没那么丑，只不过需要些点缀和陪衬。不知道，这沙漠飞行伞，是不是以后会成为纳米比亚的旅游项目。要是那样，倒还有几分魅力吸引游客。

大巴车又拐回到海港沃尔维斯来，沿着那条滨海大道向西疾驰。十几分钟之后，车子停在了海边。这次大家都很有些激动，因为就在前面的海滩上，竟聚集了成百上千只火烈鸟。准确点说，这里应该是滩涂，是那种铺满了海泥的海岸边。这滩涂十分宽敞，一直到海岸线向海里十几千米远的地方，都有石砌的防浪堤挡住海水。滩涂里水浅，那些火烈鸟，都正在海水里用头顶着泥沙往前拱，等到拱出来什么小鱼小虾小海螺，就张嘴吃了。火烈鸟都是粉色的，在灰色的海水里，在裸露的黑色海泥上，都能衬托出鸟儿突出的美丽。它们还都是大长腿，我看那脚杆不比故乡里那些仙鹤的腿短。腿长真就露出几分仙气儿，所有的火烈鸟都气定神闲，慢慢悠悠，迈着八字步，抬腿伸腿，在浅水里来来去去，把本来觅食的活动，弄得像模特表演走台步似的。火烈鸟的头十分夸张，那头顶因为要当成工具，在沙水里干活儿，就长成了棱角分明的样子，像动漫影片里的动物明星。想起来，孙女就十分喜欢这火烈鸟，大概跟它那比天鹅还长的脖子，和这脖子上那夸张的小脑袋有关，孩子们都喜欢夸张滑稽的形象。

火烈鸟喜欢这大片滩涂，是因为这里的海泥营养丰富，里面有足够它们饱肚的海生物。纳比米亚的海洋管理者，为了火烈鸟，保护了这大片滩涂。

不过说实话，这滩涂一旁的气味儿，实在让人受不了。刚看到火烈鸟时候，人们兴奋快乐，连连拍照合影，像遇到了宝贝。可在半个多钟头的时间里，人人就都那么闻着火烈鸟滩涂的浓重腥臊味儿。没错儿，滩涂营养丰富，里面自然死的活的什么都有，南非洲的太阳再那么一晒，泛起的气味儿能好闻吗？

记得在南非，是在近海的淡水沼泽里看火烈鸟，没有这么大的气味儿。人们欣赏了难得的自然景观，现在又嫌弃起这难闻的气味儿来。于是，手掩口鼻，议论纷纷："好家伙，这味儿——"

不知道是火烈鸟听出来人们的不满意，还是到了该归巢的时间。先是有那么几只老鸟，带头起飞。它们用自己的长脚杆，"啪嗒啪嗒"轮换着踩在水面上，溅起一溜水花。同时再使劲儿地搧起自己的巨大翅膀，露出腋下洁白的羽毛。一只、两只、三只……飞行大队依次起飞，像海面上渐渐升起的巨大云彩。粉色在浅灰的水色中很是惹眼，待火烈鸟群贴着水皮儿旋得更高，就衬在一轮耀眼的阳光里，像画儿一样，让人把纳米比亚这幅"阳光飞翔"，深深地印在脑子里了。

我们的午饭，是在一家新开业的蓝鲸酒店里吃的，位置就在火烈鸟滩涂半千米之外。坐在酒店餐厅大堂里，隔着宽大的窗玻璃，能看到火烈鸟滩涂的一派景色。牛排不错，鲜嫩饱满，五分熟。蔬菜沙拉一般，而且贵得有点离谱。最好的是啤酒，冰爽刹口，鲜美异常。上次在佛得角，就见识了那里的好啤酒。这次到了纳米比亚，还是有这顶尖美味，让人赞不绝口。这啤酒以纳米比亚首都温德和克（Windhoek）的名字命名，行销全世界。这里很早以前就是德国的殖民地，现在的啤酒酿造技术，仍然遵守着德国的标准。纳米比亚啤酒，真是世界一流的好啤酒。

蓝鲸酒店，本来名副其实。每年巨鲸来归时，这里都具有最好的观看

角度和方位。可惜，眼下不是季节，那些大家伙此刻正在南极一带忙着养儿育女呢。

天还没黑透，就回到了“诗歌”号。在14层甲板上，趴着栏杆，看夜色慢慢浸染沃尔维斯。有卡车不断进出码头，翻斗卡车里装了雪白的粉末，一车又一车。顺便问经过的一位船员，那车里都装的什么东西？得到的回答很简洁，就一个单词：“salt（盐）。”

“普通的海盐吗？”

那位有经验的船员告诉我：“是磷酸盐，从纳比米亚出口到世界各地，磷酸盐是食品配料和功能添加剂，被广泛用于食品加工中。”

和这位半熟不熟的船上海员聊起来，还知道了纳米比亚是个资源丰富的国家，仅钻石产量一项，就排在世界产量第六位。据说，这里的钻石蕴藏量达6000万克拉以上。

沃尔维斯躲进了夜色中，除了闪烁的灯光，已经看不见码头，看不见整个小城了。那种非洲海港和欧洲海港在夜晚时候，看起来相似的感觉又一次漫上心头。令人遗憾的是，我完全知道上述两者在各个方面的巨大差距，这夜色并不能遮蔽落后。更令人遗憾的是，这后者纳米比亚三十多年来，并未取得什么傲人的成就，老百姓也并未因国家民族的独立解放而改变命运，真正走上富裕、科学、自强自立，迅速发展的道路。

20世纪的60年代，是非洲民众风起云涌，奔走呼喊，争取国家民族独立自由的时代。那时候我十岁左右，每天都能在新闻里面听到非洲的消息，今天哪个哪个国家独立啦！从此不再受殖民统治啦！隔一段时间，一定会有类似的消息传出来，几乎形成了一个世界潮流。我在读小学，对这些非洲的新闻半懂不懂。但感觉挺振奋人心，让人激动。心里想着，非洲的黑人自己当家做主，不受欧洲人欺负，也是好事，小孩子最讨厌那些欺负人的家伙了。

还记得那时候，市里还排了一台话剧《赤道战鼓》，描述非洲黑人在反殖民统治的斗争中，用自己传统的鼓声进行联络，传递情报，鼓舞斗志。

当时，看着那些演员，浑身涂满了鞋油一类的黑颜色，饰演着黑人在舞台上跳着、蹦着、叫着，伴随着敲击的急促木鼓声声，使劲儿呐喊嘶吼。自己在台下观看，小心脏怦怦直跳，眼瞪多大，很是激动。恨不立即赶到非洲去，帮助那些黑人弟兄，和他们一起战斗。

如今六十年过去了，所有的非洲国家早都纷纷独立，连纳米比亚也已经独立三十多年。可是如果问问，整个非洲有哪一个国家，在这六十年里走出自主自强之路，成为世界强国了？怕是没有一个非洲国家能拍胸脯。这是事实，值得整个非洲思考，也值得世界思考。

夜深了，“诗歌”号却并无启航的迹象，不知原因如何。

我在微微刮起了海风的夜色中，向纳米比亚告别，向沃尔维斯告别。再见了，非洲！

圣赫勒拿岛探访：流放地的沧桑鸣响

南大西洋上阳光明媚，拂面的海风热烘烘的，干燥而强劲。离开纳米比亚已经两天两夜，在这自东向西横过大洋的航程中，我们将在途中有一次唯一的停靠，那就是停靠在圣赫勒拿岛。从地图上就能看出来，这是南大西洋中一处孤独的小岛。它像一枚图钉，就那么孤零零地钉在无尽的蓝色大洋中，“前不见古人，后不见来者”。而于我心中，正是有一位著名的前人，曾在这里了结生命，在孤独中随风而逝，才让我牢牢地惦念着这个小岛。

这里是人类历史上伟大的政治家、军事家拿破仑的灵魂飘散之地。如果说一个多月前，我途经的法国海港土伦是拿破仑的发迹所在，他在土伦以准将的身份，一战成名。那么现在马上就要到达的圣赫勒拿岛詹姆斯敦镇，就正是这位伟人寿终正寝之地，他在这里走完了自己生命中最后的六年时光，他所有的辉煌功绩，都在这里戛然而止。

世界地理告诉我，有两个小岛，原本默默无闻，但因为与拿破仑的命

运密切相关而声名显赫。一个是地中海的厄尔巴岛，它在撒丁岛和意大利本土之间。1814 年，拿破仑在和英、奥、普、俄反法联盟的莱比锡战役中失败，不得不投降，同时，作为法国皇帝，宣布退位。拿破仑被流放到这个小岛上生活，远离欧洲政治中心。但拿破仑壮心不已，想尽办法，在自己最信赖的一千随身部众帮助下，成功越狱，逃离厄尔巴，在法国南部登陆。然后一路向北，一呼万应。从前的老部下和民众，一路追随法兰西皇帝，又一次掀起了反抗欧洲列强的高潮，战神拿破仑似乎重新扭转了世界走向。号称天下最残酷监狱的厄尔巴，简直成了拿破仑的重兴之地。

不想，再战滑铁卢，拿破仑失败。这次英国人想到了厄尔巴越狱的过往，再也不敢轻易放过拿破仑了，于是把他流放到了南大西洋上的圣赫勒拿岛。和厄尔巴相比，圣赫勒拿岛距欧洲万里之遥，孤悬海外。英国人强大的海军，控制了所有的船只。在小小的圣赫勒拿岛上，竟驻扎了 3000 士兵。这一切，都是为了防止拿破仑再次越狱逃亡。据说，有无数人想尽方法为拿破仑效力，试图救他重返欧洲，但都被他拒绝了。从后来他写给儿子的信件中能看出来，拿破仑在圣赫勒拿这里，从心里服从了命运的安排。他说："不要有为我复仇的念头，要从我的经历中吸取教训……你应该以和平统治为指导思想，千万不要盲目模仿我，引发毫无必要的战争。如果那样，你就是最愚蠢的家伙……新思想已经在法国和欧洲生根发芽，不能让历史倒退。"

拿破仑对世界的认知，清醒而明智，果然不凡。他最后在这里生活了六年，郁郁而终。

一想到这些，我恨不能立即到达圣赫勒拿岛，然后登岛去看看拿破仑当年留下的遗迹。我知道，这岛的主权虽然在英国，但法国政府买下了拿破仑曾居住的那幢房子——朗伍德别墅，还有房子周围的土地，包括拿破仑死后葬在那里的墓地。这事儿说起来也挺有趣，整个圣赫勒拿岛都是英国的，英国甚至派了总督，在岛上行使主权，进行全面管理。可法国在岛上买下的那幢具有特殊意义的房子和宅院，却保有自己的主权，完全可以

自行其是，还在门前高高飘扬起法国的三色旗。

地理知识告诉我，世界上有两个詹姆斯敦。一个在美国的弗吉尼亚，是个半岛，是早期英国移民的登陆首选之地。另一个，就是我将要登陆进入的圣赫勒拿岛的首府，也是这岛上的城镇——詹姆斯敦。

现在很清楚了，我很快就会在南大西洋上的圣赫勒拿岛登陆上岸，在岛上的詹姆斯敦游览。因为，170 年前，拿破仑曾经在那里居住，一直到去世，我很想去看看。

在漫无边际的大海中航行了两天两夜，不见生物人迹。现在。终于在落日余晖中，迎来了一个苍绿的小岛。想象拿破仑当年所乘帆船，按那时候的船速，怕是三两个月也难从欧洲赶到这里。他经受了风云雨浪的折磨，历尽艰辛，终于见到自己的归宿之地，会作何感想？南大西洋这里炎热干燥，呼吸之间，觉着口舌都干唰唰的。不像海南岛，热虽然热，但总是潮乎乎的。小岛越来越大，越来越近，上面的景物也变得越来越清晰。

邮轮慢下来，简直像人在陆地上漫步。终于，有很大的响动，“哗啷哗啷”地传过来。接着“诗歌”号就彻底停了，巨大的船锚在船的前后都被抛进海里去。原来，圣赫勒拿岛这里的码头还太窄小，不能停靠这么大的邮轮，只好“锚泊”在码头的几百米之外。

邮轮的 7 层甲板上，从来都挂着十几艘能搭乘几十人的救生艇。现在正在用吊机往海面上放 4 艘艇，大家都赶到 4 层去，从那里登上救生艇。救生艇不快不慢，徐徐前行，一心顾盼的圣赫勒拿岛，终于在我的眼前，揭开了她的面纱。

这是个地形很奇特的岛屿，四处都是高地陡崖，只有一条足够宽的山谷，从海岸码头伸向几千米之外去。山谷下和山坡上有很多建筑，大多是民居。它们时而零散，时而密集，不规则地排列过去。看来，这里的建筑没什么横竖规则，也不在意整体上的效果，显得很随意。因为实在没多少房屋，看上去，那条宽大的山谷里并不拥挤。

我们下了小船，登上码头。见到十几位当地居民闲坐，他们都很愉快，脸上挂着几近天真的笑容。是啊，在这里一年到头大概都见不到几次岛外来客，凭着我们给人家带来的新鲜劲儿，也值得他们笑一笑。看那些居民的脸庞，不像白人也不像黑人，应该是千百年来，各种人在这里混居而诞生的后代吧。这小小的圣赫勒拿岛，曾经先后被葡萄牙人、荷兰人、英国人征服过。我还听说，在南非的布尔战争后，这里还曾被英国人用来关押几千名南非布尔人战俘。小岛在几百年间，经历的历史风云可并不少。

这里是相对封闭的，在很长的一段时间里，只有每周从南非开普敦到这里的定期航船，成为常规交通工具，和外部世界保持着联系。

导游领着我们攀登的那道依山铺就的台阶，被称为雅各布阶梯。看上去又长又陡，听说有 699 级，能直达海拔 800 多米高的山顶。我们努力攀登，气喘如牛，迫不得已在路上歇了几回，终于登顶成功。大家欢呼怪叫，把自己当成这小岛最新一届的征服者。圣赫勒拿岛就在脚下，一览无余。

四周天海无尽，脚下方圆无几，有在船上看海的感觉，但比那更觉高远。这个有总督，有关税，甚至有货币的弹丸之地，只有不到 50 平方千米，看上去有点发圆，像一块厚实的小蛋糕。热风徐徐，把衣服下摆吹得抖动不停。眼力所及，还能看到石砌的堡垒，在草丛中斑斑驳驳，了无生气。

飞机场一目了然，看上去怎么也能飞中等以上的飞机。可导游说了：“这地方的机场在修成以后，做过试飞。结果赶上了风切变，险些酿成事故，就没有正式的航班。一直到去年，才终于有了直飞南非约翰内斯堡的固定航班。”

风切变，就是在风向和风速上会产生突然横向的力量，迫使飞机不能正常飞行。这我还是头一次听说，这小岛，果真有些想不到念不到的做派。

急着要看的拿破仑居住过的房子，原来就在不远的一处略高的山坡上。房子外观不起眼，算不上豪华，很有些年代的沧桑感。相比之下，门前旗杆上飘扬的法国三色旗，鲜明耀眼。在 200 年前的圣赫勒拿岛，能居住在这里，足够宽敞，应该算条件相当不错。可听说当初的拿破仑一直抱怨，说这房子里面阴暗潮湿，还有虫子。进去以后，能感觉到，那位退位了的法国皇帝说得不太准确。这里面采光不错，整洁而实用，别说流放在这里，就算是旅游生活，也算是个好居所。他有怨言，大抵是心情不爽的原因吧。

房子周围的庭院里，茂盛盎然的花草树木，都经过修剪，整齐雅致。据说，拿破仑在这里打消了逃走的念头，每天只是在庭院里侍弄花草度日。他在这里居住了六年，一直到 1821 年去世。房间里有不大的床，看上去实在有点窄小，上面铺着蓝色的床单，有枕头被褥，说是这一切，都保持着他生前的状态。床侧的柜子上有银质的烛台，有十字架，都被玻璃罩着。

在室内一侧的另一个柜子上，有拿破仑去世时候拓制的铜制脸模，他样子安详，像闭上眼睛睡着了一样。曾撼动欧洲大地的英雄，原来也是普通人的样子。世界还在，历史的风流人物却早已随风而逝。他的墓地就在外面不远，是用铁栅栏围起来的一块长方形的普通土地，上面杂草丛生。拿破仑的骸骨，早已被法国政府派他的儿子，从这里运回巴黎，葬在荣军院里去了。

读过一些非正规的资料，说是后人怀疑拿破仑是被害身亡。根据是经现今法医检验他遗留的头发，发现里面砷含量远远超标，足以致死。甚至，有人直指拿破仑的医生，就是凶手，他在长期陪伴拿破仑的日子里，不断在食物里添加微量砒霜，慢慢破坏了拿破仑的健康，最终造成了他的死亡。

关于拿破仑的书籍、资料浩如烟海，汗牛充栋。其中真伪难辨，拣选一二，写在这里，读者聪慧，自可甄别。

热风缭绕，轻轻淡淡，是不是英雄在叹息？感觉不到这位伟人的形声容貌，他离我们太远了。大西洋未变，圣赫勒拿岛大致还是原样，只是不见了拿破仑，他一定离我们很近，近在咫尺。

“诗歌”号不远不近地泊在海湾，像是拔地而起的一幢现代楼宇。我

们披着太阳的余晖，乘小艇回归大船。虽然有些疲惫，可我仍然登上 14 层甲板，伏在栏杆上抬头凝视圣赫勒拿岛。夜色浸淫，岛上燃起灯火。这里和一路上别的港口不一样，那些闪亮的光明不是普遍地铺排成片，而是顺着白天里那唯一的山谷列队行进，前仆后继，奔走呼号。那是拿破仑的军队吗？还是战火中牺牲了的士兵的亡灵？

大西洋沉默，圣赫勒拿沉默，我心沉默。

需要认识清楚的还有，在圣赫勒拿岛北方 1200 多千米的大西洋上有个阿森松岛。而在圣赫勒拿岛南方 2400 多千米的大西洋上，还有一个特里斯坦—达库尼亚小群岛。这一南一北的岛屿，都比圣赫勒拿小很多，也都是英国的海外领地。在行政区划上，英国把这浩瀚大洋上相距遥远的三处岛屿归纳在一起，统称“圣赫勒拿、阿森松和特里斯坦—达库尼亚”。

巴西东海岸长航：里约—玛瑙斯—贝伦的亚马孙丛林之夜和巴西足球

从詹姆斯敦岛至巴西里约热内卢的航程，大约是2400海里，“诗歌”号航行了7天，由东向西横穿大西洋。

记得前些日子，在南部非洲的纳米比亚时候，天儿并没有多热。可一登陆这南美洲的巴西，却热得人大汗淋漓，气喘吁吁。虽说曾经来过拉丁美洲的阿根廷、墨西哥、智利……但对巴西这里还是具有生疏感。如果从中国到这儿来，要么东渡，横过太平洋，要么西去，绕过欧洲，由北向南穿过大西洋。从两个不同的方向，都能从中国到巴西来。而且，算起来两个路程距离还差不多，都大约是地球周长的一半，两万千米，只多不少。

前一段日子，邮轮在大西洋上航行，沿非洲大陆的西海岸，由北向南。从离开佛得角到抵达纳米比亚，行程4000多海里，没有靠停其他非洲国家。如今，大船掉转身，再自东向西，横穿大西洋，也是中途只去了那个我永远忘不掉的圣赫勒拿岛，然后就紧赶慢赶，直达巴西里约热内卢。从非洲南部至南美洲，行程又是4000多海里，历时10天。从意大利的热

那亚出来，在航程的前期阶段，我们从北半球赶往南半球，现在，我们又从东半球来到了西半球。

登车进里约热内卢市内游览，人人面带喜色，这十来天的航海日（at sea），可把大家憋坏了。

巴西这里的钱，称为雷亚尔，在银行挂牌兑换，1 雷亚尔换 1.2 元人民币左右。但在机场或是市面上兑换，其币值和中国人民币就差不多成了 1∶1。走进街里的商店，才知道自己的手机原来已经一点电都没有了。商店老板似乎看出了我的尴尬，招呼着，笑盈盈地伸手接过我的手机，用他的充电线，往墙壁上的插座上一插，"咔嗒"一声清响，快速充电。10 分钟后，再递给我手机，已经充了大半的电。我给老板钱，老板却摆摆手拒绝，还笑着嘟囔了一句。虽说听不懂，但从他的表情上能看出来，那语言分明就是："小意思，别客气了。"

这巴西的电插头规格，竟和我们中国一样。这倒有意思了，一路上，我们都是使用着随身带来的更换插头，来符合船上的一排插座。我们知道，美国及欧洲、非洲的电插头和我们中国的都不一样。出发时候，被人一再提醒，要备下转换电插头。还是巴西好，省去了麻烦，能直接帮我的忙。

刚刚帮忙的老板说话，我一句也听不懂。他讲的是葡萄牙语，和欧洲、南部非洲都讲英语相比，这可是个大变化。别说我们国人堆里讲葡萄牙语的人不多，就是船上的工作人员里面，也大都不会讲这种语言。据说，这巴西人说的葡萄牙语和当今葡萄牙讲的葡萄牙语，几乎没什么两样，完全可以不费力进行沟通。记得在南非时候，知道南非荷兰语可是和当今荷兰的荷兰语大相径庭，因为几百年的变化和其他一些因素的影响，使得两个操着同宗同脉语言的人，相互沟通起来，很有些难了。

给我们开旅游车的当地华侨老陈，随便和我们聊天，说到这里约热内卢用巴西的语言怎么说。老陈笑着说："这个容易，记住了我们在负重劳动时候喊的号子声，'嘿哟，嗨哟'，里面那个'嘿哟'，那就是里约热内卢的简称。这一晃，我在‘嘿哟’都五年了。”

这个好玩儿，一车十几个人，不约而同都“嘿哟”起来，像年轻下乡时候，一队人到山里抬大木头喊号子似的。“嘿哟”完，一车人都笑了。

老陈还告诉我们，这里约热内卢有“一月之河”的意思，但也被昵称为“非凡之都”。

车子任意在城市里穿行，放眼望去，随处可见陈旧、沧桑，甚至衰败。也有摩天大楼，有玻璃幕墙的高层建筑。但更多的房屋，还是那些沿街二三层的小型楼房。那些老旧的建筑，看上去斑斑驳驳，历尽风雨，让人想起百年岁月，想起当年葡萄牙殖民时代。是啊，没有那个时代的殖民，真也就没有眼前这里约热内卢，没有这座“嘿哟”城。

路过一个大型运动场，导游指给我们看，告诉我们：“这里就是巴西Parintins节的狂欢场地，这个节日是葡萄牙人、本地土著人、非洲裔人三种文化结合在一起的舞蹈节。到时候会有成千上万的民众聚集在这里，撒着欢儿庆贺节日，按着加勒比的快节奏疯狂舞蹈。”

导游做介绍时候，说着说着就眉飞色舞起来。能为舞蹈过节，足见巴西的浪漫。可惜眼下还没到狂欢节的时令，大运动场空荡荡的，也没有一丝音乐声音传过来。想象着，如果真赶上了狂欢节，自己这老胳膊老腿儿，还扛得住那疯狂的折腾吗？

“嘿哟”满大街的涂鸦，也算是她另一个特色。所有街头建筑上稍许宽大的立面，无不斑斓生动，色彩纷呈，展现着画面。据说，政府曾公开号召艺术家们，拿起画笔，在街头墙面上进行创作，给城市增光添彩。结果，里约热内卢转眼之间就成了世界上最大的绘画之都。艺术家们的创作精彩绝伦，题材上有历史的、文学的、传统的、现代的、动漫的……形象上有白人、有印第安人、黑人，有大人小孩，男女老幼。总之，只有你想不到的，没有他们画不出来的。整个城市都成了户外艺术画廊，除了有限的一些文化历史遗迹，所有能见到的外墙，都进行了绘画装饰。仅就这一行动而言，需要国家民众具有多么大的心胸和勇气？眼见那些画面，无时

不在，无处不在。画面或大或小，或新鲜或陈旧，都显现着这座城市的脉动，显现着“嘿哟”的精气神儿。

到了总统大道，我们获准下车活动，宽敞的街道古香古色而又生机勃勃。漫步其上，时常可见罗马建筑风格的教堂。若是正好赶上 12 点的节骨眼儿，就能听到教堂里敲响悠扬洪亮的钟声。这教堂的钟声有特点，和我们庙宇古刹间的钟声不一样。对于我个人来说，这教堂钟声，已经有半个多世纪没听见了。它一下子就把我带到了哈尔滨 20 世纪 50 年代早期，那时候我只有五六岁，离家不足一千米的阿列克谢教堂的钟楼上，每天早晨 6 点和中午 12 点，都会敲响钟声。我们小学生，经常赶着那个钟点上学放学，一边走在路上，一边还能数着那钟声敲了几下。有时候，还会为了各自记下的钟声次数不同而互相争论起来，人人都觉着自己记下的钟声次数最准确。时间长了，年龄也大了点儿，对那钟声除了计数认时间以外，有了些许别样的感觉，觉着那准确悠长的钟声，温和、踏实、厚重，嗡嗡呖呖，漂荡在和平安宁的城市中。现今人已老迈，万里游旅。这老耳朵里听着幼时曾听过的声音，能听出那钟声里好像有意愿，有引领，有希求。它能让人沉静，让人有所思。我们知道，这里是天主教国家，是天主教城市，是举国民众都有宗教信仰的地方。

随时都能见到来去匆匆的白领职员、辛苦劳作的工人、漂亮摩登的女郎；也能见到肮脏的乞丐，他们留着长长的头发，骨瘦如柴，面若厉鬼。就那么拽了块纸壳箱或是塑料布，依墙角旮旯卧地而睡；也有年轻力壮的年轻人，伸手向游客讨钱，给面包他不要，向你示意只要零钱，还挥动手指头夹着的香烟，意思明确，他要钱，然后用钱买香烟抽。

导游抬手指向不远处，告诉我们：“看那道沿着大路架设的铁丝网，网的另一侧就是庞大的贫民区，那里的赤贫百姓有几百万之众。这个国家，和许多国家一样，也有贫富差距的问题，而且还相当严重。”

见到有建筑工人在拆除一座巨大的仓库，尘土飞扬，噪声不断。我年轻的时候，也干过这种苦活儿累活儿。劳作在现场，很是不容易，脏点累

点倒还在其次，主要是千万要注意安全。

那年 16 岁，学不能上了，在家里干待着。心想为家里填补几个钱，帮帮爸妈。就找了同学的父亲，在施工队里挂上了个力工的名儿。出工一天能挣 1.38 元钱，其他一概不管。记得那是在春天的 5 月里，具体活儿就是在道外江边，拆除那个海员俱乐部。当时登上高高的楼顶，腿下直抖个不停。拆那些碎瓦烂砖，拿下一块砖瓦，计价一分钱。光是在高处抖个不停怎么挣钱？咬咬牙，找根麻绳头系紧在腰上，另一头拴在房顶横梁上，全当保险绳，开干。一天下来，浑身酸麻，腿倒是不抖了，胆子也大多了，能单腿儿站在窄窄的椽子上干活。一个礼拜下来，交给妈十块钱，心里只知道高兴。

眼下看着巴西这些工人干活儿，人家都戴着头盔，身着灰色套装，胸前披挂着又厚又宽的安全带。他们每次在高处变换位置或是姿势工作时，都会把身上的安全带重新扣在结实的钢梁上。这大概是工作程序上的固定要求，他们这样干活儿，安全性大大增加，比我们那时候强多了。想想都为六十年前的事而后怕，那时候什么都没有，自己只是像只猴子，凭着年轻机灵，手眼相通，在高高的房脊上蹿来蹿去，挣那几个辛苦钱。当时如果万一有个闪失，拴在身上那截麻绳什么也不顶，摔下去非死即伤，不可能还有今天来这儿看人家干活儿的事了。

现在的国内工人，安全保障也是相当不错，至少不比我眼前的巴西差。不过，这室外拆装的力气活儿，说到底也是辛苦异常，国内国外眼看着都一样，都是工人汗珠子到地上摔成了八瓣儿的苦力活儿。

又是傍晚时分，返回“诗歌”号，竟觉天凉。看看温度计，白天和傍晚之间气温竟相差 10 摄氏度还多，这可让人没想到。这有点类似于西北新疆一带的气温，“早穿棉袄午披纱，捧着火盆吃西瓜。”想起来北京现在气温应该也在零上 20 摄氏度了，故乡黑龙江有点惨，应该在零摄氏度左右，再过一个多月才能种麦子。世界真大，真有意思。同一个地球，东西南北差异如此巨大。我们的航船，就在世界温度计上航行，历时一个多月，似

乎都已经走遍了春夏秋冬，实在神奇。

邮轮夜泊里约热内卢，停在“嘿哟”港，通船酣睡。

晨起，赶到 14 层甲板上。当头就见有浓厚的阴云，高高地悬在顶空。这专业轮船码头上，宽阔延展，足有几千米宽。眼一搭，就见到四艘和我们类似的邮轮，都停靠在这里。其中有一艘，明显地就比我们的“诗歌”号大了三分之一还不止。

也不知道什么时候，有高空中的海风把那些厚重的云彩都吹散了。散云丝丝连连，好不容易强搭在一起的，也轻薄浅淡。再一转眼，又是强风劲吹，把最后那些不肯彻底分手的云，一下子吹得四散而逃。9 点多钟时，里约热内卢当空如洗，碧蓝无限。

有密密麻麻的海鸟，在港口上空飞行盘旋，有时集成大群，有时又分散开来。这鸟色黑，翅膀尖尖，翼展总在一米以上。它们集成鸟群的时候，从不排列成队伍。就那么在空中交错纵横，飞掠成不散的小集群，一群的规模总在三五十只左右。有人告诉我，这是军舰鸟，善于长途飞行，能在海上的惊涛骇浪中，跟踪疾驰的军舰飞行上千海里，讨军舰上面抛弃的食物垃圾果腹。

这些军舰鸟，不声不响，在早晨凉爽的气流中盘旋不止。我仰头仔细观察，发现鸟群中有一部分鸟，生有白颜色的胸、颈。这是雌雄不同的体色，还是什么变异？不得而知。军舰鸟却根本不在意我的感受，仍旧伸展双翼，上下翻飞。这鸟的体态有点像鹰，但更瘦削，更精干，让人想到那些美国西部片里纵马驰骋的伶仃刚硬的牛仔。它的翅膀也有特点，双翼的中间部位向前突出，接着再陡然后掠。和那些海鸥的双翼像个小弯弩的样子相对比，这军舰鸟的双翼倒更像两个大对号。

军舰鸟撑起它那有力的双翅，霸占着整个里约热内卢港口上空的鸟的世界。海鸥在这里难得一见，偶尔有那么三两只，也是相依相靠，排了紧密的队形，急着扇动翅膀，加快速度，飞过这里的低空。看那样子，明显是为躲开那些霸气的军舰鸟。也有零星的家鸽，在建筑物间蹿，显得贼头

贼脑，胆突突的。一只孤独的大鹰，在比军舰鸟还高得多的空中滑翔，它像风筝一样，在晴空里慢悠悠地划着不尽的曲线。竟还见着了一只白鹭，缩着脖子横着在眨眼间掠过了船桥，迅速消失在海岸方向，飞往更深远的内陆里去了。

观察的结果很明显，这些军舰鸟就是巴西“嘿哟”港里的空中霸主。看它们那自信而又敏捷的空中神态，早就把这里当成了自己的家。有时候能见到，有军舰鸟飞快地向海面俯冲。眼看着它一下、两下、三下……飞临海水，做蜻蜓点水般的动作。鸟儿一定灵敏地从海里叼食起了什么，小鱼还是小虾？那速度太快，距离又远，看不清楚，也猜不出来。但它们在捕食，这应该没错。

能在甲板上清楚地看见几千米以外的那架大桥，大桥坚定地把东西两侧的海岸连接起来，就像一道坚实的链条。有汽车在桥上往返，就像蠕动的甲虫。给大桥做了衬托的，是更远的连绵群山。山峦起伏，前面多灰色纱般的青雾，后面是洁白的云朵。那些云朵里，也有性子急的，不肯和别人一样，老实地趴在山后。它们先是好奇地探头探脑，接着就偷偷地飞快越过山顶，几个相互挤着，往海港这边瞧。于是，远山如黛，起伏跃动，陡峭如狼牙，又纷纷缀着白云彩的花边儿。

近处的海湾里，看见远近两座不同的小岛。小岛都是浑然天成的，像随意洒在海湾里，方圆几亩地的园子。近的那小岛，杂草丛生，遮没了几间荒废的建筑，人迹全无。已经判断不出来，这里曾经是个什么去处，兼具着何种功能。远的那一座小岛，倒是花红柳绿，生机盎然。上面矗立的两幢红瓦白墙的别墅，也很惹眼，有一对大黑狗正在房前门后撒了欢儿地追逐跑跳。也不知是何方神圣，有这样的好运气，在这山、港、船、桥之间修下了一方净土，然后气定神闲地过自己自由如意的小日子。

两艘小火轮，都力大无穷。它们在港口里相约结伴，一前一后推动了一座万吨重的浮动码头，像两只蚂蚁叼动一片大树叶。二人齐心协力，喘着粗气，闷声嘶吼，累得直冒黑烟。慢慢地把巨大的浮动码头转过我们的

船舷，终于呈笔直的航线，越走越远。它们费力翻动的波涛，渐渐平缓下来，再一点点变成了浅浅的涟漪，最后也消失不见了。

有飞机接连不断地从远处大桥方向露头，然后划着大大的弧线飞行。听不见飞机的声音，只能见到它在太阳下闪闪发光，徐徐掠过，一点一点下降，落到被遮挡着的山脚下去了。海面上有货轮、平底的驳船、单桅帆船……无一不在徐徐游动，在蓝色的海面上交错纵横。有飞快的小艇，拖了雪白的尾浪，在那如林大船间穿梭。眨眼间，就划过海面，钻进船的森林中藏起来，任你的目光无论怎样逡巡，再也找不出它来了。这让我想起，自己在海南操纵“568”型快艇，在海峡间飞驰的往事。那时候，我们好几个朋友都能在飞速前进的快艇上，陡然掉头 180 度。我们吹牛，靠如此高速机动做海上大侠，怕是没人能追得上喽！

放开眼界，里约热内卢的整个巨大港口，火热忙碌，日夜里都充满了勃勃生机。

我可没忘了，今儿还有一项重要的任务。我们要去里约热内卢近郊的科尔科瓦多山上去，去参观救世主基督的巨大雕像。虽然到目前为止，我们还没见过它的真面目，但我们都知道它，相信你也了解这座雕像吧。

在飞机上，在旅途中，在宾馆里，能经常见到这尊雕像的图片。只要是有关旅游的小册子里，有文字提到巴西，一定会提到这尊基督雕像。在众多的图片上，雕像被横拍竖拍，俯拍仰拍，栩栩如生。救世主高高地站在山顶上，伸出双臂，挺身而立，俯视天下。他神态安详高贵，让人一见而生尊崇和依恋。

而今果真来到了巴西，来到了里约热内卢，当然要去观赏朝拜一番。用现在年轻人的说法，要去那打卡地体味风情。我们说好了，这次来去，自己打的士。一是为了锻炼一下行动能力，再者也能更深层次地了解一下巴西民间的真实情况。

巴西的的士司机，高高大大，体壮如牛，肤色深褐。他身着短裤、拖鞋、T 恤衫，听我说起要去参观基督雕像，大眼珠子转了转，张口就蒙人：

“90雷亚尔！”

我已经咨询过好几次了，从码头这里到基督雕像景点，“的士”费应该是50雷亚尔左右。司机见我了解行情，安静下来。最后，我们商定，开车出行，打表计价。

“嘿哟”这里的道路，除了动脉般重要的几条宽阔大道还算平整外，待车子一钻进旁岔的小路，就都是一副长久未见保养的样子。坑坑洼洼，散碎狭窄，还有很多是单行路。司机会说简单的英语，在车上和我聊起来，说他叫艾拉，自称是土生土长的“嘿哟”人，打小就开车，是个专业司机，以此养家糊口。艾拉的专业主要体现在驾车勇敢上，或许还体现在对道路的熟悉程度上。一上路，就没见他收过油门。小的士颠簸不停，甚至跳荡起来，艾拉全然不在乎，扬起一片尘土在车后，仍然嘴里哼着歌儿前进。

穿过市区，到了山脚下，车子盘山而上。这条上山的道路，都是用大小不一的方块花岗岩铺就的。艾拉连人带车，一驶上去，车子就颤抖嘶吼，发疯一般绕着圈儿往上奔。我们还伸手紧紧抓住车内的扶手，眼睛瞪圆了，心有余悸，闷声不响。时间一长，我们也知道了。这司机是真正的专业司机，别看他表面折腾，其实内心平静如水，这车这路，对于他来说，已经熟悉得像在自己家里一样，人车都安全着呢。

路上见到有轨电车，好像是专门为了游客上山所安排的交通工具。那电车十分像我小时候哈尔滨市里的电车，只是这电车没有四周的围挡，只留了顶棚。这有点滑稽，我们所乘的士身架又低，于是可以尽情欣赏电车上面旅客们露在短裤和裙子外面的腿儿。用艾拉的话说：“这些人，像在篮子里盛着的法棍面包。”

基督雕像好像和我们捉迷藏，一路盘山绕行，竟未见到他丝毫踪影。尽管我们都知道，那雕像就在不足百米的咫尺之间。就算艾拉猛然一转方向盘，立即停下来，告诉说目的地到了，我们还是没见到那尊巨大的雕像。

山势陡峭，有售门票的窗口，卖纪念品的摊床，拍照的、卖冰激凌的、开便利店的各种卖家店堂，在山上开出来的一方平地上，混在一起张

罗经营，混乱而又热闹。有一些年轻人，脖子上挂着个吊牌，说自己是正规的导游。可看他们那在人群中窜来窜去的做派，又实在不像国家工作人员。想找穿制服戴胸章的人，根本没有。无奈，只好凭眼力，从一众人等中，挑了一个面貌还像老实样的年轻人。让他帮忙买票，进入雕像场地里参观。年轻人自称安德烈，领着我们左右瞅瞅，上下转转。然后让我们掏钱买票，一张票 186 雷亚尔，两张就是 372 雷亚尔。这价格跟墙上挂着的表格里规定的价格不符，明显高了几十块。

我们上去二楼，这才见到了两个穿制服的人，正在出闸口把守着。我向他们打听，票价为什么不对头？穿制服中一个留了小胡子的人说："为什么？难道我们就不收点小钱了吗？你看看，还有更多的人，都指望着这点钱养家糊口呢。"

我们声噎气短，对于这种公开的勒索，完全没有任何办法。再细看，穿制服人这边的正规入口空荡荡的，根本没人从这入口进去。旅客都是从另一个门排着队往里走。

小胡子又说了："安德烈人不错，钱交给他你就放心吧。"

安德烈就站在我的身边，一声不响。我们都明白，花了钱好不容易爬上来，难道还会因为百十多块钱的门票钱真就下去不成？结果是我们无条件投降，掏出几百雷亚尔，交给了安德烈。安德烈转身就给了我四张票，告诉我，两张去票两张回票。然后领着我们，三兜两转，进站登车，一切顺利。

原来雕像还在更上面，怪不得看不见。我们再搭上小型面包车继续上山登顶，女司机一声不响，技术了得。车轮外一步都不到的距离，一面是峭壁，一面是深渊。面包车像耍杂技一样，左旋右转，弄得车里的人都直发晕。最后，吱的一声怪叫，车子稳稳地停在了山顶上一处平台。下车就是通往山顶的台阶，直立直陡，看上去一点都不比圣赫勒拿岛上那个雅各布台阶平缓。老头儿老太太，奋力攀登，十几级阶梯上去，就气喘吁吁。为见基督雕像，只好相互搀扶着，振作一番，拾级而上。一边登台阶，我还真就一边认真地细数了数，到顶时候，是287级台阶。低头一路往上登台阶时候，注意到了，这台阶一级一级的，都是用特殊的石材铺成的。我没见过那种石头，灰白原色里镶着一朵又一朵的深红斑纹，像开放了的小红花。还是头一次见这种石材，更没想到踩着灰白中的鲜红，向上攀登。不知道最初的设计者，是不是着意选择这样的石头做台阶，来象征基督受难时候的血腥和痛苦。

一直到登上山顶，来到基督雕像的身后，才有机会真正站直了，举目仰视这巨大无比的基督雕像。心中不由得惊叹，好一座雕像！通体都是花岗岩石材雕砌的雕像，高达30多米，直举碧空如洗的蓝天。基督平伸双臂，整个身躯就形成了一个巨大庄重的十字架。救世主面容平静仁慈，俯视着空旷无边的世界，似乎正在为下面的芸芸众生默默祈祷。

我一下子就感到了自己的渺小，说不出一句话来了。再默默地转到了雕像的正前方，仰视雕像。这里有一处不大的平台，刚好能让人们举起手机，拍下雕像从头到脚的完整照片。照片中，雕像的主色调是厚重的浅灰色，显得坚实细腻。他背衬着蓝天白云，显得生动美好。寥廓的蓝天上恰好有三两只苍鹰上下盘旋，时不时滑翔在雕像头顶上。在低空中，又来了一架小型直升机凑趣。飞机不知天高地厚，远远围着雕像的身子飞，“噼噼啪啪”啸叫不停，绕来绕去。

大雕像的内部正在维修，如果不是维修，就可以钻进去，在雕像的体内攀上攀下。雕像那两条伸直的胳膊上面就有横槽，人都可以在那里来回溜达。

人山人海，热浪扑面。拍完照片以后，我们试着挤到平台的边缘，隔着齐胸的矮墙往下看。嗬！原来是悬崖，下面是万丈深渊！定定神，举目远眺，码头海港那里的海湾，成了不大的湖泊。而停在水面上的几艘十万吨以上的大船，简直就成了手巴掌大的小舟了。远处的面包山、飞机场、桑巴舞场、运动场……那些大型的场地，都像缩小了多少倍的玩具，伏在这座城市的怀抱中，不声不响，雾霭昭昭，呈现出几分神秘的样子。

围绕着雕像转了一周，打马下山。上山时候累着了腿脚，下山两腿发直，一杵一杵，几无知觉。好不容易挪到了停车场，再搭疯狂小巴士飞速直下，后座里几个孩子在剧烈的晃动中大声尖叫，过足了坐过山车一样的瘾头。

返回大船，天已过午。冲个凉后，抢身扑向13层庞贝餐厅，讨一杯冰啤酒，降温驱热。今天起航早，下午四点就出发。船上告诉大家，天气晴朗，气温适合，请各位游客尽量赶到顶层甲板去观看出航。在邮轮的一路出航中，里约热内卢将在你面前尽显妩媚，把所有的城市美景展示给你。于是，几乎所有的人，都密密麻麻齐集14层甲板看"诗歌"号从巴西第一大城市出航大西洋。

大船先是平推，用安装在船体侧面的螺旋桨发力，推动船体横向平移，离开码头。发动机的振动响声有点闷声闷气的，船侧的海水被搅动翻腾，泛起大片水花，像杯子里蓝白相间直冒气泡的鸡尾酒。整个大船离开了码头，我们开始离开里约热内卢的热情怀抱。整个城市开始向后退去，那些已经很有些眼熟的建筑群，在傍晚夕阳的照耀下层次分明，闪闪发光。城市渐渐远去，就像一部彩色风光纪录片，把一组又一组活泼跃动的镜头放给你看。这影片里，没有声音，没有解说，也没有任何为了拍摄而事先备下的做作，只有晴天白云下，夕阳霞光中绝对的真实。

航船很快进入航道，兴奋地拉响了汽笛。笛声三次长鸣，像是告诉大家，新的航程又开始了；又像是召唤人们，可别错过了眼下这些迷人的风光。14层大甲板上，甚至15层和16层的小甲板上，都站满了人。人们嘴上都不作声，手底下却都忙个不停，准备好手机，跃跃欲试。大家好像都感受到了这座南美洲城市火热而又丰满的美丽。

里约热内卢海港码头，是我见过的最大的深水良港。现在，当大船驶过海湾时，能清楚地看到，这座在群山环绕中开发建设的港口，总有方圆百千米的范围。据说，和我们眼下停靠的码头规模类似的这种大型邮轮码头，在海港里就有六个。其他货运、军用、联运的设施，还不知道有多少，

相信一定是十分充足。就算这样，在船上居高望远，还是能看到，这辽阔的深水湾里，沿着海岸还有大量好位置，能继续开发利用，建设更多的新码头。现代经济，涉及外贸的海运，简直是重中之重的环节。而如果没有深水良港来作为货物的吞吐基地，外贸这一大块就难以为继。就这一点而言，上天实在恩赐宝地于巴西。

由此想到海南的自由贸易港，若真有如此深阔的良港，进出口贸易才能真正落到实处。

白天去过的科尔科瓦多山，和山上的基督雕像，远远地映入眼帘。能清楚地看见，巨大的基督平伸双臂，好像在为我们的远航默默祝福，引得我们心中，也发起呼唤，再见！基督。从这里看过去，在那连绵的山峰里，科尔科瓦多山似乎不算最高。可看这一眼，倒证明当初那位基督雕像的设计建设者，实在是一等一的高明。因为无论从哪个位置看过去，从这海湾的船上，从依山傍海的飞机场，哪怕从某一条普通的街道上，都能一下子找到那个角度，清晰地看到那个高耸入云的基督雕像。看来，在偌大一座城市里，选定位置，做一个地标式的建筑，也绝非凭轻率随意的决定就能成功的。

接踵而来的，是矗立的面包山。它在海水中拔地而起，显几分突兀和险峻。怎么就从漫荡的汪洋中，长出个石头山来？巴西这里称其为面包山，可在我看来，这山纵然有几多平圆和柔，却也没有一丝松软和香甜，那分明就是个巨型的石头蛋蛋。如果非要拿吃食来比喻这山不可，我看也最多能叫个窝头山，看那山尖尖，看那满山裸露的坚石，尽显的是硬挺和结实，陡峭和粗粝。

面包山真像一个苞米面的窝窝头，陡然扣立在海湾外沿，牢牢实实，一心守卫着里约热内卢港的大闸口。再出去，就是大西洋无边的海面了。船越驶越近，百米之遥，能清楚地看见面包山上那光秃秃的山顶。一直到山腰和山脚，才有几丛杂草枯树，艰难地披挂着。不知道登山家能否攀爬到那光秃尖陡的山顶上，眼前倒是能清楚地看见，正有几条钢索紧紧地绷

成了直线，从山头延伸到另一个更矮的小面包山上。有两辆缆车，挂在蓝天碧海间，一声不响，悠悠来去。

转头过去就见到，在我们正航行的海峡对面，和面包山遥遥相对，还有一座和面包山酷似的石山，像是它的同胞兄弟。原来海港的“卫兵”有两个，它们隔海相望，像一对钢钳，扼守着城市进出大西洋的咽喉要道。怎么也想不到，上帝给了这座城市最优良的港口，同时还给了她拱卫安全的天然要塞。

船行至此，我才完全看清了眼前的一切，彻底明白了里约热内卢港的全部情况。整个方圆百里的深阔港口沿岸，就像一个英文字母“C”，像一枚海岸之环。环上那个缺口，正是我们驶离的海峡闸口，是“面包山兄弟”扼守的要道，一经穿越，就真正离开“嘿哟”市，进入大西洋了。当然，此时这里还是巴西的近海。再走一段，才能进入巴西的外海，到达公海。

孤独的军舰鸟，只身坚持着随船飞行。它在船桥上方的蓝天里，张开修长的双翅，随风滑翔。从船开航到船要离开海峡，这一整个过程，那鸟都一心一意地伴船而飞。莫非这鸟还懂得为离别的客人送行？就算最热心的主人，也未见有送客送出去十几千米呀！过了面包山，能见到近海里有小型渔船在进行海上捕捞。还有灰色的炮艇，慢腾腾地逶迤在海港远处。那黑色白腹的军舰鸟，似乎早有精准的把持。它突然在风中升高了自己的身体，再斜着调整了姿势，驾上一股强劲的海风，“唰”的一下返航而归，就像小时候收回的风筝一样，返回了家园。眨眼间，晴空万里，踪影全无。

再见了，军舰鸟！再见了，里约热内卢！船行飞快，刚刚在来路上那个望得见，摸得着的城市转眼就被群山遮挡，消失在空荡荡的海天中，像海市蜃楼，只把想象的美丽留在我的脑子里。渐行渐远，群山模糊，被蒸腾的雾气罩住。视线里只剩下海洋和天空，再无景致，却又充满了一种寂然的神秘。

我们将向北迎上去700海里，赶到下一个巴西城市萨尔瓦多。来时候夜航，先见群山，再叩开山门，拥抱里约大城。去时国姿天色，美不胜收，

身心留恋。此时大城蜷身，空余群山，最后只剩空空荡荡中的一个我。三天三夜里，转了那么大一轮，好像又回到了起初。不由得令人心下起疑，我可是真正来过巴西？来过里约热内卢？我似乎懂得了刚刚海空中那点神秘，痴痴地笑了。

船行两天，一直北上。右舷是大西洋，无边无沿。左舷是巴西海岸，远远地朦胧起伏，绵延不断。晨起，船外乌云遮蔽。阴暗的低空把自己深灰而近黑的色泽，投射到大海里去，海洋也变成深颜色。海面上，波涛汹涌，无边无涯。这南美洲巴西东海岸的大西洋，似不像南部非洲西海岸那么冷清空旷。几次放眼远眺，都曾经见到有船在海面上航行。虽说只有那么零星几艘，但总算有人类在同一个空间里活动。总想着弄清楚，那又是些什么人？那艘半白半橙色的大船，远远地在大洋上慢悠悠地晃荡。从船上那些管道和匹配的设施看，它有多半的可能是一艘运输油料的船。它那么庞大，又宽又长，航行起来那么理直气壮，似乎根本就没在意海洋给予它的那点阻拦。还有一只小小的绿色小船，看上去可就完全不是那么回事了。我用望远镜拉近那艘船细看，目镜里的小船是条旧船。漆色斑驳，船身单薄，估摸着连十米的长度都不到。看不见水手和船长，从那小型吊装用起重机，还有帆缆网索一些配备上看，这无疑是一艘小型渔船。这个世界，无论在哪个角落里，都有艰辛的百姓。眼下这几位，就凭一叶孤舟，风浪颠簸，敢在大西洋里讨生活，多不容易！

有白色的大鸟，在眼下紧挨着船身一掠而过。看着心中不免一动，那洁白壮硕的身躯，腹颈间一抹淡黄色，尖尖的长喙，圆圆的黑眼睛。不知那鸟是不是也有感知，又一次掠过时候，再降身段，保持了和船行一致的方向和速度。这样一来，它和我就形成了相对的静止，能让我定定地观察它。嗷喝！这下子可是让我看了个一清二楚。心中不由发出惊叹，没错！这正是一只塘鹅。

我曾在几年前，驱车专门寻访过南非西开普省的一座塘鹅小镇。那里

也是一个近岸小岛，那上面繁衍了近 3 万只塘鹅。还记得当时我们小心翼翼地走在岛中的小路上，紧挨着路边，就有一位鸟妈妈，正在专心孵蛋，孕育儿女。我们不敢打扰，试探着迈步通过，尽量躲开人家的产房。可塘鹅妈妈还是本能地煽起长长的双翅，嘴里发出“呖呖”的警告声，催促我们赶紧离开。

这种鸟很厉害，我曾经亲眼见到它们从二三十米的高空，一下子就收拢双翅，像一颗自由落体的炮弹，扎入海水里。等到它欢天喜地再浮上水面，长长的喙尖上已经衔了鳞光闪闪的鱼儿。南非的塘鹅，体格健硕，反应敏捷，它们会凭着本能，一直追随鱼虾群，全力飞跃遥远的海域。据说，非洲南部的塘鹅，甚至能追随海里的沙丁鱼群，飞到澳大利亚去。可令我完全没有想到的是，怎么竟会在这南美洲沿海，见到它们的身影。再想想也就明白其中的道理，连澳大利亚都去得，来南美洲又有何不可？比较这两地的距离，似也不相上下。凭着强大的飞行能力，南部非洲的塘鹅怎么就不可到此一游？

塘鹅悬在船侧的空中，距我不足十米。它展翅滑翔，一言不发，神情却显得得意洋洋。它可知道？如此相近的那个人，正是钟情于它们的知己？我眼见着，漂亮的塘鹅一个转身，再驾起海风，“唰”的一家伙，飞快地离开了我的视线，不知飘到哪里去了。

又是经过两天两夜的航程，我们登陆萨尔瓦多。

没错，有一个萨尔瓦多共和国，位于中美洲，濒临太平洋。但我在这里说的，可不是那个国家，我说的是巴西的萨尔瓦多市，城市位于巴西的东海岸，是巴西巴伊亚州的首府，濒临大西洋。萨尔瓦多在葡萄牙语里，是救世主的意思。

船上在报告自己的位置，正处在离岸 20 海里远的大西洋上，此处水深超过 1000 米。乘了两个月的大船，这样只及千米水深的海域，已经不能再引起人们的关注了。

9 时下船，热浪扑面。不远的出口那里，有琴声和鼓声，当地人还特意组织了歌舞节目，欢迎大船带来的游客。音乐节奏很快，舞姿热烈奔放。我听着看着，感觉那些表演里面有浓重的非洲因素。再看这里人的肤色，也更黑一些。

400 多年前，葡萄牙人就征服了萨尔瓦多，还曾在这里建立了第一个殖民政府，这里也有那时候南美洲的第一个奴隶市场。小时候读过《鲁滨孙漂流记》，书中提到的“巴伊亚”，就是眼前这萨尔瓦多。它是巴西的第三大城市，也是个深水港。

大巴车穿行街市，感觉这城市里散乱，街道狭窄，人口众多。街道两旁有许多二层的小楼，一眼看上去，都觉有明显的巴洛克风格，只是大多破旧衰败了。城市里的人很悠闲，没有里约热内卢那里忙碌紧张。

我们最先去看的是那座著名的巴拉灯塔。灯塔红白相间，高高耸立，离得老远就能看得见。而那座灯塔，并不是单独地举起光明，孤立焦岩上。它下面的基座，是一个方圆几百米的小型城堡。城堡有岩石垒就的外墙、岗楼、兵营，功能齐全，墙上开设了大炮的射击孔。一看就是一座实用的武装据点，随时可以为保卫萨尔瓦多投入战斗。

可以想见，在四百多年前，只要这巨大的堡垒里面屯兵备粮，弹药充足。来犯的敌人，就很难在海岸一线的争夺中取得什么进展，更谈不上进一步攻取堡垒身后的萨尔瓦多了。

灯塔和堡垒竖立在地势较高的石山上，山下是清亮波动的海水。海水依着山势，深不见底，无意间成了天然的浴场。天气炎热，有人在这里游泳消暑。其间，有一位年轻壮硕的男子，留着披肩长发，浑身皮肤又黑又亮。他甩下了脚上的拖鞋，从一块突出的焦岩上伸展躯体，像青蛙一样，跃入水中。那姿势和派头，真是帅极了。更让人想不到的是，男人的一只黑色拉布拉多大狗，竟也随着主人，从岩石上一跃而下，钻到海水里去了。人狗相随，在水中溅起大波水花。他们在水中扑腾，人欢狗叫，闹成一团。我们哪里还有心思研究灯塔和堡垒？纷纷拍起手掌，为男人助威。

我也养狗，可从未带狗入海戏水。我相信，大多数人也跟我一样。大概正因为如此，人们才觉着那壮男的行为更另类，也更过瘾。萨尔瓦多的太阳热烈异常，灯塔一带的海面上波光粼粼。男人终于玩得尽了兴，唿哨一声，一人一狗上了岸，就那么水淋淋光闪闪地走在人行道上，奔家去了。

紧接着，我们去了老城。老城好，新城见得多了，全世界的新城好像都差不多。那里到处都有鳞次栉比的摩天大楼，有地标式的高层建筑，或一个直入云霄的金属塔，街道宽敞，花团锦簇。但那里也同样缺少历史，没有历史的文化就太薄气。所以，我更愿意去所有的老城一游。

萨尔瓦多老城，是真正的萨尔瓦多，400 多年前的萨尔瓦多就从这里开始。街道更狭窄了，而且弯弯曲曲，往陡峭的半山腰延伸，人得低头弯腰，一步一步往上爬坡。街面是拳大的砾石铺就，这些小街在几百年前应该是行人、驴马、大车共行的要道。街两旁有许多商家，设想古时也应该是喧嚷热闹的所在。如今只是些出售纪念品和旅游品的小店，人虽多却很安静。有紧挨着街角站立的军人，腰挂手枪，面露微笑。队友中有人搭讪着欲和军人合影，也被欣然同意，于是赶紧摆出傻乎乎的笑容拍下军民合照。

转到街头，圣·弗朗西斯科大教堂当街而立。这教堂是当年的殖民政府所建，和欧洲很多教堂比起来不算大，甚至还有点小，外观的设计和装潢似也简单。可进去以后，还是让人惊讶。里面大厅中，从天棚到墙壁，所摆设的仜[illegible]雕塑，无不被黄金包裹。据导游讲，教堂不大，里面所用黄金竟有 30 多公斤。而且，她还很有几分自豪地提道：“几百年来，从民间冲突、局部战争，到独立革命，在一系列的攻伐争斗中，竟没有人在这教堂里使出手段，掠取哪怕一克黄金。”当地的漂亮女导游，肤色浅黑，文质彬彬。她微微一笑，接着又淡然说道：“不论是欧洲人、当地人，还是非洲裔、印第安人。这里人人都是天主教徒，都崇敬上帝。”

教堂前脸儿正对着的，是几百年前城市的主大街。街道两旁，有医学院、广场、海关及众多小店，也有居民住家。整个格局，跟欧洲某一个濒

海小城差不多。仔细看，那些古迹建筑，不论大小，是否官民所属，都已经无人居住其中了。而且都经过以旧修旧的装饰保养，尽量呈现出当年历史的风格神采，供人参观。里面都有管理人员，常驻值班。

再往前是市场，一排排的摊床上面，零零碎碎，生意都不大。倒是有打把式卖艺的赤膊男人，他们几个人组合在一起，翻来翻去地相互比画，姿势介于打斗和舞蹈之间。还时不时大声吼喝，声震耳鼓。伴着男人动作的乐器简陋，但一定有鼓，“砰砰砰”不断地敲响。告诉人们，他们没间断自己的表演。

老城这一带商务繁杂，人流汹涌，警察也多起来。几乎每隔不远的街角，就有一对荷枪实弹的老警执勤。那两个警察，和前趟街上站岗的军人不一样。军人穿迷彩作训服，这里的警察身穿蓝色制服。他们密切注意小街上人们的一举一动，同时两个人也时不时点头相互示意，相互关照。

眼见一辆警用摩托车，在砾石小路上颠簸着飞速前进，后座上的年轻警官手持微型冲锋枪，脸色严肃，大有做好了战斗准备，如临大敌的意思。不是又发生什么紧急情况了？如此街头小景，令人难免忧心。在欧洲时候，这样的状况，几不得见，在国内就更是没影儿的事。猜也猜得出，这里的社会治安现状并不乐观。

社会上的普通市民，看起来热情单纯，无忧无虑。还记得前几天，在里约热内卢遇到过赤膊短裤的年轻人乞讨，向我伸手要钱。在这萨尔瓦多，倒还未见此类事情。见到些成年人，浓妆艳抹，扮上戏剧里的古装，再打响手里的皮鼓，邀请游客去合影留念。导游提醒我们：“留影可以，但要明白是收费的。一照下来总要收你两三美元，才肯罢休，想好了再去拍照。想要照相还不被收费，就去找警察合影。”

胆子大的，就去实验，看人家说得真否。结果，街角的值班警察，果然都腆胸凸肚，打起十分精神，笑着配合。拍完照片，翻开手机看，还真是警民鱼水情的格调。

我们等车时候，又有卖艺的三五人结成帮，凑过来打场子。他们都把

折腾的动作放慢了速度，大概是怕不小心弄伤了自己的伙伴。艺人那黑褐色赤裸的上身，在阳光下汗湿滋润，闪闪发光。他们那舞蹈，并不高明，也不耐看。但是，领头的大哥不管这些，只顾端了铜盘子，过来讨中国游客的钱。领队导游和当地导游商量着，几番讨价，最后给了那大哥 5 美元，才算拉倒。

说到舞蹈，这里是桑巴舞之乡。据说，现今每年的狂欢节，全民共舞，热火朝天的习惯，就是从这萨尔瓦多兴起，然后传遍了巴西，乃至整个美洲和全世界。桑巴的动作简单，节奏强烈。舞者热情燃烧，全身心起舞，很快就能带动所有人跟着跳起来。这里的男女老少，人人都喜欢跳桑巴。

跟当地导游学了两句葡萄牙语："澳普雷嘎到！"（谢谢！）

"包娜达！"（不客气！）

说这是在巴西，两个人见了面，经常说的礼貌用语。你听听，声儿还真挺亮堂，其中元音多而足，比英语好听。嘿！真带劲儿。

澳普雷嘎到！包娜达！

再加上早几天人家告诉的"嘿哟"和"雷亚尔"，一个是里约热内卢的简称，一个是巴西钱币的名称。这加一块儿，就记住四个巴西葡萄牙语单词啦！

邮轮继续自南向北，在距离巴西东海岸 40 海里的地方航行，在大西洋上前进。一直想看看大海上日出的景色，于是就起早。有资料表明，说是明儿早上日出时间在 5 时 36 分，好像很准确的口气。可我如约而至 14 层甲板时，人家太阳都升起一拳多高了。而且，太阳还未待看个清楚，就被掠过来的一长条云彩给挡住。

当然，太阳就是太阳。她随手就把那些云都镀上了紫色、金色、红色，还有白色的光彩。于是，太阳没看成，只看到了美丽的云。东方那些漂亮的彩云，无时不在悄然变幻，就像有隐身的画家在调弄颜料。一转身

的工夫，那些彩色的图案就变得和刚才不同。

船的上方空中，大洋深处，不知何时飞来了一只孤独的军舰鸟。它不吃不喝，一直就那么盘旋着，好像进行着一种崇高的仪式。两只雪白的塘鹅在右舷外面低空滑翔，不知道它们意图何在，没准儿就为偷瞧大餐厅里的各色食物，过过眼瘾，也说不定。有时候，还能见到塘鹅就在船舷不远处，毫不犹豫，坠身下潜，一蹴而就，斩获鱼虾，饱腹度日。

以我所见，军舰鸟和塘鹅之间，当然能看到彼此。可它们还是一个在高空，一个在低空，井水不犯河水，各自为政，划定了自己的领地，从不相互干扰。

第二天，仍坚持着起早，一心想看朝阳。这次来甲板上倒早，只是又赶上了个大阴天。漫天半边乌云，半边白云，越往东边去，那云就越发黑得深沉，把海天遮了个满满当当。心有不甘，盯住了瞧。总算在东方天际，发现了若有若无的一点惨红。像是过年时候小孩子在脑门儿上点的胭脂红，一点都不像个正经朝阳的样子。

能判断出来，身下的船行方向是西北，正在背着我好不容易在船尾寻到的那一点东方红。这船，好像有点赌气一样，一心只朝太阳升起的相反方向，往阴云里钻。

假设太阳也洗澡，那么，这晨曦中的阴云就成了垂挂的厚幔子，遮挡了太阳的身子。也许，太阳真就并不在意，起床时来一个小小的晨浴，用不上多大一会儿，就能从云层里探出自己洗净光洁的身子，海洋又将是热浪扑面，金光灿烂。

辽阔空荡的大西洋上，风云变幻，酿成太阳雨。一意孤行的大船，谁也拦不住，紧赶慢赶，就是要一心扑到风雨中去。眼看就要进入的那片阴霾，顶天立地，气势汹汹，好像就要变幻成另一个世界。眨眼间，这阴沉的世界就被画上了灰色的条纹，密集的条纹近在眼前，正是纷纷垂下的雨线。伸出舌头试了试，大西洋上的雨淡淡的，还有点腥凉的滋味。也不知道，这些淡水落入了齁咸的海水中，会不会勾兑稀释了海洋，让它不那么

严厉得过分。

雨中再将头探到船舷外，看到了翻滚着身子的海浪。海浪比通常时候大了许多，不断地露出宝石一般的光泽，蓝得耀眼。海浪都顶着浪头，在浪尖儿上洒出一把又一把的小水珠儿，像雾状的小扇子。

偶尔想到，是什么人给这穿洋过海的大船起了“诗歌”的名字？这不是一下子就把旅游和艺术连在了一起？这有点纠缠，旅游让人更新，其间感慨无限。那么艺术呢？莫非是说，海洋和船能在远航中沾染了艺术的灵分？

这边还在胡思乱想，那边的大船，已经不由分说，一头栽进了真正的风雨世界，大西洋的暴风骤雨，猛烈强劲，呼啸而至。

想看日出而不得，一时间竟满怀风雨，世事难料，时事亦难料，人总归困惑不已。

知道这天会赶上邮轮自南向北再横过赤道，就打精神早起。五点钟就登上 14 层甲板，推门出去。整个世界变成了一口大黑锅，把海和船都严严实实扣下了。听到发动机闷声闷气的运转声，知道它还在一心向前。我小心翼翼地找到了一处楼梯，随意坐下来，企盼朝阳。

然而，又是天不逢时。眼看东方稍微钳开了一点缝隙，现出了银子般的光泽。不过，天际那点光亮，还不足以开启真正的黎明。有趣的是，那光亮能让我分清天空中参差的云层。越是仔细端详，那些云的境况就越生动起来。靠着光和云，我的视界里，搭建起了一处虚幻的风景。远近的空中，分明也有一个大大的海港。头顶的云，有些发黑近紫，而越远的云越浅淡，更像海洋。阴暗深沉的云，拉成了条状趴着，又像海岸环绕的码头。衬托着海港的，是灰色的远山，远山连绵不断，若隐若现。

就这样看了一阵子，心中祈盼的太阳还是不见踪影，像是故意藏起来，不肯见我。整个天空越来越亮了，还是不见朝阳。就算现在太阳出来，也已经不是我心仪的景色了。我带着几分失望，几声叹息，起身离开甲板。

我知道，太阳总归会出来，没准儿吃过饭，它就能冲破云层升起来。当然，越是往后，太阳就会更加变了模样，变成炎炎赤日。我还是要我的海面朝阳，我想要那一颗新鲜饱满的彤红的清晨旭日，带着强大的热力和光芒，从黑暗中跃出海洋。

看海洋日出也不如想象那么容易，虽然我就住在海船上。

船行多日，说说我们船上的紫色剧院吧。是剧院，只表演歌舞，从没放映过电影。“紫色”二字是我给加上去的，因为这剧院内部的装饰主色调是紫色。

这剧院内部的建构很有立体感，像一个巨大的“桶”。我想，这样的结构，一定有利于声波的传送。它不太大，能盛 800 人。剧院内的软座、天棚、墙壁，一直到几层大幕，都蒙上了一律的紫色天鹅绒。这样的色彩，显得厚重而又柔和。无数的各色灯光打在上面，真就让人感到了高贵的氛围。

船上的旅游处，经常在那里召集我们开会。在那里安排大家登陆参加各种旅游活动，还对具体的环节做详细的说明。我在紫色剧院里，身心放松，同时又有一种自我约束感，从来没有歪坐斜靠，闲话不断的毛病。看看大家，也大都如此。剧院还能教育人？这可是真事。坐在紫色剧院里，身体舒适，心境坦然。还不忘了时刻提醒自己：“可小心着点，别给人家这艺术殿堂添乱。”

场地文明，同伴文明，我也时常就在这里文明那么一阵子。

事实上，每每都有世界各地的专业团队，在这个紫色剧院里来表演技艺。那些团队大的二三十人，小的只有两个人。可不论大小，他们的表演都很认真，技艺精湛，才华横溢。每当演出的时候，剧场里常常爆发出热烈的掌声。

那些艺术家，来自世界各地，有白人、黑人、南美人，但没见有过中国人。有时候上台表演的仅有一两个人，可音乐一起，他们歌唱舞蹈的本事一点不差，能立即抓住观众。还记得有一位口技专家，就一个人，可他

嘴里发出的各种声音，简直能描绘一场战争，实在是太像了。一次，上台十几个年轻舞者，激情澎湃，欢乐自然，用快速的节奏，刮起了一场舞蹈旋风。他们甚至在表演最高潮时，下得台来，摆手邀请台下的观众，现场和他们一同跳舞。台下的年轻人中果真就有应声而起者，这时候台上台下，你来我往，欢乐地舞动在了一起。这时候，整个紫色剧场里掀起了一股热潮，所有的人都热情澎湃，兴奋不已。在横过大西洋的日子里，曾有一对年轻的夫妇，在紫色剧院里表演了三天。男人拉小提琴，女人歌唱。两个人往台上一站，简简单单，大大方方。琴声似有单薄，可女人一亮嗓儿，没有几秒钟，你一定会被她的歌声所吸引，不知不觉间就随着那深情动人的旋律飘忽神往，全部身心都沉醉于那音乐中去了。我曾感慨，凭着这对艺人的才艺水平，足可以在世界上立足。他们就像一对自由的鸟儿，飞落到这邮轮上，在大西洋上歌唱，这样的生活，应该是个什么样子？后来，看见他们搭小艇，在圣赫勒拿岛离船，几乎半船的人都在 14 层甲板上向他们挥手告别。

那些登船表演的艺人都很认真，他们认为自己在做的工作是高贵的，是诚心献给观众的。我曾在他们没有正式演出的时候，悄悄地看他们在紫色剧院里排练。眼见他们累得气喘吁吁，身上汗珠滚滚，在灯光的照射下闪闪发亮，但他们仍然不肯停下来。在这里，我彻底明白了，观众才是艺术家和他们作品的真正考核官。

我甚至猜想，他们之中也许有人经历过街头卖艺的困苦。他们那精湛的表演，一定拿捏住了天南海北、世界各地的街头市民。我曾见过那些艺人带着自己的乐器和打点的简单行李登船离船来来去去，不知这些艺术家现在又身在何方？

紫色剧院，位置就在邮轮 7 层，紧靠船头。没有演出的时候，我也曾在那柔软的紫色座椅上，看书偷闲。有演出的时候，我也曾坐在那殿堂里，身心投入，饱享艺术精品。说实话，那些艺人的表演，所使用的语言有英语、法语、德语、西班牙语、意大利语……唯独没有汉语。那些歌唱与对

白，我都听不懂，尤其是赶上一场意大利歌剧，就更是如坠雾里。但我还是愿意坐在紫色剧院里，观看那些陌生的节目。我欣赏那些表演的程式、饱满的情绪、音乐旋律……这些都能深深地感染我，都能打动我。能有机会享受那些艺人带给我的精神食粮，让我的心里充满了感激之情。

晨起寻日出，再逢赤道雨。

昏天黑地，满眼的阴沉。泪滴大小的水珠儿当空坠下，缠绵不断，没完没了。身在赤道，不见阳光炽烈，却偏逢阴雨连绵。我在庞贝餐厅里闲坐，慢慢吃一份冰激凌，等待这场赤道雨停止下来。几乎过了一个小时，大玻璃上洁净透亮，没有水滴再淋上去，雨停了。

我返身登上 14 层甲板，只见满地水汪汪的，看上去洁净透明，像是老天故意用雨水冲刷了甲板一样。干脆脱鞋赤脚，“吧嗒吧嗒”踩在浅浅的水中。脚下平整踏实，心里升起了童年戏水的快乐。

俯身在栏杆上，探头一望。船舷外的左侧，远远的，怎么有灰蒙蒙的丛林？那些丛林还看不大清晰，像是矮矮的，却茂盛厚密，密密麻麻，连绵不断。嗷喝！是不是亚马孙？按航行的速度判断，应该是到了亚马孙。昨天船上还播报了消息，但不知道为什么，没说到达亚马孙的具体时间。恰好有一位“所见略同”的高大白人，和我视线相汇，嘴里嘟囔了一个单词：“亚马孙！”

哈，果真是亚马孙，是我的心仪之地到了。很小的时候，我读《格兰特船长的儿女》，就向往着，有朝一日，一定到世界上那些有趣的地方走走看看。我的未来旅行清单上是长长的一串地名，有撒哈拉大沙漠、阿拉斯加、青藏高原、南北两极、非洲好望角、恒河流域……当然就有这亚马孙河流域。这些都是我将要朝拜的心灵圣地，而今我七十多岁，终于来到了亚马孙。虽说白发苍苍，仍载少年心愿，亚马孙，我来了，像几十年前的小孩子，扑进你的怀抱。

我们正航行在亚马孙河流域的入海口。亚马孙可不是像松花江、长

江、黄河那样的一条江河，亚马孙是巴西几乎二十多条河流流淌、汇集、滋养的一大块丛林、沼泽、岛屿、平原的总称。是的，也包括这眼前的入海口。而且，这亚马孙河流到大西洋的这片水域，可不是一个“口”字所能概括的。这里汪洋磅礴，一望无际，总有几十千米宽的水面，与海洋无异。

想记住亚马孙河流域入海口容易，因为这里的纬度，正在赤道上。记住大西洋南美洲东岸的赤道位置，也就记住了亚马孙河的入海口了。因为航线的关系，我们的船如果沿亚马孙河逆流而上，需要先向北一段，然后再掉头往南，逆流进入亚马孙河。这一北一南一掉头，邮轮就过了两次赤道。等到我们最后从玛瑙斯返回来，再从亚马孙河顺水而下，进大西洋继续航行，就又过了一次赤道，算起来，这一家伙就来去过了三次赤道。想想有意思，这次出游，原来安排的环球游没环成，倒横过了六次赤道。以后见着小伙伴们，能做吹嘘的硬件说了。

我们的船开始进入亚马孙河口，大邮轮真就逆流而上，它显得小心翼翼，船速明显慢了下来。船上说：“事实上，近 10 万吨的巨轮，如此在内河航行，还是第一次。这也是我们‘诗歌’号的处女航，当然不容易，需万分小心。”

走着走着，整个大船竟在河中停了下来，就那么用一部分微小的动力和水流的冲力相平衡而不动，眼见船并没有抛锚，却稳稳地漂在河水上。天地之间，漫荡荡的都是水，水色浑黄，微波粼粼。有小艇自远处的岸边飞驰而来，很快就靠在大船舷边。

昨天就听说，我们会在一个叫作“法森丁爱”的地方，做一次“技术性停靠”。在刚刚进入亚马孙的时候，为这“法森丁爱”，我查了地图查百度，忙乎了一阵子，到头来竟然什么也没查着。再看看小艇过来的去处，连两间像样的房子都没有。只见到几个大铁罐，还有和它们相连的管道，也不知是不是油、水一类的储备。我只有猜测，猜那条小艇是送过来一位熟悉水情航道的领航员，帮助我们保持正确的航向，一直逆水而上，到达

1600千米之外的玛瑙斯。我的猜测，自认为有几分道理。一是因为我听船上的三副说过，这艘“诗歌”号，从前没有逆水航行至玛瑙斯的经验，这是第一次。再就是，通常我们每到一处要停靠海港时，都要请当地的领航员上船，帮助领航入港。驾10万吨邮轮，在亚马孙河上航行，更要谨而慎之。

大船继续前进，河面平静，毫无波澜。亚马孙河沿岸的风光，尽在眼下。此时的河面依然宽阔得很，有家乡松花江的五倍都不止，比我见到过的任何一条江河都宽得多。数不清的支流河道，在辽阔的平原上纵横分布，四下相通。能见到河水围成的大小岛屿，小的只有几百平方米，大的有几平方千米。而那个马拉若岛，应该是亚马孙这里最大的冲积岛了。它的面积竟达4万平方千米那么大，比整个海南岛还大了7000平方千米。我判断，马拉若岛此时就在我们的左岸。因为距离远，瞭望时也只见浑黄的河水尽头，丛林灰绿，苍茫无尽。

先是大洋漂泊，眼下又进了内河，旁边就是陆地，是我们熟悉的天地。可眼前这亚马孙河流域，让人感到那么安静，那么荒凉，见不到个人影儿。如此空旷、如此巨大的世界里，一点声音都听不见。从前没来过，根本没有这种体会。现在身临其境，才懂得，这亚马孙真是太大了，大到我没法想象的程度。如此巨大的天然宝库，实在是巴西的福分。

人称这里是“地球之肺”，意思是亚马孙热带雨林对整个地球的环境和生态，有着不可替代的重要作用。这片雨林通过光合作用，能吸收大量的二氧化碳，再造氧气，这样才能维持地球的碳氧平衡。这个平衡一旦不幸被破坏，地球将面临灭顶之灾。一个这么美丽，人类赖以生存的星球，将因缺氧而窒息，所有的动植物都会灭亡。

真有黑色间杂墨绿色的蝴蝶，追赶着行驶缓慢的大船飞舞。这又让人想起那个著名的立论——蝴蝶效应。说是一只亚马孙雨林里面的蝴蝶，当它扇动了自己的翅膀以后，由于大自然不断地连锁波动反应，未来在太平洋上竟能因此而掀起一场风暴。蝴蝶翅膀的扇动力量微乎其微，亚马孙离

着太平洋又有万里之遥，翅膀扇动的微小力量和万里之外的荡天风暴之间，果真能有如此巨大的因果关系？此说当然是出自环境保护思想，是强调大自然间万物相关的链条，是善意的提醒。我们还是活得越简单，越节约，越小心谨慎为好。

据我所知，亚马孙雨林每年都有几万只蝴蝶，从这里飞往加拿大。那壮丽的行程，似和我们下一步北上美国和加拿大的航程接近，达 6000 千米。看来蝴蝶翅膀的说法，似也是了解亚马孙的专业人士所言，绝不是乱说。

有规模很小的航船，速度飞快，和我们同向而行。很快就赶到大船的前面，奔上游而去了。这宽阔的河面上，倒没有想象里与之相匹配的河运事业，没有应该有的那种舟楫繁忙。偶尔所见，来去的船只，都是类似民间的小艇。他们是运输货物，还是捕鱼，不得而知。

亚马孙是一片富饶而又神奇的土地，它的北部是圭亚那高原，南面是巴西高原。发源于这南北两个高原的几十条河流，内格罗河、布拉诺河、布鲁斯河……都汇聚在这里，再流向大西洋。这里形成了辽阔的水网地域，受到亚马孙一带河流浸润的土地竟有 600 万平方千米之多！好家伙！这可相当于近三分之二的中国领土，想想我们常遇到的干旱，心中可真是羡慕，这水资源也太丰富了。亚马孙河流域的面积大，水的流量更大，据说有长江流量的 7 倍。

这里有品种繁杂的动植物，短吻鳄、旱龟、森蚺、树懒等动物，有橡胶这样不可或缺的工业原料，还有黄金、宝石和最大型的铁矿场。说起来，巴西的亚马孙河流域真不愧为地大物博。伟大的亚马孙，实在是上天送给巴西的无价之宝。

“诗歌”号，已经在亚马孙河里逆流而上，航行了 2 天 1 夜。再有 1 夜，就要抵达玛瑙斯了。10 万吨邮轮在这河里行驶了 1600 千米，一共两天两夜。想想看，这一路得有多么深阔。事实上，我在船上，目力所及，经常看出去十几千米，甚至几十上百千米。眼前一片汪洋，脑子里早已经没有了“风吹两岸”的概念。这世界上有很多海峡，都不及亚马孙河宽，这里简直就是无边的淡水海。

有燕子来了，在空中飞来飞去，舞动弯弯的两翼，在船舷外上下掠过。它那剪刀似的尾巴，分得很开，这样子熟悉极了。还能见到高空中盘旋的苍鹰、洁白的鹭鸶，这些鸟儿，和我一样，可都是大陆上的生灵。海洋上面那些军舰鸟、塘鹅、海鸥……也不知道什么时候都不见了踪影。世界那么大，自然的法则却又那么严格清晰。

这本来闯海越洋的大船，如今可是在一条河流里奋进。它有点像进了小人国的水池里一样，笨拙而又小心翼翼地往前摸索。渐渐有了人烟，有沿着河岸建起来的小房子，伶仃的柱脚却在水里支撑着。有的房子外面，还拴着一两条小艇。小艇在水波上荡漾，可以成就一幅亚马孙河写生了。令人奇怪的是，总不见那房子的主人从里面出来，哪怕是他的孩子也好啊。也许他们都忙活累了，正在枕着晃动的水波睡大觉？嗽！出来了，出来了，被晒得黝黑的船长，出来伸懒腰呢，他一定看见我了，正一手扶着自己的腰，一手举得高高，朝这边摆手，和我打招呼。哈，亚马孙人原来如此热情。

明天将在玛瑙斯下大船，登上小船。深入亚马孙河支流附近的丛林，两天一夜的时间，见识亚马孙，亲近亚马孙，想想就有些激动。

一觉醒来，感觉大船仍然不断地“嗡嗡呖呖”，坚持顶水往亚马孙河上游行驶。按计划，今天早晨 8 时 15 分，我们这支从大队人马中分出来的历险团队，将在紫色剧院里集合，由领队雷奥讲解行程安排和旅途中的注意事项。然后，到达玛瑙斯和大家分手，直接进入亚马孙深处。不想，船上突然广播：“我们遇到了一股强劲而下的水流。为了安全，‘诗歌’号会减速逆行，到达玛瑙斯的时间，将比原定计划迟到一个半小时。”

哎，真是让人心烦，简直等不及了。

终于，大船在玛瑙斯停下来。不想，大雨如注。在紫色大厅里，都能听见急骤的雨点敲在 7 层甲板上，发出了像敲响小军鼓一样的声音。

抽身急速登上14层甲板，眼见着雨水积在甲板上就没了脚面。有几个船员，穿上雨衣，正在奋力清扫雨水，把它们弄到那些排水孔里去。我戴好雨衣上的风帽，伏在栏杆上往下看。这场大雨让“诗歌”号的停靠变得有些艰难，岸上和船上的工作人员正在同心协力，冒着大雨劳作，力图使大船早点平稳地靠上玛瑙斯码头。

快到10点钟时，雨势渐缓，总算转成了“大到中雨”的程度。人们的心绪有所安定，就按照事先排好的次序，先后下船，然后登车离去。我们这个3号团队，是所有上岸团队中较为特殊的一支，总共有老少40多人。我们是去远郊参加“历险”的团队，和其他短途，在市内走马观花的团队比起来，我们更多了些向往和激动。领队导游雷奥告诉我们：“这次历险旅游的计划都告诉大家了，希望大家记住，安全第一。今夜，我们将入住生态公园（ECO PARK）森林旅馆。”

心里多少有点犯嘀咕，这两天一夜的时间是不是有点短？这么大的亚马孙，能逛得过瘾吗？想着，不由得脱口，团队里有年纪相仿的亚裔老头儿听了，冲我笑了笑说：“能坚持下来，就这两天一夜足够了。”

也许他说得对，我们终究都是年过六七十岁的人了，能跟上趟儿就知足吧。

从4层舱门出去，眼见乌云当空，米粒大小的雨滴飘飘洒洒，随风荡漾，像空中抖动的水帘子。给我们带队的小伙子雷奥，手里举着队牌，站在码头边的石阶上，浑身早被淋透了。可他很负责任，像一只淋湿了羽毛的公鸡一样，高高抬起头，大声呼喊着集合的队伍。现在看得更清楚了，我们这个团队里，有西班牙人、意大利人、德国人、荷兰人，其中一位荷兰人，他的老婆还是俄罗斯人。甚至还有6个韩国人，他们是一个大家庭，来自韩国釜山。我和老妻，是这个团队里唯一的一对中国人。

雷奥说的英语，带有浓重的意大利腔儿，我的英语本来就半瓶醋，耳朵又不大管用。两边交流起来实在困难，“吭哧”了两句，没听清，就学他们的样子，两个肩膀往上一端，咧嘴傻笑。最后我想起了一个短句，心想

大概能有作用："I follow you."（我跟着你）

我的意思是，此趟"历险"亚马孙，老头儿就算跟定你了，小子。

没想到，帅哥雷奥听了这句英语，倒是懂了个彻底，鸡叨米似的点头，欣然同意我的主张："OK，OK，follow me."

看来平时还是废话多，这到了紧要关头，关键词解决关键问题。大家好像也都明白了我们的意思，紧跟着就往上凑合："Follow you！Follow you！"

霎时，这个英语短句，好像就成了我们团队的吉利口号，人人都用它表达互相关心的意愿和全力以赴的决心。雷奥在雨中举牌前行，一众杂牌军紧紧相随，左拐右窜，眨眼间就蹿上了一辆大巴。

大巴车载着一众队友，在越来越细弱的雨幕中吼了几声，一溜烟儿驶出了码头，穿行在玛瑙斯市区中间。

谢天谢地！没想到在大巴车上，玛瑙斯旅行社竟派了一名接地导游。当他用纯正的英语向队友们做介绍的时候，我们都高兴坏了，吼叫、鼓掌、吹口哨。要知道，在巴西玛瑙斯能有英语导游，就像有了眼睛和耳朵一样。那导游，是一位年过五十的中年人，他个子不高，脸上胡茬儿浓密，却满是善意，眼睛里闪着聪慧的光。他笑着告诉我们："谢谢大家光临！我的名字叫安吉尔。能为各位服务，我感到十分荣幸。"

紧接着，安吉尔利用车行时间，开始为大家介绍当地情况。

亚马孙州是巴西最大的州，玛瑙斯是亚马孙州的首府城市。上游的内格罗河与索利蒙斯河（亚马孙河的上游支流）流到玛瑙斯这里，开始汇合，两河再组成更宽更大的新河，就是亚马孙河。

从玛瑙斯开始，向东1600千米，还有河流不断地加入进来，这片亚马孙河滋润的平原，就是亚马孙河流域，是亚马孙河雨林、亚马孙河湿地……想了解亚马孙，探索亚马孙，最好的切入点，就是在玛瑙斯。

汇合在玛瑙斯的两条河，在流速、温度、酸碱度等参数上都不相同。就算它们由于地势所驱，最终流在一起，也是"面和心不合"，还保持着

各自的本色。内格罗河在葡萄牙语里是“黑色”的意思，其河水中含有大量的腐殖质，颜色发黑，所以也叫黑河。索里蒙斯在葡萄牙语里是“阳光”和“泥水”的意思，其色发黄。本来已经汇合在一起的河流，还就那么半黑半黄地流下去，在很长一截河段里，变成了双色河。眼见着这亚马孙河上真实的奇观，让人不由得就想到中国陕西的两条河，一条泾河，一条渭河。它们在西安附近交汇在一起，但河水一时不相混合，仍然是一清一浊，“泾渭分明”。

玛瑙斯市里的老城陈旧、衰败，隐隐透着一股苍凉的氛围。就像一位年老贫穷的婆婆，默默而立，她眼看着我们一路驶过，始终不动声色。市里入眼最勤的，是通城交易兴旺的汽车买卖。路口街角，动不动就有个新车旧车的交易地点。一排排的皮卡车、越野车、轿车，就摆在大道旁边。明码实价的标价牌子，高高架在车顶上，鲜艳醒目。

有人开始议论，小声谈论。安吉尔见状，拿过车上的麦克说：“日本丰田汽车在世界第二大的工厂，就在玛瑙斯。”

嚯，怪不得。有路就有丰田车，大工厂在此，那产量和价位，怕是在整个南美洲都可称雄，眼见的那番情景，实在是管中窥豹，略见一斑了。

安吉尔在话中还提到：“其实，玛瑙斯的橡胶贸易，在19世纪70年代，曾称雄世界。巴西橡胶的品质，远远高于世界其他地区的同类产品。”

穿行街区的路上，常见到许多欧洲风格的漂亮建筑，但大都蒙尘败落，如踟蹰老媪，街边行乞，不受待见。这里的人，似与里约热内卢那里也略有不同。虽说肤色还是深褐近黑，但体魄大多健硕，五官端正，神态上也显单纯。见着他们，心中不由就联想到足球。巴西足球，勇冠欧美，称霸世界。推想个中缘由，体质的因素，当在情理之中。这一个个的黑力士，跑动、弹跳、力量、速度无一不精强过人，再加上由衷的热爱和刻苦的训练，自然踢起球来满场飞，巴西队屡屡捧杯获胜，堪称世界一流足球劲旅。巴西足球！

车路蜿蜒，穿街过巷，最后在一个远郊的河港码头停了下来。团队离

车登船，一众40多人，一个挨一个，集齐在一艘小型的二层游船上，向更深更远的亚马孙腹地驶去。空中仍有残剩的雨滴，时而随风飘落。颜色鲜艳的游船，像活生生的大鱼，驮着我们一路前行，发动机“啵啵啵”的响声，在亚马孙一条小支流的河道上，传出去很远。

游船走了一阵子，终于到了一处缓坡上临水的亭子，亭子可以让船靠上去，再搭几块跳板，就能登上河岸了。岸上的缓坡有点长，低头登坡，走上百把米远。一抬头，那个以“ECO PARK”命名的森林旅馆，已经到了眼前。我们大家聚在这座森林旅馆的大厅前，静静地看着那个招牌。一路上喧闹颠簸，一心想着赶到亚马孙雨林目的地。可现在，雨林就在眼前，怎么反倒感觉陌生起来？有点不知所措了。

四周是那么安静，水域和树林里偶尔有鸟的叫声。这旅馆着意建成了林间别墅的样子，一幢一幢都涂成了暗红色，在林间若隐若现。大厅这边的布置，都尽量使用了自然界里的石块、竹木、草绳……还引来野外清流几注，甚至棚顶上都披搭着芭蕉叶一类的茅草。

有几位服务人员，穿戴朴素，笑意盈盈迎上前来。他们每个人手里都端了木制小盅，一一递给大家，小盅里盛了黄白相间、晶莹剔透的饮品。也不知这又是亚马孙的什么仙丹妙药，众人像是缓醒过来，都放松了言笑，嘻嘻哈哈，互相举杯做敬酒状，然后一饮而尽。没人会想，这该不会到了十字坡吧？待洒家饮下了这蒙汗药酒，怕不会被一丈青孙二娘生擒了。

旅馆颇具野性之地的风格，让人心生快乐。可其中的饭食实在不敢恭维，说实话难以下咽。牛排就像街头上随意丢弃的破鞋底子，刀枪不入，恨不用锯子割。也有米饭，米粒如沙石，要用口腔最里边的老牙一一磨碎。好在有年少时的磨难生活打底，坚持着吃饱肚子，也坚持着不吐一句抱怨。权当这就是亚马孙的杀威棒，是雨林生活的初次体验。

持分得的房间钥匙，刚出大厅，选小径绕行。见一条大汉微笑着立于一棵棕榈树下，他看了看我手中钥匙的号码，细心给我指路。这大汉褐色面皮，身高足有一米八十，肩宽腰细，浑身上下，尽是一檩子一檩子的粗

肉丝。单眼皮儿，长脸儿，一笑一口洁白的牙齿。他把一头披肩长发束盘在脑后，再用一根像筷子似的小竹棍插紧。我向大汉点头称谢，他还是笑容可掬的样子，却歪起头打量我，我们相互善意对视，我的心中不免一动。这汉子除了肤色深一些，那眉眼儿神态，怎么都像我们中国人？我觉着自己和他对视，就像照镜子一样。要知道，在这个团队里，我是唯一的中国男人。莫非在这远在万里的巴西亚马孙雨林里，还有一位同胞不成？可和他简单会话，听出他说着娴熟的英语，又一时难以判断大汉的身份，应该只是长相和我们有些相似的本地人吧。

再打量大汉，见他上身穿了一件旧军绿便装，内衬也是军绿颜色的T恤。下身是短裤，这短裤有点特殊，一看就是长腿牛仔裤，用刀割去了两条裤腿儿。细看那刀锋过处，还留下了不规则的狼牙般痕迹。我说“割”，可是有根据的。因为眼看着大汉腰间，正挎了一把肘长弯刀。哦，我心里终于有些判断了，这位礼貌强壮的先生，大抵是陪我们去雨林“探险”的导游兼保护人了。我还猜，他的面相和我有几分相近，应该是他具有印第安人血统的缘故。有些历史资料上曾提到，美洲的印第安人，和东亚人是有血缘关系的。至于为什么凭空就叫他们印第安人呢，那是因为，当初哥伦布发现新大陆的时候，以为他们自己到了印度，就称呼见到的人为印第安人，实际上这里是美洲，跟印度一毛钱关系都没有。这些只是我心中一闪的念头，和大汉并未多言，互相点头示意，分手告别。

在旅馆房间里稍作休息，我们就都在小亭子码头集合，再分乘三艘小艇，向一个小岛进发，说是去看一个原住居民的营地。小艇修长，乘人后船舷仅距水面不到20厘米，远看着就像大家都直接随着微荡的水波在河面上漂。小艇是木制，顶上有芭蕉叶遮阳，亚马孙支流的小河上，迎面吹来凉爽的风。船上安装的机器，动力似也不大，推动着船体一路“噗噗噗”地轻响着，随意在河道里纵横。我们的小船，在水中游走，经过了一处白人的家庭营地。他们居住的小房子，就建在粗壮的木排上面，有懒洋洋的赤膊男人，坐在小椅子上，顺手把鱼钩儿甩到河水中，大概是在钓他们家

的午饭。还有狗，黑色拉布拉多大狗，笑呵呵地冲着我们大叫。原本寂静的山水之间，回荡起船、狗混杂的声音。男人朝我们挥手致意，我们也都回应着问候，只是动作要小心谨慎得多。因为船小人多，不敢乱动，怕失去平衡，连人带船扣了斗子。

小岛迎面而来，却并不是那么平坦，应该是一座小山在水中挺拔起来而成岛。弃船登岛，再登上小丘。在一片浓密的山林中，我们见到了一座木板房子。房子分成吃、住、工三小间，我的意思是指这里的原住民，他们做饭的厨房、睡觉的卧室、干活的工间，都在这一座房子里。厨房里有锅碗瓢盆，但未见有一粒粮食。卧室里有粗纤维编织的吊床，工间里有案子和简单的工具。但一切都在告诉我们，这个小型的亚马孙营地里，现在已经没人居住了。

安吉尔现在唱主角了，他清了清自己的嗓子，笑着说："是的，这里已经没人居住了。五年前，这里还有一家人，在此居住、捕鱼、打猎、栽种农作物。现在孩子们要出去读书，雨林里的日子也越过越艰难，没什么收益，就撤回玛瑙斯的小镇上去了。"

安吉尔的解说，都是成套的现成词儿，"哇哩哇啦"口若悬河，像一条流淌的小溪。我这耳朵听进来，那耳朵冒出去，并不怎么过心。再抬头，却一眼瞧见了昨天指路的那条大汉。原来他一路上就和我们的团队在一起，眼下正站在小木屋靠近小路的一侧，也听着安吉尔在解说。

大汉站在一棵树下，腰上还挂着那把短刀。他顺手从树枝上摘下了一个豆荚，那豆荚像蔬菜里的豆角，但比豆角大，比一把餐刀还宽大得多。他漫不经心地拨开豆荚，拈出里边的一粒豆子，顺手就扔嘴里去，嘴巴嚅动着，吃那豆子。他的动作很自然随顺，就像农民在自己家的院子里，随手摘了个黄瓜，在袖口擦了擦，就张口咬一样。

我很好奇，也不知道他在吃什么。大汉看到了我，笑着点头，还顺手又摘了一个豆荚递给我，示意让我学他的样子，吃豆夹里面的豆子。我欣然接受，像他一样也取那豆子扔进嘴里。那豆子比中国的黄豆略大，每一

粒上面都蒙了一层白膜。就是这白膜，在口腔里轻易地化开了，感觉竟甜如蜜糖，还伴着一股子新鲜的淡淡香气儿。脱去了白膜的豆子被我吐在手掌里细看，竟光溜溜，圆滚滚，黑如玛瑙。我学大汉的样子，没再贪馋咬碎它，在掌上掂了掂，顺手丢到了树下的草丛中。然后小声问大汉道："请问，这是什么豆子？这么甜。我们中国也有豆角，可那都是草本的蔬菜，并不长在树上，也不甜。"

"音嘎。"

大汉慢慢地说出两个字，显然是为了让我听得更清楚。这单词不是英语，应该也不是葡萄牙语，大概是巴西亚马孙这里的专用词吧？听说这里可是有成千上万种特殊的动植物。我记住了这"音嘎"豆子，也和大汉有了进一步的友好接触，这让我感到很愉悦。我想，亚马孙固然重要，但亚马孙人不是更重要吗？亚马孙人才是亚马孙文化的真正载体，是亚马孙文化的灵魂。

我们跟着安吉尔，沿着山转，来到了一处小小的工棚。地上生了小火，弄得烟雾缭绕。有人戴了大草帽，坐在地上，手里不断转动一根架在火上的手臂般粗的木棒，那木棒中间，有一个篮球大的黑色橡胶团。那人正在专心把橡胶团均匀加热。据说，这就是最原始时候，亚马孙人开始把生胶熬制成熟胶的橡胶土法生产过程。安吉尔赶上去，也拿好工具，打算和地上那个人，共同演示橡胶的具体生产情况。可不知为什么，他忙忙乎乎的，显出手忙脚乱，不大专业的样子。拿起了割胶刀，又忘了戴上头灯，捡起来装胶水的盒子，却又不小心洒到了手上。大家都不由得叹气，轻轻地笑出了声儿。说时迟那时快，那位大汉，身段敏捷，赶上来帮忙。他轻松地把割胶灯戴在自己头上，再握紧胶刀，在那堆小火前比画。安吉尔及时为他的专业动作配上了解说，一道原始的巴西橡胶生产简单程序，就活灵活现地展示在一队游客的面前。

安吉尔说："巴西的橡胶生产，早在很多年前就已经十分兴旺。据说，当时一千克橡胶能卖 70 美元！这钱在当时，足可以买一幢小房子了。"

安吉尔还说:“后来，橡胶的种子，被偷运到了自然条件和这里差不多的南亚，在那里开展了大规模的种植，又加上再生胶的扩大生产，使得亚马孙的橡胶生产从此一蹶不振。”

其实，我对于橡胶并不陌生。30多年前闯海南，就曾经到过几个专门种植橡胶的农场。记得当时出于好奇，我还专门起了个大早，在天还没亮时候，到胶园里去看农场的胶工割胶。记得当时，在黑暗中，胶工们头上都戴着瓦斯灯，手持胶刀，在胶园里忙。远远看过去，在缭绕着轻雾的早晨，星星点点的灯火，缥缈浮动。时不时有刀割橡胶树“唰唰”响，胶杯碰触铁桶“叮叮当当”响的声音，在一片寂静忙碌中传过来。这一番情趣，不是一般农家田野上能见到的。如今，又得见这亚马孙原住居民最原始的采胶制胶过程。想来，几百年前的橡胶生产和加工的原始工艺，实在是很艰辛。

我们还参观了另一处原住居民的木薯加工基地。这里的规模比橡胶作坊那里大一些，眼见几位面色黝黑的当地人，穿着具亚马孙特色的服装，正在手持铁锨，在大铁锅里翻炒一种金黄色的颗粒。冷不丁一看，还以为是小米。大汉又赶过来，帮助那些人演示劳作的全过程。并且，把当地人说的话，都翻译成几近标准的英语给我们。

这些颗粒原料是木薯，是把木薯先切成米粒大小，再挤去其中的水分，然后放到锅里反复炒制。木薯原本具有轻微毒性，这样炒制的过程中，也就去除了那些毒性，可以安全食用了。被挤出的水分中，还含有木薯余下的淀粉，可以沉淀下来做成“发若发”木薯饭。这饭加上菜、肉，吃起来口感相当不错。作坊里有备份，每个人都尝了尝，但大多感受都不及我，没人说好，也没人说坏，只是都略微点头，表示还说得过去。

木薯汁再勾兑其他水果汁，可制成饮料，也可以发酵制成酒。作坊里的柜台上，摆了好几大瓶的木薯酒，就接了酒杯，选一二品种尝试。饮后吧嗒嘴，感觉酒度数低，劲儿不大。凑合着喝也还可以，只是有点太甜，大概他们没少往里面加糖。

木薯在海南也产，记得当地的好几种吃食，都有用到木薯粉。还记得，在《红色娘子军》电影里，那个琼花逃出南霸天的庄园，雨天躲在一家茅屋檐下，饥渴难耐的她顺手掠下了一个挂在檐下有点像地瓜一样的东西，啃下一口大嚼。看电影的时候还小，又是在北方的哈尔滨，和同学们议论起来，不知道那琼花吃的是啥。后来，到了海南，常见木薯，菜市场里每天都有卖。也才真正知道了，那姑娘当时吃的就是木薯。

我们从原住居民小岛撤离，再搭小舟，转赴几千米之外的一处渔场。这渔场有点特殊，它这里普通鱼货并不丰富，但是，河湾里有很多食人鱼，是个专为游客安排钓食人鱼的旅游点。

这次恰好和那位大汉坐同一条船，本来和他几近相熟，就自然地互相自我介绍。他的名字叫“撒豆”，重音在第一个字上。这名字好啊！一是好记，别记“撒”，记成“仨”。“仨豆”，嘿！仨粒豆儿，大汉高兴地答应着。再者，这名儿也叫着亮堂，隔着两片树林子喊一声“仨豆”，八成都能听得清楚。等有机会，我一定得这么试试。

在赴渔场的小船上，“撒豆”先生告诉我们，食人鱼只吃死去的动物，并不攻击活人，叫大家不必害怕。

亚马孙的天气，变化多端。刚才在小岛上时，还风和日丽，热得人直擦汗。这眼看着空中就有大团大团的阴云悄悄地往一起聚集，转眼间就把天空变成了阴黑如墨的世界，玻璃球般大的雨滴，稀稀落落，从天而降。幸好我们搭乘的小船上都有顶棚，不至于打湿衣物。但大家还是心有余悸，都规规矩矩地坐好，不敢乱动。瓢泼大雨，呼啸而至，洒在船篷上，就像擂响了大鼓。水面无边，遮蔽了山川林莽，把能在河面上看到的一切，都罩进了水的怀抱。几条大雨中的小舟，在河面上小心翼翼地行驶，像水世界里的几条游鱼。宽敞的河面上，偶有大船驶过，卷起了两米高的浪涛。撒豆探出船棚，在船头稳稳地挺直了身子，任风雨兜头浇淋。他把双手拢在嘴边，大声坚定地告诉安吉尔和雷奥，让他们也学我们小船的样子，都掉转船头，横过船身，一齐垂直于浪头，顶过那两道凶猛的波涛。

风雨中，撒豆高大的身躯挺得直直的。他不打伞，也没穿雨衣，身上还是那套便服短裤。倾盆雨水，把他人整个都框定在水里，他那东方脸型上，不断迸射水花，更显棱角分明。雨水湿透了他的衣服，把他腰上那把长柄短刀浇得闪闪发光。雨中的撒豆先生笑着，伸出一双长臂，随着浪涛波动的频率，上下挥动着自己的两只大手，像指挥着波浪的旋律，他似乎也在向大家示意："这点浪涛没什么，不要惊慌，稳稳坐着，一会儿就过去了。"

小舟在浪谷和浪峰间大幅颠簸，引得众人发出了轻轻的惊叹。

在不大的食人鱼钓场，人人都得到了一根钓竿。上饵甩杆，还没 10 分钟，安吉尔那里发一声喊："来啦！"有鱼上钩。众人耐不住好奇，纷纷跑过去瞧。可当我看清楚安吉尔鱼钩上那条筷子长短的鱼时，心里不由得失望，因为那就不是什么食人鱼，只不过是一条普通的鲇鱼罢了。

不大一会儿，有人往撒豆那里拥过去，看稀奇。我们也赶紧过去，眼见撒豆笑微微地正从鱼竿上取下鱼获。那鱼不大，尚不及手掌长短，最多三指宽窄。从外形大小上看，十分像我们中国的鲫鱼，东北老家那里称其为"鲫瓜子"。可撒豆手里这条小鱼，绝不是鲫鱼。为了让大家认准它，撒豆特意用鱼钩小心地翻开了那鱼的嘴唇，两排晶莹结实的白牙，锋利似刀，豁然而立，看着让人心生恐惧。好家伙，这要是让它咬上一口，非掉一块肉不可。

这一天紧忙，简直马不停蹄。晚饭时候，安吉尔宣布："晚上八点钟，请大家在亭子码头集合，我们去抓凯门鳄。"

嚯，这消息引得众人兴奋异常，议论纷纷。在深更半夜的亚马孙，还捉鳄鱼，好家伙，想想都够刺激。

凯门鳄又称短吻鳄，是亚马孙河里面的掠食者。鳄鱼这东西，体壮如牛，水陆两栖，看着它那铡刀般的锋利牙齿和一脸凶相，观者无不心生忐忑。可安吉尔说得那么清楚，还那么轻松。这鳄鱼可怎么个捉法儿？

这次还是分成三个组，安吉尔、雷奥、撒豆三个人各率一队。这次我

们被分在安吉尔的队伍里，还是乘白天里的那几艘小船，不过，这次不启动机器，只轻轻划动两支船桨。小船在亚马孙河道的暗夜中，无声前行，慢慢在水里移动。

有半个月亮挂在东边的河水上空，清寂洁净，在河水上撒上了一层银光。树林中、草棵里、水边上，一直有“咕咕嘎嘎”的轻响，这是很多昆虫和小动物发出来的声音。远处水面上突然“啪嗒”一声响亮，一条大鱼从水里蹿出来，再横了身子，摔进河里去了。昆虫和小动物们的音乐会骤然收声，四下静极了，耳朵里好像只有“扔扔儿”的声儿。还是树上的鸟打破了这寂静，低低地鸣叫了两个长声“奥尔——奥尔——”。还有一种声音让我惊奇，竟像敲响的小铜铃铛，发出“叮铃叮铃”的声音。这听着好玩儿，感觉像动漫电影里的配音。可又不知道，躲在黑暗中演奏这动听乐曲的是哪路神仙。

我们人和船，都默默地浸在黑暗中。只有各自的船头，都站立着一个带队的人，他手持大号电筒，用射出去的灯光在近岸的水域里搜寻凯门鳄的踪迹。几道电筒光柱，像利剑一样，一下又一下劈开黑暗的空间，晃来晃去。我们的船头上，站着从玛瑙斯过来的导游安吉尔，他的身材有点矮，像一个玲珑小巧的警官，正变换着手势，指挥船尾的舵手，操纵小舟进退转向。

转眼在电筒的余光里，见到了临近身边的另一艘小船上，正站立着撒豆。今晚，他用一块帆布包裹着长发，脸上满是专注自信。赤裸上身，下着短裤，脚下牢牢地踏在船板上。手里正举着电筒，聚精会神地搜寻鳄鱼。眼前的撒豆和安吉尔，让我想起《水浒传》里的船火儿张横和鼓上蚤时迁。这里用张横比喻撒豆，还算贴切，那形象实在有几分神似。而用时迁比喻安吉尔，不太准确。时迁善鸡鸣狗盗，并且只能算步将，怎么在这里做了水军头领？

安吉尔这里先发了一声喊，转眼间，就见他整个人都倾向船舷外去了，只剩两条腿还紧紧地勾住在船内的木板下面。他的上半身，就俯在水中，发出“哗啦哗啦”的响声。紧接着，“玲珑警官”再发一声喊，抬起了自己的身子，翻身坐在船头。他浑身上下水淋淋的，在电筒的光照下，我看到他手里竟真有一只被捉住的小鳄鱼。小鳄鱼只有巴掌大小，在安吉尔的手里，瞪着一双大眼睛，倒不像害怕的样子，只是显得有点不知所措。动物的幼崽都可爱，这小鳄鱼也不例外，看它那神情就像刚睡醒的孩子，天真懵懂，十分招人喜欢。安吉尔说：“看这样子，它被孵出来也就不到一个月。”

临近小船上也发出一阵鼓噪，好几个人都揿亮了电筒，晃来晃去的电筒光柱，像迪斯科舞厅的灯球一样。能间断地看到，在旁边的船头上，是撒豆纵身蹿进了水中。几支手电光一下子又都聚集在一起，眼见水面上浪花翻滚，激荡不停。再一转眼，有人竟一个跃起，从水里窜出来一米多高。定睛一看，正是撒豆。只见撒豆一只手扶定船舷，一个翻身，就上了船头。待他立定身形再看，只见他的一只手里竟拿着一条一米多长的鳄鱼，而他粗壮的手指，正紧紧掐在这条鳄鱼的后颈上。鳄鱼被卡住了颈子，不能费力挣扎，只好张大嘴巴，傻傻地僵着。撒豆一手卡头，一手握尾，双手把鳄鱼高高举过头顶，向大家展示自己的战利品。几条电筒的光柱都聚齐了，打在鳄鱼和撒豆的身上。鳄鱼身上闪着光泽，张着大嘴，一副不肯屈就的神情。撒豆还是满面笑容，水淋淋的身上，是一条一条绷紧的腱子肉。可惜没有艺术家在这一刻里，定格撒豆的形象。这简直就是亚马孙雕塑，是亚马孙写生，是真实的亚马孙艺术品。相连相接的几条小船上，发出了低低的赞叹，不知道是惊讶于捉获的小鳄鱼，还是赞美撒豆的英姿。

不到一个小时，三条船上的人竟都捉到了鳄鱼。我们开船赶回码头，在岸上亭子里的聚光灯下观赏鳄鱼。人们下了船，拿出手机拍照，拍鳄鱼也拍人，拍人鳄合影。安吉尔看上去有点不好意思，大概他觉得自己捉到的那条手掌大小的鳄鱼有点拿不出手，嘴里一直嘟嘟囔囔。撒豆捉到的那条最大，但他并不张扬得意，只是笑呵呵地拿好了鳄鱼，请安吉尔给大家讲解凯门鳄。小个子安吉尔来了精神，手指着撒豆拿着的鳄鱼，滔滔不绝

起来。小鳄鱼们在人手里表现得乖乖的，很安静，瞪着圆溜溜的大眼睛，任凭人们讲解它们的习性和历史。安吉尔说：“鳄鱼没有眼皮，因此不能闭上自己的眼睛。如果需要的时候，它们的眼窝里有一道薄膜，鳄鱼会像我们拉上窗帘一样，用那道薄膜遮住自己的眼睛。”

再过了一个小时，撒豆先生站到河水里，小心翼翼地把三条小鳄鱼一一放生。小鳄鱼在撒豆的手里还是安安静静，一动不动的样子，可待撒豆一松手，它们眨眼间就钻进水里去，再也没有露面。撒豆挥着手说：“快走吧，你们自由啦！”

第三天，是撒豆带领我们穿越六千米远的亚马孙丛林。我特意起床早了一些，吃过饭后就在旅馆里各处逛。不出我所料，一眼就看见撒豆先生，在草棚酒吧的角落里，低头忙着什么事情。我赶紧凑过去，撒豆抬头看见我，便和我打招呼，但并没有停下手里的活儿。我走近了，看见撒豆在整理一副弓箭，身边还另放着一根长长的吹管，这可都是从前的印第安人在丛林里的原始武器。这次交谈，是撒豆先主动问我：“先生，您是日本人吗？”

“不不，我是正宗的中国人。”

“呃呃，对不起！去年我在这里做过一支日本探险团队的向导，您的脸看上去和他们的脸有点像。”

“哈哈，是吗？我倒觉得我的脸和您撒豆先生的脸很像，您不觉得吗？”

“哈哈，按您的意思，我们可以做兄弟啦！不过，来这里的中国人还非常少，我们几乎都没见过。”

和撒豆的交谈很有趣，他告诉我，他今年已经59岁了。看他上山下河，奔走如飞，夜游亚马孙，徒手捉鳄鱼的身手，哪里像个快要退休的老人。大自然之子，亚马孙勇士，果然不简单，连容颜和筋骨都那么尽显年轻精壮。

撒豆还告诉我，他年轻时候，曾经在巴西海军陆战队里当过兵。他的祖上，有印第安血统。他说，他本来也有英文名字“Rood”，是十字架的意思，撒豆是他的印第安名字。我说：“还是撒豆好，叫着响亮又亲切。”

撒豆听我这样说，一边点头一边笑。

其实，我知道，巴西这里人人都是天主教徒，撒豆取十字架的名字才是正宗巴西名字呢。我还问他，是怎么学习的英语？撒豆说：“当兵后回亚马孙，一直做导游，接触了很多说英语的外国人。知道英语很重要，就自己学，又常有练习的机会，学了几年也就成了。”

哗，看来这撒豆的智商还真不低。撒豆一边和我聊天，一边不停手地干着手里的活计。他调整那张弓的松紧，用粗壮的手指拉动弓弦，发出“砰砰”的响声。他还整理那几支箭，梳理抹平箭尾上的羽毛。

那根吹管，我没见过。那是一根一米半长的竹管，竹管内侧所有的竹节，都被打通了，还刮削得很光滑。吹管的表面，也平滑柔和，握在手里很顺当。撒豆的腰上，今天除了那把短刀，又增加了一个长及盈尺的竹筒，竹筒里装着的就是吹管使用的吹箭。吹箭像穿肉串的竹签子，只是要比那短得多，有一拃长，箭尾也镶了绒毛。在我的请求下，撒豆笑着给我看他怎样使用这个吹管。就见他从竹筒里取出一支短短的吹箭，箭头朝前推进吹管里去。然后举吹管置嘴前，对准十几米外的一棵巴西红木的幼树。只听轻轻的一声，“噗”的一下子，箭飞出去，眨眼间就射中了那棵树的树干。我特意跑过去，眼见那不起眼的吹箭，竟在树皮上扎进了寸把深。一根管子加一支小小的竹箭，能有如此大的杀伤力，这可是我万万没想的。撒豆还告诉我：“很久以前，亚马孙人会在狩猎时候，在这吹箭的头儿上涂上有毒的汁液。那样，一旦猎物中箭，就再难活命了。”

我还问：“为什么不带枪呢？”

“巴西为了保护亚马孙环境，早就立法通过，整个亚马孙地区不得使用任何枪支，这里很多年都没有听见枪声了。”

围过来看我们俩聊天的人，越来越多。撒豆看了看前台上的挂表，笑了笑，起身往大堂后的空场走去。到了那里，他卷起自己的舌头，打了一

声长长的唿哨，招呼所有人，集合在他的身边。他用默默的眼神，打量着每一个人，就像出发前的军士长观察每一个士兵，看他是否合格似的。五分钟后，一支说小也不算小的杂牌军，在撒豆的带领下，迈进了有着遮天蔽日树木的亚马孙丛林。

丛林里充斥着水浸枯枝败叶的气味，让人想到翻开了的老柴火垛。每迈出去一步，都让人提心吊胆。因为脚下软绵绵的，不踏实，还时不时发出轻微的响声。仅及尺宽的小毛道儿，好像随时都能把人陷下去。毛道儿又蜿蜒曲折，也不知道那第一个走过去的人是怎么开创这道路的，经常就有几乎 90 度的转弯，延续着下一步的行程。刚刚还盯准了队友后背，再抬头竟不见了。有点慌乱地左右转头踅摸，能听到他大口的呼吸声，其实那人还在自己旁边，原来小道儿就在自己的身旁直着折了过去。三两步内，一定有旁生的枝条横在你的面前，挡住道路。得时时小心，别让那树条子抽了你的腮帮子。本来前面的队友，还每每提醒你树条子一类的障碍，但时间一久，他连自己都顾不过来，也就没法帮你了，雨林里，全靠自己。这样的道路行军，走不上 200 米，一众老军头，早都哈哧带喘，汗落如雨了。

终于能听见有水流淌的声音，叮咚作响，干脆洁净。好像就在自己的身前身后，可就是看不见那条小溪。小道儿旁边的树木，越来越粗，看起来需两个大人才能抱得过来。树木长大到这种程度，就有点古香古色的历史感，树皮上面都长满了青苔，还爬了很多藤蔓类的藤条子。那些藤条，总像是要捆着大树的树干，不让它往高了长。可那粗壮的大树，对身上盘复不断、错综复杂的藤条从来都不屑一顾，根本无意停歇，还是直劲往上窜。那最高的树冠，早就越过了丛林的上端，钻到天上去，不见了影儿。我收回目光，仔细听着前方的动静，拄着一根登山杖，奋力前行

领队的撒豆，突然停下脚步。他依着一棵粗壮的大树，抬起头往树上仔细观察，同时竖起一根食指在嘴唇前面，示意我们大家保持安静。然后，撒豆眼朝上不离目标，用一只手缓缓地朝我们摆动，招呼我们过去，另一

只手缓缓指向大树顶端。他的意思，是树上有什么东西，让我们去看。

我赶过去顺着撒豆举着的手指往树上细看，果然发现了一团毛茸茸的东西，那应该是什么小动物的身躯。但因为整个动物伏在浓密的树枝树叶之间，不得视其全貌。哈，那小动物又露出了一些灰褐色的毛发，明明在动啊！我小声问撒豆："是猴子吗？"

撒豆摇头，说了一个本地语言的名字，见我不解，笑了笑，然后垂下他长长的手臂，慢慢地再伸直，为我学那动物的形态。我恍然，几乎叫道："哎呀，是树懒！"

接着赶紧捂住自己的嘴巴。

撒豆模仿的动作实在神似，一下子就激起了我对树懒的记忆。要知道，海南岛的动物园里还真就有一对树懒。女儿最喜欢这拉丁美洲的小动物，她小时候，有一段时间几乎每个周末，都要我领着她去看"她的树懒"。很有意思，在树懒的名字上，我俩一时不能在语言上沟通，但我们好像又完全没有障碍地为一种动物而交流，共同沉浸在对一种小动物喜爱的情绪中。

众人都过来拍照，举起一片手机。树懒实至名归，懒得出奇，它就那么委着身子，把定了摇晃的树枝，一动不动。从始至终，不肯转过它的屁股，给我们看一看它的小脑瓜儿。

撒豆第二次停下脚步，是因为他身旁的树枝上，竟缠绕着一条拳头粗细的大蟒！那大蟒一动不动，像一根粗藤，随便地搭在我们将要通过的小道儿上方。大蟒身上的斑斓暗纹，看着让人心里战战兢兢，敲小鼓一般紧张。撒豆就那么站在大蟒的下方，抬起双手，像是在蟒蛇的下方搭了一个小棚子，能遮蔽来自上方的危险一样。他点头示意我们，一个接一个地从他的双臂下通过。撒豆又笑了，他可真是个爱笑的人。不过，他的笑容真就给了我们勇气，我们抖擞精神，快速通过了大蟒的领地。

撒豆又站在一棵宽大得像墙壁一样的古树下，给我们讲了几句话："不管多粗多大的树木，亚马孙人都必须能爬上去，这不光是为了打猎糊口，

有时候也是为了逃命。”

话音未落，他竟从树后掠过来几根垂下来的藤条，抓紧在手里，三把两把旋着，拧成了一股粗绳。再手拉脚蹬，眼看就攀上了十米多高的粗树杈，站在那里向下挥手。好家伙！换了我，怕是搭梯子都难攀上去的这林间巨树，在撒豆来说，如同儿戏一般。而且，一般人大概还不知道，这位向导，可是59岁的人啊！

撒豆同样迅速地从大树上下来，随手捡起一根木棒，用力地敲击大树的主干。大树干发出“咚咚咚”的声响，听上去有点不同寻常，很像敲鼓声。撒豆说：“从前的亚马孙人，在狩猎和战斗中，常常用这声音进行联络。这声音能传出去十千米的远近，如果敲击时按部族里面规则的鼓点进行，简直能当电话使用。”

他继续告诉我们，说这种大树还出产一种油。说着，撒豆还从自己身上掏出了一个小玻璃瓶。他打开了小瓶的盖子，给大家轮流地嗅闻。这油颜色淡黄，看上去有点黏稠，把鼻子凑近些，能闻到一股透着森林气息的清香。撒豆说：“在亚马孙雨林里面，类似这样的树油，不下上百种。它们都有一些药用的功能，对人体上的小毛病有疗效。像我手里这种树油，就能治疗轻微的喉咙疼。”

见我们露出半信半疑的神情，撒豆笑了笑说：“上帝造就了亚马孙，神奇的亚马孙就应该能解决自己的所有问题，给世界带来美好。”

撒豆说的这句话，是我翻译着写在这里。心中觉得意译撒豆的这句话，似乎并未完全表达他的意思。日后细想，或许还会有更精准、更贴切的中英文翻译，才能体现出撒豆那自信坚定的神态。没错，撒豆是一个虔诚的亚马孙主义者，亚马孙是他的圣地，是他的信仰。

所有人都被露水湿透了衣裤，大家步履艰难，满头大汗，气喘如牛。历经了近两个小时，撒豆终于带着我们钻出了丛林，来到一处平缓的草地上。这里阳光明媚，鸟语花香。我们却像一群残兵败将，拖拖拉拉，各找位置，一下子瘫在草地上。我躺在厚厚的草丛中，心里胡乱空想。谢天谢地，撒豆是我们的向导，是我们的朋友。如果放在百年前，我们和撒豆这样的亚马孙原住居民，果真在这里敌对相向，双方就会以此为战场相搏。我们这些“现代人”没有一丝存活的可能，撒豆的祖先们，根本不用来打来杀。他们只要把我们引进亚马孙丛林里面，我们就只剩下累死、饿死、病死的一条路了。

撒豆不管大家的休息，还是忙活自己的事。他找来棕榈的落叶，把它们立在三十米开外的空地上，一个个地排好，像安排好了一小队假人。我心里明白，这应该算是标靶吧？看来撒豆又要向大家展示那两件亚马孙武器了。

他把一早晨就整理好的弓箭和吹管放在地上，再拉上安吉尔和雷奥两位导游，那两位也和我们一样，汗湿得像从水里捞出来一样。撒豆请他们二位，站立成形，摆好姿势，一个拉弓搭箭，一个填塞吹箭在吹筒里面。那边安吉尔弓弦响处，一支箭未达目标，在棕榈叶前斜插进土里去了。这边雷奥鼓着腮帮，憋足了气儿吹，脸都红了，那吹箭竟无动于衷，就是不肯飞出去。

安吉尔气嘟嘟地走过去，从土里拔出那支斜插着的箭，握在手里，再狠狠地刺进棕榈叶，鼻子里哼了一声儿。大家哈哈大笑着，为自己导游的神射功夫鼓掌叫好。我一直看着雷奥用吹管，觉着雷奥用的劲儿不对，小时候吹笛子，都是在唇间用骤然爆发的力量吹响笛声。那股劲儿被称为“吐”，最高水平的“三吐”，是指笛子演奏者能在瞬间用三口气，爆发嘴唇的力量，弹性地吹响一串颗粒状的笛声，打起“嘟噜”来。雷奥在那里用尽了自己的力量，是一种闷吹，像吹气球一样，这样大概不行。我和撒豆说了自己的想法，撒豆眼睛一亮，点头表示赞同。然后还伸手拉我，让我也试试吹管。雷奥把一米多长的吹管递给了我，我试探着用自己想好的方法，噘起嘴唇，紧紧对准吹管，唇间用了一个突然的力量，往外一吹，吹箭果然飞出去了。不过，我的吹箭好像没劲儿，飞得慢，还飞不远，轻飘飘地挂在了棕榈叶上。大家鼓掌，撒豆也说好，当然都是鼓励的意思。

有几个半老男人，一时来了兴趣，也上来请求试试射箭和吹管。撒豆笑着安排好每一个人，还一再强调安全，指导这几个人过过射箭和吹管的瘾。事实证明，操弄这些原始武器，不得要领，难能准确如意。不是弓弦弹回来打了自己脸蛋子，就是吹箭不知道飞到哪里去了。

撒豆最后还是演示了一把，“噗”的一声，把吹管里的小箭牢牢钉进棕榈叶的梗，深达寸许。人们为撒豆的神射鼓掌，低声赞叹：“嗬，真准！”

撒豆说：“从前，亚马孙这里的猎人，常常在吹箭上涂一种树液里的毒素。这样一来，中了吹箭的动物，哪怕是美洲狮那样的猛兽，也难以活命了。”

空中又聚集了大堆的阴云，远近还不断传来滚滚雷声。亚马孙不论哪片云彩都带雨，来了两天，雨就不知道下了几场。撒豆抬头看天，然后挥手带我们抄近道，自丛林中转了出来。脚下是一片沙滩，我们又回到了一条河道旁。撒豆打起了响亮的唿哨，有同样的唿哨回应过来，就像《水浒传》里朱贵的响箭射向水泊里一样，几艘小船真就飞快地露头。小船“啵啵啵”地轻响，从水草后面，箭一般地驶来，船底擦在粗砂上，发出微弱的声音，稳稳地停在我们相聚的沙滩上。一场瓢泼大雨，说到就到，又在亚马孙的山水间挥墨作画，把这一切都罩上了迷蒙的水汽。我们乖乖地坐在小船上，任凭雨滴敲打船篷如鼓，也一动不动，像水世界里的蛹。

我们只是在这亚马孙深处逗留了两天一夜，结果却见识了那么多的大自然现象，积累了那么多有趣的经历，交往了撒豆那样真正的亚马孙人。静下来，默默沉思，感觉就像在这儿足足驻守了一个星期还久。亚马孙生活的声响还在脑子里轰然不断，甚至这 ECO PARK 旅馆的气味都那么柔韧，仍然带着刚来到这里时候的那股潮湿、草木的气味儿，这些都深深地印在我的嗅觉中。

亚马孙在我的心中拍摄了一部“影片”，这“影片”专属于我个人，就镶嵌在我的生命里，像胎儿在母亲的子宫里一样。一想到这“影片”里的男一号是我自己，心情就忍不住激动，神经就忍不住兴奋，嘴巴就忍不住要“哇咧哇啦”大说特说一阵子。我爱上这部“电影”啦！对于我来说，这亚马孙风光纪录片，当然一举夺得我一生的“奥斯卡”小金人儿。真庆幸，一个凡夫俗子，年过七旬，却万里寻到亚马孙，来沐浴自己的灵魂。谁说我从今往后不是一个虔诚的亚马孙之子？

从少儿小童到白发老翁，我了解的事物也算不少。可我不了解亚马孙，不了解亚马孙就相当于还没了解世界，没了解大自然。关于亚马孙，我说了那么多，其实还不及亚马孙本身的九牛一毛。一生喜好读书，原来才刚刚翻开亚马孙这本巨著。是啊，亚马孙是巴西的，但也是世界的，是人类的，是上天赋予我们的真正瑰宝。如果年轻的岁月能再回来，我会一头钻进亚马孙，和撒豆这样的人相识相交，做一门大学问，把自己的才华都献给《亚马孙学》。难道不可以吗？这里的历史、天文、地质、动物、植物、土壤、森林、昆虫、水文……无一处不是学问，综合起来难道不是一门更大的学问吗？

我们收拾好身边的一切，在房间里等待雷奥召集大家，离开的时刻到了。这木制的小别墅，做工有些粗糙，走在房间里，脚下发出“扑腾扑腾”的声响。从墙壁的缝隙瞄出去，都能见到外面树林里绿色的叶子。怪不得夜里有“嘤嘤嗡嗡”的蚊子声儿，令人烦躁。原来那木墙缝隙足够大，可以飞进来一架又一架小飞机呢。为什么没被叮咬？因为房间里配备了防蚊的蚊香。

我们排着参差不齐的队伍，从丛林旅馆向亭子码头走去。旅馆的人在经理的率领下也站成一排，向我们告别。我们依次握手，临到高大的撒豆和我面对面时，我忍不住张开双臂，紧紧地拥抱了这位亚马孙英雄。我塞给了他一个信封，里面有我的电话号码，还有一张钞票，那是撒豆因他的周到服务而应该得到的。此生不知能否再来亚马孙了？

亚马孙也真是，像通灵天地。我们刚上船，就又飘洒过来一番风雨，也像是在跟我们告别，不哭上一鼻子不算情深意长。这次的雨不大，风却

有点强横，打了旋儿地在船周围裹着刮，还发出了尖锐的啸叫声。本来还能看得清楚的 ECO PARK 和那一小队人，瞬间就被风雨遮蔽，眼前只剩灰蒙蒙的一片，连撒豆也看不见了。

别了，撒豆。别了，ECO PARK，别了，亚马孙！

这次从亚马孙丛林返回玛瑙斯，我们没有在中途改乘大巴，而是搭乘这艘中型游船，从水路直接赶到“诗歌”号停泊的玛瑙斯邮轮码头去。离开时候，游船停泊在亚马孙河流域的一条小河接我们。登船之后，游船就在河道里逶迤而行，河道看着很狭窄，两岸的绿地花草近在咫尺，高大树木旁逸的枝丫，几乎触手可及。

雨停了，天高云淡，水平如镜。游船慢吞吞地沿河前行，船头破开小河的平静，分开了左右两撇水纹，像给船披上了绶带。我满脑子里还是两天来的亚马孙“影片”，在不断放映着。

又有水上人家，吸引了我。一家三口人，年轻的夫妇，带了一个三两岁的幼童，在水上搭建的木排上生活。木排上再搭建了一个小木屋，眼看着木屋的烟囱上，还往外冒青烟儿。女人在小桌子上摆餐具，准备吃晚饭了吧。不见男人，也许年轻的丈夫，正在小屋子里忙活着什么。一条黑色罗威纳大狗，撑牢了四条腿，站在木排的边沿，两只眼睛盯着我们的船，却不叫不吼。紧挨着狗的旁边，那个小男孩，一手搂着狗脖子，再抬起另一只小手，挥动着朝我们打招呼。他应该是看见过自己的妈妈，也这样向路过的船只挥动手臂，表示友好和问候吧。我们全船的人，包括那位大胡子的船长，也一手把握舵轮，一手伸出圆窗外，向水上人家问好。是啊，祝他们快乐！孩子大人都健康！亚马孙的水上人家。

转出小河，就进入了大河。大河水面辽阔，足有五千米宽。河面上的机动船也多起来，小到三五米长的快艇，大到几千吨的货轮，都在来来去去地忙碌着。有河上加油站，有河上快餐店、便利店、酒吧。不过，现在这些店铺都没开业，店里的人好像都在动手忙着清洁整理的工作。大胡子船长说：“等到了晚上七点钟以后，这些店就开业了。到时候，这河面上比

陆地上的街道还热闹呢。”

能想象晚间这亚马孙河上灯火通明、人影晃动的盛况。沿途能见到的许多水上房屋、船只，上面的人几乎都伸手挥动，和我们互相问好。

船越走河面越宽，玛瑙斯近了。看见船下的河水，几近乌黑。雷奥告诉我们：“这不是垃圾污染，这是河岸的腐殖质被河水冲刷的结果。等到了大船启航的时候，我们能看到另一种黄色河水，和这种黑色河水并行而不相混合的情景。”

玛瑙斯先把她的高高的瞭望台展示给我们，接着是造船厂、巨型船坞、高耸十字架的大教堂……河面更宽阔了，看上去几乎有十几二十千米都不止。我们知道，这是两条河相汇的地方了。

远远看见了“诗歌”号的身影，她正停靠在码头上，高高的顶层甲板，还朝向我们。那个我每天都站在那里，每天都在那上面漫步的甲板，现在看上去是那么熟悉，那么亲切，嚯，这怎么还有了路人归家的感觉了？人可真是奇怪的动物，他们不仅对人会产生感情。有时候也会对好些个生活中的物件，日久生情。游客就会依恋自己天天生活的一艘大船，对它生出家一样的深情。

我们是最后一批赶回到船上的“诗歌”号“驴友”，邮轮已经发动，跃跃欲试。我马不停蹄地登上 14 层甲板，能清楚地看到玛瑙斯的大致景色。对于亚马孙来说，玛瑙斯的位置有点像长江中游的武汉。汉江和长江在武汉汇合，再以更宽展更平和的气派滚滚东去。内格罗河与亚马孙河上游在玛瑙斯汇合，然后蓬勃东下，势不可当，开启亚马孙丛林的疆域，一直到大西洋入海口。不忘亚马孙，先要记住玛瑙斯。

亚马孙河面，在这里已经宽阔到令人惊讶的程度。放眼望去，有十几千米都不止。斜对过去，是一艘和“诗歌”号相比小一些的邮轮，早早就点亮了船上的灯火，远远看去，就像一艘彩船那样漂亮。夕阳刚刚沉下河面，把河面和水上的天空染得同样鲜红。有鸽子成群地掠过船桥的上边，归巢返家。它们翅膀扇动的气流声，就在耳边发出“唰唰唰”的响声。这

次航行，还是“诗歌”号沿亚马孙河，逆水航行至玛瑙斯的处女航。从前，虽说在理论上，这种航行没有什么大问题。但实践完结终究还是价值非凡，以后的亚马孙，从此将有 10 万吨巨轮深入玛瑙斯的航程了。

傍晚六时整，能清楚地看到，码头上的工人，两人一组，他们把一共九根手臂粗细的缆绳先后一一放开，再被邮轮的绞盘徐徐升起。“诗歌”号开始慢慢离开玛瑙斯码头，横着船身向河中心靠近。船侧的水面上，泛起了玛瑙斯特有的黑色水花。甲板上人很多，差不多到了人挨人的程度。大家都举起手向玛瑙斯告别，岸上也是很多人，举手送别邮轮。

汽笛三声长鸣，震天动地，紧接着就是那首《我的太阳》男高音独唱的播放。简单的启航仪式，让人心情激动，热血上涌。船身在河中间掉过了方向，现在，我们将重复来时的航程，自上游往下游，再次领略亚马孙风光。

阿尔特杜尚是一个城镇，属圣塔伦市。正规的行政区划排列应该是：巴西，亚马孙，帕拉州，圣塔伦市，阿尔特杜尚镇，这样的次序。这是我们沿亚马孙河顺流而下，要到达并登陆上岸的地方。句子里的逗号是我加上去的，为的是容易看得清楚明白。

阿尔特杜尚，听着有点啰唆，也确实不是英文，而是葡萄牙文。小镇不大，但有 400 多年的历史，是葡萄牙人在这亚马孙河岸上建立的商贸城镇。据说，如果在葡萄牙地图上仔细查看，能找到和这里同名的一个村庄。

在顺流而下的第三天一大早，我们到达了圣塔伦的阿尔特杜尚。

这里虽然水域辽阔，但显然没有玛瑙斯那样的水深，或是水下的情况复杂。总之，我们下船前知道了，“诗歌”号正锚泊在亚马孙河里。邮轮与河岸之间，目测相距 2 千米以上。

亚马孙的雨季，又是小雨飘飘洒洒，落在大船上，落在接我们登岸的小型机动船上。看着那些在河水里往返来去的小船，被雨水一淋，都像被清洗过一样，鲜艳夺目，明亮鲜活。

上岸的沙滩上，摆满了一个又一个摊床，摊床上摆满了各式各样的小玩意儿，都是体现巴西当地文化的纪念品。能看出来，其中不乏浙江义乌制造的零碎小商品。

节奏感很强烈的鼓声在河岸大亭子前响起来，有男女青年在小雨中翩翩起舞。舞动中，还夹杂着围观的其他人的喝彩声。巴西人跳着桑巴舞，看他们跳舞会心情畅快，因为常常不觉间，就被他们在舞蹈中表现的纯真热情，乃至半疯狂的情绪所感动。天上的小雨，似也有情，像我一样被感动，在一曲桑巴结束时候，竟停了。

雨停了，但空气仍然潮湿发涩。有好多避雨的狗，从民居的栅栏边、墙角里、大树旁……钻出来，先是懒洋洋地晃晃荡荡，再支着两条前腿儿打哈欠，塌下细腰抻抻浑身的筋骨。这儿的狗个头都不小，但和善懒惰，不咬人。我甚至从见到它们开始到现在，也有几天的工夫了，就没怎么见它们叫过。看那样子，这里的狗也饿不着。

在这里搭上的巴士都不太大，跑在路上震天响。又高又壮的司机，始终保持着巴士车的快速，不管怎么颠簸，仍旧飞速前进。这次是从陆路深入亚马孙国家森林公园，是我特意报名参加了这个团队。我想，这可能是我再一次，也是最后一次亲近亚马孙了。

和上次从水域深入不同，这次可是从陆地到陆地。我倚着噼啪乱响的车窗，目不转睛地贪看巴西内地风光。这里普通老百姓的居住条件还不错，他们在平整的土地上，都建有自家的房屋，而且居家宽敞，庭院规整。没有土坯房子，都是砖瓦结构，房子看上去也还结实耐用。

教堂很多，不是那种城市里高大美观的建筑，都是乡间类似居民住宅的小型教堂。几乎每座村庄都有，甚至稍微大些的村庄里都有三五个小型教堂。看来，这里的宗教生活，可是相当丰富。村庄里的教堂旁边，常常有小学校。学校规模不等，最小的我看只有两间房子。

这里尽管离亚马孙河有一百多千米远，但仍然在那河的流域范围内，是属于亚马孙河的冲积平原。能看见大片大片的黑土耕地，平平整整，一

望无际。上面种有小麦、大豆、玉米等不同的庄稼。这样的场景，在我们两个多月以来的观光游览中的确未曾见过，于我却感觉几分亲切。几十年前，我们下乡的北大荒，就有这眼熟的光景。曾经见到过有关的新闻报道，巴西每年向中国出口50万吨大豆，云云。事实证明，巴西果真就有这个能力，而且还远远不止这些。眼见亚马孙平原上，土地肥沃，雨水充沛，农业生产的发展，不可小觑。

森林公园终于到了，有一位领队先生，在大门旁边的岗亭里正等待着我们。虽说已经进过亚马孙丛林，但正如同队曾经和我一起探险过的队友所言："你可以一百次进入亚马孙，但每次她送给你的礼物都会不一样。"

这森林公园里的树木，出奇的粗大，一棵接着一棵，都是两个人都搂不过来的大树。若不是领队紧着提醒，队友们相互呼喊着。真是一眨眼的工夫，前后的人就不知道转到哪里去了。一钻进这原始森林，就在参天大树中间穿行。路几乎就没有，领队在前面开路，众人跟着尾随而行。领队一边费力走着，一边告诉我们："这些大树，都是古树，都有800年以上的树龄了。这整个一片上万平方千米的范围内，都是联合国环保组织和巴西国家森林总部合作，共同协议保留下来的原始森林。"

林间空气流通不畅，人人汗湿衣衫。身强体壮的领队，停下脚步，把我们召集在一起，给我们展示古树身上的药用价值。他指着一些横插在树身上的木橛橛说："看着，这是我们研究这些树木汁液的药用性能时，在树上钻的孔。"

说着，他就伸手拔下了那根木橛橛，在那个树干孔洞里，换上一根空心的塑料管子。同时，他另一只手端正一个小玻璃瓶，在塑料管下面接着。有乳白的汁液从那根塑料管里流了下来，淌到小玻璃瓶里去。领队如是再三，取下另外几个木橛橛，再从不同的树干上，或是从同一棵树的不同部位上，都接了小瓶的汁液。那些汁液颜色不一样，有刚才的那个白色，也有后来的红色、褐色、黑色……领队手拿着几个五颜六色的小玻璃瓶，脸上现出欣喜的表情，如获至宝。他开始不厌其烦地详细讲解这些树的汁液，

都有什么不同，都对应着哪些病症。这个红色的专治咳嗽，说着他还故意咳了两声。这个白色的治疗感冒，说着他还用手掌贴到脑门上，表示发烧。这个褐色的厉害，治伤筋动骨，说着领队还做出走路一瘸一拐的样子。谢天谢地，巴西本地领队还是个真领队，不是个卖药的。我们还不至于掏腰包，去买那小玻璃瓶里面的树汁。领队还把那些小玻璃瓶递给我们，让我们凑近自己的鼻子，去闻去嗅那些树汁的气味儿。有一种树液，闻上去果然有一股清香气味。可也真有一种树液闻上去像一股子酸菜缸里发酵日久的气味儿，让人皱眉挤眼犯恶心。导游介绍树汁，让我想起撒豆。可细看，又觉两个人截然不同。

领队还剥下了一小段树皮，从树皮里撕下几段纤维。他手脚麻利，几下子就把那几根纤维搓成了一股细绳。他叫人拉住绳子的一端，他自己拉住另一端，两个人看上去很用力的样子，可竟没有将那段颇细的绳子拉断。他告诉我们，这样的纤维，防水防震，是制造航船缆绳的最佳材料。

那种古树的种子也很有趣，它们都成熟在一个壳里，那壳很硬，有点像椰子的壳。成熟的种子壳会从很高的树枝上掉落在地上，但因为有那硬壳保护着，里面的种子并不会受伤。再过一段时间，硬壳被种子胀裂开来，一壳的种子就脱离了那个壳，散落各处。那种子有拇指大小，深褐色，外面还有一层壳。这古树为了延续繁衍自己这物种，可真是进化得万无一失，一颗树种，里面镶嵌着令人惊叹的智慧。

我当然不全相信领队关于树汁治病的话，这些植物药用的说法应该还是来自古时候人们的一些初级经验，从这些树汁到现代医药学，还是有相当长的研究道路要走。

一踏进森林，脚下又是松软的枯枝落叶积淀的腐殖质，像棉垫子一样。鼻子里又是那种有些潮湿、腐败、深重的特殊气味儿。领队手持木棒，在前面一边走一边用木棒敲击着古树的树干。有时候，他还吹响口哨，召唤队伍。这第二次亚马孙森林行，让我不由得一再想起那个新朋友——撒豆。他此刻在哪里，在家享受天伦之乐，还是又应召出任向导，带领新的

团队再探亚马孙？祝撒豆平安快乐！

下午返回阿尔特杜尚，出去各路的旅游团队，也都纷纷归来。大家齐聚在河码头上，等待那些小船，把我们一一送回“诗歌”号。

人多船小，等船的长长队伍蜿蜒在河堤上。亚马孙的风雨又来光顾，雨不大不小，但来势颇强。幸亏亚马孙教给我怎样看天，还随时备下雨衣。顺手掏出雨衣，套在外衣上。豆大的雨点随即就浇在肩头上，脑瓜儿上，发出“噼噼啪啪”的声响。抬眼再看河面，浓厚的风雨，就像缭绕的巨大网兜一样，晃动着遮蔽了整个亚马孙。那本来高耸矗立的“诗歌”号，在雨中模模糊糊，像一幅巨大无比的印象派油画一样。我们终于裹挟着风雨，登上了邮轮，一个个疲惫不堪。

天早早就黑了，大都是因为阴霾重重的缘故。雨在黑夜里也没停下来，仍然淅淅沥沥，罩住了整个阿尔特杜尚。小城镇里的灯光，被飘洒的水汽蒙着，显得不真实，像开放了的灯花。“诗歌”号长叹一声，悄悄启航，没有播放那段《我的太阳》，就掉头顺着亚马孙河水流动的方向，继续东下大西洋。

事实上，从玛瑙斯一路顺流而下，到了阿尔特杜尚，就有马代拉河、塔帕若斯河等支流不断掺进亚马孙河。“诗歌”号现在又从阿尔特杜尚向下游行驶了一夜，到了第二天早晨，再登上14层甲板一看，看见的河面就不是一般的宽阔。昨天认定的近前河岸上那连绵不多的丛林，现在都变成了遥远而狭窄的一根线条，从那遥不可及的河岸荡过来的水面，总有二三十千米那般宽。我实在是从来没有见识过，这样宽阔无比的江河水面。心中粗略地估算一下，我目力所及的亚马孙，总有上千平方千米的水域。感觉着，我们应该在亚马孙河接近出海口一带游弋。我不能准确地说出邮轮的位置，是不是位于亚马孙的出海口？原因是我看不到什么参照物。地图上也没有一条线，能标识从哪里算河，再航行到哪里算是进了海洋。听船上的广播介绍，越是到了亚马孙的下游，海洋潮汐的影响就越大。到了大潮期间，海水反涨上去近百千米远，深达一米，河岸近水的陆地会被大

片淹没，这也是亚马孙河下游很少有人居住的原因。

再抬头看天水风光，水域边沿的丛林黛色已经无影无踪，只剩下天水相连。长空碧蓝，水域泥黄。我再次感到困惑，在船上居然说不清楚自己的身居所在，是亚马孙的最后领地，还是大西洋的新潮？

时近黄昏，在邮轮的右侧又能见到丛林的影子了。我很欢喜，因为我能断定，那里应该是马拉若岛，是亚马孙河和托坎廷斯河等一些河流在流入大西洋时冲积而成的一个大岛屿。从理论上说，这个岛比海南岛还大一些。

如果我的判断没错，那么我们就是在围绕着马拉若岛航行，已经驶出亚马孙，正在大西洋近海由北向南航行。然后，进入托坎廷斯河入海口，我们在巴西最后的一站——贝伦，就在那个位置上。

天黑之前，邮轮停了下来。不一会儿，就听见了“哗啷啷”的抛锚声响，又是锚泊。一夜无话，只见远方的灯火闪烁，那应该是贝伦，一个托坎廷斯河岸，大西洋南美洲东岸的巴西城市。

第二天一早，晴空万里。能听见七层甲板上忙碌的声响，那是邮轮上的水手在安排使用大船上的救生艇，把游客装载上去，驶往三四千米以外的那个码头，登陆游览贝伦市区。

“诗歌”号上面的救生艇，都放置在七层甲板。这些平日里不用的平底船，都依次被固定在七层顶棚。今天用到它们，就打开固定的链条螺丝，把它们用悬挂装置吊到海面上。我称这些船为“鸭子船”，它们平底体宽，航速不快，很能装些人员。开动起来，轻微地摇摇摆摆，像鸭子。

我们排队等候“鸭子船”摆渡去岸上。眼见无边的水色仍旧浑黄，偶尔有一根树枝沉浮其中，却没有在世界其他河流里常见到的破烂、垃圾、杂物漂浮。亚马孙河的环境保护做得实在到位。

随“鸭子船”登岸，再转乘中型巴士沿河岸一路进城。

第一站，是贝伦和平大剧院。剧院古香古色，有 300 多年的历史。据说，当年的葡萄牙人，就是参考了意大利歌剧院的风格，设计建造了这座

剧院。进了剧院里面，走的每一步，迈上的每一个台阶，果真都散发着当年欧洲文化的气息。能想象得到，300 年前的达官贵人和他们的贵妇淑女，在这里聆听古典音乐的盛况。甚至能听见绅士们的低声细语，女士们穿着衣裙发出窸窣的声响。或许，这里还演出过莎士比亚的悲剧《李尔王》《马克白斯》《罗密欧与朱丽叶》？

导游指着地面上那些用橡木块拼搭的地板图案，一一讲解其中的含义。走在剧院的大厅、楼梯、通道间，简直就是走在 18 世纪的殖民故事之中。剧院的二楼大客厅光线充足，富丽堂皇。这里就算没有歌舞演出，也为贵族们安排了各种 party，灯红酒绿，音乐不断。

我的手轻抚着大厅里的白色大理石柱子，能感到手下光滑细腻。再轻拍拍，能听见那声音沉稳结实，坚如磐石。是啊，建筑和音乐，是历史上一个时代文化的表征，那是不可磨灭的。可以忘记百年间君王逸事，但一首入耳古曲就能听得我泪落。

偶尔有人拉开了一扇百叶窗，竟有交响乐的旋律轰然间传来，我们紧跟着从走廊来到了观赏大厅。一眼就看见，真有一首交响音乐在做最后的彩排。乐队指挥挥臂之间，侧身微笑着向我们示意，表示欢迎。我们洗耳恭听，享受着这出乎意料的音乐艺术。乐音激荡跳跃，像是打开了春天的大门，让人欣喜快乐。导游说：“这是本市交响乐团在排练，复活节快到了，这首交响乐是他们献给市民们的礼物。”

我从上中学的时候，就惊叹于交响乐的演奏。那时候哈尔滨还有个交响乐团，爸曾领我和哥哥去文化宫看他们的演出。还记得当时演奏的是苏联的乐曲，但名字忘记了。我当时最感到不可思议的是，怎么那么多的人，使用了那么多的乐器，竟能在同一个时刻里表现同一首乐曲，有张有弛，一丝不差。这可不是爸和他的几个京剧好友，随便演奏那么几件胡琴、月琴、锣、鼓、钹那么简单。交响乐能描绘一整个时代，实在是人类音乐艺术才华的最高表现。

嗯，看来这剧院还真不是个摆设，倒是个艺术生命长青的，实至名归

的文艺场所，好一个贝伦和平大剧院。

大剧院的正门前，是一个大花园，时正花开盎然。我不觉步入其中，浏览花草。没想到竟有一只大狗，不声不响地，就来到我面前。它不咬也不叫，只是抬起头冲着我看，像要向我说点什么的样子。我自己也养狗，对这大狗有些喜欢，不觉就动手去摸它的头顶。不想，紧接着又过来两条小型犬，尖声尖气叫个不停。再隔了三秒钟，一位胖妇人在她的狗陆续出现之后，终于登场。妇人手轻按着脖子下面大喘气，表示自己追狗追得气喘的样子。稍歇，就放开手，给两条小狗，都套上了牵绳。妇人看了看我，竟把最后一根略粗的狗绳递给我，说："先生帮忙，把这只大的也套上。它性情很温和，你可以拉着它走几步路，我来帮你拍个照片。"

我就像听了导演安排的演员，不知不觉间就按妇人的指挥去做。不知道我在万里之遥的巴西，牵了一条连名字都不知道的狗，走在贝伦城市花园，可是个什么傻样子。妇人却只顾着笑，很开心。

我们的中型巴士穿过市区，临街的高楼大厦比比皆是，很多带有现代文明的风格。绕到河岸附近，车子缓慢地驶入一处庞大的市场。市场足够大，人山人海。也足够脏，气味儿熏天。除了没有人当街就喊叫着招揽生意，把流行音乐放得震天响这些以外，这市场和二三十年前中国的城市贸易市场几乎没什么区别。T 恤衫、棒球帽、塑料鞋……都成排地挂在架子上零售，和巴西烤肉、咖喱饭、当地小吃……相邻为伍，亲密无间。整个市场喧嚷、闹哄、热热闹闹。当然，只要是市场，就免不了存在着虚假、欺骗、出卖良心，尽管这些都不存在于表面。市场内外，有几辆警车就停在不远不近的街角上。三五成群的全副武装警察，严肃而又认真地结队巡查。

绕过市场，穿过几条古老的小街，我们的中巴车停在了一处街心小花园旁边。公园里有雕像，是 20 世纪的教皇雕像。公园的一左一右，有两个互相对应的教堂。两个教堂都挺大，也都涂上了洁白的颜色。被称为亚历山大教堂的那一座，显得富丽堂皇，彩色玻璃和外饰都漂亮。里面有关于

宗教的雕塑、绘画、银器，看上去都很有品位。巨大的管风琴损坏了，据说几十年来也没修好。于是，这里的弥撒祈祷，都只有歌声，而没有琴声相伴。

亚历山大教堂的对面，是塞教堂。相比之下，塞教堂凸显寒酸而又土气。进里面去，也显阴暗，看到木、陶、金属制的圣象，也大都粗糙，甚至残破不堪。这里也人流稀少，香火寥寥。据说，这塞教堂比那座亚历山大教堂还早建了100年，不知在还没有亚历山大教堂的100年里，这塞教堂是不是红火。我所了解的是，南美洲这里的宗教信仰，都是天主教。眼下我见到的是，人们没有信仰上的差别，有的是各个历史时段的不同沧桑。

教堂的钟声低沉而坚定，在城市的上空回荡。我们走过一阵子，都坐在小公园里的长凳上歇息。仰头能看见，河岸、市场、教堂，还有一些高建筑上面，有很多三五成群的大鸟降落。有时候，它们也振翅翱翔，甚至黑压压飞成了一群。问导游，回答是这些大鸟都是hawk（鹰）。在这里，他没有使用eagle（鹰）这个词，不知道为什么。接着，导游又加了几句解释："在卖鱼的时候，这里的摊贩会帮着买者杀鱼，斩去鱼的头尾和内脏，拾掇干净。那些去除的鱼杂碎垃圾，就随手都扔掉了。此时那些hawk（鹰）就会扑上来，叨食吃掉那些鱼杂碎。日久天长，大鸟汇聚不散，成了贝伦一景。"

我仔细观察这些鹰，看起来这鹰有点像秃鹫，但个头身量就差远了。这鹰小得多，近于塘鹅。对这鹰，我有点瞧不上眼，你想啊，如果只是以人类抛弃的垃圾为食来活命，它哪里还有鹰击长空，纵横风云的勇气？

那些鹰也在那座普雷塞皮奥古堡的上空盘旋升降。紧挨着河水用巨石叠砌的古堡，披挂着时代的烟尘，古香古色。像是一幅古人留下的油画，为整个城市贝伦留下了历史的印记，使贝伦这座城市在几百年以前就称雄亚马孙。

古堡四周都是水，只有一座结实的小桥，把古堡与公园连接起来。看那样子，如果在冷兵器的古时候，要想发兵攻打古堡，也只有强行通过这座小桥，再仰攻城墙。古堡原来还修建得如此险峻，果真是个傲立河岸，拱卫城市的真家伙。

跨过了小桥，迎面就是古堡的城门。此时三五米宽的城门大开，任游人来去观览。有看门的警卫人员在城门处驻守，但没人走上前来对进城的人盘问一二。一条本地大黑狗，正躺在大门口的阴凉里呼呼大睡，狗的肚皮缓缓地起伏，看起来，狗很舒服，心满意足。

越过堡内的一块平地，就再登上沿河岸修筑的一座平炮台。炮台上架设了古炮三五门，都是能吞进一个成年人那样粗的炮筒子，所有的大小古炮，都一律将炮口指向河心方向，乃至于河对岸。古堡炮台，得地利之便，十分险要，简直是一夫当关、万夫莫开的虎狼关隘。难怪导游说过好几次："要想进贝伦，必须先攻克普雷塞皮奥。如果真占领了贝伦，便可在托坎廷斯河入海口称霸，和马拉若岛抗衡。"

这普雷塞皮奥古堡，无疑是当年葡萄牙人殖民亚马孙的基石之一，是他们在此的立身之本。不知道，这里是否发生过惨烈的争夺拼杀。问导游，他说不太知道，估计没有。

炮台的下边，是半地下式的博物馆展厅。估计在久远的年代里，这里应该是屯兵和储存弹药给养的地方。如今让给了文化，做了博物馆。这让我有点出乎意料，这是巧合，还是故意而为之？莫非400年来，拱卫城市的要塞和发掘出来的古迹遗址，都选中了同一个地点？在公元前7000年，这里就有了人类活动。这方面的发掘考古，一直很活跃，也颇有建树。石斧、石刀、石箭镞……光是新石器时代的出土文物，就分类摆放，盛满了两个大玻璃柜。这让人遐想连翩，就是脚下的这古堡，这亚马孙河岸的肥沃土地上，存在人类古老的历史。这历史的漫长生动，并不亚于那些凸显人类文明的历史古国。有古印第安人在几千年前留下来的玉石雕成的绿青蛙，这是当时年轻人定情的信物？还是父系社会里对祖先图腾的认同和传递？没有人能回答这样的问题，只有鸡蛋大小的绿宝石青蛙，在这半地下的展室里，散发着幽幽荧光。

后来的殖民时期，是有文字、绘图、艺术品做依据的历史。有神父在向一众裸体的当地民众宣讲圣经的图画，有当地土著烧烤人肉大餐的画稿。看得人心惊胆战，胃囊翻滚，直犯恶心。幸亏没在400年前出生在亚马孙，或是出生在这里，但没参加当时的部族征战。最后，幸亏是没在部族战争中战败，没在战败时被当作战利品给烧烤处理，填了对手的肚子。

动物界里也有暴力和冲突，战争却独属人类。而且，就其嗜血残忍而言，战争也越来越现代化，战争制造的死亡和伤残也越来越多。和我看到这把敌人的尸体烤了吃的古代战争相比，现代人的战争也没什么本质的区别。人们在相互的战争中互相攻击，互相杀害，互相毁灭。和400年前那些亚马孙土著战士的赤身相搏比较，实在是更加疯狂透顶。文明的现代人战争，因为科技发达而效率奇高，杀人如麻，比屠宰场里的机器都更血腥。

搭中巴赶回河岸码头，已经是下午3点钟。距邮轮启航还有一段时间，人们都在河岸码头上排队，等候那些“鸭子船”轮流载他们返回“诗歌”号。我们决定再到这码头小镇里逛逛，这小镇应该算是贝伦市的远郊。离开贝伦，我们就将离开亚马孙，离开巴西，这也是我们这次环大西洋航行在巴西的最后时光。

口袋里还剩有200雷亚尔，抬头看见有招牌广告，卖大瓶的RUM（朗姆酒），要价140雷亚尔，不算贵，索性买瓶尝尝。接下来需买块肥皂，有点犯了难。这里是巴西贝伦，没人说英语。肢体语言表达有限，比画着都觉着自己没说清楚，总不能脱光了自己，浑身搓上一遍来表达“肥皂”这词。两个中国人，站在巴西小城里，指手画脚演肥皂小品，结果满面尴尬，就是买不成肥皂。

真有义士在百姓煎熬时出手相助，一位个子不高，脸盘很中国，身材又很壮硕的青年前来帮忙。他用中文问清了我们的要求，然后转身和巴西店老板用葡萄牙语沟通。老板听懂了青年的翻译，不由得大笑起来。大概他刚才始终没把我们的表演和肥皂这小玩意儿联系到一起，眼下恍然大悟吧。

我们称心地买到了肥皂，连连向青年致谢。双方攀谈起来，原来青年是河南郑州人，本来和叔叔在这里出摊卖杂货。如今自己娶妻生子，单干小型货栈，兼营日用百货，每月都从中国进口货物，生意顺利，日子也过得还不错。只是这小镇里，只有他一个中国人，有时候感觉相当孤独。我们闲聊了几句，就告别分手，去赶邮轮，临行祝福这位二十八岁的中国青年，一切顺利，家庭安康！等到在邮轮上安顿下来，耳边仍想起那位郑州小老乡的话语："哎，不谢不谢，出远门在外，都不容易呀！"

记得当时闻言心中一热，升起了感动和自豪。想想，他一人形单影只，竟在这西半球万里之遥的小镇生活了八年。如今见到国人同胞，还是毫不犹豫出手相助，能不令人感动？再者，能在这十分陌生的亚马孙得同胞相助，也让人心中甚得安慰。看来，不论到了这个世界的任何地方，都有我们中国人啊！

登上 14 层甲板，看邮轮出航。上次是在玛瑙斯，这次是在贝伦，这有点不一样。离开玛瑙斯，是依亚马孙顺流而下，到贝伦来。而离开贝伦，就将驶离亚马孙，离开巴西了。我们将进入大西洋的加勒比海，下一站是巴巴多斯。船上广播，贝伦距巴巴多斯有 1100 多海里。

"诗歌"号精巧地把最后一艘载人小艇吊起来，再收回船舱中。能看见巴西的海事小艇，相伴在邮轮一侧破浪飞驰。时过境迁，渐渐夜色朦胧，河面上远远地能看见下游有几盏红灯，等到过了那几盏红灯，就是大西洋公海了。

我在黑暗中，身依栏杆，回望着巴西贝伦岸上的灯火。想起自己在巴西，在亚马孙流连了半个多月的时光，而今又要离别远行，不由得心生万千感慨，思绪不断。连我自己都没想到的是，巴西球王贝利的形象，却贸然而来到了脑子里。记得那还是 50 多年前的事，那时我还只有 20 多岁。有在省运动队里踢足球的朋友，神秘兮兮地拉着我，到他们的资料影视放映室里，说是有好看的纪录片看。不过，得保密，不能张扬。放映室其实就是他们的会议室，里面摆了十几把折叠椅，坐在椅子上的人都不说话，

甚至互相连招呼都不打，门窗都被黑红窗帘遮严实了。有一台皮箱大小的小型电影放映机，就立在房间一头的桌子上。在一片无言的静寂中，有人靠到电影机旁边，“咔哒”一声，就打开了机器。镜头正打在对面的一块白布上，黑白影片在白布上赫然跃动起来。电影没有配音，看样子已被放映了不知多少次，那些胶片上的划痕，就像下小雨一样，相伴在电影镜头里面。这段影片，没头没尾，前后总共也不到20分钟。却让我记住了，在万里之遥的巴西，有一位黑人少年，他简直就是个足球天才。影片里一组又一组的镜头，都是表现他在足球赛场上的高超技艺。有急速奔跑中带球过人，那可不是普通的过人，那个黑人少年能一连过掉对方九个防守的队员，还在最后起脚射门，一球中的。有铲球的镜头，双腿一分，就把眼看着很有威胁的对方进攻化解掉了。有“倒踢紫金冠”的仰身反射球门，有一过中圈就起脚劲射球门，有判罚点球时候，打出的香蕉形球路射门，躲过了对方成排的防守队员，在球门的斜上角无声滑落而入。最夸张的是，有一组镜头，表现了对方球员，在和这少年拼抢之下，情急中竟忘乎所以，伸手拉住黑人少年的运动短裤。眼看那少年就成了光屁股运动员了，却见他无奈中双手使劲儿拉住短裤前边以遮羞。可他下面的双腿，依然强劲飞奔，灵活盘带。到了对方的球门前，再起脚抽射，又是一球中的。黑人少年还在提着自己的短裤，但脸上已经笑成了一朵花。始终拉着黑人少年的那位对方球员，手里仍然带扯不扯着人家的短裤，脸上苦笑，嘴咧成了瓢。看到这儿，一屋子里的人，再也绷不住了，不由得哈哈大笑，出声叫好，接着就爆发出了震耳的掌声。

朋友事后给我讲了一些有关这些电影零碎镜头的故事，他告诉我：“那个天才的少年足球运动员，就是贝利。这个足球技术资料影片主要记录了巴西足球运动员贝利的全面技术。贝利出生在巴西一个普通的平民家庭，父亲也做过足球运动员，但未取得太好的成绩。小贝利自幼就热爱足球，十岁时候，就和小伙伴们组织了街道小足球队。他15岁时就加入了巴西青年队，17岁时候，他已经进入了国家队，成了最年轻的球员。”

朋友见我听得入迷，也就更加敞开心扉，接连赞美道：“你也看见了，这个伟大的巴西球员，无所不能，双脚左右开弓，空中制霸，速度飞快，孔武有力。既能用多种方法过人，也能像旋风一样跑到球场任一处位置，让人无可奈何。天才，球王。”

说起来，这都是50多年前的事了。以我对巴西的了解，真就是从这位球王的那段影片开始。巴西是个伟大的国家，这里的精英圣贤多若星辰。可我最先记住的，真就是贝利球王。

再见了巴西！再见了亚马孙！他日若有缘，再来看你。

04

加勒比海环游

加勒比海五岛环行：巴巴多斯—巴哈马—小安的烈斯群岛和百慕大巡礼

大西洋在距离赤道不同远近的地方，其颜色会有变化。眼看刚刚驶离贝伦，离开了巴西，离开了亚马孙。邮轮刚掉头北上时候，船下的海水还是一片浑浊的黄色。不到几个时辰，我还特意赶到 7 层船尾的厅里，这里能清楚地看到大船螺旋桨翻起来的海水，又都恢复了以前在大洋上航行时候的碧蓝颜色。稍微远一点的海面上，被翻起来的水花，变得偏绿，绿得有点浅，就像玻璃板侧面那种微绿。而离船越远，海水的绿色就越是沉重起来，几乎近黑了。我知道，这绿色还得有两天的时间。但最终随着大西洋越来越远离赤道，大洋会再转成蓝颜色，成为碧蓝的大西洋。

果然不出所料，第二天一早，邮轮还没有进入加勒比海，海水的颜色就开始发蓝，还越来越蓝。到了中午，大西洋像重新打扮换了新装的贵妇，展示了那么无限深沉凝重的蓝，挺身迎上邮轮厚重的船首，心甘情愿地被粉碎成一堆又一堆的玛瑙翡翠，翻卷着珠宝一般的光泽。

At sea（海上）又过了一天。早晨 6 时，我登上 14 层甲板。东方挂着厚重的阴云，赶上了一个阴天。海平如镜，右舷远方，隐现着一条长长的青黛色。那绝对是茫茫海洋中，陆地的苍盛颜色。我的心中一动，加勒比东部——巴巴多斯——看样子要到了。我还是第一次乘船游览加勒比海，更是第一次来到巴巴多斯。

海是海，洋是洋，二者有明显的区别。只有身临其境，才能让人体味其中的差异，理解那两个不同的地理概念。相比而言，海的地域要小，而且平静得多。大洋则汹涌澎湃，辽阔无边，酝酿着永远无穷的力量。海小而洋大，可不仅是容积和尺度的差别所能比拟。

眼看着，巴巴多斯就要到了。这是个岛国，总面积 430 平方千米，比较着说，就是上海崇明岛三分之一的大小。在加勒比东部的小安德烈斯群岛中，这是最靠东的一个岛，人口 28 万。我们停靠的布里奇顿港（Bridgetown），也是巴巴多斯的首都，是个只有 10 万人口的小城。

邮轮稳稳地停靠在码头上，从船舷上看过去，巴巴多斯的首都确实不大，有点像我们国内的一座县级城市。能看见有一条弧形的公路，沿着海岸线悠然飘摆，色泽浅淡。

我们下船，按几个人事先商量好的预案行动。有同乡李姓夫妇，介绍认识了一位朱大姐，说是北大毕业的老干部，人很能干。她在网上找了一个当地导游，说好收取我们每人 80 美元，然后开车带我们游全岛。我原本就想脱离船上的旅游处，单独行动，于是，几个人合并一起，在这有限地域的小岛上，享受一次行动自由。我们一共五个人，下船出了大厅，赶到停车场静等来人接驳。

可是，左等不来，右等还是不来。眼看时间都过了一个多钟头，还是没见对方人影儿。经验告诉我，我们多半是被放了鸽子啦。朱大姐领着我们跑来跑去，往返几千米都不止。哪里有什么接站人？旅游全岛的专车，也只是那种黄色的大巴士，就停在大门外。朱大姐的半吊子英语和我这水平差不多，再遇上巴巴多斯人说话口音很重，两边沟通不畅。朱大姐跑来

跑去，近 80 岁的人了，大太阳底下，满头大汗，看着真是让人可怜。后来，老妻拨通了女儿的电话，让她和相关人员通话，几句就说明白了。原来，朱大姐那边定下的人，不见我们来赴约，就取消了订单，把我们给退了。女儿还提醒我们："赶紧就近找一台小巴士，拉你们去游览全岛，时间上还来得及。别纠缠过去的事了，一定是咱们没听清楚对方的话，把事情耽误了。"

我们赶紧按女儿的嘱咐去办，还真是没太耽误什么事，就坐上了一辆小巴士，进城游览去了。

要说老了老了，不服不行。可别自己找事，不是不热心，实在是承担不起了，找事就是找罪受啊。当代社会，是个飞速发展的社会，很多事物都发生了质的变化。像电脑、手机、外语……咱们老家伙实在是摆弄不来。可别像年轻人那样去凑热闹，到头来事情没办成，还徒添烦恼，实在无趣。

当地巴巴多斯人，大多是非裔，肤色较深。他们说的英文，口音比较重，听着好像不那么容易懂。可话说回来，女儿怎么一说就明白了？想想她那国外的双学位，还算没白读，语言算是过关了。

结果，我们每人交了 40 美元，谈定了一个小面包车，是个七人座的车子，倒宽绰。驾车的司机自称"温道"，听上去有点像英语中的单词"窗户"，倒是好记。温道大个子，人到中年，穿着干净得体，人看上去也还温和。

还不到五分钟，小巴士一头钻进了布里奇顿。这是一座加勒比风格的小城，留有强烈的欧洲殖民痕迹，阳光灿烂，空气清新。街道大部分还狭窄曲折，商业氛围也不那么浓重。看那城市规模，和中国北方的一座县级小城相比，应该差不多。

温道把车子停在一处街市上，这里有桥，应该是那座卡里纳奇桥。还有纪念碑，有城市现代雕塑。他指着稍远一点的那座大楼说："看吧，那就是我们国家的议会大厦。"

巴巴多斯的议会大厦建得漂亮，风格上有古罗马的神韵，高大宏伟，青灰色的花岗岩外墙面，肃穆整洁。所有的门窗都有圆弧上沿，有大小阶梯，大门台阶上，矗立着成排的罗马石柱。整个建筑的最高处是挂着巨型大钟的硐楼。硐楼顶尖上是个银色的旗杆，旗杆上正飘扬着巴巴多斯的国旗。巴巴多斯的国旗有特色，很容易记住它。那是个长方形，两端色蓝，中间色黄，黄色正中是一柄黑色的三叉戟，就是希腊神话里面的海神波塞冬使用的三叉戟。据说，国旗上面的蓝色是象征海洋，黄色象征海滩。中间的三叉戟涵盖的意义多一些，有正义、公平、规则……很多现代社会里积极的因素。依我之见，那个三叉戟设计得好。

纪念碑是为了纪念第一次世界大战而设立，显然是在巴巴多斯独立的1966年以前好多年间设计建造的。这也是我见到过的规模最小的一座纪念碑，和一架体操单杠差不多大。另外那个显眼的城市雕塑，使用了金属和水泥，有点像一架运动的机械，立在小广场上，和纪念碑一起，与国会大厦隔路相望。

接连路过了总统官邸、跑马场。感觉到的最强烈氛围，似乎还是几十年前的那些殖民文化。不过，巴巴多斯的这些景点，规模都小，和巴西亚马孙那里比起来，袖珍得多。

车子转到过午，看了一处华盛顿故居。一座淡黄色的二层别墅，懒洋洋地坐落在布里奇顿一道小山坡上的庄园里。这里安静舒适，阳光明媚。华盛顿曾经在这里生活了一段时光。要说清楚，此华盛顿，非彼华盛顿，这里住过的不是第一任美国总统，而是他的哥哥。

车子转到山顶上了，地势足够高，这里可以鸟瞰巴巴多斯的大片海滩。远处的海岸上，涌起的海水不断生出白色的泡沫，像在蓝色的海洋和金色陆地之间画了一条界线，让人想起刚刚看到的巴巴多斯国旗。辽阔的海面上，罩着一层淡淡的薄雾。山色苍翠，点缀了花开争艳。近处，竟然能看见海南的三角梅，正举起紫红盎然的花朵摇曳颤动，好像着急和我们打招呼。相隔万里，“他乡遇故知”，原来这东加勒比的岛国上，也有和中国南方海岛上相同的鲜花盛开。看来，两地的气候条件相差无几。我曾在

亚马孙，发现过与海南品种相近的杧果正熟，吃上一口，滋味软糯甘甜，胜海南杧果一筹。我知道，海南的杧果是从别的国家地区移植过去的，却没想到，其中是不是和亚马孙有什么直接关系。眼下这三角梅呢？

登上山顶，原意当然不是为了观山景。这里还有一座近三百年的老教堂，算是巴巴多斯的一个景点。据说，在东罗马败落之后，君士坦丁十一世的一个弟弟，叫费尔南德的亲王流落到了这里。后来，他的后裔在这座山上，修建了这座圣约翰大教堂。

走到教堂后面的墓地时候，得见此言不虚。因为在这里，我们发现了此公的墓碑。碑石经历几百年风雨剥蚀，已经斑驳凸凹，难辨字迹。但隐约之中，终认出了费尔南德的名字，似还能看见年代的数字——1679。至于是什么情况下？后裔具体怎么立碑于此？眼下就没人能说得清楚了。我记得东罗马帝国灭亡于1453年，200年后，帝国的皇族在这里生存发展，合乎时间上的推断。

最后的景点，是那个最著名的“白金海岸”海滩。这里以波浪效果最佳而广受世界冲浪人士的喜爱。可能是季节的原因，我漫步海滩，竟未见大海浪轰然扑向海岸的壮观景色。倒是见近岸的海水中，兀然立着若干房子大小的方形岩石。这些巨石，饱受风浪雨水的冲刷，表面都现出乌黑的颜色。它们大多上面大下面小，像倒立的锥体，又像放大了无数倍的小时候在冰面上抽打的冰嘎儿。难道是这些巨石在地壳运动中，从山上滚下来，立在了海水里？还是原本这海水下就有类似的岩石结构？问温道，不得而知，没人回答这个问题。只见到很多白人，在这里相聚，他们有的下水游泳，有的用手机拍照，有的靠在沙滩椅上品着冰啤酒。天、海、山、水一切都那么安静，那么清逸。连时间好像都慢了下来，有好一阵子都不往前挪动了。没有大海浪翻卷的吼声，没有人群的喧嚷声，没有任何噪声，只有淡淡薄薄的大自然的声音，像巨大无比的透明罩子，盖在整个海滩上。这里的一切都不跟着世界走了，只按自己的规则来。这可真是个神奇的海滩，大概季节一到，巨浪冲天，各路冲浪健儿纷纷来此比武，这整个海滩

就会活过来，焕发出久违的活力。

终于见到有人在活动，有两个黑姑娘嬉笑声声，互相追逐打闹。她们暂时放下了自己经营小工艺品的摊床，在海滩上笑闹。看上去，这静中的小喧闹，是那么和谐，太安静的海滩总不大像真正的海滩，真真就缺那么一点年轻人的声音和气息。两个姑娘大概闹得有点累了，最后都坐在沙滩上，望着大海，稍整容装。不远处，她们的摊床上，那些晶莹闪光的小吊坠，五颜六色的 T 恤衫，还有那种当地的花花绿绿筒裙在微风中轻轻地摇摆飘荡，发出了轻微的声响。

车子继续在丘陵间疾驰，快速在山谷中升降。不论走到了哪里，都能看到连绵不断的甘蔗林。温道说："这里的甘蔗产量大，每年都会榨糖出口。"

从田间地头常见的拖拉机上能看得出，这巴巴多斯甘蔗的种植，基本是依靠机械化。一年到头，蔗农们不会那么辛苦。

天赐温饱于巴巴多斯，这大海山川、肥沃的土地，使得住民获取生活资料不那么艰难。在这儿活着，不用太劳苦，太紧张，太疲累身心。事实上，本地人看上去也都很自在，这个他们不装。真要是装模作样，咱这老眼，也一下子就看得出来。就看这遍地的住房，也能说明问题。城市里，没有摩天大楼，也没有一个又一个的"小区"。城外的宽敞地域里，更没有被规划约束的民房。巴巴多斯的住房，都是单户独幢，互相隔得很开。设计的风格也是从巴洛克到新时期各有千秋，色彩更是随心所欲，缤彩纷呈。看上去，这里的居民，都能有自己的委身住所。虽然，有些房子一看就知道，那年头也是不短了。我看着好些在山间路旁精巧的小别墅，猜想着，这可能是早前多年的白人住所，后来他们都走了，留下了这些房子，本地人也就搬进去住，看着都很有些老旧。衣食住行，其中的住，难度最大，实在是多少百姓梦寐以求的理想。回看这个世界上，民无居所的国家和地区实在是太多了。

在巴巴多斯，感觉到了洁净，这实在难得。我看落后一定与肮脏为

伍，那先进固然伴随着干净卫生。记得回到码头上的时候，就在停车场里见到，有一位戴着臂章的妇人，大声呵斥一个躲在大巴车后面吸烟的男士，吸烟男赶紧熄了烟头，转身落荒而逃。据说这里关于吸烟的法律很严格，那男子算是运气还好啦！否则，为一支香烟蹲了一周监牢，再罚个千把块钱，可倒霉透了。巴巴多斯这里，也有令人感到困惑的事情。船上曾经多次提醒，上岸游览，不得穿迷彩服装。这横生出来的禁忌，所为何因？没人能解释，只有严格遵守。

“诗歌”号在这东加勒比海的热风中，好像也显得有点慵懒，她慢吞吞地驶离布里奇顿码头，离开巴巴多斯。我们都站在甲板上，挥手向我们航程中东加勒比海的第一个岛国告别。

再见了！布里奇顿！再见啦！巴巴多斯！

圣卢西亚到了，这是东加勒比海的又一个岛国。

从巴巴多斯启航，在东加勒比海，自南向北，夜里不知道航行了多久。第二天起早登上 14 层甲板，才知道邮轮早就稳稳地停靠在圣卢西亚的卡斯特里港码头上了。回头看了一下地图，原来巴巴多斯距这圣卢西亚才 200 千米左右。怪不得，按“诗歌”号 18 ~ 20 节的速度，合每小时 30 多千米。就算悠着点，六七个小时也稳稳当当到地儿了。一定是邮轮早在凌晨就到达了目的地，然后悄悄趴那儿不言语声张，静等着大伙儿起床呢。卡斯特里港既是圣卢西亚的最大港口，也是这个国家的首都。

从巴巴多斯过来，这一行一停之间，应该是这次旅游中航程最短的一次吧。晨曦中冷不丁一看，还觉着这里有点像一路驶来停靠的那些航海小城。等再仔细品味一番，就感觉到了这圣卢西亚与别处的明显不同。这次不仅航程最短，眼下停靠的这个码头也最小，它延伸的岸线很短，简直都遮不住船身，眼看着“诗歌”号的头和尾都伸到码头外面去了。一抬眼就看见了港里还停了另一艘邮轮，是德国的“AIDA”号。那艘邮轮看上去比我们的“诗歌”号还高还大，稍微一问，就知道了，“AIDA”号比我们的

“诗歌”号还重 3.5 万吨！总重 13.5 万吨。眼看着两艘邮轮，一艘头朝里，一艘头朝外，挤在小小的卡斯特里港内。就像两条待煎大鱼，把个小锅塞得满满的，都盛不下了。

这个岛国，国土面积 600 多平方千米，比巴巴多斯多了不到 200 平方千米。人口总数 18 万多人，倒比巴巴多斯少了 10 万不止。再看海岸延伸远去的土地，地势高低不平，遍布丘陵。站在高高的船舷旁边，感觉那个迎面而来的小山丘，像从水里举着漂过来一样。小丘上有一些相互依靠的房屋，伸过来要做我们的邻居，恨不能见面赶紧打声招呼。

今天这圣卢西亚和昨天的巴巴多斯相比，同是加勒比海岛国，但地势相差可大多了。那里有大量平坦的土地，这里没有，自然也就没有那大片的甘蔗林。不过，这个岛高低参差，小巧精致。再加上这出了名的圣卢西亚海滩，搞旅游业来发展经济，倒也得天独厚。

登陆上岸，去逛街市。小小的城市里，随处可见殖民时期的旧房屋，那一幢幢沧桑建筑，仍承载着欧洲文化的特色。继续在市区里穿行，发现城西建筑大多陈旧，应该是几百年来的老城旧址。而越往城东去，则沿街建筑风格越发现代。大型银行、超市、建材商店、车行一众商家，高大辉煌，鳞次栉比。东、西，新、旧市容之间对比着，把这里不同历史风貌直接展现在了你的眼前。好像圣卢西亚就地翻开了两页她的简历。

当地人肤色也较黑，有点像巴巴多斯人。他们情绪松弛，走路不紧不慢，说话不急不躁。大家好像普遍处在一种长期满足的状态中，没有人火急火燎地要去改变什么。更没有人做发财的白日梦，恨不明天就成为天下数一数二的土豪。

无论是市里还是郊区，街边常见那种简单的小酒吧。也总有当地人三三两两相凑，饮冰镇啤酒。看上去，那些人都不慌不忙，很是惬意。我们的车子开过去时，就见着那身穿红绿 T 恤的几个人，围坐在路边吧台前小啜。过了两个小时，我们的车子再开过来，见那酒吧里，还是坐着原来那几个穿 T 恤的人。那红绿 T 恤的颜色没变，那颜色排列的顺序也都没

变化。

起伏的山地间，一路上植被茂盛，花草盎然。这美丽的自然风光，时不时就能在车窗里被长天大海的蓝颜色衬托，更是美不胜收。圣卢西亚，她的风光和名字一样美。

鸽子岛上有鸽子成群，不过都是野鸽。它们毛色灰褐，在自然条件里随便生长。可再看鸽子性情，倒随和通达，连人也不怕，只知道委在游客身边游走，发出“咕噜咕噜”的叫声讨吃。

鸽子岛只是个半岛，有一部分伸到海里去，像伸到盆里欲洗的一只脚。半岛也是山地，到了山脚就是平坦的海滩、草坪，很多游客正在这里开展自己的活动，热热闹闹，话语声掺着酒杯碰响的声音，连绵不断。也有乐手弹响吉他，为两位壮汉歌手伴奏演唱。歌手的歌声粗哑直追，不大动听，但足以震撼人。细看快乐的人们，似也不大在意那歌声，该干什么还干什么。大概人们觉着，只要是野餐烧烤，聚会拍拖，总应该弄些声响出来，烘托气氛。

我们沿着小径，登上了鸽子半岛的山顶。这是一座拔地而起的小山丘，山势陡峭。登上山顶，能一眼看出去几十千米。几百年前，英法相争，还在这里建成了天然的海防要塞。风雨剥蚀，历月经年，如今隐约可见的，只剩下几处凸凹，几堆石头块儿了。山头上还遗弃了几尊锈透了的古炮，还有些零星铁器，大概是刀矛之类的冷兵器，已经看不出原来的形状。从山头下到山脚，还能见到几百年前驻兵的营房，只是大部分早都没了屋顶门窗，就那么残垣断壁地裸着。从 17 世纪中叶一直到 18 世纪，英国和法国曾经在圣卢西亚这里进行过多次殖民争夺。当时的英军，依托这里的堡垒，也曾多次战胜过法国军队。

见到一个胖大的邮筒，就是我们小时候那种竖立街头，每天都有邮差来开启关闭的绿色圆铁桶。这圣卢西亚的邮筒却是红颜色，看着也有些年头了。眼下它早就不承担邮政功能，只做这鸽子岛上一个半古不古的物件，随人去观赏，去追忆逝去的百年岁月。

加勒比海的波涛，慢悠悠地形成了一长条又一长条的浪索，“哗啦哗啦”响着，翻卷着，不断冲刷着岸边的石壁，也不断撞击着海里那几块巨大的焦岩，溅起高高的白色泡沫，简直就像活动的油画写生，只是没有人在里面。和这相对称的另一侧海岸，则是沙滩洁白平缓，岸线像画好的圆弧。有人在海里游泳，有人驾船往返。也有人拉住一个飞行大伞，却不起飞，只是踏住脚下的一块冲浪板，借伞的风力，在水面上快速滑行。这种玩法，我还是第一次见到，这可需要人有操纵伞和板的双重驾驭能力。我眼看那位高手，时不常就借海面风力，旋起了整个身子，真像在海空上飞行，那速度极快！

一个半岛，两侧风光各异，让人一乐。

在圣卢西亚的鸽子岛上，随便找了个酒吧的座位，点了块蛋糕和一杯橙汁。听着白浪的轰响，垫垫肚子。向店主打听，在哪里可以买到小型的国旗？店主顺手一指，就在几十米远的地方，有一家店铺，是唯一卖国旗的店铺。

开店的妇人，笑着给我们拿了一面杂志大小的国旗，说：“呵呵，在游客里面，买我们国旗的人很少。绝大多数人，并不知道我们的国旗是个什么样子，我们的国家太小了。谢谢！”

听开店铺的妇人如此说，我倒有点不好意思起来。自打在意大利的热那亚登船，在一路上经过的各个国家里，我都会买一面这个国家的小型国旗。这样做也没什么特别的意思，一是为留个纪念，二是那些小国旗花花绿绿插在花瓶里，看着也很漂亮很热闹，简直能算国旗图案设计的大比赛。如今我已经积攒了二十多面这样的小旗子，圣卢西亚这么小，我还真是怕错过了机会。等到明天去了另一个国家，想着那里也不会卖这个国家的旗子了吧？

妇人拿出来的国旗是海蓝色打底，中间有一个三角的图形，三角由白、黑、黄三色构成，白色镶边，黑色像一个向上的箭头，黄色是个更小一些的等腰三角形。卖给我小国旗的妇人告诉我：“国旗上的蓝色，象征着

我们周围的海洋。白边和黑箭头，象征着我们主要民族的构成。黄色象征着我们国家的沙滩和阳光。”

说到后面的阳光和沙滩时候，妇人还笑着举起一只手臂，很潇洒地往天上一挥。那样子看上去很随意，但也很自信。看她那眉眼间，似还留有祖先印第安人的微小特征。但英语十分流利，显然是母语。

圣卢西亚在加勒比海里，是个独立的岛国，还属于英联邦的成员。

回到邮轮上的时候，领队告诉我们：“可别小看这圣卢西亚，就是这小小的岛国，竟还出了两位诺贝尔奖得主，一个是经济学，一个是文学。”

刚刚从小岛登上船来的众人，一时怔住，随即响起了一片赞叹之声。哗——啧啧啧，九万分之一的比例，实在是高！心下琢磨，可万不敢随便轻视一个国家，不论其大小。

圣卢西亚诗人沃尔克特，在 1992 年凭《西印度群岛》，获诺贝尔文学奖。诗人拥有英国、荷兰、非洲血统，这种一般会被认为的身份分裂，却为沃尔克特拓展为广阔的文化空间。他一生笔耕不辍，著作等身，是一位伟大的诗人。他写道：

夏天属于散文和柠檬……
我将永远不能理解的
是这只野兽，他写下一切
并且自诩为生命的核心……

18 时启航，像每次一样，我先就赶到 14 层甲板上，等着观看那简单的仪式。不想，人刚到，竟先看到了泊在我们旁边的那艘德国的“AIDA”号，正在动身离港。一船灯火一船客，缓缓驶向夜幕降临的加勒比。还能看见，那船上有很多人，晃动着手臂，向我们这边致意。这边“诗歌”号上的船友，别出心裁，纷纷按亮了手机上的小灯，晃动着，也向对方致以祝福，祝加勒比游人一路平安！

待那边的邮轮出了海港，这边也就紧着忙活起来。汽笛三声长鸣，震动整个港湾。“诗歌”号原地打转，整整掉头180度，重新变成船头朝外，在《我的太阳》的嘹亮歌声中缓缓前行。近在咫尺的岛上丘陵，送来一山又一山纷扬的灯光。终于，圣卢西亚渐渐远去，隐进茫茫夜海之中。

马提尼克，是我们进入加勒比海东部，登陆的第三个岛。这里既不是一个国家，也不是一个殖民地或是独立于世界的行政区域。简单理解，这就是法国在海外的一个大区。说到底，这里是法国。没错，是法兰西共和国的一个海外省，虽然她的地理位置并不在欧洲。我们停靠的是马提尼克的法兰西堡港，这里也是马提尼克的首府。

东加勒比海上，有几百上千个岛屿，就像上帝随手撒下的珠子，散落在茫茫大海的波涛之中。这些岛屿中，有几十个，具有独立的行政地位，是联合国宪章承认的国家。比如，我们前两天去过的巴巴多斯和圣卢西亚。而今天将登陆的这个马提尼克，有点特殊，这里是法国的一部分。

来到大街上，一眼看见满街道上跑的汽车，车牌上都明示有那个蓝底上一圈儿金星的欧盟标志。这让人有点傻眼，记得出发时候，就时时在热那亚的大街上见得这标志。可那是在两个多月以前，是在欧洲。如今在大西洋上转了几万千米，怎么就在这小岛上见到欧盟国家的标志？可不管你多么发傻，多么怀疑都没用。那些现实中的车子，就那么在你的眼前晃来晃去。隐约能听见有人调侃：“实话告诉你，老兄，此时此刻，你老人家真的就在法国，在法国的马提尼克哪！”

还有的是证明呢，路边银行的摩天大楼，宽敞忙碌的航运公司，环球旅游公司的巨大招牌，那上面的文字不是英文。想费劲儿打听打听，人家一张口，说的又不是英语。蒙圈一怔，才反应过来，好么！人家说的那是法语，这是又到了法兰西啦！

端详当地人的模样，大都肤色深黑，身材壮硕，和巴巴多斯那里的人差不多。再看他们行走坐起，做事谈吐，都没有小气局促的神态，倒好像

见过大世面的样子。细品着，果然很有些法国。

相识的朱大姐，又犯了上次在巴巴多斯时候一样的毛病。先是大包大揽，说这次是真的，她已经联系好了来人，驾车陪我们出游马提尼克，万无一失。最后还胸有成竹地说道："几位就赌好儿吧！包你们满意。"

我们几个，实在不好驳老太太的面子，甭管怎么着，人家也是一片好心不是？于是，就再次相信她，跟着她，慌里慌张各处找她约定的来人，好搭车出游。

一等不来，二等还是不来。我提出了疑问："天下哪里有这样的事，他们来码头接人，我们不耐心等候。却跑出去三千米，在大街上可哪儿打听的？简直荒唐！"

说完自己又后悔，觉着自己言语有点过分，可别伤着老太太。想想，只好自己返身赶回码头，看能否帮上忙。到了码头停车场，果然见很多的出租车和私家车，正在忙活，有的车接到了约定的人，一溜烟开走了。急得不行，赶紧上去搭话。赶上一辆出租车在空地等人，就过去联系。开车的黑大个儿听了我的话，要求我出示从网上下载的相关证明、订单号码、联系人姓名……可这些朱大姐都没告诉我，甚至她有没有准备也说不清。结果两边对不上茬儿，只好作罢。

等到朱大姐几人重新从大街上匆匆赶回码头，已过十点钟，所有的车子都开走了。再用电话联系，答复和巴巴多斯那次一样，人家等了太久，还有别的生意，把我们的订单取消了。

我赶过去，只好又联系了大门口最后一个班次的大巴，每人 40 美元环岛游，几个人终于上了车。一颗心放下来，长出一口气，总算没误了事。

人啊，真是的。老了就没用了，腿脚跟不上还事小，脑子跟不上可真能耽误大事。衰老本身就是一种"疾病"，到了年岁的老人，个顶个固执，像山里的老顽石，一点都没有勤于思考、听从好建议的品行了。如此固执，还异常自负，自负于自己那点可怜的人生经验。幻想着自己是包打天下的常胜将军，能为别人指明道路，挥军疾进，最终大获全胜。君不见，有老人患了老年症。老了，退化了，病了。自己欺骗自己，满脑子白日梦，幻想着自己是什么高手。结果，在真实的世界里，成了正常人眼中的怪胎。多可怜！没想到的是，这样类似的老年病，竟生生就在身边犯了。如果事后问问朱大姐，您可图希个啥？是怎么想的？估计她老人家也回答不上来。

我可得千万时刻提醒自己，要保持清醒，千万别云山雾罩，自以为是。没有能力了，还自信满满。遇事先听听别人的意见想法，尤其是那些中年人的观点。他们有经验，又年富力强，应该比我们强得多。年轻力壮时候的那些成功，都是过去的事了，好汉不提当年勇，提了也于事无补。别弄得到头来事没办成，徒增烦恼，成了别人言语间的笑话。老年人生活积极热情，和显摆充大、自以为是完全两码事。

旅游大巴在马提尼克岛上，向蓓蕾山脉的主峰盘旋而上。这主峰有 1397 米的高度，这也是一路上，我们见识的最高峰了。在巴西参观耶稣雕像的山峰，也只有 709 米高。再看主峰，在这小岛上面拔地而起，险峻陡峭，兀然间随身携带了万般景色。山路蜿蜒，弯曲似蛇，总是在距离主峰不远不近的山腰上绕缠。让那主峰一会儿得见真实，近在咫尺；一会儿又浑然隐去，消失得无影无踪。等到那主峰再次来临的时候，几乎就在眼前，令人仰视，都快贴到脑门儿上了。

导游告诉我们："马提尼克岛方圆 1000 平方千米，人口 30 万。等下我们到了山顶，就去游览巴拉塔大教堂。"

嚯，高山之巅，竟还建有教堂！真的没错，车子在山顶停下来，人们走下车，一抬头就能见到一座灰色的古老风格大教堂，当"顶"而立。这就是马提尼克著名的 SACRE COEUR 大教堂，又称巴拉塔大教堂。这座教堂建于 500 多年前，是记载殖民时代宗教文化的活历史。岁月的风雨，剥蚀了它原本平整光滑的外墙。那上面已经斑斑驳驳，遍布沧桑。檐下些许缺损，基角青苔密布，百年钟声喑哑低沉，顺山崖悠荡。老教堂捉住了你的魂灵儿，一秒钟就把你带走了，带到历史虚无的无尽时空中。建筑本身就是人类历史中的设计艺术，教堂的设计从来都很精妙，很能代表当时

的艺术文化水平，它们的留存能让人们得见千百年前的真实。这座高高矗立在山顶上的老教堂，不啻一座人类历史的丰碑。

原来还以为，教堂建得这么远，又这么高，大概很少有人登上山顶来做主日弥撒吧。可当我们真进了教堂大门的时候，才发现，唱诗班正和着管风琴“嗡嗡萌萌”的旋律，高唱赞美诗。那童声重合，似天籁，凌空降落人间。神父的话语正通过麦克风，播散在空中，回荡到山间。

游览的人们相互对视，随即掏出手机查看，果然，今天正是星期天，是基督教礼拜的日子。随船游荡，漫步大西洋，连日子都忘却了。

这里教堂不避人，就算是正在祈祷也没关系，只要不影响别人，随便参观。眼看就有几百信众安安稳稳地坐在教堂那一排排长凳上，时而洗耳恭听，时而轻声合唱。心中似乎也添了几分安稳，添了几分平静。这么多天里，各地的教堂其实也没少看。不过，正赶上周日祈祷的时光，还是头一次。古老的教堂，因为人的歌声话语、人的信仰活动而充满了勃勃生机。

我们在教堂钟声中，慢慢盘旋在山路上，亦步亦趋，再次隐入绿色盎然的寂静山林。

巴士继续上路，导游说了一件有趣的事：“马提尼克这里，有一种神奇的功能，凡是在这里生活的人，都会继续长高，连成年人也不例外。”

我们回忆这一天以来所见的本地人，感觉这里的居民个头儿确实不矮。那些黑大个儿，有很多有一米八以上的高度，女子也都有一米七的样子。可这能证明导游的话是真的吗？我不信。如果那样子的话，这马提尼克不知道要出多少篮球运动员呢。我猜想，这只是个善意的玩笑，是在赞美法国这海外大区的美好。

巴士停在一道横跨溪流的小桥旁边，下车深深地呼吸，环境美极了，青山绿水，鸟语花香。溪水清澈见底，湍急匆忙，一路从山顶上流淌下来，蜿蜒回转，遇到巨大的岩石，就冲击成了涡漩，飞扬起扇子样的小水花，还“哗啦哗啦”不停地唱响。队友中的白人早嫌天热，此时已急不可耐，三把两把甩脱了衣物，跳进溪流里泡着，撩水洗浴为次，主要还是纳凉避暑。

我们中国人拍照成癖，都举起手机，拿生动的溪流做背景，拿自己人的各种 pose（姿势）当主景，左拍右拍，没完没了。老妻见到一位全身淡黄裙装的妇人，守住一辆小车，在小溪旁边做零食生意。看那妇人、小车、小溪、小桥……一众人情景物，合在一起，十分惹眼地美。老妻说让我去请求那位妇人，看能不能跟她在这样的环境中合个影，以作纪念。于是，我赶过去，对那位妇人说："尊敬的夫人，我太太说您很美，她想与您合影，以作来到马提尼克的纪念，可不可以？"

妇人听了我的话，笑靥如花，点头应允。从此以后，老妻的相集中，就有了一张马提尼克山水溪流间，相伴黑美人儿的照片。

我们参观游览的朗姆酒博物馆，建成了山庄的模样，像是一座纯粹酿造朗姆的酒庄。在这里落脚，刚登上门庭的台阶，就闻到了淡淡的朗姆酒香。美洲特产的朗姆酒是个好东西，那是用甘蔗酿制而成的。酒味清醇，入口却又有几分热烈，耐人回味。我可不是乱说，自打到了美洲，这朗姆酒就挂在了口头上。在亚马孙的贝伦，我还专门买了一瓶海盗牌的朗姆酒，这瓶子是 750 毫升的包装，这和国内的瓶酒比起来，多出来一半。朗姆酒色泽黄褐，近似于威士忌，可两种酒的口味相差很大。在船上吃饭的时候，隔三岔五的，我就偷偷小酌一杯。一颗朗姆"小炮弹"落了肚，轻轻地一声炸开来，全身微醺，连手指肚都好像染了酒意。如此小神仙一般，渗透了朗姆而在甲板上漫步大西洋，那种美妙，可不是一般语言能表达得了的。

酒庄依山而立，古典而又具现代风格。草坪花坛，凉亭吊床的休闲环境和高大闪亮的酒厂设备相映，是个把酒放歌的好去处，是个醉卧酒庄君莫笑的世外归宿。能在这里当上个白领，哪怕不发工资，只管够朗姆，也三生有幸不是？

当然，博物馆这里主要还是卖酒。酒生意很正规，店堂整洁敞亮，朗姆酒货真价实。各种品牌的朗姆酒，像口径色彩不同的炮弹军火一样，在

架子上排列，琳琅满目，晶莹光洁。这里还讲究个先尝后买，进门就让人品酒，显得很大器。有一溜三五个牛眼珠儿大小的玻璃杯，斟满不同的朗姆酒，随便让人品尝。眼见小杯量少，又是新近熟悉了的朗姆老兄，也就没那么在意店员的介绍，先后拿了三杯，挨着个干了。哗，同为朗姆，口感原来也差别如此之大，简直在于冰火之间，让人不由得打了个哆嗦。幸福在于，小哆嗦过后，朗姆酒潜入血液，贯通全身，让人不由得笑口常开，陡然年轻了 20 岁。难怪听说，巴西那里有酒鬼，常在夜半举着酒瓶子，高呼朗姆万岁。

不过，我还是没买这里的酒。不是酒不好，是实在喝不了那么多。船上还有大半剩余，再说到了朗姆之乡，这里随时随地都有烟酒出售，要买只需百十来块人民币矣。

人们三三两两，手里提了好朗姆，轻声议论，准备驾车而返。可事先说好的时间早就过了，还是不见大巴士开行。于是，大家坐在车里纷纷抱怨。我下了车，走过去几十米，心想透透气。却一下子见到，有人昏迷不醒躺在地上，我们的领队和船上的几个导游，此时正充当抢救人员，在旁边张罗救助。我这才知道，原来大巴士迟迟未动身的原因，是有人身体出了问题。再后来，终于见到了救护车“呜哇呜哇”地响着赶了过来，把病人抬走了。众人这才松了一口气，又是半个钟头过去了。

我们参加的这种长时间、长路程的旅游，需要一副好身板儿。可事实上，一个团队里人人健康，又不可能。据我所知，我们的队伍里，真有 80 岁左右的老人。一趟环球旅行开动，难免有所伤逝减员呢。那些老外，对生死看得不重，而且他们都有人寿保险，这类事情处理起来，也没什么大啰唆。还记得，刚驶出地中海的时候，同层的一个房间里，就抬下去了一位逝者，全身都蒙了白床单。也有人说，通常情况，类似的每次航程，都会有少则一两人，多则三五人的伤亡减员。死者中也有死亡原因最离谱的，据说有玩浮潜时候，又不会换气，生生被海水给呛死的。大部分还是原来就有心脑血管一类老年病的患者，出现了一些突发情况，没机会救治，丢

了性命。

今天搭巴士，穿行了大半个马提尼克，最后一站到了著名的“黑沙滩”。黑沙滩的沙子黑，颗粒较粗，再经海水一浸，色泽更深更黑，还油汪汪的，远看就像无边的油炒黑豆一样。导游说：“这些黑沙，是火山爆发时候，从火山口里喷出来的火山岩粉碎而成的。这沙里含有大量稀有元素矿物质，经常在此散步、游泳、洗海水浴，对身体大有好处。”

有相识队友听了，立马脱了衣裤，扑进黑沙大海，畅然挥臂一游。我本来酷爱游泳，但自从几年前装了心脏支架以后，就只好遵医生令，不得下水了。眼下在这马提尼克风光秀丽的黑沙滩，也只有隐忍不出。否则，到时候真就有个万一，给自己也给别人添麻烦。

有红脸秃顶的白人老头儿，凑上来搭讪。我说英文，他听不懂。他说的话，我又听不懂。两人挤眉弄眼一阵子，还是没法互相沟通。老头笑着摇了摇头，转身离去。不想，分秒之间，老头又领着一个老太太赶了过来。老太太身着墨绿色泳衣，白发挽成大发髻，风韵不减，精神头儿也旺盛。原来老太太说着一口标准英语，行内人称“牛津口音”。老太太说：“我的朋友是个热心人，他是想为你们拍一张马提尼克黑沙滩的合影纪念照。”

原来如此，那就让老头做一把热心人好了。老头高兴起来，手舞足蹈。也许还是有两杯朗姆垫底，他红着脸膛，帮我们左照右照。末了还拉着老太太，和我们共同来了个中外马提尼克黑沙滩合影。大家嘻嘻哈哈，心情好极了。老头最后转身，一个猛子扎进加勒比的波涛，挥臂破浪游了一阵子自由式。再一个翻身，竟一动不动地平躺在海水上面，就那么漂着不沉，明显是在展示自己高超的泳技。

一切在瞬间构图，瓦蓝的天空，碧绿的加勒比海，黝黑的沙滩，衬着一坨圆咕隆咚、粉嘟嘟的肚皮。让人忍俊不禁，终生难忘。

在黑沙滩玩了一个多小时，我们按约定往回返，去寻找大巴车，和那位女导游艾玛会合。人们边走还边聊天，然后到了路边等车。不想，我们到达的地点是错的。11 个中国人，都一致在错过了几百米的街口等车。艾

玛原来总是乐呵呵的，这下子不高兴了。脸拉下来，泛着红，露出相当恼怒的神情。我们知道自己有责任，就像犯错的小学生一样，一个挨着一个跟着艾玛，登上大巴车。按说，导游也有责任，不然怎么会有那么多人都记错了地点？在中国，无论如何，都不可能把一群老外集体给弄丢了，是不是？如果真那样，导游麻烦可大了。但出门在外，多一事不如少一事，平安就好。所有迟到的中国人，都没吱声。可上车那一刻，偏偏就有老白，大声地抱怨，指责不断。有个白人，还把自己的胳膊伸到我们的眼前，另一只手指点着手腕上的手表，大声说："你看你看，都晚了快一个小时啦！"

他那样子咄咄逼人，忘了自己应该是个绅士。我正大汗淋漓，气喘吁吁找自己的座位。一时心生委屈，也来了脾气，于是，断然回击："What wrong with you upstairs？"（你楼上出什么差了？）

这是女儿 20 年前教给我的三七疙瘩话儿，记得她当时和我说："老白有时候得理不让人，咱们不能老受那个欺负。你要是觉着该反击一下，就使用这句俗语，表达你的愤怒和不满，也让老白冷静冷静，这个管用。"

小女教我打嘴仗，效果不凡。那老白立马冷静下来，觉出自己的过分，规规矩矩坐好，再也不出声，似乎找回了自己绅士的位置。车内终于安静下来，艾玛似也有所悟，转而收起了脸色，重新笑盈盈地开始介绍起一路风光。

大巴士辗转穿行，从现代化的宽展大道，绕进了 500 年前的青石小巷。我的思绪也收了回来，经这一路上的观察，能看得出来，这马提尼克的经济状况，要比巴巴多斯和圣卢西亚好很多。既然这个岛和那两个岛的自然条件，人文社会都相差无几。眼见"此处有银"，那就很容易判断得出，法兰西为了自己这个加勒比的后花园，每年投入了大把的银子。

拿破仑的第一任妻子约瑟芬·博阿尔内，就出生在这马提尼克岛上一个种植园主的家庭。不过，想查找更多有关她在马提尼克的童年生活资料，就难了，几不见于典籍。

艾梅·赛泽尔是出生在马提尼克的著名黑人政治家、诗人，是马提尼克政治的开创者。他曾写道：

那些人既没有发明火药也没有发明指南针

那些人从来不会摆弄蒸汽机也不懂电

那些人既没有开发海洋也没有征服天空

可没有了他们大地就不是今天这个隆胸驼背的大地

而比起那一片荒芜的大地

这个隆胸驼背者胜过百倍

赛泽尔以自己是黑人而自豪，他说："我现在是黑人，而且永远是黑人。"

他强调"黑人"，鞭挞殖民主义。2011年，当时的法国总统萨科齐，将赛泽尔的灵位迎入巴黎先贤祠。

"诗歌"号离开马提尼克以后，将连续航行两夜一天，到达600多海里外的多米尼加。到了多米尼加，我们当然还在加勒比海，只是从小安德烈斯群岛北上，进入大安德烈斯群岛。在加勒比海的岛屿中，除了巴哈马群岛以外，都被称为安德烈斯群岛。以北美洲南美洲为界限，又分为大、小安德列斯群岛。

从前对美洲地理不熟，船上相处的国人，在这方面似乎也都和我差不多，这次穿行加勒比海，倒是补了一课。

船行至夜，听广播里报告情况。"诗歌"号正在经过多米尼克。心想，这怎么刚离开马提尼克还没几个小时，就到了多米尼加了？细听过后，为了准确得知自己的航行位置，再去7楼航海处了解后才知道。此多米尼克非彼多米尼加，这个多米尼克还是个小岛国，曾为英国殖民地，国旗是绿色十字旗，多米尼克距马提尼克岛很近，难怪刚起航没多久，就经过这里了。而我们要远行才能到达的多米尼加共和国，曾经是西班牙殖民地，在伊斯帕尼奥拉岛的东部，国旗是红白相间的十字旗。

第二天，“诗歌”号像是攒足了劲儿，飞速前进。时近黄昏，整片整片的云彩，使了大力气，试图包裹住漫天的阳光。但云彩又始终不能如愿以偿，总有不屈不挠的光线，从云彩边缘的缝隙里或是云彩单薄的地方透出来。于是，云光之间的缠斗，就使得天空变幻，时明时暗。这变幻反射到了加勒比的海面上，海水的光泽也发生了变化，分化成了暗、亮不同的大片水域。发暗的海面，黑灰色深厚，显得沉重。而明亮的海面上，就纷纷扬扬地跳荡着数不尽的亮斑。那些亮斑隐约呈现很多小弧线，像无数活着的小鱼儿。小鱼儿活生生就要跳出水面，都能看见它们那一条又一条银子般的光泽了。

突然，广播里发布了紧急通告：“现在有重病船友，经船医全力抢救，暂时避过了生命危险。但仍需登岸治疗，才能彻底保证船友生命安全。经船长批准，已经谈妥波多黎各美国方面，接收病人。我们将稍微改变原来航向，靠近波多黎各海岸，然后减速，等待接受病人的美国军方快艇接驳。请大家周知。”

我赶到了7层甲板上，看到很多人也都聚集在那里。不用问，大家的心境都一样，都惦记着同船病友，也都想看看，这次国际医疗抢救将怎样进行？人们几乎是一个挨着一个，都靠在船舷一侧的栏杆上，探头向外望。

波多黎各岛是美国的自治区，又称自由邦，人口三百多万。这里的医疗条件一定很好，最少不次于美国的平均水准。船医和船长送病人到波多黎各这里登岸治疗，是个明智而又可靠的选择。

我们的船果然停在了公海海面，舷外几十千米就是波多黎各岛。在灰白色的雾霭中，能影影绰绰看见岛上有很多高大建筑，还有风力发电用的那些巨型风轮。

“来啦！来啦！”

有人大声喊着，还抬手指向波多黎各方向。顺着那人的指向看过去，果然见一艘快艇，正劈波斩浪，远远地飞驰而来。一片蓝色的大海，被划开了两条雪白的浪花。快艇越来越近，很快就能看清，灰色的快艇上，红

十字旗在海风中剧烈抖动。身穿美国海岸警卫队制服的领航人员，就站在艇身的一侧，任凭强烈的海风推拒。他用一只手紧紧地压住头上的制帽，另一只手牢牢地把握住快艇上的一道把手。

飞驰而来的美国快艇，成功地和“诗歌”号接驳，稳稳地停靠在4层甲板探出船身的一方小型码头上。浪涌不断，大船小船一起上下波动不停。能清楚地看见，从大船卸下的几件行李，先被搬进了快艇的舱室。接着就是一个担架，蒙着白色的床单，由四个船员小心抬着，送进了快艇舱室里。最后，是一位身穿普通浅蓝色短衣短裤，年近六十的白人男子，他从邮轮码头跨上快艇的时候，突然转过身来，伸出双手，高举过头，向我们这些在甲板上关注事态的全体船友致意。他把双手紧紧地握在一起，举过头顶摆动，频频点头，诚心诚意。所有的人都举起手回敬那位先生，没有人说话，但所有人都明白，这位先生就是病人的家属，他感激大家的关心。我们的心思也都一致，愿他的太太能在波多黎各得到精心的治疗护理，早日康复!

快艇沿着邮轮的后半部分绕了半周，然后加大马力，直奔波多黎各海岸而去，它身后泛起大朵的白色尾浪，像啤酒刚倾倒时涌起的泡沫，几乎遮蔽了整个快艇。

“诗歌”号默默起锚，不声不响继续向西北航行。一切又恢复了老样子，成了一个纯粹的 at sea（航海日）。眼里的无边海水，颜色上有变化。变得更浅淡一些，有点像小时候常常使用的那种纯蓝钢笔水。那时候有鸵鸟牌钢笔水，还分成深蓝、浅蓝两种色泽。小学生一般都喜欢纯蓝的那一种，这种蓝色虽然有些浅淡，但鲜艳醒目，写出来的字迹，自己看着就感觉带劲儿。那些老师却刚好相反，他们都喜欢那种深蓝色的钢笔水，就是NAVY色那种。想想有意思，人的年龄和身份怎么就限制了他对颜色的选择?

这天早晨，“诗歌”号轻轻靠岸，系牢所有的缆绳。我们到达了多米尼

加共和国的普拉塔港，也是这个国家的第二大港。算起来，这已经是我们进入加勒比海以后的第四站。多米尼加当然还是一个岛国，是加勒比海里大安德列斯群岛中的第二大岛——伊斯帕尼奥拉岛。不过，这个第二大岛也并不全属于多米尼加。岛上有两个国家，另外一个国家海地，在岛西北，占了全岛的三分之一，多米尼加在岛东南，占了全岛的三分之二。

这多米尼加的国土面积有 5 万平方千米，人口 1000 多万。中国的海南岛面积 3.2 万平方千米，人口也是 1000 多万。两边一比较，心中对眼下这个国家的行政地理，就有了明确的概念。

登岛后所乘的大巴车，沿着 7 千米长的滨海公路行驶。车窗的左侧，能看见加勒比海那特有的绵长白色浪涛，正一波又一波，缓慢地簇拥着近前的海岸。海岸上椰树婆娑，气候温和，一片热带风光。偶尔见到一方小石岛，还不到半个篮球场大小，平整光秃。上面却矗立着一尊浑身泛绿的青铜雕像，雕像人物形象鲜明，是个满脸络腮胡子，浑身肌肉发达的壮汉，手里还握紧一柄三齿钢叉。看准了雕像，不由一笑。这是波塞冬大叔呀！是希腊神话里面的海神。他那手里的三叉戟，如果被挥舞起来，轻则呼风唤雨，重则搅动大洋，山呼海啸，天塌地陷。这多米尼加人敬奉海神，理所应当。海洋国度敬海神，就像农耕国度拜土地公公一样。

车子还没停稳，从车窗外就飘进来一股又一股的香味儿。这香味儿不陌生，闻着有发暖的感觉，一闻也就知道是酒的气味儿。不过，眼下这股酒味儿，没有那么浓烈，那么沉淀，也绝不是中国白酒的气味儿。抬头看见了巨大的招牌，是多米尼加的马克里科斯的朗姆酒厂，又是朗姆酒。虽说对朗姆就已经不生疏，也闻得到它通常的气味儿。但眼看着就陷进朗姆的主阵地，嗅闻整个工厂的朗姆酒味，实在还是不同寻常。索性深深地呼吸着朗姆浓重的酒味儿，走进这世界著名的最大朗姆酒厂。

导游带领我们走进一段黑暗的通道，能隐约见到身旁左右，都是一个又一个巨大的橡木桶。那些木桶当然是空的，厂家只是想着通过这些隐隐约约的酒桶，给你一个巨大厚重的初始概念，让你心生敬畏而拜服。在前边的导游，终于又推开了一扇厚门，豁然闪亮，能在闪亮中看到，我们进入了一间大厅。大厅也瞬间暗了下来，宽展的白墙上，被强光晃动，放映出一部商业短片。镜头上有一位鬓发斑白的欧洲老绅士，浏览风光，漫步在普拉塔海滩。他最后来到了酒厂，有人为他斟上一杯浓郁的朗姆酒，老绅士举杯祝大家快乐。商业片的情节简单，但构图严谨，色彩丰富，相伴的音乐也别有意味。导游不失时机，告诉我们："影片中这位绅士，就是罗恩·马克里科斯，是这座大工厂的创建人。酒厂能发展到今天，取得的一切成就，都离不开这位先行者。"

商业短片只有几分钟，看完短片，人们就顺着往里面走，再聚在一个大会客室里面品酒。多米尼加美女端上来一个又一个大金属圆盘，圆盘上面都摆满了晶莹的小酒杯，里面斟满了朗姆酒，看上去总有一两的容量。每人可饮一杯，但也没人管着，多喝无妨。真就有人瘾头上来，三杯两杯地喝，看样子也无所谓。我注意到中国老乡们，不管男女老少，倒是都大大方方地人擎一杯在手。再看他们饮酒的状态，只是小口地啜，半天也喝不多少，杯里酒液平面仍高。倒是有老白船友，豪爽地举杯就干，还有连着干几杯的纯酒客。

不一会儿，会客室的门打开，人们来到外面。阳光下没什么藏掖，参观的队伍里，真就有些腮缀桃花般美丽的队友，还偶添几个脸儿像猴子屁股一般红艳的贪杯者。喝多喝少的人往一块那么一掺和，也就分不出来彼此，人群中只顾着飘荡浓浓的朗姆酒的香气儿了。

音乐来得恰到好处，脚下借酒力生出的飘摆恰好成了舞步。多米尼加本地人，穿着传统的艳丽服装，手拿几种乐器，边弹边唱。乐器有手风琴和手鼓。还有一种没见过，是一个金属筒，筒上钻了些小眼儿，乐手用一把金属小刷子，一味地在那些筒眼上刷，会发出"唰啦唰啦"的金属声音，给手风琴的旋律配节奏。多米尼加的音乐欢快热烈，节奏感强，具有加勒比地区的特性，随时都能合拍即兴的舞蹈。

音乐把着敞开的大门，门里就是朗姆酒大商店。里面柜台上、货架中都

是朗姆酒，各种包装，琳琅满目，随你选购。和市面上相比，这里酒价也便宜。我选中了一纸箱24小瓶的一款酒，花了24美元。这种小瓶酒有个好处，来了亲朋好友，每人都可以拿两瓶走，尝尝朗姆的好滋味。若是换成750毫升的大瓶，回国时候海关不让携带两瓶以上。再说了，一共才两瓶，只能坐而论喝，不够分而品之。小瓶装的酒好，量多，拿走两瓶也没关系。

多米尼加人把朗姆酒当成他们的艺术品，和诗歌、音乐、舞蹈等同，形成了真正的酒文化，朗姆酒几乎成了他们的“国粹”。虽然他们从来不用这个词，不说这“国粹”那“国粹”的。真正的文化是如影随形在生活中的，你看看那些街头巷尾的小酒吧，就知道了。人们啜饮朗姆的神态随意自然，就像意大利人喝咖啡一样。

自从进入南美洲以来，朗姆酒就在我的鼻子、耳朵、眼睛前泛滥。看见的是朗姆，听说的也是朗姆，闻着的更是朗姆那浓重醇正的香气儿。去过的每一个城市、村落、景点，都能感觉到朗姆酒的亲切。十天前，我曾在巴西的贝伦买了一大瓶朗姆酒，花了100雷亚尔，货真价实。隔三岔五的，我就开瓶喝上一杯。这酒酒精含量38度，入口细腻、绵软、顺滑。咽下去余香绕口，回味深沉。不过，是酒就有酒劲儿，这朗姆也不例外。而且国外的食品烟酒没有假货，这朗姆酒含有的酒精度数也是足足的。有时候被这朗姆缠住，难免加饮一杯，那可就难免脸上精神焕发，脚下发软败道，身轻意晃。只好老老实实回舱室躺着，不敢登上甲板漫步大西洋了。如此懒散满足地委着，总需三两个小时，才算缓过来劲儿。也因此不大敢多饮朗姆，怕老朽身子骨禁不住它折腾。

大巴车再行乡间，在车上得见了原野中有许多农家。那些一家一户的住宅都显得窄小，庭院里也杂七杂八，不见整洁。这应该是多米尼加真实的民间生活吧！

公路变得越发狭窄，和迎面来车相会，两车仅仅差那么三指头的宽度，看得所有乘客都提心吊胆。可身强力壮的司机大哥，却毫不在意，仍双手把方向盘耍得跟印度甩饼似的，脚下油门不减，车辆风驰电掣。

终于，车子向右一打转，就进入了一座庄园的停车场。这就是咔嗒林纳斯庄园，是专门招待外来游客的打卡地。又是音乐把大门，我们踩着梅伦格音乐热烈的旋律，鱼贯而入。有多米尼加美女端上来果汁饮料，躬身迎客。那些杯子里的饮料，是冰镇的冷饮，看着玻璃杯上都有突然凝聚的晶莹水珠儿，滚滚而下。接过来一饮而尽，又凉又甜，直接去除了一路上的焦渴。

进了庄园的宽大庭院，这里青石铺路，花草丛生。有人把我们分成几个小队伍，引领着再进大草棚里面。这可不是只够遮风避雨的田间茅屋，这大草棚精心建构，巨木横梁，高耸穹隆，宽叶草结辫铺陈屋顶，既古朴典雅又洋溢着民间自然的气息，简直能做古多米尼加王者的宫殿。

原来我们被分成的小队伍，是按着一张张大条形桌的席位来定的。一个小队，正好坐满一张大桌。坐定了细看，这整个草棚大殿竟能一时容纳了五六百人坐下就餐。再看这大殿的建筑结构，一切都采用了山林野外的资源，不见一根铁钉。山风穿堂而过，令人精神为之一爽。音乐再次响起来，随风荡漾，这是开餐的铃声。

草棚殿堂大，条桌也大，场地十分宽敞。一个小队里，人人随便就坐。眼前已经摆放好了刀叉和雪白的大餐巾，去皮切好的水果拼盘当桌而立，冰镇饮料斟满。一声呼喝，数不清的年轻服务员，就从每个人身后，端上来炖鸡汤配白米饭。这庄园不愧是待客的行家里手，竟懂得中国人的心理。远道航行，人人早就吃腻了每顿的西餐。应时上了一份可口的中式米饭配餐，当然大受欢迎。我和大家一样，胃口称心，埋头大吃。

饭后，有人轻轻打问：“这鸡汤里面内容丰富，谁能说得全面？”

人们嘬腮吧嗒嘴，倒费了点心，思索着回答。大多说是鸡汤里面有土豆。导游笑了，说：“只感觉吃着舒服，倒忘记了吞进肚子里的内容，也是人之常情。”

然后，他告诉我们，这炖鸡里面，放了很多当地产的芭蕉。只是芭蕉软烂，化在鸡汤中，不被发现。可仔细回味，那鸡汤香浓非凡，绝非家里

一般鸡汤可比，原因却是在芭蕉的特殊滋味。人们寻不见鸡汤中的芭蕉，但都认可导游的说法。是啊，怎么就一股脑儿灌下去了？于是再打哈哈自嘲。

偌大的咔嗒林纳斯庄园，就坐落在山顶上。举目远眺，竟能看到几十千米以外的加勒比海。天空和海洋，海滩和绿地，道路和桥梁，丘陵间的城市和村庄，这一切景物，就像一道道彩色大幕，依次归来眼前，多米尼加的山水自然风光，真是美极了。

凌空悬起的一处音乐台上，有突然爆响起“巴恰塔”，一种强烈、热闹、快速的喜庆音乐，是每年狂欢节里典型的风情音乐。在我听来，这“巴恰塔”和在酒厂里听到的“梅伦格”有几分相似，伴奏的乐器有手风琴，有大鼓，也有那种金属筒状节奏器，只是多了男高音配唱。又有一把萨克斯管，在热闹的音乐高潮声中，突然亮相，把一长串颗粒感强烈的爆音甩了出来，短促响亮清晰的萨克斯管声，一时表现得大放异彩。就像突然在大庄园里抛洒了一把又一把的金豆子，金豆子撞在青石地面上，“滴滴哒哒”响，把大庄园的气氛推向了更高潮。无论来自天南地北哪里的人们，都不由得鼓掌叫好。好一把萨克斯管！吹得出神入化。我还是头一次听到萨克斯管可以如此吹奏，心中不由得赞叹，好一位演奏家！

集体游览城镇的下一站，是一家琥珀展览馆。天已过午，我们排着队进入了一座浅蓝色的“洋房子”。据说这里本来是一家私人宅邸，房主人一生只有一个喜好，那就是收藏各种琥珀。后来根据房主人的遗愿，把他的房产建成了一家琥珀展览馆，距今已经快二百年了。据我所知，世界上盛产琥珀的地方，应该在东欧波兰和立陶宛一带。远古时代，那里松林覆盖，后经地壳变迁，大片的松林被倾覆埋没。那松树上的松油，再经千万年的自然沉淀陶冶，生成了琥珀。琥珀被后人开采出来，再经雕琢打磨，制成珠宝类首饰艺品，很受人们的喜爱。琥珀色泽金黄，孰深孰浅，几乎透明。如琥珀天然内含了昆虫花草遗骸一类，则被视为上品，可与金银珠宝比肩。这加勒比海岛上，不知有没有琥珀产地。可也没关系，人家热爱此物，生前收藏，身后展出以飨后人，也是为艺术做出了很大贡献。

展览馆里有视频播放，打眼瞧见一组镜头，立马就认出，那是俄罗斯冬宫里面一间最华贵的房间，那整个房间里，都饰满了琥珀，连墙壁都镶着无数打磨成薄片的琥珀，被世人称为琥珀宫。

从琥珀展览馆里出来，大家被允许自由活动一个半小时，然后回到独立广场这里聚合。普拉塔港不大，城区更显规模窄小，但这里也有它自己的风格特色。有一条小街上，悬了无数的尼龙伞，色彩浓艳，遮蔽了强烈的阳光。这伞街吸引了无数的人流，熙熙攘攘，你来我往。我们见到本地总统牌啤酒，镇在大块冰上卖。于是来了一瓶，解解渴。啤酒斟满了玻璃杯，新鲜甘洌，泡沫丰富。举起至唇边，一股凉气中掺和着酒花香喷涌而来，罩了整个头脸，顿生凉爽，精神为之一振。再大口喝上一气，浸人心肺，暑气消散。好啤酒！事后略微琢磨，这酒价钱有些贵，一小瓶啤酒而已，竟收了我们5美元！再想想，导游事先有过提醒："这里大多东西都靠进口，来花钱的游客可不要嫌贵。"

三思过后，苦笑摇头，也就释然。

黄昏返程，快到邮轮码头，已经看到"诗歌"号的身影，高高耸立。大巴车却特意转了个弯，提前靠向海岸驶去。原来这里是今天陆上游览的最后一站——普拉塔要塞。从地势上看，这里是个向海洋里突出的小半岛，在这半岛上修筑工事，确实能防备海上来犯的敌人，拱卫整个普拉塔城区。要塞外墙修建得十分厚重，上面简直都能承载马车来去。因为风吹日晒、年代久远，墙面早已经变得斑斑驳驳，还长了一层厚厚的绿苔。不过，细看还是发觉，和以往一路上参观过的那些充满"旅游性"的城堡要塞相比，眼下这座要塞并没有被废弃荒芜。有人踏上楼梯推门打算进到要塞里面去，果然就有卫兵闪身出现。卫兵虽说没有带枪，但神情严肃，婉拒来人进入要塞。看来，这座西班牙人修筑了几百年，原为抵抗英国人和荷兰人的坚固据点，到了今天，仍在使用。

要塞的外面，是树立着多米尼加国旗的临海广场，再往上还有一段平

台。这里都树木繁茂，绿草如茵。转眼见到几门锈迹斑斑的古炮，横躺竖卧在雪白的沙地上。

有了解这里的老白，絮絮叨叨地告诉大家："这座漂亮的要塞古堡，建于 1577 年。19 世纪后，曾被改为监狱，关押重犯。至于现在里面到底是个什么部门，说不清楚，你们也看到了，大概率是属于军方管理了。"

高高大大的白人队友，像是给今天这座要塞游览做了总结。

离开要塞景点，我们在港口商店里买了两小块拉利玛，花了 25 美元。这种产自本地的浅蓝色石头，看上去细腻清雅，质地坚实，可以做成简单的小工艺品，耐人把玩。这不是宝石，但惹人喜爱。当然也可以做成小礼物，赠予友人。

登船时候，已见暮色。在 14 层甲板上看"诗歌"号启航，大船平移再转身，长鸣三声，向普拉塔告别，向多米尼加告别。眼前的景物近在咫尺，栩栩如生。我也在心里向眼前这座模仿巴西也建有基督圣像的伊莎贝尔山告别！向能看见其钟楼尖塔的圣·菲利普大教堂告别！

现在，我们的目的地是巴哈马群岛。从多米尼加这里到巴哈马之间，也有上千海里的航程。我们的邮轮，仍然在加勒比海东，向西北航行。

这天下午 1 时左右，我刚吃过了午餐，一个人在大餐厅里闲坐。我的心中似乎揣着什么念头，但又不甚了了。眼睛透过船的左舷大玻璃窗，似要寻觅着发现什么。古巴，是的，我们这次远航，并不到古巴去。但我的心里一直想到古巴，我甚至还断定，就在这几天的航行中，理论上应该能得见古巴的鸟瞰远影，我默默地等待着。果然不出我之所料，在左舷远方，开始出现了连绵不断的丘陵。那距离很远，总在 30 海里以外。所以看上去，那些丘陵影影绰绰，呈现了缥缈的灰色。我为自己的判断准确而兴奋不已，急着就去告诉身边的几个人："看着了吗？古巴，那是古巴。"

不想，听到我的话，人们并不那么感兴趣。只是点头应许，转身就去做其他的事了。为了再次确定我判断的正确性，我找到自己准备的大张地图，找到了古巴的方位。没错，我的左侧，30 海里以外，应该是古巴的奥尔金市的东部地域，是那个沿西加勒比海的突出部。

1962 年美苏争霸，冷战突然升温。苏联在古巴部署战略导弹，剑指老美后院。这激怒了美国，于是向苏联发出最后通牒，让苏联限时撤出导弹。这个影响全人类的核武大战危机，以苏联撤回古巴导弹的明智举措而化解。危机一去不返，古巴现身世界。别看古巴小，可胆气过人，敢于挑战权威。古巴经济状况不好，国家穷，老百姓日子不好过。我曾经计划去古巴旅行，但终未成行。如今就这样远远相隔，在一艘船上第一次见古巴。

古巴小国的概念，是由世界范围来看的。在我眼下的加勒比海地区，这古巴，无疑还是加勒比第一大的岛国。它国土面积 10 万平方千米，有三个海南岛大，人口 1000 多万，和海南人口差不多。

孤帆远影的古巴，就像一道长长的、但终究有限的影子，也不知道究竟在什么时候，就飘然不见。等我再想看看那道影子古巴的时候，它曾经缭绕缥缈的远方，只剩下蓝天碧海和无尽的波涛。

巴哈马群岛，是我们在加勒比海进行第五次停靠的国家，也是我们在这加勒比海之行的最后一站。离开巴哈马之后，我们就会继续北上，到美国的迈阿密去了。就一般情况而言，对于一个中国人来说，巴哈马是个比较生疏的国度。我们只是在近些年才有了机会，能到这遥远的岛国一游。从前，我们如果想找巴哈马，都要在地图上看上好一阵子，才能在加勒比海的东北角上，找到这个原属英国，在 1973 年获得独立，至今仍属英联邦的岛国。

中美洲有个国家叫巴拿马，联通大西洋和太平洋的巴拿马运河，正是在其国土上开凿出来的。这巴拿马和巴哈马，都是美洲国家，两者一字之差，各自的国情却差之千里，完全不同。巴拿马是运河之国，位于中美洲的蜂腰部。我们的“诗歌”号，如果能自东向西穿过那条人工开凿的巴拿马运河，就会从大西洋一下子进入太平洋。

眼下我们要去的是巴哈马，是个群岛国家，有700个岛屿，2000多岛礁。总国土面积25万平方千米，几乎有8个海南岛大小。这里也是加勒比地区最富有的国家，GDP的递增指数常年保持在8%。

有意思的是，整个巴哈马群岛，基本在百慕大三角区域内。所谓的百慕大三角，不是自然地理的概念，这是人为划定的一个海洋区域。以大西洋里的英属百慕大群岛、美国的迈阿密、波多黎各的圣胡安，这三处为顶点，在它们之间画线连起来，形成了一个等边三角形。这个三角形所涵盖的所有水域，被称为百慕大三角。

人们发现，在这个三角区里，经常会发生一些神秘不可解释的现象。其中最多的，就是正常航行的舰、船、飞机等，会无缘无故地在这个大西洋的三角区域中消失不见。人类天生好奇，对这样类似无法被科学解释的现象，颇多敬畏。于是，难免渲染扩大，念念不忘。天长日久，百慕大三角区就越发神秘起来。

其实，我们从波多黎各送走了那位船上病友起，就一直贴着百慕大三角区域的西边，在百慕大区域里航行。一路上，风和日丽，气候温和，没有发生过任何传说中的逸事。看着加勒比海里时常现身的各种船只，来来去去，一切正常。这一个多星期里，都把百慕大的凶险神秘几乎忘记了。

这天早晨7时，我们的船准时靠岸了。吃过早餐，先登上14层甲板，看看岸上的情况。结果，一看之下，心生嫌隙。这哪里是什么巴哈马岛？是那个著名的巴哈马首都拿骚？邮轮分明就靠在一个不起眼儿的小岛上，周边浪涛翻滚，泡沫飞天，再不见一丝一毫的另外景色。这屁大的地儿和我心目中的巴哈马根本不是一回事。

打问了船上的有关人员，才知道真实的情况。原来这里只是一个方圆还不到1平方千米的小岛，这样的小岛在巴哈马有600多个，均为无人居住的荒岛。后来，财大气粗的邮轮公司，就是我们搭乘的这家地中海邮轮公司竟把这小岛包了下来。他们负责设计规划，建设经营，然后还向巴哈马政府纳税。巴哈马当然还是巴哈马，类似这样的小岛屿那么多，地中海邮轮公司的活动既有利于国家收入，又有利于海洋环保，何乐不为？结果，对于我们来说，走了几万千米，倒回了“诗歌”号的“外家”属地。只不过，这不是在地中海邮轮公司的本家属地意大利，而是他们公司在巴哈马开发的一个岛礁。我们实质上正从他们的船上，登上他们的一处“海外领地”罢了。

在船上高层甲板看小岛，一目了然。几条道路纵横，两幢小楼对应，红白相间的高大灯塔，游艇码头，几道沙滩……对于高高在上的我来说，小岛几乎就像一个大沙盘模型。可下了船，迈开双腿浏览小岛时候，才知道，小岛并不像看着那么小。天气阴霾，乌云密布，一阵阵强烈的海风呼啸而至。吹得人只能缩起身子，还直打晃，像一张拉弯的弓，艰难地走在灰白的小路上。下船左转，来到大石块堆砌的海堤上。愤怒的大海，直接卷起五米多高的巨浪，再狠狠地摔在海堤上，发出“轰隆隆”的沉重响声。浪涛被摔得粉碎，变成了成堆成片的白色泡沫，有的泡沫从海堤上退下去，那些被扬得太高的泡沫，像小气球一样，在风中颤抖着散去，再也无影无踪。这大自然的真实景象，倒是一路上未曾见过。加勒比海原来也疯狂，也能震撼得人心惊肉跳。

在红白相间的灯塔下避避风，歇歇脚。再挺身而出，继续沿海岸线向北前进。海洋里的风浪越来越大，简直搅得小岛天昏地暗。如此狂飙的风浪间，竟能见到几只黑头白脖子、一身灰颜色的小海鸥。看它们不但不惧这里的风浪，甚至还流连其中。它们慢腾腾地打开翅膀，迎风而起，把自己像风筝那样悠悠荡荡地升腾起来，然后就滞留在空中，再摇头摆尾，明显地快乐得意一番。这种喜爱在风浪中快活飞舞的黑头小海鸥，以前似没见过。不知道是不是这巴哈马群岛，或是百慕大海域的专属鸟类。还有认识的鹈鹕，缩起脖子和短腿脚，用巨大的翅膀掌握着气流，眯着眼睛，稳稳当当地定在空中，像是睡午觉一样。不知道这些鸟类，为什么在这风浪大作的天气里，享受般地自由翱翔在海岸上空。

离开紧靠着的海岸，往小岛中心地带走时，明显感觉到风小多了，甚

至轻柔抚脸，还潮乎乎的。看来，风浪气温之间，有内行对小岛上的布局设计，颇费了一番心思。除了通常的草地树林、石基甬路。还有一段海岸线弯进了岛内，成了一个大椭圆。再依势引进碧蓝的一汪清水，做成了岛内天然浴场。这里没有风浪，没有沙尘，就像一处山间溪潭，又足够宽敞。有人在这里游泳，有人在这里划小船，有人干脆就躺在岸边晒太阳。这样祥和安静的环境引导着我，索性也脱了鞋袜，挽起裤腿，沿着浴场的边沿，踩沙蹚水，就像在海南三亚的浅海里那样，亲近大海。细软的白沙，轻柔地抚摸着脚掌，温乎乎的海水，像羽毛一样搔弄在脚掌上。我仿佛已经回到了海南的居所，过着简单清闲的日子。

小岛上还有游艇码头，可以搭乘小型快艇沿岛兜风。只是一旦出岛，进了外海，就又是一番风浪。在那样的小船上，怕是连站都站不稳，哪里还有心思游玩？所以，码头在，但未见有人去试航游艇。还有几处小型便利店，卖些日常用品和小工艺品之类。一路走来，心情舒畅。百慕大三角内，竟有这一处人工造就的美丽小岛，各处都干干净净，风光宜人。

说实话，也就只有地中海邮轮公司这样财力丰足的大型企业，才能有心思也有能力，在这加勒比海巴哈马的群岛间，选择一座岛拾掇一番，打造出这样一个跨国邮轮企业的后花园。这个小岛的开创建设者，是真懂得自然艺术的大家，在这里每走一步，每看一眼，都能体味到他的精心雕琢。我开始还抱怨，没有真去一次巴哈马，没去成拿骚。现在，倒也不那么心存积怨了。这里终究也是巴哈马，是巴哈马的一小部分。有得有失，我见识了，只要有厚实的资本做后盾，即使是在前不着村后不着店的大西洋荒岛上，也能打造一座纯情典雅的风光地，一个人人想着要前去一游的打卡景点。

地中海邮轮公司，在小册子上称自己建设的这个小岛为“海洋礁”，细琢磨着，他们着意强调其小，不够岛的规模，一块礁石而已。也不去给这小岛起个漂亮张扬的好名字，背后的意思，大概是故意低调，不引起别人的重视，也就同时不引起别人的妒忌。是啊，无论什么事情，一旦显大，痛快满足之余，麻烦也就跟着来了。管你什么百慕大还是加勒比，事同此理，哪有例外？

据报，今夜里有风暴将至，船长为避开坏天气，会提前一小时启航。航行一天一夜后，我们将到达美国佛罗里达州的迈阿密。到了迈阿密，我们就完成了加勒比海的穿越。一个星期以来，对加勒比海有了一定的了解。有一条，我可记住了。以后如果碰见有人说："我是美洲居民，但既不住在北美，也不住在南美。"

那位会立即笑着回答："朋友，你是说自己是加勒比人吗？"

小岛渐远，我发现这岛的四周海水的色彩远近发生着变化，水里浅绿、浅蓝、灰白、灰蓝……像万花筒一样。飘荡缤纷的海水，衬着小岛上的红白灯塔、蓝色楼房、绿色植物……使世界显得那么丰富，那么鲜活。我知道邮轮正行驶在百慕大三角的西方，穿行在四周海域里那些看不见的岛屿之间。可我还是无缘无故地相信，我眼里正在消失不见的这个小岛，是巴哈马最美的那一个岛。

05

北美与北大西洋航行

美国东海岸登陆：迈阿密海明威文学地标与纽约都市观察

夜航中，风浪很大。能明显地感觉到整个船身的大幅度摇摆，有时候还能隐约听见，巨大的浪涛撞击在船体的钢板上，发出了“咕咚咕咚”的响声。渐渐地，就在这有点令人担忧的环境里睡下了。

早晨醒来，睁开眼睛默默地躺着，最先感觉到船身平稳，一动也不动，和夜里的晃动颠簸完全相反。船已经停了下来，四周是那么静，时间好像都停止下来，世界无声无息。

赶紧忙活一阵子，再登上14层甲板，搭眼一看，美国佛罗里达州的迈阿密就像一个赤裸着身体的婴儿，活蹦乱跳，把他的分分寸寸都展示在我的面前。乍一看就认定了，这迈阿密也是一个与岸相连的岛屿，分明是一座水城。在我的视野里，尽是通达的水道，还有分布的港口网衩、码头桥梁、船艇纵横……凡是涉水的场景，都呈现在面前。而且，那规模气魄之大，绝非这一路上经过的所有港口城市可比拟。

眼前的轮船码头，要算是我见过的最大码头。定神数了数，在这港口里，挨着我们的船，一溜就停靠了 7 艘巨大的邮轮。紧挨着“诗歌”号的，是那艘著名的“维京”号。“维京”号比我们的邮轮更高更宽，还别出心裁，把整个船身都涂成了大红色，在大码头里的几艘邮轮中，十分惹眼。水面上，不但有各种客轮、货轮、游艇、帆船……大小船只，穿梭来往。而且，就在我们的船舷旁边，竟还有一道水上飞机的滑行水道，像陆地上机场里的跑道一样，顺直平展。眼看着就有一架淡蓝色的水上飞机，在那水道上面用自己的两只浮筒滑行。浮筒起到了通常飞机轮子的作用，在水面上划开了两条雪白的浪花。飞机越开越快，力道十足地轰鸣着，转眼就腾空而起，在我的眼前一飞冲天。我能清楚地看见飞行员，他穿着一件普通的白衬衫，还略微向码头下面挥手。

小时候学地理，看着美国的版图，觉着很平整紧凑，像一块大木板。不过，这块大木板的右下角上，有一个把手。这个地图上的美国把手，就是美国的佛罗里达半岛，也是她的佛罗里达州。而佛罗里达州的首府，就是眼前这座城市迈阿密市。

近在咫尺的迈阿密，看上去安静而又新鲜，成熟而又阔绰。据说，几十年以前，这里还是江河海洋交汇的沼泽地，一望无际，原始荒蛮。当然，这里当初的土地价格也便宜。因为地处美国东南沿海，具有巨大的潜在经济价值。后来逐渐有人在这里投资开发，历经百年，取得了如此傲人的成绩。

我们下船以后，都排队通过美国的海关检查。据说，美国的入关检查很严格，因为从前有过船员入境美国后，就“黑”下来，成了非法移民的情况。美国海关也曾有过严格要求，各国轮船抵港后，凡在船上的工作人员，一律不得就地过关进入美国。心想，这是不是太霸道了？要知道，轮船所属的国家，大部都是欧洲富裕的国家，和美国都有友好邦交。如此不给朋友面子，这美国就不怕得罪人吗？

一路上的那些白人船友，历来大大咧咧，无所顾忌。眼下看着，他们

脸上倒好像也露出些许紧张的神色，都规规矩矩地排好队伍，准备好自己的护照，等待过关登岸。还记得，在三天前，就有通知告诉我们："要认真对待美国海关'强制性面对面的审查'。"

话说得很有分量，我来过几次美国，过海关很正常。感觉着他们的海关，似乎并没有船上说得那样严厉。像地中海邮轮公司这样意大利财团的企业，平时在各个国家、地区抵港，从没像到达美国这样紧张兮兮的。这让我突然间感觉到，在西方欧美间，无论口头上怎么说，怎么骂，怎么论，到头来他们心里都知道，也都认可谁是大哥的道理。

我们也按照事先排好的队伍，顺序过海关。美国的海关人员问了两个例行的小问题，还照了正脸的电子照片，就放行了，看上去和我每次过美国海关也没什么两样。再看一前一后的老白游伴们，海关对他们反倒啰唆麻烦，让他们把五个手指头都留下指纹印，问的问题也多。一大船的游客，挨着班儿放了几乎一上午，闹哄哄的海关大厅，终于安静下来。

出关见到船上的员工小区和小宗，她们笑嘻嘻地告诉我们，原来不许她们船上员工上岸游览的规定，这次取消了，可以高高兴兴地在美国玩两天了。

我没来过迈阿密，但来过几次美国，对美国的情况并不陌生。所以这次打定主意，不参加别的团队，给自己一个完整的"自由"，随意逛，一切全靠自己。

先是在港口附近的街区里转了转，用自己的手机地图辨别了方向。然后，我们决定到那个有着摩天轮的地方去玩。和的士司机说好之后，上了车。车子在桥上街间，兜兜转转，最后来到了一个叫"Bay side"的地方。司机说："这儿很热闹，吃喝购物带游玩，是个好地方，游客们都到这里来。"

缴了 16 美元车资，比起国内，这可贵多了。

这里的"Bay"是"湾"的意思，"side"有"一侧"的意思。合起来是不是可以翻译成"湾畔"？不敢定夺。

等到进了“Bay side”，一转悠就明白了，这里和一个“Water front”倒是很相像。在欧洲很多的城市里，都开发有一个水岸衔接的地方。人们在这里开发了一些商业建筑、景致设施、游乐项目，能安排人们的吃、喝、玩、购等一系列的度假休闲需求。这样的去处，被称为“Water front”。这词直译，就是水边的意思。因为其中有旅游的意思，使用中也有水岸游乐区的意思。时间长了，听老外一说这“Water front”就知道是那个游玩享乐的地方。眼前这个“Bay side”，直译过来是“海湾旁”，和那个“Water front”直译“水边”意思一样。老美做事，好弄点和别人不一样的效果，这次可是亲身体验到了。

“Bay side”由连成片的多座建筑物构成，互连互动，整体上果真有通常说的那些功能。人山人海，好像人们都事先约好了，定时定点地来到这里凑热闹。迪斯科音乐震天响，那轰然的节拍，夺取了人的神经高地，把所有在场的人都牵动起来。每个人都不由自主地随着那音乐节奏，扭动肩膀，连带着屁股，还有人身上所有能活动的关节、肌肉、筋腱。抖动的人群，就像簸箕里被不断颠动的豆子，齐刷刷的动作不断，把偌大的一个“Bay side”，变成了一个统一而永远的迪斯科舞会。

有色彩艳丽，款式暴露的夏装。绝大多数都是女装，价格还不贵，都是三五十美元的大众货，但不讲价。若是想买件衣服，坐地和老板讨价还价，想着能否给个优惠，打个折扣一类的，那就错了。美国服装店的老板，常常是些中年妇女。她们会瞪大了眼珠儿，看着你的脸，不解其意，有点蒙圈。最后，只好把咱们那点小聪明收起来，按价付款。事后想想，货价如果公开公平，实在没必要讲个什么价钱，徒费口舌心思。可习惯一旦养成，怕是改了也难，该讲就讲，该不讲就不讲也成。在美国购物可以不讲价，就像在美国，吃饭一定要给小费一样。

有雪茄，气味儿独特，深厚的香味里，还有隐约的洁净、亮丽和甜丝丝的气味儿。和香烟比起来，后者就显得浅薄，显得单调，缺少华贵的派头。这气味儿闻着令人感觉舒适稳定，心生喜欢，不由得动手选了十几支。

雪茄都是装载在金属铝的小圆筒中，大概是为保存方便。我不抽烟，买这些是为送给亲朋好友，让他们也尝尝美洲的雪茄。结账时候，和买雪茄的姑娘说起来，问道："为什么没见有古巴的雪茄？"

姑娘笑了笑说："美国对古巴的经济制裁，已经几十年了，不允许古巴的雪茄进口到美国来。卖给你的这些雪茄，大多是多米尼加生产的。不过，先生还是能在我这里买到古巴雪茄，迈阿密城市里有很多原籍古巴的居民，他们都懂得正宗古巴雪茄的制作，开有制作雪茄的个人作坊，他们卖的雪茄也不贵。"

说完，姑娘还谢谢我买了她这么多雪茄，特意赠送了我一支。然后告诉我，大厅的左角那里就有作坊，如果感兴趣，可以去瞧瞧。我走过去，看清了。有一位肤色较深的中年人，坐在一张有点窄面的桌子前，双手在卷着一支食指粗细的雪茄。他已经把那些深褐色的烟草都卷起来了，现在正在用一张薄薄的烟叶儿把那根半成品的雪茄完整地包起来，再用胶水粘好。看起来，这人是个熟练的雪茄工人，制作雪茄的工作，对于他来说轻而易举，随心所欲。他时常用一把类似切比萨饼那样的圆盘式小刀，按着自己的需要，切烟叶。他人很随和，见我看得专注，就随口和我聊天。我不觉地还提到了 20 世纪 60 年代，古巴向美国移民的事情。他笑了笑，淡然地说："那都是爷爷的故事了。"

这位雪茄师傅，原来还真是古巴移民的后代，只是时过境迁，到了他这儿，已经是第三代人了。

走了逛了两个多钟头，腹中饥渴，随便找一家普通的饭馆，坐下来吃顿饭。饭馆厅堂宽敞，干净整洁。Waiter（服务员）是个中年人，轻手利脚，口齿清楚。他介绍说："牛肉新鲜，700 克的大号牛排不错，是本店的特色菜。"

牛排就牛排，一时兴起，点了一份 700 克牛排。耗了半天的体力，怕一块肉吃不饱，再加了份比萨饼，外带两瓶可乐。如此大肆吃喝，似乎不那么讲究。可看美国 Waiter 的样子，一副无所谓的表情。好像是在告诉

我，只要你选的食物，没点到菜谱外面去，他一律点头，还微笑着，表示赞许。想起来，美国人吃东西，似也随心所欲，没那么多讲究。

一顿随意的午餐，吃得心满意足，真是不能饱得再饱了。算账 91 美元，也够贵。想着还得给小费，一张百元大钞放在桌上，连找零都免了，全给你得了。干练的 Waiter 拿眼一瞟桌面，立马点头致意，还伸大拇指。在美国下馆子，得给服务员小费。这一点不知道是有法律规定，还是民间的约定俗成，总之是个规矩。据我所知，饭馆里的服务员，很多都没有工资，全指望着小费呢。我们也就入乡随俗，除餐费以外，再掏腰包。见过饭后不付小费的人，被服务员追到街上问："请问，我的服务有什么过错吗？为什么不给小费？"

场景一时很是尴尬。有很多国家和地区，没有小费这一说，当然就不用花费那多出来 10% 的钱了。不过，事先一定要打听清楚。

饭后沿着水域散步，逢拱桥造型优美的，就伏在桥栏上看船。这个水世界里，有看不过来的漂亮船只。

我早就说过："上帝造了最美的动物——马，人类造了最美的东西——船。"我还认为，船把房屋设计的所有功能都面面俱到，还能在水上漂泊行驶，不是有灵吗？你看那些雪白、蔚蓝、酒红……五彩缤纷的游艇，简直就是艺术精品，它们活生生地游荡在蓝天碧海中间，就好像每一艘都具备着生命魔力。通常在游艇前甲板上，总是陈横着一两位半裸的绝色美女，美女和船后来成了最恰当的组合，天姿国色，神采飞扬。

有三桅的仿古帆船，有二层驾驶的钓鱼船，有平头平脑的游览船。最有趣的，是那么几艘突然间不知道从哪儿漂过来的草棚圆形小艇。这小艇成圆柱形，在水面上立着。草棚下安了一处小吧，几个青年男女，正围吧台而坐，举杯相敬，小圆吧艇上还放着轻快的音乐。这是一个好玩的微型度假屋，能被发动机推动着缓缓前行，自身还能随着音乐慢慢旋转。它们就像一个又一个的动漫生物，在水巷通道里悠悠荡荡，别出心裁。小圆吧艇的出场，引起了大家的兴趣，围观的人们招手致意，大声问候，呼哨连

连。小船上的青年更是兴奋，脸庞红彤彤的，频频举杯向外致意。

脚踏落日余晖，我们步行返回邮轮。先绕了一个弯，再找到那个连接码头和市区的长拱桥。在拱桥的最高处，回头还能看见“Bay side”那里，摩天轮依然转动，彩带飘扬。一回头，“维京”号近在咫尺，不知道什么时候，就这么走着走着，竟挨近了巨大邮轮的身边。邮轮上音乐伴着酒香，人影幢幢。看样子他们也在开 party，很多人手里端着酒杯，在船上宽敞的大厅里，来来去去。老外有些习惯和我们就是不一样，我们喝酒都是坐在桌子旁边，他们就喜欢端着个酒杯随意走动。

到了自己的船舱，感觉着就像又回到家一样。盥洗换衣，吃了晚饭，再依着每天的习惯，赶到 14 层甲板上去散步。偶然见到脸熟的同胞，在一起小声议论着什么事情。神秘兮兮的，对此有些兴奋，就上去打听。结果听说了一个了不得的新闻，把自己也惊得目瞪口呆。

就在上午，这“诗歌”号邮轮，竟有十几个员工上了岸后，消失得无影无踪。他们显然已经偷渡逃亡，永远也不会回到这船上来了。我一下子就想到了，有时候在 7 层甲板上散步，见到的那几个东欧人，好像是克罗地亚、斯洛文尼亚，还有菲律宾人。他们都是船下机舱里的技术工人，有时候累了，可以到 7 层甲板那处员工休息地儿去抽抽烟，聊聊天，歇息歇息。我的脑海里，清楚地映出了那几个人长满了胡茬，略显忧郁的脸庞和他们穿了工装的高大身材。好家伙！老谋深算，还去意坚定，够狠。看起来，这些人在登船受雇时，就打定了主意，计划着在船驶过大半航程，来到美国的时候，开始行动。见过听过很多偷渡客，可还是第一次亲身体会到他们的隐忍和心机。就偷渡而言，这群家伙无疑是高手中的高手。想得真妙，这一路该吃吃该喝喝，还拿着欧元工资。到地儿后，神龙摆尾，一走了之。通常听说贫穷地区的人向富裕地区偷渡。这次可是眼睁睁地见着了欧洲人偷渡美国，除了两个菲律宾人，我们中国人一个都没有。说到底，这样的行为历经艰险，不得不为，还是社会出了问题。否则，谁愿意撇家舍业，抛妻弃子，投进一无所知的茫茫天地？

第二天，我们跟团出行，到迈阿密的远郊沼泽去，搭乘“草上飞”。

导游说：“这‘草上飞’是一种水陆两用的摩托艇，功率强大，可以在水网沟河间纵横行驶，来去如飞。”

说完，他还拿出手机，翻到页面让我们大家观看照片。其实，我还没看到照片时，就立马猜想到了。在我看过的许多越战电影里面，总有那个轰鸣不断的家什，似船非船，后面有个大圆盘，就像背着个大风扇似的，在水面上跑来跑去，速度很快，就算下面是些水草、芦苇一类，也照跑不误。上面可载兵员，架设机枪。等看过了手机上的照片，立即断定，嗨，可不就是它吗！

这“草上飞”是对它的爱称。它诞生于20世纪60年代的越南战争中。越南是东南亚国家，水网密布，江河相连。当时的越南游击队战士，常常利用这天然的地势，在沼泽水域中隐蔽、活动、出击。这种战法，使得美军吃尽了苦头。后来，美军中有人拆下螺旋桨飞机的发动机，安在小型双体船上做动力，用来推动快艇在水上高速运动，执行水网沼泽地区的作战任务，效果颇佳。这“草上飞”快艇在水面上可行，在沼泽里也可行。只要沼泽地上有点草皮，快艇就能一划而过，像雪地摩托车一样。它没有水下的螺旋桨，不怕自己身后那高悬的桨叶被草皮树枝一类的杂物缠绕住。

等候了一阵子，我们终于登上了“草上飞”，分成两排坐下来。一时间，有三条快艇同时从这个河汊上出发，飞驰在水面上，巨大的轰鸣声顿时响彻了宽广的沼泽地。要说“草上飞”身后那个带动大圆盘风叶旋转的动力，是由飞机发动机提供的，这再明显不过了。因为那震耳欲聋的响声，非飞机莫属。小时候哈尔滨016部队的初级教练飞机，每天都在距家不足两千米的军用机场起降，那声音和眼下这“草上飞”的动静简直是一模一样。

我们都不是美军，但此时都能深切体验那些士兵在沼泽水网间巡逻战斗的心态。这东西敞亮，搭着它打起仗来也应该痛快。可我还是有自己的想法，这东西用来运输兵力，转换物资，又快又稳，应该没问题。可若真

与敌方对垒，相互攻防，怕还是不行。就说这噪声，太大了，隔着二里地都能被敌方听个一清二楚。这目标早早就暴露给敌方，仗还能打吗？

我还想到，这几十年前越战用过的老物件，怎么被挪到这迈阿密的沼泽地里来了？问了问驾驶“草上飞”的美国大爷，明白了其中的缘由。原来当年迈阿密的沼泽水网地带，在地形地势上，非常接近越南的战场特点。这里正是当年装配、试验、演习“草上飞”的训练场，是练兵场。

“草上飞”在水上飞了一阵子，驾船的大爷却不收兵。他把油门收小，让快艇在水面上轻轻地荡着。然后朝我们挤眼儿，做鬼脸，我们队伍里有一位眼尖的妇人，突然惊呼一声，接着就一只手捂住自己的嘴巴，另一只手抬得高高，指向不远的岸边。是鳄鱼，一条两米多长的鳄鱼，正从水中浮起来，懒洋洋地漂在岸边的水草中。我能清楚地看见五米开外的那条美洲短吻鳄，它那双大眼睛，它那有点凹下去的吻部曲线，还有它那嶙峋黝黑的脊背。驾驶“草上飞”的美国大爷，原来是好心，找到让大家观赏鳄鱼的机会。

在巴西亚马孙探险时，曾见识了那位撒豆先生徒手捉一米多长的鳄鱼，还抱着它，给我们详细讲解了鳄鱼的生活习性。打那儿往后，这种原本让我感到惧怕的动物，在我眼中竟然变得普通，甚至很有些可爱起来。尤其它那翘嘴巴和澄清的大眼睛，怎么看都有动漫夸张滑稽的神态。

我看见的这条短吻鳄，是一条成年鳄，因为还有一部分身体浸在水里，不能完全看清它。但那身量总有两米多的长度了。它的嘴巴确实有点短，还往上翘，眉骨突出。和非洲那些生吞羚羊的尼罗大鳄比起来，这短吻鳄在我看来是那么小巧温和。我心里认为，这看上去懒散憨厚的美洲短吻鳄，并不会随便伤人。

大巴车再行迈阿密市区，导游说：“请各位准备好，现在我们进入一个特殊的区域，这里是举世闻名的涂鸦街，大家尽可随意欣赏拍摄。”

涂鸦我们见过，记得在巴西时候，那里的政府还鼓励艺术家们当街作画，为城市添彩。那些建筑物上面的创作曾一路看过不少，似也没怎么引起人们的特别关注。这迈阿密也有涂鸦？那模样一时还想象不出来。车再行不远，司机故意放慢了车速，待人们转身看向车窗外，果然就有五彩缤纷迎面而来，有动漫形象的人类和动物，夸张和善，是小孩子们的天然朋友；有未来的世界和其中的生物，颇费猜想，又引人入胜；有古典遗风的再现，滔天巨浪竟竖起在两旁，像墙一样保护着摩西率领民众穿过红海，回到流着奶与蜜的地方去；有获奖的摄影作品，被放大涂彩，在整面墙上表现出来；也有经典的油画，翻版放大，在阳光下神采奕奕。迈阿密涂鸦，林林总总，不一而足。

没想到涂鸦的作品如此之多，也没想到这涂鸦的创作，一点不亚于真正的艺术创作。我们真就是在一个巨大的画展中，慢慢前行。迈阿密竟有一个壮阔无比的画廊，让我们陶醉其间。那形象丰富生动，源源不断，让人目不暇接。我想，如果时间充裕，应该专门带上饭，在这里漫步一天，尽情地欣赏这难得一见的涂鸦艺术。

大巴车到达了一个市场，所有的涂鸦绘画陡然消失。城市仿佛又从天上神境回到了人间俗地，那些丰富艳丽的色彩都不见了，普通平静的灰白浅色调建筑房屋又出现在眼前。然而，迈阿密涂鸦街区的风采，还滞留在头脑中，令人难以忘怀。

一路上还见到了很多基本建设的项目正在运作中，有建了一多半的桥梁，有正在封顶的高层公寓，有拓宽了一倍的道路。这迈阿密还年轻，还有大量扩展的空间。

最后的一个打卡地，是个著名小镇，是迈阿密独有的“小哈瓦那”。导游简单讲解了20世纪60年代发生的古巴移民事件，着重告诉我们：“当年这里是荒滩沼泽，那些移民付出了艰辛异常的劳动，终于把这里建设成了现代城镇。许多在佛罗里达州各地工作的原古巴移民，退休后都习惯于搬来这‘小哈瓦那’，叶落归根。”

“小哈瓦那”是个玲珑小巧的镇子，横竖的街道旁，都是些两层的普通建筑，几乎看不到摩天大厦，但游人如织。有一些玻璃塑成的五彩公鸡，

高及人头，雄壮而立于一家又一家的门店前，招揽顾客。导游告诉我们：“当年那些古巴难民，也把斗鸡的娱乐风俗带到了这里，人们也认为雄壮的公鸡能带来彩头和好运气。”

小街纵横，仍保持着当初建设时的风格。这里的居民大都是几十年前那些移民或移民后代，我们细细品味着，能感觉到这里隐约流淌着一股不同的神韵。

转头见到一位肤色略深的老者，他身材瘦削，腿脚不便，身下驾了一辆电动轮椅。老者驾轮椅如同特技车一样灵巧，在人行道上穿梭游弋，眨眼就蹿出去半条街。他不但驾车手法熟练，还一直很开心，脸上挂着笑容。用右手的两根手指夹着一根粗大的雪茄，时不时递到嘴上叼住了，吸上两口。一路上，他还大声地和相熟的人打招呼，嘻嘻哈哈大声说笑。这老者的形象，和我心中想象的古巴移民有几分相合。让我没有想到的是，他竟那么快乐。

进了一家雪茄店，推门第一眼看到的，不是货架子上成盒成束的雪茄烟。倒是见到四个大汉，浑身腱子肉，胡子拉碴，像打麻将 样，围桌而坐。他们打的不是麻将牌，是另一种我看不懂的骨牌，骨牌张数很少，加在一起也不过二三十张。那些骨牌，在桌子上被打下去时，发出“噼里啪啦”的响动，这又有点像麻将牌的声音了。大汉们嘻嘻哈哈，人嘴一根大雪茄，吞云吐雾。那烟雾的气味辛辣、浓郁，和香烟完全不同。进了店的人相互示意，绕过骨牌桌子，到里面去买真正的古巴雪茄。美国制裁古巴经济，不许古巴雪茄进口美国。但古巴移民在这“小哈瓦那”自行手制的微量产品，不在制裁之列。当时买了两支，师傅现场制作，但不装盒不做“古巴造”的标记，想想有意思。几位打牌的大汉，似为殿堂里所售雪茄做的活广告。如此大分量和架势的广告，也是颇具喜剧元素了。看那样子，“小哈瓦那”这里类似的小店，生意不温不火，还算能过得去。

在临街的一家店橱窗里，见到有蓝白相间的小旗帜卷着，却不像其他同类那样都是打开来，飘动招展。心中疑惑，就又猜，可能是古巴的小国旗？进去打问，不想真被一猜而中，店老板点头认可。花了 5 美元，买下一面古巴小国旗，当街展开，旗面三角形里就有那颗红五星。仅就设计图案而言，古巴国旗相当漂亮，几何图形周正和谐，色彩也醒目鲜明。小旗招展了一条街，想想还是像店主那样卷起来，揣进背包。

我没去过真正的古巴，但读书时候知道了不少古巴的事情。算起来，还是海明威作品中，有关古巴的描写最生动入心。海明威从来没有明说，自己怎么爱古巴。但在他作品的字里行间，能感觉到他对古巴的一腔深情。作为一个美国作家，海明威能在古巴居住 22 年，这期间也正是他创作的黄金时代。这无疑说明，海明威对古巴的喜欢程度。事实上，他的《老人与海》就是在古巴写就的。至今还能记得，他笔下的古巴哈瓦那海滩，是那样空旷漫长，中午的太阳光强烈地照耀着白色的沙滩，破旧的小铺子里有一架留声机，里面反复播放着一首流行歌曲，令人身生困倦。一阵又一阵的热风，掠过海岸，缭绕在蓝色的海洋上……

就我所知，一般人并不太喜欢古巴。可为什么海明威对古巴情有独钟？

我曾在类似的季节和类似的地方，想起海明威的描写。感觉在这字面的意思以外，还能体会到一种甜腻、烦躁、无助、空白的情绪。不知道在写作的时候，海明威是处在一种什么样的心理状态中。更不知道，自己这种感受从何而来，这些杂乱的思绪，是否与写下这些文字的作者有相互通达的可能。

“小哈瓦那”终究不是真哈瓦那，这里看不见海。那位捕鱼的老人和他的小船，他那最后只剩下骨架的鱼获，全都无影无踪。

夜色浸淫，西边的紫红色残阳眼看就要坠落大海。迈阿密的灯光星星点点，终于璀璨明亮，把整个城市打扮成了华丽灿烂的世界。巨轮轻启，笛声长鸣，慢慢驶向大洋。14 层甲板上站满了人，大家纷纷举起手机，拍摄迈阿密夜景。

渐行渐远，也渐行渐凉。在加勒比海的时候，还是 26 摄氏度的常温，

到了迈阿密已经是 18 摄氏度了。据报道，明天将迎来 6 摄氏度的气温。等三天之后，到了纽约，人人都得穿上厚毛衣了。越过赤道时候，还热得大汗淋漓，这才转眼几天的工夫，已经感到明显的凉意，像北国之秋一样。天地转合，风情流连。得准备好，迎接初冬般的寒冷了。

船行美国东海岸，眼见海水颜色有变。前几天，在巴哈马群岛时候，那海水蓝得透，就像大块儿的蓝宝石。今晨来 7 层甲板散步，见海水变得深绿，又像天然的翡翠。就在这绿色的远处海面上，有一叶白色孤帆，正在大西洋里飘荡。朵朵浪花里，那艘若隐若现的精灵，坚定稳妥，一直向前，透着得意的神气。

偶见海鸟，色黄喙利，傍着大船往前飞。看到鸟儿骤然接近水面，还直接扎进水里去觅食。几秒钟的工夫，鸟儿又浮上了水面，如此反复。细看之下，也知道了，鸟儿的捕食，也有放了空的时节。那喙间未见有小鱼小虾的影子，辛苦间竟一无所获。是啊，辛苦归辛苦，谁能说准，所有的辛苦就一定会得到丰厚的回报呢？

大雾急降，封锁大洋。这雾不知从何而来，却来得十分凶猛弥漫。就像小时候，北方那些锅炉房打开了气阀，再或大澡堂子一下子敞开了大门儿。大团的浓密白色气团，就像从高空中掉落的云彩一样，包围了大船的上下左右。视线一下子被浓雾封闭了，朝外都看不出去十米远。我从小到大，还没见过如此强大的迷雾。它无声无息，却弥漫深邃，令人心悸，让人没法感知外面的世界。陆地上如果有了这么大的迷雾，八成就会酿成危险。这样谁也见不到谁，“两眼一抹白”，不相撞相碰怎么可能？谢天谢地！这样的大雾，在陆地上几乎见不着。

不知道怎么，又想起了那十几位曾经同船而行，如今已经在美国度过了两昼夜的偷渡客。不知道他们是否平安？是否“接上了头儿”？但愿这些孤注一掷的人们平安健康！新闻里报道，有很大一批人，途经其他国家和地区，绕了一个大圈子。最后才在墨西哥和美国的边境冒险偷渡，越境进入美国。那要在风里雨里，饥渴交加，吃多少苦？遭多大罪？和新闻报道里的这些偷渡客相比，随船到达美国的这十几个船员，可算是享了福。

“诗歌”号抵达纽约这天，也是很早就靠岸，停在纽约港的90号码头。我们的船沿着哈德逊河的入海口逆流而上，一直到达12号大道的街口对面。细雨微微，像从筛子眼里漏下来一样，随风悠荡，飘飘洒洒。

早饭时候，能透过13楼的大玻璃窗，看到紧挨着我们停靠在码头上的一艘航空母舰。几年前那次来纽约时候，曾登上这艘“二战”时期的老军舰。它退役后，就改作了供游人参观的航母博物馆。依稀记得这航母的名字，像是无畏号。好像在太平洋海战中，这艘航空母舰还因歼敌而立下过军功。

同船的几个旅友，对身边的航母，均视若无睹，毫无兴致。或许是他们都很了解美国海军，对航空母舰一类非常熟悉，才如此无动于衷？这让我感觉有点奇怪。老航母在纷扬的雨丝中，像被擦拭过一样，闪闪发光。它大概要在我眼前再显露一下当年的雄姿，把我当成了知己，把酒掬泪？航母甲板上停了有两三架小飞机，也没有成战斗队形那样规则地摆放，只是随意地散乱陈横着。舰上也没有以前见过的卫兵岗哨，甚至连个人影都没看见。无畏号是那样沉寂冷漠，看得出来，它显然连博物馆也当不成了。这曾经威武横霸于大洋上的巨舰，就这样在雨中默默地承受着自己衰败残存的命运。

我们还是搭乘大巴士，直驱纽约市区游览。第一站，就到达了时代广场。

其实，时代广场这里不是真正的广场。只是街道宽阔一些，有很多的社会活动都可以在这里开展。每年的除夕，就有大批的民众聚集在这里，迎接新年的到来。眼下的时代广场，如同任何时候一样，游人如织，摩肩接踵。我来过这里，也琢磨过这个普通的广场，它吸引人的魅力究竟在哪里？我想，其中的缘故固然很多，大家也未必能一下子说清楚，但有一点不能无视。这里有一种氛围，就是普通、平常、大众化。走在这个广场上

的人，大多是平头百姓，就算有达官贵人来逛，估计也要稍微化妆成普通人的样子。在时代广场的街头，让人感到舒适，感到平等。你看那些小吃店，卖的都是披萨、汉堡、热狗一类简便的快餐，再加上一杯热咖啡，就能解了腹中饥渴。那些商店，也都是经营着旅游工艺品、T 恤衫、棒球帽、运动鞋一类的大众商品。就算走到和这里相近的 5 街 6 街一带，也绝找不到珠宝、皮草、高档女包、意大利服装一类奢侈品的经营店。这里就是因为普通也才受大众喜爱，至于高楼顶端那颗在新年的子夜里飞快降下来的红苹果，也是在既普通又激动的一秒钟里，就俘获了广大年轻人的心。

一个时代广场，带动了一大片商区。连那个在玻璃柜里卖羊肉串的大胡子，相信也会赚得钵满盆满。值得思考的是，他们并没有借机扩建，贪大求强，人为地设计规划这里。和我几年前来时代广场时候比起来，现在的时代广场几乎没什么变化。人潮涌动，生机勃勃，这红火劲儿依旧如前，不做矫饰，任其平常的烟火气缭绕飘荡，成就了它的繁盛。若一定去人工雕琢，就难说成败了，起码会少了许多人间烟火的亲和力。

我们在纽约中央公园里漫步，导游轻声细语地讲述着这个长 4 千米、宽 1 千米的泪滴形公园。据说，这里所有的树木，都是后来栽种的。这位土生土长的纯纽约人，年近七旬，戴了副深度的近视镜，满头的白发在湿冷的空气中飘摆。他的意思是说，我们眼见的参天大树，其中很多都具有 200 年的历史了。冷风瑟瑟，呼吸之间，都能清楚地看见眼前缭绕的白汽。树木中，除了冷杉一类的针叶林还透着苍绿，大多只剩下光秃秃的枝干。不过，再仔细看，那些雨中的树干枝条，也隐隐泛了青，在风中摇摆得柔韧婀娜起来，显出了初春的生机。偶见有两棵树，还悄悄地开出了花骨朵。那花型和颜色，和故乡的小桃红有些类似。偏偏就在这花树下，支棱起小片青草。花草相称，虽说还相当孱弱，但也足可以报告，纽约之春的到来。

与纽约时代广场人流如潮、一派热闹正相反，眼前的纽约中央公园实在是安静空旷得很。零星几个跑步锻炼的人，还没有遛狗的人多。导游笑着说：“这些都是职业遛狗人，政府会给他们开工资。到了约定的时间，他们就到养狗的人家去领狗，遛完之后，再完璧归赵，送狗回家。当然，这一路上的狗屎，也是遛狗人必须捡拾的。”

我听了导游的话，心里还真掂量掂量。以我喜欢狗的程度和多年养狗的经验，这遛狗的活计，我应该能胜任。可眼看着有遛狗人，戴了塑料手套，就地捡起一坨还冒着热乎气儿的狗屎，顺手就揣进手袋里，一边还不动声色，极其职业的样子。我这心里就又打起了退堂鼓。是啊，这狗好遛，屎难捡不是?

公园里有小湖，晶莹剔透，水平如镜。说是天气开始暖了，小孩子们都可以到这里来划船。到时候这里童声鼎沸，就成了一个儿童的乐园。

挨着公园旁边的道路对过，有甲壳虫乐队曾经住过的楼房。据说，在那两幢对称的塔式高楼中，其中一幢的顶层还是乔布斯生前的居所。看来，纽约的确是世界的纽约，许多名人都在这里留下了他们生活的痕迹。

在离开的时候，见到公园的边沿有一处露出了黑色的岩层。请问导游，他说：“公园这里，最早时候确实都是岩石覆盖。后来为了建公园，就用人工把那些石头都凿去了。”

言外之意，纽约的先辈创业时，为了这里的一草一木，费了无尽的心血，是多么的不容易。

“九一一”旧址，是最后一站。

记得上次来纽约时，还没有建成眼前这动人心魄的场景。那两个巨大的方形水池，四周围砌着光滑平整的黑色大理石。这黑色大理石也是墓碑，上面镌刻着在“九一一”恐怖袭击事件中近3000名蒙难者的名字。让我心中放不下，追人苦思的是，这名字里面也包括了当时驾机撞击世贸双塔大楼的几名恐怖分子。

顺着黑色石壁溅落到方池中心里去的水流，像瀑布一样，发出“哗哗哗”不断的响声。这声音打断了我的沉思，仿佛在告诫我，也告诫世人：“千万别忘记，人类历史中的和平时期，也曾发生了大灾大难。”

还清楚地记得，在“九一一”事件发生前一年，我曾经来过纽约。那

时候世贸双塔大厦高耸入云，辉煌壮丽。除了它的日常办公功能，这里每天也接待大批的外地游客。还记得进门大厅里的一排电梯，其中有两间是专门供人登顶用的高速电梯，它升降之间几乎也就是眨眼之时。下楼时候，因为失重的原因，耳朵里“吱吱”尖叫，隐隐作痛，和飞机降落时的身体感觉一样。当时，我随人流登上了世贸大厦的顶层，眼前的一切都是那么宽展清晰，能看见绿色的自由女神像，还有她旁边的艾丽斯岛；托起神像和小岛的哈德逊河，在这里已经相当磅礴延宕，宽宽的河面上，波光粼粼，各种大小不一的船舶，来去纵横，忙忙碌碌；再向东边的远处瞭望，越来越宽泛的河面，蒸腾着灰蒙蒙的雾气，和大西洋交汇，让人分不清哪里是河，哪里才是海了；再收归目光，探头向下看。就见几架灰色、白色的小飞机，在身下高层建筑之间穿越游离，赶去哈德逊河的上空；在更加辽阔的空间里，小飞机的移动显得慢腾腾，懒洋洋的，让人想到夏天菜园里的小蜻蜓。

可惜这举世闻名的建筑，竟遭恐怖主义袭击，轰然倒塌，毁于一旦。几千个鲜活年轻的生命，瞬间消失，尸骨无存。这是怎样的一种灾难？没有因果逻辑上的任何关系，是纯粹邪恶的行为。几千个家庭，将永远背负失去亲人的伤痛，其中就包括我们国人的几十个家庭。这方墓碑，让人心生震颤。我看到在此所有的人，都在雨中凝神静思，没有一丝喧闹和混乱。是啊，只要是个有良心的人，只要能设身处地替那些无辜的牺牲者想想，替那些在这场事件中失去了亲人的家庭想想，怎不心海翻腾？痛定思痛？普通平和而又淳朴善良的人啊！怎么会事先断定，恐怖主义的狰狞不会在明天就出现在你的面前？

从“九一一”纪念地出来，我们集合在一起。

眼看着结束了安排的游览项目，还剩有大把的时间返船。在商讨接下来的活动时，队友们之间出现了不同的意见。有两三个广东人提出，要去唐人街逛逛，去吃吃纽约的粤菜。说是在船上吃了三个月的西餐“牢饭”，眼看着都瘦了好几斤。他们的老婆当然赞同，也跟着齐声鼓噪，一时成势。

另一部分人持不同意见，对老广的观点并不赞同。觉着好不容易来一趟纽约，机会难得，还想着自己跑跑，像自由女神雕像、艾丽斯岛、帝国大厦……这些知名的经典景点，都近在咫尺，何不去转转？其中有一位白头发的老船友说道：“嗨，咱家不就是唐人街吗？咱们就是从唐人街来的，这才几天？出来旅游，就是想在世界多转转，等过些日子，旅游结束了，咱们回到自己家的唐人街再吃粤菜也不迟。”

互相争辩了几句，谁也说服不了谁。最后的决定是没决定，兵分各路，自由活动。我觉着白发友人说得有道理，但眼看着队伍分散，各走各路，也就没出声。

老妻来过美国，但大都在洛杉矶、旧金山、西雅图女儿修学位的西线那边来往。这美国第一的纽约，她还真是未曾来过。她当然也赞成去看看自由女神雕像、艾丽斯岛一线，于是，我们转身离去，单打独斗，自行其是。

我知道从这里要先走路一千米左右，奔炮台花园，那里才有到自由女神雕像和艾丽斯岛的渡轮。天公不作美，似乎要考验我们的决心，把下雨的开关从小雨调成了中雨，还顺势吹起了阵阵强风。春雨滋润了满眼的花草，擦拭着一路上的摩天大楼。可也苦了我们这些游人，顿觉凉意嗖嗖，又湿又冷。走到路边的商店里，买了把大雨伞，二人合用，并肩钻进了风雨中。先观察到，有明显的人流，不约而同向一个方向汇聚，就像好几条小溪，自然地向大河里流淌。我回忆着过去残存的印象，估摸着人们是在赶往哈德逊河的渡轮码头。于是，抽身进入其中，加紧脚步。眼看最后要跨过一条宽宽的横道，就要进入那个花园了。正好遇见一位站在屋檐下躲雨的先生，看那面孔，色黄眼小，心中认准一定是老乡。于是，为保自己不走冤枉路，上前打问：“请问，去渡轮码头怎么走？我们要去自由女神雕像观光。”

“我不说英语。”

那位先生冷冷作答，语气堪比阴冷的天气。我一时愣住，不知如何再

搭接这位先生的话语。我用英语问，他用英语答，但他又说自己不说英语，这逻辑上好像有点不通。那我怎么和他沟通呢？

眼看着那位先生，嘴角一撇，却露出了冷冷的笑意。再轻轻地吐出一句："自己个儿找吧。"

这说的分明是汉语，还是带着北京腔儿的标准普通话。这是在嘲笑我吗？还是在欣赏我的尴尬？眼看年轻的先生，神情猥琐，毫无诚意，胸中不由得泛起一股恶心。不帮忙就不帮忙，也没什么了不得。同根同宗同胞，就算你在这里占有一定资源优势，又何必非要难为一个风雨中的老人呢？如果年轻十岁，我大概会向这位心怀恶意的人竖起自己的中指。眼下却没做任何表示，转身离去。

眼见着一路上，有些身穿黄色坎肩的当地人，手里拿了刷卡机，大声兜售船票。他们见我们的神态，就断定是去搭船的乘客。于是，上前来极力诱导，让我们买他们手里的船票。这情形实在有几分眼熟，这太像前些年，国内倒卖黄牛票的那些掮客了。那时候在足球开赛之前的运动场，在新发行电影的院线外面，常见这类角色。如今很长一段时间，都难见他们的身影了。没想到在这堂堂纽约街头，又遇到了他们。黄牛票也不是不可以，但价钱也不能太贵，这可是花费美元呢。一打听，要 49 美元一张票，这两张就是近 100 美元。印象里应该没有这么贵，于是就不买，憋着一股气儿往前走，去找几年前印象里那座售票处。票贩子倒通达，见我们没做他的生意，也不恼火，更不做任何纠缠，还笑着让路。

我们最后终于找到了售票处，那是个有点像古堡的环形建筑，距离码头不远。抬眼一看，渡轮船票 25 美元一张。好家伙，那些票贩子可真敢要价，同样的票，到了他们手里 49 美元，差 1 块钱就翻倍了，赚钱够狠。

雨下个没完没了，那把大伞，虽说能勉强遮住我们，可终还是难免风雨上身，眼看着下身的裤腿儿就有多处被打湿了。往返哈德逊河的渡轮，效率倒蛮高。身着黑色塑胶雨衣的水手，坚持忙碌在岗位上，浑身经雨水淋湿，闪耀着光亮。渡轮来来去去，从无停歇。有船上的汽笛声，那笛声似乎在这阴暗的空气中，也显得喑哑了许多。来往的游客，人流不减。虽说都穿上了雨衣，打着伞，也还兴致勃勃，排队前行登船。有推着婴儿车的年轻夫妇，小车外面罩好了透明的塑胶，眼见孩子在里面“咿咿呀呀”地张着自己的小手，却不哭不闹，十分可爱。待到登船时，脚下的踏板有些摇摆，年轻的爸爸就弯腰用力，一下子把小车带孩子“连锅端”，都抱在怀里，轻巧地跨到船上去了。

渡轮迅速往返来去，一批又一批游客，上上下下。满载的船，汽笛声声，就再一头钻进雨幕中去了。哈德逊河水面上，一切实物都若隐若现。远远看过去，仍然高耸的绿色自由女神雕像，还有艾丽斯岛上那几栋红白相间的漂亮房子，都成了地道的印象派油画，朦胧模糊，却又美不胜收。

有信天翁伸开宽展的翅膀，并不在意风雨，紧跟着渡轮船尾上下翻飞。这也许是我北上大西洋，一路上所见到的最大海鸟了。它那双翅膀，足有近两米的长度。它们就是善于利用自己那双有力的翅膀，在高高的空中滑翔。经常像风筝那样子，摆定了身姿，稳稳地飘荡。现在能看清楚，那几只跟船飞行的信天翁。原来在滑翔时，它们还是不断地摆动自己的小脑袋，转来转去，那是在观察，在寻找吧。

船外还有一种海鸟，体型要比信天翁小很多，差不多只有家鸽的大小。它们扇动着双翅，却只在距离河面两三米的低空飞行。看来海鸟早就有空域的分派，这鸟并不去打扰高空的信天翁。小海鸟浑身雪白，只是在双翅的尖端，才有两斑乌黑，就像用墨汁涂上去一样。小海鸟有时候一个猛子，就扎进水里，去找小鱼小虾，像塘鹅那样觅食。

自由女神雕像终于又矗立在眼前，一别近十年，雕像和从前一样，看不出有什么变化。还是那样高耸威严，倚天而立。人们在真正的纪念碑下，总会心绪翻腾，思绪万千。我相信，瞻仰了这法国人民送给美国人民的纪念碑之后，再去研读美国的历史，应该能有更新的思考和顿悟。

不知为什么，雕像下的雨势小了些，冷风却更加强劲起来。一把伞要大费周章，才勉强撑得住。被雨淋湿的双手，僵硬得不听使唤。坚持着拍

下几张还算令人满意的照片，风雨中的女神端庄沉静，坚定地高举火炬，让人心感神圣。

环视四周，游人如织，源源不断涌进小岛，就像杂色的潮水，一波又一波。今天明显不是节假日，又阴雨不绝，也不知道怎么会来这么多的人。在风雨中坚持着绕女神雕像一周，回到码头上，搭船再行。渡轮鸣笛再启航，掉头驶向了艾丽斯岛。近了，艾丽斯风姿依旧，尤其是那些古典风格的建筑，被雨水洗过之后，线条清丽鲜明，就像被重新装修粉饰了一样。

雨越下越大，登岸就跑，扑进建筑大厅里。一股暖和的热气，扑面而来。在角落里的长椅上略坐歇息，竟有困意袭来。晃晃头，咬咬牙，撑起身子，转进那边的展室，参观"纽约发展史"。这里挂满了大小不一的历史照片，还有些木桶、马灯、帆布椅等当年的老物件，供游人浏览参观。我认真观看，不由得就去关心其中那些百多年前的华侨命运，这里多次提到了中国移民。原来，华侨都是在鸦片战争之后才开始移民美国。先去修铁路，开发西部那些人，后来也有相当部分再从西部的洛杉矶一带，迁移到纽约这里来。有许多当年的政府文献，被复印放大了，挂在墙上。有一份的内容好像是对中国移民的某种限制。自己也曾在国外生活过一段时间，很能理解，历史上的华侨命运凄苦，从来都是忍辱负重。就这一点来说，这个展览倒显真实。

一个小时之后，天色依旧阴暗，风雨交加。苦力撑伞，再钻进了渡轮，已经很有些疲惫。站在人挤人的底舱，脑子里不断忆起近十年前，乘船来到了这里的情景。那次游览过后第三天时，偶尔在报纸上，竟看到这渡轮失火，甚而致游人伤亡的消息。这次来，见到登船前的安全检查很是严格，几乎等同机场的安检。想来，一定是吸取了多年前的教训。可转头四下看看，在渡轮的底舱，人挨人，人挤人，像罐头一样。万一再起巨大的风浪，或是什么船舶间剐蹭一类的事件发生，必定造成拥挤踩踏，不是一样会伤人吗？看来，安全的隐患，在这发达的国家里，依然存在。真心希望这渡轮，能注意到载员过多的现象，想办法改变现状，防范事故于未然。

赶回 90 号码头的“诗歌”号上，已经是夜幕沉沉，灯火灿然的晚上。近十点钟左右，赶到 13 层上的凯撒餐厅，还可以吃夜宵。见到了几位旅友，他们也是尽力在外面多走了些景点。还说道，纽约是世界第一大都市，应该去的地方真是太多了。

第二天，仍旧阴雨连绵，我们可以整天自由行动。现在，我也更清楚了，我们的“诗歌”号，就停在纵向 12 号 Avenue（大道），横向第 5 Street（街）的 90 号邮轮码头上。这里俗称曼哈顿邮轮码头，是纽约有史以来的老码头。纽约还有更大的新邮轮码头，位于郊外很远的地方。如果出门回来，要跟巴士司机说清楚我们船所处的这个具体位置才行。

今天我们打算再去一下第 5 大道。于是，就先到了昨天最热闹的时代广场。走来走去，买了手套、绒线帽、围脖。这些都是为了下一阶段进加拿大、格陵兰、冰岛，这些寒带地域准备的。相信那里比这眼下的美国还要冷得多。

也没用多大工夫，顺便就赶上了街边一处吃饭的地儿。这里本来是个商店，但也经营食品饭菜。楼下大厅里，用大食盒盛了几十样的中国式炒菜，还有汤。米饭随意，菜肴上秤称分量，计价收费。这形式新颖，算下来还真不贵。我们就坐下来，稳稳当当吃了顿热乎饭。我打了一份樱桃肉，一段香肠，一碗米饭，一份热汤。妻子那一份，和我的差不多。算下来，合计 38 美元。这比在正规的饭店里面消费，便宜了不止一半，饭菜滋味也正，关键还热乎。在美国吃饭，历来就贵，绝不是国内消费水平可比。看来，也是有人在这方面动了脑筋，既能赚到钱，又能考虑到消费者的利益。市场经济，就是活泛。我看这种吃法实惠，也方便可行。

转眼过了中午，我们早早就赶回船上。结果，广播里正播放船长的讲话。船长说：“根据美国气象情报部门的通知，大西洋海面突然生成大风。哈德逊河段的所有船只，都不得出航。我们原定的今晚启航取消，改为明

晨6时。”

这样一来，“诗歌”号又将在纽约港多停一夜。然后启航开往加拿大，到加拿大的哈利法克斯市。

天气阴霾，黑得也早。纽约华灯初上，四周仍旧细雨蒙蒙。满眼里一粒一粒的光芒，都遮上了水纱，像无数的眼睛一样，纷纷眨个不停。天下第一的大纽约，挤着眼儿逗你玩，一转身就开启了自己的夜生活。临近的大道上，行驶的汽车好像比白天里还多，红色的车尾灯在水汽缭绕中沉浮，再密集合拢成行，就像紧傍着哈德逊河的另一条红河。岸上无数的霓虹灯，纷扬闪烁，把五彩的光线打到夜空中，映射在河水上。

一宿无话，清晨即起身，登上14层甲板。连续两天两夜的纽约阴雨，终于停了。可漫天云层厚重，不见个亮堂。清晨的寒气，丝丝缕缕，缠着阴沉的纽约。甲板上人群密集，都是和我一样，等着看邮轮出航的人。人们在接近零摄氏度的寒冷中，都像被冻僵了的小虫子，缩头缩脑，嘴上“嘶嘶哈哈”冒白汽儿。可还是没有人肯退缩，躲到近处温暖的舱室里。自由女神雕像，就在邮轮右舷不足200米前面。人们举起手机，随意拍照，“喊嚓咔嚓”连声响亮。

纽约是世界第一大城市，集政治、经济、文化的高水平于一身，是人生奋斗上进的选择之地，是实现年轻人梦想的最佳场所。不过，说句心里话，我不喜欢纽约。每次来到这里，我都能感觉到纽约的挤压催迫。时间总是不够用，心里计划着一步一步的行动，着急忙慌，跑步似的做事。还必须提高了精气神儿，稍有懈怠，就怕耽误事。那些密集高耸的大厦楼房，自脚下疯长到天空，抬头看任何一座建筑，都能把自己血压升高喽。人们常常就像水泥森林里窜来窜去的小老鼠，一慌神儿，就忘记了方向和目的。说来说去，原因就一个，我老了，折腾不动了。而纽约正是个折腾的世界，是各路精英比拼的战场。战场变幻于一瞬，胜负决定于毫厘。老兵不死，渐行渐远。还是让那些青年才俊到纽约闯荡奋进，使出他们的十八般武艺，摘取胜利的桂冠。

船行不及一天，突然在网上看到新闻。刚刚离开的纽约，竟发生了4.3级地震！说是连自由女神雕像也遭雷电击中，幸亏雕像上有完备的防雷装置，才免于被破坏。我的天！这怎么和上次来访有点像？那次也是，我们刚刚离开，哈德逊河上就有一艘渡轮发生了火灾，听说还造成了人员的伤亡。心下暗暗为纽约，为纽约的市民祷告，愿一切都平安！

想着，还是来到了14层甲板，向来路方向瞭望。纽约果然就是纽约，气魄竟还是如此豪壮。船行大西洋，早已出去百里之遥。可蓦然回首，还是能看见纽约那庞然的建筑群，仍高举天际，岿然不动，还在向我们这一叶小舟挥手告别。

加拿大东海岸至蒙特利尔：哈利法克斯—魁北克的古城和席琳·迪翁的歌声

接下来的 at sea（航海日）两天，航行 600 多海里，日夜依船而居。

在甲板上日行万步，手机里有详细记载。漫步中，已经在不觉间，将身来在真正的北大西洋。洋面上的色彩有变，竟不尽地斑斓闪烁，有蓝有绿有黄，天际上好像还藏了一抹紫。黄昏里，太阳的金色光线柔和淡然，只在蓝色的天空中稳定着，却不去掺和那些海水里变迁的色彩。我们就像在多彩的颜料中航行，像在虚幻的太空里飞跃。那个五彩缤纷的世界，在我们掠过的时候，甚至还发生了弯曲，以致那些美丽的颜色，都变成了长条的弧形。

邮轮一路向北的两天时间，足够让我们从刚刚乍寒回暖的初春，再次返回滴水成冰的深冬。不在外套里加穿上厚绒衣，不戴上手套、绒线帽，没人还敢随意登上 14 层甲板，浏览风光。也别说，万事都有例外。刚刚就看见，有一位黑人小伙儿，好像是船上机舱里的工人。就那么一身背心、裤衩、人字拖的打扮，坐在甲板的楼梯台阶上，专心观海景，不动声色。

真神人也！

想不到白天里那些惊人的美丽，竟是又一场风暴的序幕。夜间船行得颠簸，十分猛烈。经历了数月的远航，对一般晕船的后果还算撑得住。但还是感觉着天旋地转，一个劲儿地犯恶心，别无他法，也只好咬牙苦熬，昏昏欲睡。

晨7时，蹒跚漂泊了一夜的邮轮，像用尽了力气的大汉，呻吟了几声，终于放下身段，彻底安静下来。船上的人们仿佛也开始苏醒，长出着气儿相互告诉，加拿大的哈利法克斯到了。

这座城市，位于加拿大东海岸的新斯科舍半岛。这个新斯科舍半岛再加上布雷顿角岛，就是加拿大的新斯科舍省。我们停靠的哈利法克斯是这个省的首府，也是整个加拿大的第二大港。这“新斯科舍”有点啰唆，不好记。其实，在拉丁语里面，这新斯科舍（Nova Scotia）就是新苏格兰的意思。这名字，看起来就充满了英国早期殖民的意味。

新斯科舍半岛，在加拿大东海岸的最南端，哈利法克斯在半岛的南海岸。要想记住这个哈利法克斯，也容易。当年的泰坦尼克号，在北大西洋的失事地点，距哈利法克斯这座城市最近。也许有人会反驳，那失事地点不是在纽芬兰附近吗？纽芬兰附近是没错，但纽芬兰只是加拿大最东边的一个省，当时那里还没有现代化通信设备和相应的港口设施。一切真正和遇难船的联络及施救，都需在哈利法克斯这加拿大的第二大港口城市做起。说是泰坦尼克号和哈利法克斯相距最近，也还是有1000海里的航程。按着100多年后，我搭乘的这艘现代邮轮的航速计算，在得到泰坦尼克号失事的紧急无线电讯号之后，立即出发启航，最快怕也要经两天两夜才能到达失事地点。想想当年的季节，正和我们现在几乎一样，也是4月。在如此寒冷的环境中，就算泰坦尼克号上的幸存者身强体壮，怕也是万难熬过那啼饥号寒的苦难时光。

哈利法克斯城里，还有一个小型的泰坦尼克号博物馆，里面展示着百年前罹难者的一些遗物。那些陈旧斑驳的物件，看上去实在不寻常。睹物

思情，让百年后来人心中仍然升腾起酸楚的怀念之情。

站在14层甲板上，默默地注视着哈利法克斯城。表面上，感觉这座城市不大，几乎也就是中国一座县级城市的规模。但我心中明白，这城市绝非那么简单。这不但是加拿大的第二大港，还是世界上的第二大不冻港。"不冻"二字可了不得，地处北大西洋，又经年不冻，那自然就具备了重大的军事战略意义。相信对于政治军事有研究或是感兴趣的人，一定会关注到这哈利法克斯的动态。而我们的游览中，却不显这一点。除了在麦当劳桥下，见到了一艘小型炮舰，其余是真没看到什么更强大的海军实力。不过，我还是相信，这里一定有加拿大海军基地。

哈利法克斯当然还有细软的沙滩，有美丽的公园。人居环境安静而又宽敞，随时都能开展跑步、远足、野餐等各种室外活动。这些客观的存在，在我们的走马观花路上，依次罗列，不一而足。

这里有40多万人口，对于人口稀少的加拿大来说，无论如何也算是个中等规模的城市了。我们所乘的大巴士，穿城而过，赶到那个著名的佩奇湾去看灯塔。车窗外，商家、民居、大小教堂、行政机关……这些沿街的建筑，大多有百年以上的历史，都是砖瓦结构，雕梁画栋，各有千秋。细看那些窗台和门楣上，都有精心的装饰，满衬了当年建筑工匠的手艺情怀。

其间当然也有高直平阔的现代风格建筑，但两边一经比较，精美与平庸，还是一眼辨别得出来。就建筑艺术本身而言，还是历史的更好，经典的美妙。你看满街满眼的游客，每每举起相机，无不取景于那些斑驳沧桑的老教堂、老剧院、老市政厅、老博物馆……半街的老建筑，风格虽然相近，但无一雷同。每一幢有每一幢的特点，都是建筑艺术的精灵。

车子驶近了一处小丘陵，远看着就是一座不高的小圆山包。近前才看清楚，原来这小山包从上到下，修筑了一个庞大的要塞堡垒。哈利法克斯要塞（Halifax Citadel）是二百年前英国人修建的，当时是为了防备法国人和西班牙人的来犯。要塞堡垒的大部分，都修在地下，按当年的观测能力，如果是从北大西洋上航行而来，应该很难发现这座堡垒的内部结构，弄清楚要塞大炮火力的分布。驾船而来的法国人和西班牙人，可是要小心提防。如果贸然登陆，会遭遇要塞的沉重打击。到时候不但攻占哈利法克斯城市的计划落空，自己反遭舰队被毁的命运也说不定。

要塞外面大门处，有示意图和一张苏格兰士兵全副武装的大画像。画像上面，留了小胡子的士兵，威风凛凛，坦然自若，苏格兰裙下的小腿粗壮有力。其实，这里二百年来，并未发生过真正的战斗，自然也没有胜败的记录。

哈利法克斯这里，盛产龙虾，而且常年出口。据说中国每年都从这里大量进口龙虾，均以百万吨计。导游还说：“如果你们过些天赶到魁北克，还能吃上龙虾，那也是从哈利法克斯这里运过去的。”

我想，这里出产的龙虾，应该和美国波士顿出产的龙虾是一个品种。你想啊，距离这么近，海又是一个海。怎么也不会产出了澳大利亚那样的“青龙”和“红龙”吧？

居海南多年，记得刚去的时候，还常见那里有本地海产的小型龙虾，可没过个三五年，就都被吃光了。后来海南酒店里所食用的，大都是从澳大利亚进口的“青龙”和“红龙”。记得那时候，大家都喜欢对龙虾不做任何烹饪，直接品龙虾刺身的吃法。大个头儿的澳大利亚“青龙”，有一两公斤的分量。把它刷洗干净后，自背脊上竖着剖开鳞甲，剔出龙虾肉。龙虾虽说个头儿不小，但里边的肉并不多，取出这最主要的一条龙虾肉，只有半个手掌大小。要耐心地把这肉薄薄地切成片儿，这肉片儿晶莹剔透，像是无色的果冻，再把它们均匀地铺排在大盘的冰衬上面。先欣赏这道美食，略过一两分钟，再动筷子。美味不可多得，取一两片龙虾肉，佐以日本青芥末和“龟甲万”酱油，入口清爽鲜甜，不忍咀嚼。闭目延品，几成仙人。吃了龙虾刺身，再抿一口白葡萄酒，美了个透，不由人不叹道：“得享如此美食，实在是人生幸事。”

龙虾身上，有很多部位细小，再难取肉。最后干脆都统一剁了，成麻

将大小的块子，和上等精米熬在一起煮成龙虾粥。当酒席将尽，取这粥来啜，能爽出汗。

也想起波士顿龙虾，那样子和澳大利亚龙虾不同，似粗略些，一眼就看得出来。知道这属于螯虾一类，未见能吃刺身，只是大锅煮了过瘾。那波士顿龙虾肉紧实Q弹，可多吃饱肚。细品，总好像还有一丝泥味，少了些虾的鲜美。

大巴车很快就出城到了郊区，这里应该是河、海交汇的网衩沼泽地带。看到有大大小小数不清的水域，相通相连。水泽岸边，常有星星落落的木制小房子，修建坐落。周围的环境优雅安静，几不见人。从那些房子门前停靠的车辆，还有近处水中锚泊的船只倒是可以断定，搬到这远离市区来生活的，不外乎两类人，一类是热爱大自然，专为亲水而居，来到这里；另一类，傍着网、箱，摆弄着小渔船者，一定是经常下水出海，捕鱼为生的渔民。只是，我还不能分得清，这渔民里面，哪一些是专门捕龙虾的？

车行近一个钟头，佩奇湾到了。

远远就看到那座红白相间的大灯塔，高高矗立在海岸上。大西洋的波涛，在佩奇湾这里，变得很有些凶暴蛮横。它们攒足了劲儿，把自己狠狠地摔在海岸的大块花岗岩上，溅起十米八米冲天的浪花。天寒地冻，冷风袭人。刚下车，一下子就被这临海的硬风打透了身上的衣裤，不由得抖了个寒噤。幸亏穿戴了在纽约买下的手套和绒线帽，总算勉强抗住了佩奇湾这出了名的寒风。

拍摄灯塔，拍摄飞溅的浪花，拍摄一日未曾离去的大西洋。骤然间感觉到，北大西洋这天气一冷，怎么就汇集了那么多的荒凉和寂寞？看着这两三百个游客，还算给这阴霾的荒滩，带来了几许活气儿。等过一会儿，我们都走了，这里就会复原成世界上数得着的荒芜空旷、人迹罕至的去处。

岸上还有精致的小木房子，被辟作商店和咖啡店。在海岸拍摄完了的游客，都想着躲避寒风，就不约而同地赶过来。霎时间，小木头房子就被人们挤了个满满当当。我在这里买加拿大小国旗，再买一面小新斯科舍省旗，竟收了我20美元！这物价一下子就冲上了一路以来各国各地区的冠军榜。不仅如此，这里还不让刷信用卡。用的美元现钞，找零头还不返还美元，只给你加币。这让人感觉到小店的蛮横，体味出了文明间的粗暴。我宁愿相信，在这偏远的海滩上，是这些所谓的旅游商店，不顾大局，私下里撑着胆子，赚取不良钱财。也不愿相信，这明显不公平的现象，是加拿大的政府规定。对于我个人来说，这点小钱，数目不大，我也没去认真计较。但是，加拿大美丽的红枫叶，在我的心目中，已经因此而蒙上惨淡。

疲惫的一天过去了，我还是冒了寒风登上14层甲板，去看“诗歌”号的启航。尽管穿戴了所有能御寒的衣物，时间稍微长一点，还是被冻得哆里哆嗦，心发颤。三声汽笛长鸣，在夜色中显得有点凄厉。接着该继续的《我的太阳》，却没有播出，风中只是响了一段单调的钢琴声，听上去有些别扭。存在U盘里的男高音，也会心情不佳，拒绝演唱吗？

晚上6时，按要求梳洗打扮撣香水儿，两人做 lady and gentleman（女士和先生）状，赶到5楼的枫丹餐厅吃晚餐。我们在这里有固定的座位，本可以天天来。但来过后，感觉受拘束，不像13楼自助餐厅那么随意，所以也就不经常来。今天纯是心血来潮，给自己添点热闹。

枫丹餐厅这里每天备下的晚餐，都是正宗的西餐。还要求来进餐的游客穿正装，实在麻烦，这也是我们不常来的原因。这里的菜肴会按着客人事先定下的顺序，一道一道地上。每吃一道菜，还需更换一副刀叉，这样够讲究，但也实在够啰唆。给我们桌服务的服务员是位印度裔，高大帅气，五官端正，名字叫“尼考”。眼见他一个人就负责7张桌子的服务，大家一开饭，“尼考”就忙得像个陀螺，不停地转，我们心里老大不忍，这里又不时兴给小费，只好不断地说谢谢。咱们从小长大，都是在平凡简单的环境里生活。冷不丁在这种高低分明，阶层差距的西餐厅里装资产阶级，还真就如芒在背，浑身不自在。

可5楼枫丹餐厅里的菜肴，也确实比自助餐好吃多了。说这回吃的羊

肩肉，又鲜又嫩，所蘸作料也特别上口。旁边的老张，吃得性起，又加了一道同样的羊肩肉。我没好意思也像他那样，再加一份主菜，咽了咽口水，总算忍住了。

享用地道美食，当然还是选在正规讲究的餐厅最好。平常过日子，吃饭图个轻松随便，那就去自助餐厅，甩开腮帮子，把胃填满。

这次在 5 楼枫丹餐厅吃晚餐，还让我获知了有关哈利法克斯大爆炸的信息。1917 年 12 月 6 日的清晨，本来是一个普普通通的清晨。虽说是冬季，但哈利法克斯港作为加拿大的不冻港，码头上仍然一片繁忙。当时正值第一次世界大战期间，一艘法国的军火船“蒙特·布兰克”号，满载 5000 吨弹药和炸药，从美国的纽约赶到了哈利法克斯，准备在这里做些给养补充，再接着开航，去法国的波尔多。“蒙特·布兰克”号在哈利法克斯海湾，和一艘比利时的救援船迎头相撞。先是两船起火，场面令人震惊，吸引了许多市民前来码头观望。不想，火势迅速引发了船上炸药的大爆炸。一时声震四野，腾起的烟柱高达 3000 米，5 平方千米以内的街区，瞬间夷为平地。爆炸致 2000 多人当场死亡，9000 多人受伤。被爆炸摧毁的三所中学 500 名学生中，只存活了 11 人。爆炸的当量相当于 28 年后投在日本广岛原子弹的七分之一，哈利法克斯重建 25 年后，才终于抹去了大爆炸的疮痍。

这当然是人类的巨大灾难，虽过百年，仍不可数忘。再看船舷外面，已是深沉夜色，不见有一丝灯光。离去不及几个小时的哈利法克斯，全然掩在黑暗中。可她留下的那些新鲜回忆，还声情并茂，久久不肯逝去。我之游览所见，都是时刻间的现实，而多少惊天动地的历史，都沉淀在时代的长河之中。

晨 9 时，船靠岸，来到悉尼。昨夜船行，颠簸不断，折腾得人脑袋里一直嗡嗡作响。现在，邮轮终于停靠在码头上，眼见着被十道八道的缆绳牢牢地系住了。

一说悉尼，准有点意思。任谁都会立马想象到澳大利亚的那个大城市，那里的歌剧院，被建成了贝壳式的现代主义经典建筑。不过，我们现在到达的城市，是加拿大东海岸布雷顿角岛上的悉尼。此悉尼和彼悉尼相距万里之遥，完全不是一回事。可这两个城市名称，用英文拼写下来又一模一样，毫无二致。

其实，英文的地名，重复者甚多。随便说一个，“Newcastle”（新城），我就在很多国家里都见到过这个城市名称。还记得俄罗斯有个“诺夫哥罗德”，其实，在俄语里这也是“新城”的意思，这新城还是高尔基的故乡。回头再说加拿大这个悉尼，也就没什么奇怪的了。索性去查了一下有关资料，发现眼前这个加拿大的悉尼，建成时间是1784年，比那个1788年建成的澳大利亚悉尼竟还早了4年！气人不？辈分不论长幼，人家这小悉尼，还真就是哥呢。

悉尼所在的这个布雷顿角岛（Cape Breton Island），和我们昨天去过哈利法克斯所在的新斯科舍半岛（Nova Scotia），共同组成了加拿大的新斯科舍省。所以，理论上说来，我们还没有离开新斯科舍省，而是在同一个省的两座城市之间旅行。

和昨天去过的哈利法克斯相比，这悉尼可是小多了。如果说昨天是到了一座中国规模的县城里，那么今天刚好是又到了一座中国规模的乡镇级的小镇里来了。这城市里的人口，只有3万。据导游讲：“布雷顿角岛这里，也曾成为一块独立的英国殖民地，悉尼还曾是这块殖民地的首府。”

悉尼是早期苏格兰移民的聚集地，这里的人文社会，还能多少体现一些苏格兰的文化特征。悉尼也曾经被称为“钢铁之都”，在19世纪初，因为这里拥有丰富的铁矿资源，曾建有大型的钢铁工厂。当时也有很多东欧移民来到悉尼，当钢铁工人。不过，这都是近200年前的事了。

一下船，踏上悉尼的土地。就感觉这里的气温很低，“刷”的一下，整个人都有掉进了冰窟窿里的感觉。用老家的话说，人冷得都“拿不出手来了”。船上的旅游部，说是发了善心，凭空就送了我们一个免费项目。招

呼大家坐上大巴，游览悉尼。可到头来，车子只是在悉尼的远郊，一味地绕圈子，连个导游都没安排。还不到 10 点钟，车子就回到码头来了。看得出来，这是旅游部在应景敷衍。

我倒是在路上见到了一处小型的海军基地，没船，倒有几个水缸大小的铁疙瘩，锈迹斑斑，摆在荒凉的海滩上。那大铁疙瘩，得花费些想象力，才能揣摩出大致的水雷模样。还有密集的风力发电群，我仔细地看，那一众大风轮架子，却只有唯一的一架还在慢慢地旋转，其余都停了，一动不动地呆竖在海边，令人心生疑惑。路见巴掌厚的积雪，断断续续地堆在旷野里。这次出行，还是第一次看到雪，想时下的气温，当在零摄氏度以下了。

从旅游部的免费一圈游回来，大家都感觉好像被人耍了一样，心生厌恶，愤愤不平。最后都打定主意，自己开动脚步，到城中一游。

小城街上寒风凛冽，萧条寂寞，根本没几个人影儿。沿路的商家大都歇业，只有少数几家开了门。钻进去逛，都是服装、鞋帽、纪念品的老一套。再搭眼细瞧，竟又大多是中国制造（Made in China）的产品。其中的小刀、钥匙链、冰箱贴都精致俏皮，值得买下做了纪念，或待日后赠送亲友。想想也就理解，这孤悬大西洋的加拿大小城，自己哪里会有工厂加工此类产品？咱们义乌算是本事大，竟能把全世界的小工艺品都制造出来，然后再借着老外的手，卖给千里迢迢、辛辛苦苦来此地的同胞们。漂亮的小玩意儿在世界上转了一圈儿，从哪里出去的，又再回到哪里去了。想想，觉着自己作为义乌货的回程搬运工，可是傻得不轻。

街角上有满身沧桑的老银行、老教堂、老市政府建筑，披着一身古香古色，朝我们挥手示意，再接着点头感激我们的拍照。

有赌场，规模不大。三五张桌子，几十架吃角子老虎机。细看零星赌客，尽是老头儿老太太，气定神闲，慢悠悠地消磨下午时光。场里温暖，坐下喘喘气，不由得想试试手气。没想到那凶恶的吃角子老虎，不费吹灰之力，就生吞了我 50 加币钞票。眼见那张宝贵的纸头，转眼就不见了踪影。不由叹息，不可赌博的千年古训，再一次被验证，实在是真理。

冒着寒风归船，在悉尼大街上疾走。在路过一座小石桥的时候，抬眼瞧见一位身高近两米的彪形大汉，上身穿蓝色 T 恤衫，下身着一条黑色大裤衩。大汉行色匆匆，一心赶路，不觉与我迎面相对。近了再细看，他手里竟还提了大号纸杯，纸杯是麦当劳里装可乐的那种家什。眼下大汉手里正是一满杯的加冰可乐，那些小冰块在可乐液体中相互撞击，发出“咯啦咯啦”的轻微响声。大汉还不时举杯至嘴边，大口痛饮。好家伙！这让我疑似得见天神下凡，我不错眼珠儿地盯着“透心凉”大汉的英雄壮举，当场发呆。大汉倒不觉，只是一路喝着杯中物，一路踢踢拖拖脚上那双人字凉鞋，越走越远。

我知道人世间真有这样不怕寒冷的人物。上一次，还是多年以前，在俄罗斯的海参崴海豚园里。我见到过一位少年，在十冬腊月的海水池中，只穿了一条短裤，戴了一个浮潜水镜，就那么赤裸裸地和几只大海豚欢快嬉戏，还高声呼唤，唿哨连连。当时惊为天人，看看自己浑身上下，鸭绒衣裤还外罩皮夹克。竟仍在俄罗斯的隆冬里，感到寒冷透心。

这次是在加拿大，遇见这大汉总有三十出头的年纪。实在不知道，这样的异人，可是真有什么人生秘密？

悉尼平淡无奇，让我们多少有些沮丧。踏着斜阳的归途上，我们的注意力，仍然被那些城市边缘的小型木头房子所吸引。我指点着告诉老妻：“这些房子，很像我小时候在哈尔滨南岗马家沟一带的俄国侨民的居所。”

抵夏洛特敦。

这“CHARLOTTETOWN”的直译，就是夏洛特市镇。名称后面那个“town”，读的时候，应该不发“敦”的音。可人家就那么翻译着，都叫了几百年的“敦”，我们也就顺着吧，夏洛特——敦。

旅游部的领队告诉我们：“先记住，这里曾经发过重大火灾，是火烧过的夏洛特敦。我这里有资料记载，早在 1886 年，这座城市不慎失火。因

为当时的房屋绝大多数都是木制的，所以火烧成片，波及全城。大火根本无法扑救，一直烧了 8 小时，结果全城只有少数砖瓦结构的建筑保留了下来。”

旅游部的人说得唬人，结果等我们登上岸去，见到的却是另一番景色。

太阳高悬，金光四射。天儿一下子又热乎起来，为了轻便爽手，我上身只穿一件衬衣登陆夏洛特敦。事实上，夏洛特敦离昨天的悉尼并没有多远，应该还不到 300 千米。悉尼在加拿大东南的布雷顿角岛上，向南濒临大西洋。眼下的夏洛特敦，在加拿大的爱德华王子岛上，向北濒临劳伦斯湾。我们的船，也只是在大西洋上向西北转了个弯，进入了加拿大的劳伦斯湾。记得昨天还是冬装防寒，冷得发抖，今天就几乎赤膊前行。昼夜温差如此之大，令人惊讶不已。

劳伦斯湾是加拿大的内海，类似中国的渤海。不过，它比渤海大，几乎是渤海的 3 倍。劳伦斯湾的西北部就是劳伦斯河的入海口，我们的船离开夏洛特敦以后，会在那里逆水而上劳伦斯河，一直赶到魁北克去。

夏洛特敦最先展示给我的，是她那古老的市政厅。这是一座石头建筑，从底到顶，一律都是那种鸭蛋皮的翠青颜色，质地细密的长条石材所砌。这种纯石头建筑，我见过的也不多。它给人以厚重，能依托的踏实感。整个市政厅建造得庄重辉煌，透着威严。

就是在这个市政厅里，一百多年前（1864 年）曾经召开过一次会议，史称夏洛特会议。这次著名的会议，在客观上，具体推动了加拿大的诞生（1867 年）。

从市政厅出来，转过了街角，见到了一组耸立的人物雕像。那雕像的主题，是三个加拿大士兵持枪行进。再看旁边的碑文题字，上面写就了两组数字：1914—1918 1939—1945。这是两次世界大战的年代记录，这雕塑显然是为了纪念那些参加了两次世界大战的加拿大军人。围着雕像转了一圈儿，还发现了朝鲜战争和阿富汗战争的年代记录。和前边的那两组数字相比，后者的字体要显小一些。我明白了，这是一座综合性的纪念碑。

他们在这里，把加拿大在100多年以来参加的世界级战争都纪念了。纪念碑内涵够丰富的，时间跨度也实在有点长。依我之见，在夏洛特敦街头，雕一群加拿大战士做纪念就好。也没那个必要，去细数那一次又一次的战争。老兵不死，战士永生，就是雕塑主题了。至于战争本身，生灵涂炭，恍如地狱，可有什么好纪念的？

城市里的老区，规规整整，古香古色。建筑都在靠近港口一边，一幢一幢安安静静地排列着。其中唯一凸起的高层，应该就是那座Dunstan（邓斯坦）大教堂。按说这城里大大小小的教堂还真不少，触目皆是。可若论最高最大最知名，当然还是这座哥特式建筑的邓斯坦了。

邓斯坦大教堂，建于1919年。教堂有相互对称的双塔式钟楼，塔尖高举，把轰然的钟声挥洒到蓝天上。无论你人在这小城里的任何地方，都能抬眼就见到这两个塔尖。来到教堂的大门前，是花岗岩铺就的台阶。拾级而上，临大门旁立着一个木牌，上面写着：“欢迎来访者。”

话说得通俗，可其中又包含了宽容大度的宗教精神。是啊，神的殿堂，不就是照应芸芸众生的圣地？还有什么可保密、可藏掖、可防备普通人的呢？尽管他们都是上帝的罪人。

橡木大门看上去很沉重，可轻轻一推就豁然敞开了，人一下子就进入了寂静的环境中。不知道他们是怎么办到的，怎么仅仅一扇厚门，就隔绝了世上的喧嚣，让我的耳朵里静得“扔儿扔儿”响。而眼前所见的彩色玻璃、圣母圣子的精美雕像、讲台上的鲜花、巨大的管风琴……这一切，都静止无声，像很多年前看过的默片儿、无声电影一样。寂静归寂静，无声的氛围却又能暗暗地抚慰人，请人在长条椅上坐下来。不用祷告，也不用唱赞美诗，沉下心来坐一会儿。想想什么，或者干脆什么都不想，就那么安静地坐着，身心会感到一阵彻底的放松。

有本地的女人，在我右侧前面不远。她谦恭地双手合十，躬身静默。她微闭双眼，口中无声，却慢慢地翻动着嘴唇，激动地向她的上帝倾诉着内心的酸楚。能看见女人的后背轻轻地抖动不停，先是慢节奏，小幅度地

抖动，可不消一分钟的工夫，那可怜的女人已经像残挂枝头的枯叶，在风中颤抖成一团。她一定知道这公众之地，不能依心动情。于是，就努力地克制自己。可越是这样克制，她的心情反倒越痛苦不堪，身子也颤抖不停。一直到她稳了稳自己的情绪，转过身从旁边的架子上拿了两根白色的蜡烛，再燃着放到一片火焰之中去竖着，女人才算平静多了。愿上帝保佑她，能倾听她的话语，能帮助她。

UNIVERSITY Ave（大学路）这一带，却是商家依次聚集，未见书卷气。麦当劳高高举着自己的大牌子，牌子上还是那个变形的“M”字母。有披萨店，有超市，还有专门对口中国人的“真鲜”超市。里面可是不仅卖海鲜，眼睛在货架子上转一圈，就知道了，国内有什么，这里就有什么。我暗自算了个大概，尽管这超市里的东西价格不菲，但如果是自己买了食材，自己做着吃，还是能把日常吃喝的开销降下来不少，怎么也能节省一半的花销。可想也白想，来这里留学的孩子们，根本就没有一丝自己动手解决吃喝的念头。眼看着几个中国留学生模样的年轻人，和他们的同学，嘻嘻哈哈，手持汉堡可乐当午餐。连我自己都为刚才的想法苦笑，往自己动手做饭上想的人，都是我们这些过来人，是老一代的穷小子。现代人来留学，都是父母拿钱，包办了所有的事务，那些孩子们，怕是连想都没往自己动手做饭上想过。

在一家超市里闲逛，发现这里摆着的一些服装、帽子、鞋子之类商品，明显陈旧，甚至细看都看出使用过的痕迹。打问之下，店主明确告诉我们：“这都是二手货。”

旧衣裤鞋帽的卖价十分低廉，几乎算送。又恰好见一位中年大叔，正挑了一双球鞋，试了试大小，倒正好合适。大叔掏了一个加元，买下了半新的球鞋，大大方方穿上，脚步轻松地走了。

我们相互对视，若有所思，没发一言。

最后，我们在维多利亚街、皮克码头再转了一大圈儿。下午归船时，恰好听见广播里面通告：“今天下午3时30分钟，整个北美洲都能看见日

全食。请各位到时登上 14 层甲板，观看日全食。”

说时迟那时快，听到了消息的人们，倾巢出动，都挤到 14 层甲板上，等着看日全食。大家领取了船上提供的黑光目镜，拿着左试右试，上下比量。甲板上挤满了人，大家又取了平日里晒日光浴的活动躺椅，再脸朝天，身子瘫在椅子上。乱哄哄人声嘈杂，突然就有人叫起来：“看见啦！看见啦！”

说着，还用手指向天空中太阳的方向。人们就像听到了指挥一样，赶紧戴上黑光目镜，认真观察太阳。果然，黑光目镜里的太阳变得不那么刺眼，像融化了的金子，更像从壳里打出来的鸡蛋黄。可又有什么东西，生生把太阳的左下方咬住了一块，就像有一块小黑饼子，贴近鸡蛋黄，分明在太阳的下方遮挡了一部分。鸡蛋黄变得少了一口，那牙口的痕迹还在，太阳缺少的这个部位，也成了黑色。日全食来得相当缓慢，用人眼透过黑光目镜，几乎看不到那块黑影儿的扩大。可事实上，太阳的鸡蛋黄色还是越来越小了，都被黑色一点一点占据了。人们慨叹着，互相通报自己看到的情景。光明与黑暗相互攻打挤兑，可又看不出来，那月亮造成的黑影儿，能否最后完全打败太阳。把那金子都变成黑炭一样，那才叫日全食呢。

前后折腾了一个多小时，一直盯着天上看。满船的人几乎天天看手机里的电影、电视、视频，比起那些活灵活现、扣人心弦的节目，这日全食呆板迟滞，半天也没什么变化，人们都被弄得没了兴致。眼看就有人打起了哈欠，伸懒腰，还有人不声不响地就溜走了。结果，很少有人待在甲板上看了完整的日全食，空余一地的躺椅，还得劳烦年轻的船员去收拾。

我也半途逃了。事后回想，即使是那个黑影遮住了大半个太阳的时候，仍然不能拿掉黑光目镜，用自己的裸眼直视太阳。那太阳并没有想象中那样变得衰弱，它依然刺眼，不容随意轻视。感觉有明显变化的，是太阳俯视下的世界。阳光仍然普照，还是亮晶晶的，却只有灯光的照明作用，其中再无温暖。霎时间，太阳下再吹起的风，已经冰凉，从船的一舷横过到另一舷，让人直打哆嗦。

晚餐吃得有点多，因为饿了一天，也劳累了一天。

原本是想去自助餐的中餐部那里，瞧瞧能不能讨些典型中式的炒饭炒面类垫垫肚子，结果看到那里却空空如也。和服务员聊起来，才得知这里的中餐都停了两天了。原因是有人写了小纸条，贴在餐台上。其内容说，这中餐里加了太多的调料，让人吃了恶心反胃。这当然是一种公开的投诉，自此中餐部就停业整顿，怎么也得过个把星期，才能再开门营业。

说实话，这船上的所谓中餐，实在很垃圾。听说这中餐的主厨，竟然是一位印度厨子，玩笑开大了。那炒饭有时候像沙石一样硬，吃一份这东西，得调动好自己的两侧臼齿，细细地磨细那些米沙，才好吞下去。炒面简直就是一摊泥，早就不是条状。厨师只是使了力气往里面倾倒酱油，那色儿都发黑了。吃一口又咸又苦，让人直咧嘴。让自己私下里也感到奇怪的是，即使这样，脚步还是经常往那中餐部拐着走。不惜一再后悔，受了那个罪，仍抱美好的希望，再次尝试味觉的苦难，中国人太爱恋依从自己的口味了。

中餐里的调料应该是有问题的，按最普通的想法，真正绝佳的食材，直接享受其中的原汁原味，才是真理。怎么就非得在烹饪时往里面添加那么多的调料不可？什么味精、鸡精，生抽、老抽，酱油、蚝油，麻酱、黄酱、豆瓣酱，白芷、豆蔻、花椒、大料、香叶、孜然、水淀粉……林林总总，不一而足，真不知道我们每天都吃下了多少调料。而且，看这势头，调料还会日新月异，有增无减。中华烹饪艺术，当为世界第一。可任由调料横行，就是邪门歪道。由此想来，这中餐部关两天门，反思一下也好，琢磨琢磨，怎么少用调料，也能烧出精美饭菜来。

这要是说起来，船上的西餐也是问题不少。记得刚上船的时候，我一气能吃三个牛肉饼，那肉饼做得软嫩香浓，肉汁淋漓，真是招人喜爱的一道美食。可惜时过百天，这肉饼就是不换样，日复一日摆在头号大餐盘里，结果，最后连看一眼都让人腻歪了。很多的新鲜蔬菜，都浸泡在奶昔中，失去了原来的鲜嫩百味，只剩一股子奶味，实在可惜。也是让人奇怪，怎么老外烹饪，做什么都往里放奶？那烤肉大多烤得老，就算牙口好，撕咬得动，吃到嘴里也是柴得很，早没有了肉嫩汁浓的感觉了。苹果也拿来烤，黑黢黢的一坨圆球，像鹅卵石，就没想过，还能拿来咬一口。按说意大利餐应该不错。可那 pasta（意大利面），实在不敢恭维，永远煮得没熟透不说，那肉酱也是百日不变，一味到底。怎么都赶不上家里随便煮一大碗榨菜肉丝宽汤热面，来得尽兴。

西餐里的香肠、火腿、熏鱼、咸橄榄、酸黄瓜、蓝奶酪……这些前菜、开胃菜，总是让人倾心受用，口感绝佳。还有那些不起眼，经常为大家忽略的热汤，可是好东西。那些汤里配料丰富，常有海鲜、精肉、浓奶、蘑菇……在里面藏着，叨一口细品，余味无穷。偶尔赶上过两次羊排（lamb chop），烤得好极了，鲜嫩多汁，肥瘦相当。那火候也是恰到好处，一刀下去，里肉粉红。旁边的广东老弟，一时兴起，竟吃了 7 块！老广历来嘴刁懂吃，竟也喜食这羊排，可见西餐中也有难得美味。

5 层的枫丹餐厅，比起 13 层的自助餐厅，好过很多。那小牛肉、羊肩肉、奶汁鱿鱼（又来奶了）、炙烤波士顿虾、酒香牛排……都不错，让人吃过不忘。可还是那句老话儿，正规西餐厅那里太板人，需收拾起来做绅士状。偶尔一次还可以，就当演节目彩排了。但多次往返，还是受不了。我一个穷人家孩子出身，受过穷挨过饿，上山下乡打铁赶车也受过累。装模作样太长时间，对于我来说，就跟遭罪一样，所以少去。年轻时候，听要饭的说："嗨，我要是当了皇上，烧饼果子管够，哪儿凉快就拽块席头子哪儿歇着去。"

记得那时候，好多人还享受不了这样的生活，我也一样。

在所有的航海日里，我仍然坚持着甲板上的行走锻炼，日满万步，所谓的"漫步大西洋"。只是进了加拿大海域，天降风寒，甲板上的行走，也变得艰难些了。要配戴厚毛衣、绒线帽、手套、毛袜子，一下子臃肿笨拙了不少。可也只能如此，才扛得住这露天的海风。偶尔飞上甲板的浪花，眨眼间就结成了冰碴儿，在沟沟坎坎的小角落里，再风化成了白霜。冰冷

的大西洋劳伦斯湾里，波涛滚滚。船舷外的远处，时见连绵的山峰，那灰蒙蒙的山巅，点缀着皑皑白雪。

海风呼啸，卷起大片的白色泡沫，在空中飞舞，抽冷子又扫回到船上来。甲板上角落里原来结下的那些白霜，兴奋不已，连声嘶吼，唿哨阵阵，欢迎它们那些泡沫兄弟。

“全副武装”的我，猫腰顶住海风，在甲板上艰难行走。天海阴暗，气氛萧然。抬眼望过去，整个甲板上除了我以外，空无一人。平日里散步能见到的船友，都冻得缩回舱室里去了。

晨9时，大船终于停下来。“叮叮咣咣”的响声透过船身，不断地传过来。我知道，那是船上的水手正顶着寒冷的天气在绑定缆绳，魁北克到了。

从脚下的7层，登上14层甲板。高低参差的城市，迎面而来。看到很多几百年的古典风格建筑和玻璃幕墙的现代化摩天大厦交相辉映、近在咫尺。很多建筑顶端的旗杆上，还都飘扬着旗帜。旗帜在劲风中抖平了身段，显出精神焕发的面貌。加拿大的国旗，也称为枫叶旗，在红白相间中有一片三叶枫的图案。可细看，却只见到一两面旗帜是枫叶旗。好几处的旗杆上却挂着一面蓝底白十字的旗帜，冷不丁远看着，还有点似挪威的国旗。再细看，才看清那旗帜上的每一方蓝色中，又都有白色花朵的图案。问了旅游部的人，才知道这旗帜原来就是魁北克的省旗。魁北克是加拿大面积最大的省，是加拿大的法国文化中心，80%的魁北克省居民，是法国后裔，这里的官方语言为法语。展示在我眼前的是魁北克省的魁北克市，这是一座耐端详的城市。魁北克省的首府却不是这里，而是在250千米以外的蒙特利尔。

“诗歌”号在魁北克停靠以后，时间安排得很紧。我们被分成几个团队，登上大巴。按事先计划好的程序，马不停蹄，直驱蒙特利尔市。这个蒙特利尔，在魁北克省的西南部，还是加拿大的第二大城市。我还知道，蒙特利尔是在劳伦斯河中的一座岛上。同为劳伦斯河，一衣带水，我们现在停靠的魁北克在下游，而我们将去的蒙特利尔在上游。为什么不能开船过去，逆流而上直驱蒙特利尔？正确的答案应该是，劳伦斯河水域越往上游就越是窄浅，难容“诗歌”号这样的巨轮航行其间。

高速公路宽阔平整，双向也隔得很开。大巴车飞速行驶，车窗外的景致“唰唰唰”不断闪过，就像大屏幕上的幻灯片一样。我们先从魁北克市区穿越过去，再过了两道桥梁，就很快来到郊区。能看见劳伦斯河宽广坦荡，在冷天中徐徐升腾起薄薄的雾气。

城市渐远，大片的平原缓缓地转过来了宽阔的胸膛。这里的土地辽阔平整，一望无际。眼下这情景，在一路上的其他国家和地区还真没见到。还是回想着，在我下乡的小兴安岭南麓，那壮阔的北大荒，才能有类似的地貌。走遍了世界，如此雄厚的土地资源，除了中、俄、美这样幅员辽阔的大国，其他地方，实不多见。

能看见一片土地上，有去年收割过的玉米茬。再看见又一片土地上却冒出了新芽，翠绿莹莹，成方成块。这年轻的颜色，在无边无沿还沉睡着的黑土间，带着勃勃生机。曾经下乡当过农民，我就知道，今年的新麦已经破土，正日新月异地茁壮生长。

看着大块大块的耕地，目测了其中之一，估计着应该是一公顷的大小。而这每一公顷的土地间隔，都是宽近三米的水渠。水渠里偶见薄冰残雪，大部分都已经融化成水，太阳照射下的水流，时时闪烁了跃动的光彩。本来就羡慕那辽阔的耕地，现在更是惊叹于这完善的水利设施。如此现代化的农田建设，当然会保持耕地上农作物的产量和质量。还记得有农民伙伴跟我说过：“咱东北这大片的黑土地，如果都能变成水浇地，养活半个中国就没问题了。”

农民说得没错，水浇地那可是旱涝保收的“宝地”呀。

有多少了解一些情况的队友说道：“加拿大最牛的，就是轮种。人家把土地分成几批，轮换着种植农作物。轮空的地块就那么荒着，以保持地力。

土地也是个有机世界，接连不断地播种耕翻，施肥打药，总有耗尽地力的时候。

“这魁北克的水力资源，在整个北美都名列前茅。加拿大是农产品出口国，每年都向世界出口大豆、小麦等粮食。”

听他说到这里，蓦然间记起，很小的时候，还吃过加拿大的进口白面。听妈说：“这面又细又白，还特‘出数’，一斤面兑好水，能蒸出来五六个雪花白的大馒头。”

一路上，在一个多钟头的时间里，别无他物，都是这规整的大块农田。能看到散落在原野里的民居，那些普通的房舍，大都也有农家的色彩，那高高竖立着的谷仓顶上，都还立着一个剪成公鸡样的铁皮风向标。不过，这样的民居不多，隔着几千米远，才能见到又一家邻居。

转过高架桥，我们的大巴车驶离高速公路，来到劳伦斯河岸。导游说：“看吧，对面就是蒙特利尔。现在你就能清楚地感觉到，这个加拿大第二城市，确实就在一个岛上。这个岛也叫蒙特利尔岛，位于渥太华河与劳伦斯河的交汇处，所以看上去这里的河面很宽阔。”

这里是 Jean Drapeau（让·德普）公园，右手不远就是高架在劳伦斯河上的 Pont Jacques Cartier（琼·德拉勃）大桥。蒙特利尔就在对面，近千米宽的河面，宽阔丰盈，安安静静，就像平整而又宽敞的舞台一样，把城市托起给你看。

从远处看的城市都美，那些亭台楼阁，那些高兀凸显的几何形状，都那么鲜明立体，再被苍绿的树丛半遮半掩，就更生动更活泛。蒙特利尔就像 3D 打印出来的油画，这三维的画作，一下子就被印刻在脑子里栩栩如生，永不褪色了。不是每一个城市都有这样隔水展示的机会，飘飘欲仙的蒙特利尔美人儿，无愧于劳伦斯河这天然的大舞台。

对岸那些无声的建筑，有刺天的穹顶，有似神秘符号般的摩天轮，有圆凸的高楼阳台，有余弦曲线那样飞跨的弧形桥梁，有随意挥洒的道路，有雪白高挑的钟楼……有红、黄、白、绿各种涂上去的色彩。城市很静，

听不见一丝声音。蒙特利尔所有的一切，好像都憋着一口气儿。只待一个无形的指挥家，把那根金棍儿潇洒地一甩，蒙特利尔就能一下子迸发出激动的音乐旋律，从劳伦斯河面上一飞冲天。

再搭车蜿蜒而入城市，近距离品味蒙特利尔。一下子入眼的都是人，在整洁的街道上，来来去去的男女老幼。表面上看，这里的市民和加拿大其他城市里那些人，根本没有任何区别。可我知道，蒙特利尔的市民有60%都是法国人的后裔。历史告诉我，在500多年前，先是法国人占领了这里。蒙特利尔的开埠建设，在于法国移民。就连蒙特利尔这个城市名称，也是来自古典法语“Mont ROYAL”，原意为“皇家山”。蒙特利尔甚至还曾经短期被美军占领过，不过，它后来还是成为英国殖民地，最终从英国殖民地独立出来，成为今天加拿大的城市。这些都是历史，可哪一座城市没有自己成长变迁的历史呢？如果不知道蒙特利尔先前是法国殖民地这段历史，可就没法理解，这么大一座城市怎么就成了世界上的第二个巴黎？城市里的人怎么就都说起法国话来了？

城市中的民居，都以砖瓦结构的两三层房屋为主。沿街排列的房子，还都把楼梯建在外墙上。打一楼起，楼梯转折着通到二楼和三楼。这样的楼梯设计不漂亮，甚至有点丑。唯一的好处，大概在于安全，万一出了火灾之类的事故，楼上的人们倒是可以从眼前的楼梯飞身而下，逃出生天。

市政厅建于一百多年前，这是一座纯法国哥特式风格的建筑。大楼对称，中间是雕梁画栋的塔楼。一楼大厅可以进去参观，这里是议员们开会的场所。大厅里还有很多大理石和铜像，那是曾经在这里工作过的市长们的纪念像。市政厅大门前的广场，在夏天里是一个热闹的公共空间，人们常到这里休息，享受悠闲时光。据说，法国总统戴高乐，也曾在这里发表过演说。

街区里面雕像很多，教堂更多，大大小小遍布全城。应该说，欧洲很多著名教堂的设计和建筑，在建筑艺术史上，占有相当重要的位置。那些教堂，无一不是潜心苦思，精心设计，无一不是倾注了心血的极致建筑。

教堂和教堂建设，真正体现着宗教的建筑美学理念。

我们的队伍不觉中随领队转到了达尔姆广场，先看见广场上矗立着一座迈松内夫纪念碑（Maisonneuve Monument），据说这人就是蒙特利尔城市的最早开发者和建设者。时隔久远，那时候还没有照相机，也就没有留下这位法国将军的照片。纪念碑上那位戴了宽檐帽，腰挎长剑，英姿勃发的人像，还是后来，在 1895 年设计建造这座纪念碑的时候，凭着艺术家的想象而虚构的。纪念碑下，注明了主人的名字全称保罗·彻米德·迈松内夫（Paul Chomedey Maisonneuve）。这是达尔姆广场上，很有价值的标志性建筑。

纪念碑的正对面，就是我们要参观的蒙特利尔圣母大教堂。这座圣母大教堂建于 1829 年，算起来还比刚才见过的迈松内夫纪念碑早 60 年，先有大教堂，后有纪念碑。

蒙特利尔圣母大教堂正面，肃穆壮观，双侧是对称的方形钟楼。中心是十字架下的圣母雕像。都说是这座教堂参照了巴黎圣母院的设计版本，进行了模仿建造。以我之见，这说法似是对蒙特利尔圣母大教堂的过奖之词。这座教堂虽说也是哥特式的建筑风格，但太多细节似乎平常，没见有什么过人之处，更谈不上能和巴黎圣母院媲美。要知道，巴黎圣母院建于 12 世纪，比这里要早 700 年。据说在那教堂建筑中精雕细刻，花费了近 200 年的时间。就我所见，那普通的外墙上，方寸之地，都是白色大理石上无数大大小小的雕塑。巴黎圣母院不在大，而在于那有限的空间里，似乎承载了无限的想象，巴黎圣母院，有雨果那样的文学巨匠来为她书写灵魂。

登堂入室，进了教堂的内部，倒不由得被震撼。满眼是金碧辉煌，流光溢彩。人们的精神头儿，都被浪漫奢华和庄重肃穆的气氛不知不觉间规矩起来。人人都变得小心翼翼，轻手轻脚，像被施了定身法。在能容纳 5000 人的宽敞明亮大厅里，不论是低头细看，还是抬头仰视，不论是那宏大的蓝色天花板，还是那些雕像上栩栩如生的细致曲线，都散发着艺术的

气息和宗教的神圣。所有的器皿，都是由银子制作的，所有圣经题材的油画都来自名家。领队告诉我们："那蓝色天花板上，镶嵌着的星辰，都是用黄金打造的。"

我们的队伍默默行进，不觉间心生尊崇的意念。心理活动踊跃，外表却越发沉静，连平时参观类似场所时候，那些小声小气的话语也听不到一句。

这里有专门为人举行婚礼而准备的殿堂，但要提前预约。据说世界上首屈一指的女歌手席琳·迪翁的婚礼，就是在这里举行的。

大厅里还有许多小室，室内装饰精美绝伦，极其安静。那是天主教徒们进行忏悔的去处吗？

告别圣母大教堂，我一边深深地呼吸，一边跟紧领队在街上转，一队人趿趿拖拖，最后来到老街。老街挨着河边，地势起伏，青石铺路，街道狭窄。500 年前的城市创建者，无论如何也想象不到，500 年后，会是什么样子的大巴车在这里通行。当年这街道上走过的，应该是一派普通老百姓。偶尔有骑马的绅士经过，马蹄踏在石板上，会"啪嗒啪嗒"发出响声，间或还会划出火星儿。有车，牛车或是马车，都不宽大，又圆又大的车轮子在青石板上粼粼驶过，"骨碌骨碌"的响声从街道这头，一直传到街道的那一头。在表现中古时代欧洲的电影里见过类似的场景，对于我们来说，这样的街景应该并不生疏。

蒙特利尔有几条街道，显得十分长。就我乘车经过的 Saint Laurent（圣·劳伦斯）大街，数着就有 8000 多个的门牌号，还未到尽头。而类似这样长远的大街，南北东西纵横，绝不止就那么一条。

午后 3 点半，大巴车停在了一家书店门前。领队说放我们的风，给了一个半小时的假，爱怎么着就怎么着，随你自由行。我们下车就信马由缰，随意地逛。

又见到一座教堂，前后都呈圆顶状，也竖十字架，但十字架有些短。这教堂不开门，猜着是不是犹太教的教堂？可又没见着六角的大卫星。

又见到人群往一座大厦的一楼里拥，也不知道都赶过去干什么。就跟着，推开了那扇门，想瞧个究竟。见到大厅里有一块白底黑字的金属牌子，上面写了“Metro”的字样。再走下去，终于看明白了，这是地铁呀！除了标示的牌子没书写“Subway”，整个地铁的情况，倒是和别处城市的地铁没什么两样。

有华人开的小超市，推门进去，就闻到了那股子国内的气味。小时候跑街去的小铺子里，就有这种鱼、作料、香烟、咸菜、酱油醋、面包、熟肉制品……掺和在一块的浓重气味。这可是纯中国的气味，是生活时光的气味。原来几乎天天都能闻到这种亲切熟悉的气味，现在隔断了几个月，净闻大船上的洋味儿了。现在冷不丁就站在这股子浓烈气味间，感觉十分舒坦受用，就像回到了儿时生活的地方一样。我的同胞，不远万里，还能把这种中国气味儿，原封不动地带到蒙特利尔来，也是绝了。

华人超市里，真就少不了百十种调味品。酱、汁、料、油……大家活灵活现地聚在货架子上，簇拥着那位能神奇调制辣酱的“老干妈”。蔬菜很新鲜，但奇贵。一个灯泡茄子要两加元，合十多元人民币，金茄子吗？鱼不新鲜，那眼珠儿黯淡无光，甚至还蒙上了一层白膜。这里的人会去吃这鱼吗？好好地守着河水，海湾也不远，怎么就没有鲜鱼可买？没敢去打问繁忙的同胞店家，不得而知。

这里的华人超市，大都以卖食品为主。默默地进去，本来还带着几分热情亲切，同胞么。可当我抬头见到和自己一样的黄色大脸盘子竟毫无表情，心气陡然就卸了个干净。是的，蒙特利尔这里的几个华人超市老板，见到面生的华人，总是板起面孔，这真是让人百思不得其解。随着我们身后陆续进来的老白、老黑顾客，倒和华人老板嘻嘻哈哈，亲近随便得很。这里的冷漠，似乎专对华人同胞。不讲同胞同宗也罢，那就所有人都一样对待。怎么就专为同样的华人设下一套脸谱？人与人之间，什么时候变得如此冰冷？还炼成了世界规模。

前几天，在哈利法克斯，曾经见到有的人家，把乌克兰的国旗高高挂

在自己居所的外面。我当然知道其中的含义，这是在表明居所主人在眼下的俄乌战争中站在乌克兰一边。如今，在蒙特利尔街头，我又见到了三两面巴勒斯坦国旗，挂在居所的阳台上面。我们都知道，眼下以色列和哈马斯之间正爆发了激烈的武装冲突。而“亮旗”人的态度，应该是站在巴勒斯坦哈马斯一方。

面对世界局势中的严重矛盾，公开亮出观点。不论对错，都是人们表达自己意愿的自由，加拿大政府在这方面的宽容值得称道。

一直到了下午五点半，集合起来的疲惫之师才搭车出城。天色越来越阴暗，又正逢城市里下班的交通高峰期。巴士车大费周章，才在一个多小时后，挣扎着驶上了高速公路，从蒙特利尔向魁北克的归程已经完全被笼罩在黑暗之中。车子轰鸣着，急匆匆地往回赶，像归巢的大熊。行程中，一场夜雨不由分说，急匆匆兜头淋下来。黑暗中看不到远近的雨势，倒有指甲般大小的壮硕雨点，“噼噼啪啪”一路敲响在车窗玻璃上，好像敲响了几面小军鼓。可细听那声音，又不成旋律，节拍错乱。

夜路又逢骤雨，让一种特殊的氛围充满了车厢。没有人讲话，时间似也迟滞，只把车轮摩擦地面的“沙沙”声，不断地撒在无边的寂静里。

终于在晚上 9 时左右，安全返回邮轮。看看时间，马不停蹄直奔 13 层的大餐厅讨吃。牛肉饼、土豆奶油汤、萨拉米香肠、热牛奶泡法棍面包，一顿狂吃，填满了碌碌饥肠。饱餐之后，见到还有坐车后到的船友，归队稍微迟到了十几分钟，竟没有吃上饭。这船上规定，晚上正餐的完结时间为九点半，到时间不管什么情况，立即收台，再不做理会。几位没吃上晚饭的船友，只能找夜宵上的冷盘、小点心、水果沙拉一类充饥了。不论什么规定，都应该照顾到人们吃穿用度的起码需求。远途奔忙还食不果腹，难免让人心酸。

一天起早贪黑，远访蒙特利尔，收获多多，感觉心绪丰盈。想想还有一点，应该记下来。这里是法语区，在公共场合常就遇上说英语不管用的情况，原来人家说法语。据说，这法语区的民众，很自信，认为法语和英

语一样，都是官方语言。地方政府还鼓励人们学习法语，为人们开设专门学习法语的培训班。开课一年，还给来学习法语的人补发津贴，每周竟也有 500 加币。学习还能赚钱，听着有点像天方夜谭。

还听说，这法语区总有人张罗，想着让蒙特利尔这里从加拿大独立出去。记得有当地华侨对此发表观点："根本不可能。"

按照航行计划，我们的船，在魁北克这里停泊三天。第一天去了蒙特利尔，今天是第二天，有同船的中国人，联系了魁北克当地的华侨导游，出 3 台车拉着我们 21 人，每车 7 人，在接下来的两天里，带着我们，就地游览魁北克市。

开启魁北克之旅的第一个景点，是蒙特伦西瀑布。这是蒙特伦西河自上游向下，汇入劳伦斯河之前形成的瀑布。这瀑布落差很大，自上至下达 83 米。挨近瀑布的山脚下，见到大量河水从陡峭的悬崖上飞腾而下，直落水潭，源源不断，发出了震耳欲聋的轰响声，气势磅礴。高水跌落，飞扬雾气，呼吸着明显增加了湿度的空气，让人觉着，好像进入了另一番神秘的天地。

抬头看去，在瀑布始发的悬崖上，还架设着一横跨水流的吊桥。大家会意，就奋起攀登到山上，踏上了悬空的桥面。现在可是低头看瀑布了，原来，从桥的一侧宽敞和缓而来的水流，刚好流淌到桥的另一侧，就整齐划一地翻滚而下，变成了大面的"水布"，挂在山脊上。水色有些发黄，大概是河流的上游水中，积淀了大量的腐殖质。在瀑布的上端，向下看瀑布，我还是第一次。那些源源不断的河水，义无反顾，飞流直下。在跌落让人眼晕的高度中，水花飞溅，前仆后继。瀑布的水，轰然落地，水汽翻腾，像永远不断地爆炸着。日久天长的运作，在瀑布的下面做成了深潭。深潭无时不迎接着强大水力的冲撞，还就地容纳了大量的水，做成了一个小湖。从瀑布下的小湖里，再不断淌出的水流，就缓慢多了。水面平和优雅，光滑如镜，再流向大桥的方向，缓缓地汇入劳伦斯河。

抬眼再望，长空冷凝，山河苍茫。像飘荡丝绸带子般的公路上，有若隐若现，似甲虫般的车辆盘绕行进。

这瀑布又被人称作“水晶瀑布”，意思是说，在最寒冷的加拿大冬季，水量偏少，这淌下的瀑布，会被渐渐冻结在山崖上。远远地望过去，就像晶光四射，高悬阳光下的大块水晶。听开车的华侨先生说，到时候真会有勇敢的登山者，竟能在这冰水晶上攀登，并且一举登顶。想想心里替那些勇敢的人担心，83 米的高度，从桥上往下看着都腿发软。立陡立崖，踩着冰面，一步一步登上去，真是神人。

离开蒙特伦西瀑布，车行魁北克市郊不远，我们就来到了圣安妮大教堂。昨天去了蒙特利尔圣母大教堂，那和这圣安妮大教堂有什么区别呢？随行的华侨告诉我们：“圣母是玛利亚，是上帝之子耶稣的母亲。圣安妮则是玛利亚的母亲，算起来，就是耶稣的外祖母，是外婆。用我们东北话说，圣安妮是耶稣的姥姥。”

圣安妮大教堂要比我想象得大很多，也华贵得多。教堂的外墙都是清一色大块的浅灰色花岗岩，那平整光滑，没有任何瑕疵的石头，从地面一直铺到双塔钟楼的顶端。抬头仰视，果然看见华侨先生指点的全金塑像，正是端庄大气的圣安妮。她目光安详，平视远方。怀里抱着个可爱的小女孩，那小女孩就是玛利亚，是耶稣的母亲。

这座大教堂在加拿大，以至于整个北美洲，都享有非凡的名声和普遍的信仰。据说，这里的圣母，曾经向世人显露过神迹。在这里祈祷，许下心愿，能获得圣母安妮的神力相助，解除病痛，避免灾祸。到了每年的夏天，就会有很多天主教徒，不远千里，长途跋涉，从美国赶到这里，朝拜圣母安妮。

这座教堂早在 17 世纪就建成了，后来却屡遭战火焚毁。我眼前的这个模样，还是在 1926 年，又从那个旧的基础上重新建造起来的。话是这么说，可我觉得，这教堂无论从建筑外观还是从内部的雕像绘画看，都很新，甚至可以说就是一座新建筑。连连询问，也不得而知。

除了圣安妮大教堂，站在平整的台阶上，抬眼就看见了不远处的另一座教堂。那教堂远没有圣安妮教堂这里高大宏伟，看上去平平常常。教堂顶部没有哥特式这样的尖顶钟楼，只有几个平凡的圆顶，和我们一路上见到的天主教教堂风格差异明显。随口问了旁边的老外队友，他告诉我："那是犹太教堂。"

一下子记起，昨天在蒙特利尔郊区游玩时候，就见过这样类似的教堂。心里比较着，认定蒙特利尔的那一座，应该也就是犹太教堂吧。

车子疾驰，一转身就来到了魁北克省议会大厦。这是一座现代化风格的高大建筑，简约规整，气势磅礴地矗立在一处明显的高地上。看议会最高的穹顶上，飘扬着魁北克的蓝白省旗。有一处门庭，甚至插有一面法国的三色旗。堂堂一家省级政府，竟未见国旗悬挂，实在未明就里。只能在这冷风中，真正感觉到加拿大法语区里那股子自治力量，强大不凡。

有成队的小学生，背着书包，自议会大厦里鱼贯而出。有教师领队，把出来的学生都集合起来。然后，举起手里的一张纸，向学生们讲解着什么。旁边的老外队友，微微笑着说："这是把小学生的政治课程，搬到议会里来上了。这和我们那里一样，孩子们上的就是'记忆体验'课程。他们会在议会辩论时，听取辩论的内容，回去召开一个模拟的小型辩论会。"

老外一番话，让我讶异不止。回头再问华侨先生，他说："是的，在加拿大，从 10 岁起，学生就需要了解议会是怎样工作的，都有什么样的规则程序。"

热心的华侨先生，还真就上前打问了那位教师。然后，赶回来告诉我们："今天魁北克省议会讨论的是年前被提交上来的议题：关于旧城给排水工程的改造。"

嗨，这议题听着，和我们国内的政府工作几乎没什么两样。

到议会大厦，亲自观摩切身的政治生活研讨，实在是教育中的高明设计。孩子们自小就领会见证实实在在的政治生活，对于他们的健康成长也是百利无一害。

我们在省议会大厦门前驻足热议的时候，猛然间一声炮响，惊天动地。也不知道炮声来自哪里，惊觉间看了看时间，恰好是中午 12 点整。原来这是鸣炮报时，好一个魁北克！竟还保持着这千年古风。

探头探脑，百寻炮台不得，却清楚地看见，就在省议会大厦不足一千米的地方，有一处青石所建的拱门。拱门不高，连接着古老斑驳的城墙。眼一搭就知道，那门墙间藏了古迹。赶紧去打听，很快被告知："那就是魁北克古城。"

言听欣喜不尽，正中下怀。咋呼两声三声，催动队伍，和大家"打马离了西凉界，进了古城。"魁北克古城，说是建于 200 年前，法国人在 17 世纪就在这里筑城。这里至今仍然保存着完好的 4.6 千米古城墙，断难再分清哪一块砖石之间的历史差异了。

通过青石古城门的一瞬间，我们就像都通过了历史之门，穿越了漫长的时光，到了 200 年前的城堡里。停车抚摸粗糙的城墙，脑海飞升出历史烟云。法国人和英国人在历史上，总是别别扭扭。200 多年前，他们在欧洲互相攻伐。在双方的北美洲殖民地，英法之间也因为经济贸易等矛盾，相互对垒。魁北克当时正是法英之间的攻防要地，这城墙内外，战马长嘶，硝烟弥漫，曾经上演了多少胜负，多少生死。

古城方圆只有几里，通过城门没多远，就到了市议会大厦和教堂相对应的小广场上。大家在这里的长椅上，略作休息，就迈步直驱那著名的方缇娜酒店。这是世界一流的酒店，位置也刚好是在魁北克的制高点上。在魁北克城市里的很多位置，都能一眼就看见这座红砖乌顶，城堡要塞风格的酒店。事实上，三百年前，这里也确实就是防守要塞，法国的方缇纳克伯爵，就率法军驻守在这里。从这个要塞城堡，向下俯视，整个劳伦斯河谷的地形，都尽收眼底。那时候，这里还被称为圣路易斯城堡。时间过去一百多年，英法之间的势力范围早已经划定，双方再无战事。军队偃旗息鼓，要塞城堡也就变成了豪华酒店。这方缇娜酒店最露脸的辉煌，还要数"二战"时期的 1943 年，英美两国在此召开了著名的魁北克会议。会议中

最重要的议题，就是确定了“霸王计划”，也就是英美盟军在法国诺曼底登陆，开辟第二战场的战略计划。这个会议后的第二年 6 月，盟军果然在英吉利海峡，开始执行了收复整个欧洲的“霸王计划”。

英国首相丘吉尔、美国总统罗斯福，还有他们率领的各自军队参谋长，就在这方缇娜酒店里召开了这次重要的会议。当时的外交部部长宋子文，也作为观察员，出席了这次会议。

方缇娜酒店依山而建，酒店向河谷的外侧，也依山势搭建了宽阔实用的达弗林平台。这个平台，建于一百多年前，并且以当时的加拿大总督达弗林勋爵的名字命名。整个平台，都是用厚重的方木连缀铺就而成。十几尊大口径的沉重古炮，就停放在平台后沿。它们无声地告诉我，这里可不仅是为散步而搭就的观光之地。山下河谷几千米内的任何目标，都在这重炮的射界之中。别说几百年前那冷兵器时代，任何前方的异动，都可能遭到大炮的轰击。就算热兵器的现代战争，假设下面劳伦斯河上有军舰巡弋，也万难通过这边平台上猛烈炮火的封锁。如此居高临下，这样的阵地太具优势了。

离远了看，这达弗林平台直接就把魁北克分成了上下两部分。下面是临河而居的下城，商贾通达，船只往来、居住和贸易都十分便利。上面是以平台为依托的上城，山势险峻，万夫莫开，防备来犯之敌、保卫城市，固若金汤。没细致地了解当年的法国人和他们的印第安人同盟，在与英国人之间长达 7 年的战争中，有过怎样的你死我活，攻防血战。不过，最后给我的印象倒是清晰平和的现实。一个英联邦国家，至今仍然尊重这里的法兰西文化。不以成败论王寇，尽显人类的包容、和谐，体现了现代文明。

达弗林平台靠近方缇娜酒店的尽头，是尚普兰雕像。尚普兰是 17 世纪的法国探险家，也是魁北克最早的开埠建设者。自从 1893 年建立了这尊雕像到现在，魁北克古城历经 100 多年。栩栩如生的雕像，仍尽显着 300 年来法兰西文化的精气神。尚普兰将军手执插了羽毛的大檐宽帽，腰挎西洋剑，一身戎装，眺望远方。当年的尚普兰，曾经被尊称为“新法兰西之父”，是魁北克独特的法兰西文化的初始代表。法国的精英名人，在有着英国文化的国家被认可，这一点令人深思。历史的魁北克之所以成为现实的魁北克，各个历史时期的文化精英功不可没。认可客观历史的存在是明智的，如果没有了历史中真实的文化承载，就算把城市建得再大再漂亮，也是空乏其身。

我喜欢魁北克，喜欢魁北克古城，喜欢古城里那些古建筑和那种历史氛围。在临别的残余时光，我还是毫不犹豫地选择了只身再访古城。

我们在不大不小的春雨中执伞离船，全靠徒步，沿着劳伦斯河岸，行走在下城。湿漉漉的途中，能见到一两个面熟的船友，笑着和我们打招呼，想来也是魁北克古城的崇敬者吧。

我们这次选择了乘车行进的相反方向，顺着河岸的大道，找到向上通达弗林平台的台阶，尽全力登上去。台阶陡峭，节节攀升，我在风雨中不时去握住冰凉的铁栏杆，越登越高。现在俯视的劳伦斯河谷，在雨里显得模糊中伴了几分神秘。我好像看见了那些河岸边的丛林中，隐约的印第安人的身影，他们或唿哨联络，弯弓搭箭，或勒马观察，准备攻击。再仰视方缇娜要塞方向，呼啸的冷风中，似乎传来了低沉的号角声。独自身临其境，让我更加感受到了魁北克古城的非同寻常。

昨天没发现，这达弗林平台上，竟然在酒店的一个侧门间，还开着一家星巴克咖啡店。刚刚登上来的我们，身燥口渴，气喘吁吁。见到了咖啡店，如获至宝。喝大杯的拿铁热咖啡，顺带着歇歇脚，再喘匀了气儿。不想出来的时候，就走反了门庭，在酒店大楼里越走越深。偶然间，还闯进了一家小型地方历史博物馆，看到有讲解员在为年轻人讲解近代史。讲历史的人，还都穿着200年前的服装，有法式、英式、印第安式，服装特点突出明显，不一而足。

小博物馆里的管理人员，见我们进来，还打手势邀请我们就座。结果，我们还听了一会儿半懂不懂的历史课，再经那人指点，找到正确的路

径，推门而出，重新来到达弗林平台。

从平台上走进古城的路线，我们还算知道，就是昨天游览道路的逆行线。在快接近城门的小街上，我们进了一家 RIVER STONE（雨花石）服装店。有船友和我们说起过，这家服装店专门出售加拿大的大鹅牌羽绒服。说是这衣服里面的鹅绒都取自鹅的翅膀下面，防寒效果极佳。今天还果真在这里看到了大鹅牌羽绒服，试穿觉着暖和极了。只是这衣服款式不佳，好像是外面再罩上个外套，才能算穿着得体。再看看价钱，也是很贵，要人民币一万到两万元。我们久居海南，绝大多数时间里用不上羽绒服。商量了一下，也就放弃了。回头又在柜台里看见了始祖鸟牌的冲锋衣，这可是实用的好东西。于是就买了两件，并且当场穿上，戴好连体帽。再出门兜头钻进风雨，已经全然无惧湿冷。听着雨点打在崭新的“始祖鸟”上，像开动了好几个节拍器，“哒哒哒”响个不停。

临归船之前，转走过尚普兰小街，这里还真当街立着一尊路易十四的小雕像。走近了细看，雨点不断地洒落在石像上，被淋湿了的路易十四，好像带有几分羞怯的样子。不知道这位不爱洗澡的法国国王，曾经对魁北克了解多少？据我所知，他并没有到过魁北克。

今晨听气温预报，日间有 2 ~ 8 摄氏度。原以为这温度还算可以承受，不想时间过午，竟依然风寒袭人。记得当地华侨告诉我们：“加拿大这里，有一个体验温度，这温度总要比天气预报中的气温低那么 3 ~ 5 摄氏度。”

好家伙！0 摄氏度上下的体验是最令人难受的。幸亏有新买的始祖鸟冲锋衣御寒，顶着风雨徜徉在魁北克古城，竟未觉太冷。

晚上 6 时，天色朦胧，巨轮启航。它长鸣三声，向加拿大告别。我穿着我的“始祖鸟”，站在 14 层甲板上，在暮色中挥手告别魁北克。不经意间，眼里又闪过了魁北克的古城墙，那些被砌在城墙上的不规则石头，历经几百年的沧桑，虽然斑驳陈旧，依然粗粝坚实，像许多古人饱经风霜的面孔，像层层叠叠，一一排列的人物榜上的形象。

出航的邮轮似乎没有播放《我的太阳》，我的心里却不由得想起了 *My*

Heart Will Go On（《我心永恒》）这首无人不知、无人不晓的《泰坦尼克号》电影主题曲。当年观看电影时候，曾经被感动得落泪。这首主题曲的演唱者席琳·迪翁，就是土生土长的魁北克人。她于 1968 年出生在加拿大魁北克省的查理曼小城，日后凭自己的天分和努力而成为世界知名的歌手。

冰岛环岛：雷克雅未克—斯奈山半岛的自然之旅

At sea（航海日）将延续 7 天，我们先是沿劳伦斯河顺流而下，到达劳伦斯湾。再东出大西洋，一路向北。原定计划是去格陵兰，我们甚至还曾经为此而专门去办理了丹麦的签证。因为格陵兰是丹麦的一部分，属于丹麦王国。可现在事到临头，船长发出通知："由于拉布拉多强寒洋流的作用，在未来的航线上形成了新的冰山布局。为了 100% 地保证游客们的安全，在和格陵兰气象部门协商后，船长做出决定，取消驶往格陵兰的计划，改向直航冰岛，我们将在 7 天后，到达冰岛的第二大城市阿库雷里。"

一艘船在海上，船上的全体人员，必须绝对服从船长的命令。这是航海的规矩，没人能改变。这也是我们目前的遭遇，我们将错过游览格陵兰的机会，直接去冰岛了。

"诗歌"号正在北大西洋上，再一路向东北方向航行。

大西洋的前面，再加一个"北"字，就非同小可。在国家政治区域的布局上，北大西洋地区，包括了西部的美国和加拿大、北部的格陵兰和冰

岛及东部的整个欧洲。通常意义上所说的欧美西方世界，正是环绕在北大西洋。

而就北大西洋的气候来讲，也是和南大西洋截然不同。这一路上，我们曾经多次南北往返穿越赤道。明显感到，大西洋的赤道一带，并没有想象中那么炎热。像巴西亚马孙地区，潮湿多雨，却没有亚洲南洋那样的酷热。再往北航行，气候变化多端。穿过加勒比海的时候，风大浪高，但气候温热。一直到过了巴哈马群岛，抵达了迈阿密，也就是沿着百慕大三角的底边走，都不冷不热，感觉很舒适。再沿美国东海岸，一路北上，尤其是到了纽约，就像一下子从夏天里钻进了冬天，冰冷的风雨，接踵而来，就算在外套里面多加上两件衣服，也难抵透心的寒意。时值 4 月，一路过来，就数加拿大最冷，加拿大的悉尼最最冷。当时看着温度计，也就是 0 摄氏度，可身上体验到的感觉却如怀抱坚冰。当地华侨曾经告诉我：“加拿大有个‘feel’温度，就是体感温度。这体感温度和温度计上标示的温度之间，应该相差 3 ~ 5 摄氏度。”

好家伙！那 0 摄氏度的气温，体感温度就是比零下 3 摄氏度还低了？怪不得这么冷。

离开加拿大才两天，北大西洋上，又突降大雾。这是我一生中都从未见过的大雾。它是那样浓厚弥漫，气势汹汹。伏在船舷，低头已经看不到海了，看不到四周任何能相参照的东西。广播上说，加拿大的拉布拉多强寒洋流，在这里和加拿大东岸暖洋流，相遇相逢，冷热对撞，结果扬起了漫天大雾。

也不知道什么时候，船的速度渐渐慢了下来。眼看着大雾越来越浓，越来越密，还胆大包天地翻卷着，占领了高高的 14 层甲板，封锁了视线。我小心地抓紧栏杆，倾耳细听，还能清楚地听到沉重的涛声。我长长地喘了一口气，感觉着身下的邮轮，好像在大雾中缓缓漂移滑行，就像空中的热气球一样，而且，被无尽的浓雾罩住，已经难分天地了。

每隔几分钟，船就鸣响汽笛。笛声在浓雾里分外响亮，像是要冲出

去，重新为我们找到阳光和蓝天大海。想想还是有些担心，眼看着这雾中，相距十米怕是都难见踪影。万一遇到难抵雾情，偏离航向的船只，就会有相撞相碰的可能。事实上，我们的船和船上的 3000 多人，都在危险中。再想到这里，再听那几分钟里就反复鸣响的汽笛声，其中好像真就生发出几多危险的警告。是啊，邮轮明显也有些担忧自身的安全：“‘呜——呜呜——’请注意规避！航线上有大船正在航行。”

雾锁大洋，直至傍晚，雾才稍有减退。能恍惚见到西方远处，有一个黯淡的黄色小盘子，透过浓雾胆怯地悬着，那应该就是我盼着的太阳吧。海空中却又飘落了雨滴，硕大的水珠儿稀稀落落，无声地沾在餐厅的大玻璃窗上，再慢慢地向下滑落，有点像女孩儿饮泣间坠在脸蛋上的大滴泪水。

北大西洋上，这雨雾浓重的区域，其实，也是世界上数一数二的大鱼场。每年有成千上万吨深海冷水的优质鱼类，在这里被加拿大和美国的渔船捕获。

看来不能去格陵兰，的确是气候恶劣的缘故。这里离格陵兰还远着呢，老天就开始给我们颜色看。如果真进了北极圈，说不上还会有什么样坏天气等着我们。

“诗歌”号已经在北大西洋上航行了三天三夜，但计算下来，仍有 700 多海里的行程，才能到达冰岛。大雾被冷风驱离，渐渐消散，替换了位置的冷风把越来越浓重的寒意，再渗透到船上来。

我已经穿上了所有的装备，最外面罩着的，就是在加拿大新买的始祖鸟牌冲锋衣。我告诫自己，这天儿并不冷，自己的决心和衣物足以抗衡这坏天气。我倒是要看看，在如此恶劣的天气里，将要来到眼前的冰岛，会是一番怎样的景色。

脚下晃动，人像站在悠荡的秋千上一样。船舷外是小山一样的大浪，互相簇拥，互相推挤着汇聚在船首，再齐心协力，抗拒一意孤行的巨轮，决心要把它在波涛中擒住。倔强的“诗歌”号，坚决反抗着那些试图阻碍它的狂风巨浪，连续不断地劈开汹涌的水墙，挺身向前。邮轮和巨浪，两

者相争相斗。最激烈的时候，钢铁的船首，把愤怒嘶吼的巨浪，当头一分两片，成了白色飞沫的扇子面儿，就像一下子给邮轮插上了一对不断扇动的翅膀。

以前常听人说起“海洋性气候”这样的概念，那时候就觉着，这说法大概是指南方滨海地带温润舒适的气候，那不似北方黑龙江冬天那样，干冷异常。如今身临其境，漫步大西洋，才对“海洋性气候”理解得更深一些。“海洋性气候”，主要还是指气候变化多端，冷热并非恒定。

仍然在北大西洋，在这 14 层甲板上，坚持着漫步游走。一开始相当冷，走着走着，却好像有温风扑面，接着再走，就又冷起来了。环境如此瞬变，让人颇觉突然。莫非，这忽冷忽热，变化多端，才是“海洋性气候”？

天色阴沉，呼啸的寒风中，乌云不但不散，反倒聚集得更浓厚。它们低低地压在头顶上，如果把手伸到船舷外面，几乎都能摸得到那些黑沉沉的云彩。云彩也变化，慢慢地翻转腾挪，好像藏起来无数波诡云谲。天地间鼓荡着逼人的气势，却又一声不响。

在北纬 60 度的北大西洋上纵横穿越，绝非易事。这里冷风萧萧，灰暗而空旷，水深达 1750 米。可以想见，在几百年前的欧洲航海时代。那些探险前行的精英，扯起古老的风帆，决心驶离阳光明媚、温暖适人的地中海，进入这云天蔽日、波涛汹涌的北大西洋，需要多么大的决心和意志。

甲板上有夜里飞来的零散海水，本来冻成了明亮的冰晶，眼下又被融化开来，成了一个又一个小水洼。无论向阴霾的北大西洋的任何一个方向瞭望，都见不到一块陆地、一只飞鸟、一条船。茫茫天海，无边无际。回看船里，和北大西洋比较，这只是一个不大的世界。这个世界里的几千人，无视大西洋的凶暴和危险，恣意玩乐，照常吃喝，时不时还发出欢快的笑声，想想可真是有点神奇。

眼看着天都快黑下来，挣扎了几天的太阳，精疲力竭。没想到的是，那太阳还是尽了最后的力量，在西边撕扯开了一处云洞，又急不可待地把

光芒从那云洞里漏下来，把一片阴暗灰黑的海面，镀上了薄薄的银铂。那些远处稀少的银色薄片，微微抖动，让我好像都能听见响脆的金属声儿。

快了，几天过去了。虽说眼下还是雨雪风云，但那个晴朗的时刻，光明的时刻，就要来了。

心中思虑着，升起了无端的希望。这希望又反过来鼓舞了自己的身体，顿时浑身充满了力量，更加坚定地走在甲板上，继续漫步大西洋。寒风刺骨，顺着风势还好，一个转身，和船行保持了一致的方向时，风儿就吱吱叫着，打透了项下、腋下的衣裤单薄处，狠狠教训我。一直到我紧走上一段，转身再临顺风。

邮轮连续航行 7 日，晨起再登上甲板。天虽然还阴着，但风浪终于消停下来。云层已经薄了很多，视线也能看出去很远了。船舷外豁然而见一座又一座连绵不断的山峦，山峦顶戴着白雪帽子，缓缓向后退去。这可是冰岛的海岸线吗？虽说那披雪的山脉，看着荒凉沉寂，毫无生机。可见了陆地，人就又有了希望和信心。细看那些海边的山，怎么都没有尖顶，一律在半山腰被削去了山尖儿，失去了金字塔的形状，像一排巨大的凳子，依次排列在海岸上。

按眼下我们所处的纬度，这里已经进入了冻土带。岸边那些山峦土地，除了少量苔藓，寸草不生，也根本看不见有人类活动的迹象。海上风浪消退，船外却寒气逼人。相信此时此刻的体感温度，早已经低于 0 摄氏度了。好在我有内里一件空军夹克，外罩始祖鸟冲锋衣，还是相当抗寒，抗折腾。

长时间的航海生活，无疑会摧残船上人的身心。毕竟人类还是陆地“猴”儿，不是水“猴”儿。尽管这邮轮设施齐全，服务优良，一日三餐，无忧无虑。这一切能管身体却管不了心，眼看着人们的精神状态中，都有一种无名的烦躁。好些个当初上船时候兴致勃勃的熟人，如今都打蔫儿。见面看着，好像还露出明显的老态，早就不见了三个多月前那股子精神头儿。

“下次再也不参加这种长期航海旅游了。”

“时间太长，尽在海上漂。”

类似的怨言，已经听过多次。虽未出声儿，可心里似也有同感。

我还注意到，那些素以礼貌安静、遵守秩序著称的白人朋友们，好像也忘记了自己曾经的抱怨，他们时常抱怨我们高声大嗓说话和不排队。现在好了，轮到他们自己扯着脖子喊，议论纷纷。端了个酒杯，在电梯里喝得酩酊大醉，胡言乱语，有的还把酒杯打碎了。

小时候读过很多航海小说，书里面时常描写船上人们相互背叛、内讧、杀戮的一些有悖常理的章节。当时还不理解，怎么那船上和陆地上还有什么不同吗？现在想来，那作者还是高明，最起码他十分了解航海的生活岁月。古时候的帆船，靠着风来驱动船行，速度缓慢，效率低下。船上的帆、缆间，都是繁重而又危险的工作。每日里单调重复的工作，无一时不折磨摧残人的身心。

长时间见不到陆地，就凭这一点，足以让人心灰意懒，甚至抑郁茫然。我们一个星期看不见陆地，还会心烦气躁。那些古帆船经常几个月，甚至经年都漂荡在大洋中，那些船上的水手船工，他们的心理状态，会好得了才怪。

人很怪，在不为病毒病菌侵害时候，只因自己的心绪跌宕，也会生成大病。人也很复杂，耳过留声儿，眼过留影儿，说不上因为什么一闪即过的原因，就会被侵蚀感染，身心备受伤害。

我在 14 层甲板上漫步，寒意侵人，寂寞凄凉。扫视四周，竟无一人，于是再添三分孤独。我相信，人在航海时会生病，生航海病。

船速明显地由慢而停，旋即传来“叮叮咣咣”熟悉的声音。猜着应该是到达冰岛的阿库雷里了，有船员开始在船、岸之间系紧那些缆绳。心中喜不自胜，连续 7 天在海上，如今终于可以停靠下来。哪怕是“冰的岛屿”，也心甘情愿，有陆地就能活动活动，总比终日里处于单调阴霾下的海洋世界强得多不是？

从魁北克启航，经过了2800多海里的航程。船泊处，阿库雷里城，清晰立体，就在眼前。和前些日子去过的加拿大悉尼、夏洛特敦等小城都差不多，城市里那些典型的寒带建筑，棱角分明，色彩淡然。一眼扫过了袖珍小城，就像端详一张清秀规整的明信片一样。

匆匆吃过早餐，穿着停当，一身保暖，就下船上岸，登上了冰岛的第二大城市阿库雷里。这是一座依山近海的小城，城里的小街上，安静冷清，几不见人。当街几家店铺，在橱窗里摆了衣饰织物一类商品。上前推门，竟不得入。细看玻璃门上的作息时间标牌，写着周一到周五正常营业，周六是从中午12点钟到午后6点钟营业。今儿是周六，现时不到11点，来早了。

再前行没多远，右转就到了城市的中心广场。中心委实是中心，广场实在是有点名不副实。这里远没有那么宽广，事实上，这里只是个不及百步方寸的街道圆盘。再走两步，竟觉闷热起来。原来刚下船时，把全部装备都套上了身，现在进市里，没了海岸的冷风劲吹，可不就热起来。眼看着街上被融化了的雪水，已经淌成了小水流。小水流支支叉叉，再汇合在街边的浅沟里，竟阔达到小溪的样子，还发出了“哗啦哗啦”的声音来。算起日子，清明都过去了两个星期。时下冰天雪地的冰岛，已经消失了隆冬里的苦寒，人家这可是“一年之计在于春”的时节呢！

阿库雷里市中心的几条小街，开有十几家商店。商店里经营些旅游工艺品等小玩意儿，还有很多品牌的冬季服装。我先是买了一面每到一个国家就必买的冰岛小国旗，再选了几个钥匙环、冰箱贴一类的纪念品。等到付钱的时候，却被告知，不收美元。这令我第二次惊讶不已，上次是在加拿大，说是不让使用信用卡，收美元现金，但找零头只给加元。这次直说不收美元，但可以使用信用卡，那就是只收欧元喽。冰岛也是旅游经济发达地区，怎么就不收美元来？收美元为国家创造外汇，何乐而不为？随口就说不收什么和收什么，这样做有法律上的根据吗？思索几个来回，不解其中意思，令人困惑。在冰岛购物，还有一个问题。那些商品，都被一一标注了价格。可令人感到奇怪的是，标示的价格都是以冰岛货币克朗为单位。比如：一双厚袜子，被标示为 3.9，那意思就是价格 39000 冰岛克朗。至于这 39000 克朗换算成美元是多少？换算成人民币又是多少？那得你自己动脑筋了。眼见着同船的游客，都有点为难，尤其是几个老白，赶紧掏出手机，去触点着计算。还是会“小九九”的中国人来得方便，略加思索，也就心里清楚所费几多。那双厚袜子合人民币 20 元左右，不到 3 美元。

冰岛人为什么不在自己的商店里，直接就标示出商品的美元价格呢？不得而知。这个不足两万人的小城，商店里的生意，主要是对外地游客。直接标示美元或是英镑、欧元这样的世界流通货币价格，有利于买卖双方，何乐而不为？然而，那些个精致的小标签儿，还是写好了冰岛克朗的标价，无动于衷。这类经济活动中的小问题，如果细究起原因来，不外乎僵化的官僚主义。看来这个主义生命力极其兴旺，即使在非官僚的业界里亦长盛不衰。

算下来，冰岛这里的物价，倒是低于前几天去过的美国和加拿大，很实惠。我在这里买了一件灰色薄层的 66 度牌冲锋衣，想着应该能穿着在海南那样多雨的地方来去，不被淋湿，又省得打伞了。

那座著名的阿库雷里大教堂，竟建在高高的山上。我们鼓起勇气登山，打算去那教堂里看看。可山登到一小半，却又发现了教堂周边围起来的挡板，还有同船的游客迎面而来，神色沮丧地告诉我们：“教堂正在修葺，一律谢绝参观。”

我们仰视着山上的教堂，徒唤奈何。午后的太阳，从云层里钻了出来，把光亮照在淡绿色的教堂上。让阿库雷里大教堂，显得更高，更具柔和的神韵。

下午 6 时，“诗歌”号准时启航。邮轮没有拉响通常的三声汽笛，也没有播放《我的太阳》，虽然时下阿库雷里的太阳还真露了脸。邮轮好像一时羞怯不已，一声不响，悄悄溜出了埃亚峡湾，奔大西洋而去。海峡就是海峡，港湾就是港湾，这里怎么还来了个峡湾？打开网页学习了一下，暗

自惭愧，原来自己当了一回无知老土。峡湾是深长的，侧面山体陡峭的海洋入口，它延伸到内陆。在挪威语中，意思是“用于通行和摆渡的湖泊状水体”。在挪威、丹麦、加拿大、美国、冰岛的丹麦、格陵兰岛……许多国家和地区有峡湾。按我自己的理解和亲身经历，我看峡湾就是在纬度较高的地区，有那种冰川和海洋共同侵蚀形成的地貌。在我们中国的自然地理中，还确实没有峡湾。

眼下我所乘的“诗歌”号，正是由南向北，航行在宽 25 千米、长 60 千米的埃亚峡湾里。峡湾绝非一般河流的入海口可比，它悠长宽阔，水深达上千米，可自由行驶巨轮。沿岸雪山并列，风光奇特。更重要的是，这埃亚峡湾是不冻的天然水道。这道十分接近北极圈的峡湾，竟然一冬天都波浪涌动，舟楫纵横。这让我感到很惊讶，很多更南部的水域都结了冰，这冰岛反倒“不冰”，是怎么回事？还是耐心查找资料，得知了真相。原来在墨西哥湾里，有大西洋的暖流北上，到了冰岛北部，致其海域不冻。墨西哥湾到冰岛这里，相距 8000 多千米，那么遥远的距离，其生成的海洋暖流，竟能影响冰岛海域的气候和海水的温度，可见这暖流的力度多么庞大强劲。记得加拿大的拉布拉多寒流，就曾影响过加勒比海的气候，想想也就心平气和，只剩敬畏大自然神功的一声长叹了。

不冻深水港，万金难求，纯粹是上天的恩赐。一个国家的不冻深水港口，平时可以行船停靠，做国家的进出口贸易。若临外交不睦，国际关系紧张，这样的海港也能为国家进出物资，缓解困难。国际上经常说的经济制裁，对于拥有深水良港的国家，万难如愿彻底成功。最重要的是，一旦国际风云突变，国家面临战争，深水良港将是国家手里的一张金牌。再强大的海上力量，都会争着寻找深水良港，以做战略上的进退。就算想开发建设某个区域，没有深水良港，也缺少了一个关键的要素。

埃亚峡湾，风光无限。那岸边陡峭的山峦，一直伴着我们，送出去老远。渐渐地，水域越发广阔，真正的北大西洋敞开了怀抱。渐行渐远，峡湾逝去，阿库雷里早都不见了，眼里只剩下冰冷灰白的海天一片。

半夜睡梦中，都能模模糊糊地感觉到，航程里风云变幻。床铺和整个舱室一起，频率一致地摇摆不停。摆在小桌子上的零碎，“啵啵”响着，颤抖着，想要跳起来。卫生间里，有几处装修时候没弄严密的地方，“咿咿呀呀”呻吟不停。起夜走几步路，得岔开两腿，一步一晃，生怕摔着。

晨8时，广播又响起：“船长得冰岛政府来电，言恶劣气候正在冰岛西南洋面上生成。‘诗歌’号曾在今晨6时奋力停靠伊萨菲厄泽，一直没有成功。为避开恶劣天气，决定改变原计划中的停靠，直接航行去雷克雅未克。”

广播还转达了船长的歉意，说一切都是为了乘客安全。

伊萨菲厄泽位置在冰岛西北突出部，是个2700多人的小镇。人口虽不多，却是冰岛西峡湾地区首府，也是这里贸易、商业、渔业经济和旅游业的发展中心。我们的邮轮，自冰岛北部的阿库雷里启航，因气候原因，未在伊萨菲厄泽港停靠，向西绕过了冰岛的西北突出部，正向西南的冰岛首都雷克雅未克前进。

此前取消了格陵兰之行，眼下船方又说伊萨菲厄泽没法停靠。这样一而再的做法，让人不免心中存疑，感觉着总好像被哄骗了一样。也难怪在早餐时，有船友大声抱怨说：“船方随意胡乱改变行程，糟蹋我们的时间和金钱。”

抱怨只归抱怨，一点用也没有。据说也有船友结伴去船长那里提抗议，结果连船长的面也见不到。那些助手一类的高级职员，只是一味强调“人类不可改变因素”云云，船该怎么走还是怎么走。在这样船方强势的甲乙方利益诉求中，船友的权利被剥夺殆尽。

日间的航行，天气恶劣如常。到了14层甲板，费了很大力气，才推开门。海风强劲不断，“嗷嗷”叫着，扫荡甲板，吹得人几乎就站不稳身子。脚下跟头把式，双手紧握栏杆倒腾，眼见船舷外，小山一般的浪头涌动上下，砸在船身上，发出“咕咚咕咚”的巨响。斜眼能看见，坚强的船首，正在和巨涛对阵，它毫不犹豫地劈开迎面涌过来的海水，飞起两扇巨

大的泡沫，标出几十米的高度。船机吼叫，使出了极限的力量，令整个船身都震颤不已。

这情景看得人腿软心颤，再无一丝闲情。想着一路跌跌撞撞下 7 层甲板去，再做打算。7 层甲板也不是什么好去处，空空旷旷，没有一个人影儿。只是感觉着，总比上面的颠簸轻些。凄惨的阳光竟然能从云层中泄一缕出来，晃在甲板上。甲板上有那些斑斑痕痕的白色图案，是飞上来的海水被风干后凝成的盐迹。可以想见，昨夜那一番海船之间的争斗，是多么激烈。海浪曾驾起狂风，恶狠狠地扑上了甲板，水淹三军。现在海水虽然没有涌上来，可就在你身边作妖，唿哨连连，一刻也不停息，排山倒海一般。海面已不成其“面”，被风浪搅和得千疮百孔，杂乱无章。

顶着风在甲板上行走，比在水里走都费劲儿。也不知道太阳什么时候能出来，风浪能消散，雷克雅未克能到达。

一直到午后近 5 时，疲惫的太阳混沌着斜挂在天上。折腾了两天的风浪才刚刚平息下来，我打起精神登上了 14 层甲板。有和我同心理的人，也上来看天。他眼却很尖，抬手指向远方天际，那里正有一个模糊但已经形成轮廓的城市，定定地望向我们的邮轮。

邮轮缓缓进港的时候，时间变得慢了。雷克雅未克一点点掀开了罩着的灰白色薄雾，就像掀起了面纱。这是冰岛的首都，也是冰岛的第一大城市。看得出，雷克雅未克要比前几天去过的阿库雷里大，但也没大到令人出乎意料的程度。这城市给我的第一印象，就是让我感到了满眼的灰白色。灰白的建筑，灰白的堤坝，灰白的教堂……甚至那些跑在道路上的私家车，似乎也是以灰白颜色居多。

一股海腥味儿，从码头迎面吹来。

性子急的人，有的已经下船去了。他们有的步行，有的搭车，来去匆匆，一副急不可耐的样子。我没下船，因为参加了一个广东华侨组织的旅游团队，明天才开始行动。听说这个团队日程安排得很紧凑，从明天早晨起，一直到晚上 7 点钟才能回到船上来。这样高效率的团队，我曾经参加过一次，那是颇费体力的。我要调整自己的作息，养精蓄锐，专等明天上岸随队出游，千万不能给别人添麻烦。

转眼就是第二天一早7时，我们的20余人团队在码头上集合。气候无常，也不知怎么着，这天儿却又变得称心起来。艳阳高照，晴空万里，和那阿库雷里的天气阴晴相反，没法比了。来接我们的导游，是一位李姓女士，青岛人，文质彬彬。她还带了一辆大巴，一个白人司机。上得车坐定，导游女士告诉我们："今天，我们将绕斯奈山半岛环行游览，行程紧凑，希望人人都能跟上队伍，谢谢！"

女导游虽说形象文气，听说话应该也是利索人儿。

第一站是斯奈山半岛南岸的海豹滩。我在南极、俄罗斯、南非、阿根廷等很多地方都见过海豹，对它们不陌生。想着冰岛的海豹，也应该和其他地方的海豹大同小异。海豹游泳捕食，吃饱了肚子后，就喜欢在接近海岸的那些粗粝嶙峋的黑石礁上歇息闲住。在这里看闲待的海豹，要从海岸出发，向着大海，通过难行的海滩，在沙粒、水洼、礁石间找自己能过去的小通道。一路凸凹不平，小心翼翼。总要走过近500米的距离，才能到达海豹身旁。

几十只海豹，懒洋洋地靠在窄小的礁石上，或是干脆就把身子陈横在潮湿的沙地上。它们见到人也并不害怕，该干什么还干什么，低声嘟囔着，笨拙地挪动着。一股子浓浓的腥臭气味儿，扑面而来。

这里的海豹个头都大，少说也有二百斤的分量。细看它们之间的品种还不完全相同，有几只身上带斑点，但更多的还是灰海豹。海豹的小圆眼睛，永远显示着天真的神态，给人憨厚，甚至发傻的印象。它们有光溜溜，像大炮弹一样的身子，还有两撇小胡子。这很动漫的形象，天生就能讨好人。人们都喜欢比自己傻的动物，愿意带着点嘲讽的心态去观赏它们。如果是看猛虎，人们大概就不那么从容了，就会不觉间带着点惧怕提防的心理，心生崇敬。

海豹平时的低沉叫声有点像猪的哼唧，但声调里显得比猪野性。人们

都忙着给海豹拍照，端着手机左一下右一下，变换姿势。有胆大的，想着去跟海豹合个影。就有人好言相劝，那毕竟都是野兽，离太近会有危险。被劝的预备合影人听劝，想想也就作罢，没去搂海豹的脖子，再做姿态。

离开海豹滩，大巴车沿公路疾驰。能看到田野里有马，马三两匹为伴，凑在荒野上无声闲聊、打盹儿，有时，它们会有一搭无一搭地啃啃地上的草皮，算是尽了马的本分。阵阵冷风把它们的鬃毛都吹得扬天飘散，吹得它们还眯上了大眼睛。这些生长在北欧的冰岛马却都身材矮小，看那四条小短腿儿，简直都赶不上那些欧美大马的一半。越端详，就越是觉着，这哪里是冰岛马？明明就是我们家乡的蒙古马嘛！

导游李女士说："这冰岛马，性格温驯，耐力非凡。是很早以前，维京人从别的地方运到这冰岛来的。"

导游的话音未落，就像为了见证她所说的一样。眼见着就有三个半大孩子，正各自骑着一匹冰岛马，在田野间的小路上并行疾驰。隔着车窗，听不见蹄声"嘚嘚"。但能清晰地看见孩子们的笑脸，也能看到他们胯下的冰岛马，果然体质强健，跑起来轻巧快捷，还十分服从小骑者的指令。

从海豹滩回到公路，又走了不到 20 分钟，我们就到了斯奈山半岛上很著名的"黑教堂"。这教堂名副其实，通体乌黑，顶着十字架，就坐落在一个小山头上。"黑教堂"名气大，可规模并不大，最多也就像一间学校里大教室的样子。不过，传说中，这可是一个充满了爱情魔力的圣地。在每个星期天的祈祷日，来这里举行婚礼的年轻人络绎不绝。新婚的人们都愿意在自己人生最重要的时刻，得到"黑教堂"里牧师的祝福。这祝福十分灵验，将保佑新婚夫妇未来的一生。

远近细看，这座依山近海的小教堂，似乎真就气定神闲，充满了自信。像一只中国古代的福兽，威严而又敦实地趴在小丘上，眼观六路，耳听八方，在山海原野之间，播撒着平安美好的愿望。

一座普普通通的小教堂，因为承载了人们的愿景而成了举世闻名的福地。只是此时教堂大门上，挂了橙黄色的大锁，不得其门而入，实在可惜。

其实，就算不结婚，哪一个俗人心中还不是承载着几个想许下的愿望？这“黑教堂”若能再通融些，让我们这些难得一遇的游客，也在这遥远的冰岛，为自己和家人燃起一支洁白的小蜡烛，寄托大家的美好希望，不是更维护了基督的初衷？

今天最令我心动的一站，是离开教堂后到达的阿纳斯塔皮。这是个只有近20户人家的小村庄，安安静静，不动声色，就像一幅风景油画一样。阿纳斯塔皮村和海豹滩、“黑教堂”都是一路相连，都位于冰岛的斯奈山半岛南部。我们一路驶来，都依傍着这半岛上典型的地势，一边是山，一边是海，山海相依，又各领风骚。右手的山脉，不算太高，但脉脉相连，拥趸起来一个山世界。就算你的眼光再锐利，也难见山背后的秘密，只能在山脉这一侧打转了。大部分山都没有尖顶，好像曾经有过什么极其强大锋锐的力量，在某一个高度上平着剃过去，把无数相连的山头儿都斩平了。一抹的平顶山脉上，大多积了皑皑白雪，白雪在阳光下显得雄伟坚实，像半岛上拱卫着的城墙和列阵的铁甲军。山崖上，时见有一人粗细的飞瀑水流和那些融化了的雪水，流淌飘散。看上去灵巧活泼，像庄重的殿堂上燃起的一缕烟火，给茫茫群山添上了精彩的灵活气儿。

一路盯着看山，恍惚间就觉着这连绵起伏的大山，怎么就在眼前跃动起来？还好像能平着漂移过来，要靠近我。我背依海天而立，高举双手，心潮沸腾，面朝群山，准备好迎接他们。临海顶天的群山，似对我说话：“我的孩子，为了见这匆匆一面，我苦苦等了你70年……”

冰岛雪山的知会问候，在我胸中轰响，让我的眼睛里泪水迸溅。等到抬头的一瞬，高山深厚，咫尺之间，再也不动声色。啊——这只不知从何处飞来的黄色小甲虫，轻盈地落在我的肩头，这是大山派来捎信的小使者？给我带来山的祝福？

雪山峻谷，万年如一。让我这小虫儿般的生命，一下子觉出了自身无比地渺小和软弱。

离阿纳斯塔皮的村口不远，就是陡峭的黑色礁岩铁崖，高高悬在波涛

汹涌的大海上。这里可没有平缓泥泞的沙地滩涂，能让人们赶海拾贝，光着脚丫踢溅水花。只有石壁上狼牙锯齿般的砾石，参差相聚，面朝大海。狰狞的石阵间，或还真有通透的洞穴。有一处竟还风斩水激得日久，天然而成就一架悬空于海天之间的苗条拱桥。只有沐浴爱海的真正情人，才有那样的勇气，在那样空旷的高度上，在那样窄小坎坷的途中，相携以渡，一起努力通过这“情人桥”。勇敢的年轻人，过桥就抱起自己的新娘，高吼庆祝，声播大海。有几只洁白而矫健的海鸥，上下翻飞，从拍起手掌的人们头上掠过去，穿越石桥，似乎为年轻的生命，献上自己的舞蹈。

村里的池塘，像蓄满了水的弧形大口袋，倒着把自己的出水口搭在一处悬崖边沿。于是，几注涓涓溪流，搭配着风碎的水珍珠，就从崖顶上缓缓落入大海的波涛中。池塘和海洋，就靠着这一线晶莹，结合在一起，永不分离。

沿着铺设在海崖边上的甬路，逛遍高耸的海岸。最终会峰回路转，绕到村边那处石堆。石堆粗看，平凡无奇。仔细端详琢磨，才恍然明白，这分明是古人性图腾的标识。石堆顶端上的雄健男根和石堆底部坚实女阴的象征，让人们懂得，生活在这绝世荒原冰雪间的人类心中关于生命的信奉。

图腾石堆朴实无华，一律使用就近随手捡来的黑色砾石堆起来，并没使用泥沙，却临风而立，坚固异常。看似随意的石堆，却能见识到建这图腾的能工巧匠的非同寻常的高超手艺。

山、海、天间的万物，都线条清晰，色泽鲜明，在太阳下闪闪发光，都成就了搏动喘息，呢喃吼叫的生命，都给我们这些凡夫俗子带来深深的叹息和无边的心灵撼动。

冰岛无冰，竟还蓄满了浓浓的春意。和前几天去过的阿库雷里相比，雷克雅未克这里存在巨大的差异。导游说：“冰岛的名字听起来就吓人，似乎感觉整个岛都是冰。其实，在北纬 68 度的冰岛，并没有人们想象的那种严寒。这里的冬天有零下 10 摄氏度左右，夏天 15 摄氏度左右。和我们中国大陆的一些城市比起来，实在要算冬暖夏凉的好去处。比如，我们北方

的哈尔滨。”

导游这话，我可不太相信。冰岛咱是不熟，可故乡哈尔滨那里，眼下正是四月，那可是麦子露出青苗，可以种大田的时节哩。是人欢马叫，雨燕飞掠的正经春天呢。

车子一直沿着山、海之间的平原行驶，能看到大块大块，也都类似加拿大那样的田野，平整宽大的地块间相隔了灌溉水渠。按惯例，这些地块上，也应该播种各种农作物。可不论我怎么细致观察，也未见那地块里有麦、豆一类庄稼种植过的痕迹。只是看到有巨大的圆柱形草捆，相隔不远，规则地堆放在地块中间。导游告诉我们:“在冰岛这里，不种庄稼，只种牧草，以饲养牛羊。地里的那些大草捆，正是机械割下打包备好的，到时候就收回谷仓里去，做牛羊的饲料。冰岛的牛羊，也不做野外的放牧，都是按统一的标准圈养。我们在路上，经常能看到配有金属饲料塔的宽大房子，那都是饲养牛羊的地方。”

车子马上就又趋近大海，有小路通向海岸边。冰雪融化，小路上显得湿漉漉的，人们鞋底上的花纹被清楚地拓印在地上。我一眼看过去，就相信这里的地容地貌亘古未变。那是一片望不到头的砾原，火山爆发后留下的大小黑色砾石，沿海铺到天边，千百年来，未做丝毫变化。不过，很多砾石上，都长满了绿色的苔藓。苔藓日月经年，一层又一层，还很厚实，人走在上面，就像踩在海绵上一样。砾石发黑，苔藓显绿。远近黑绿相间，斑斑驳驳，是不是还可以称此处作“苔原”？嘴里几乎出声，又猛然想起来，小时候读的英国小说里，好像还真有这个名词——“苔原”。

踩着“苔原”的柔软，来到海边。有高及摩天大厦的巨石，兀然耸立在岸边的海水中。巨石一大一小，相距很近，就像一个大人领着一个孩子。形象黝黑狰狞，迎着不大不小的海风，纹丝不动。巨石天然生成，没有一丝人为痕迹。眼见在高山、苔原、大海间，就硬是来了这么两个突出巨石。不能不令人思索，这又昭示了什么神秘的意念，还是大自然随意的小趣？巨石依旧，无可奉告丝毫信息。还是老样子，一面朝向高山，一面朝向大

海。还有一面不动声色，静静地观察着苔原上我们这一群小蚂蚁。

海边巨石，见一面而终生不忘，也许，这就是它们存在的意义。

有趣的东西来了。一座和几个小时前见到的那座“黑教堂”如同双胞胎般的教堂，也是趴在一座类似的小山上，迎面而来。不过，这座教堂却被涂成了鲜红的颜色，自然而然，这就成了人们嘴里的“红教堂”了。在我看来，前面那座“黑教堂”有多么肃穆，眼下这“红教堂”就有多么喜兴。再说到爱人们的婚礼，我可以断定，中国人不管年轻还是年老，他们都会在两个教堂里，坚定地选择这座“红教堂”来举行婚礼。至于那座“黑教堂”，他们大抵会用来操办些丧事一类。一黑一红，本来就是个颜色，可用在教堂一类庄重的场所，就会引发不同的意识观念。而且，我们中国人在这上面，可是有一套老规矩，轻易不会变。

时近中午，大巴在一处峡谷的上边停了下来。众人逶迤而行，沿着一条陡峭的山路，向下横穿过一道10米左右宽的积雪，来到海岸。这海岸有点特别，临海水的峡谷口，呈喇叭状。这是一片大沙滩，沙滩上铺满了乌黑乌黑的沙粒。在台湾岛的西海岸，曾经见过类似的黑沙，但那远没有冰岛这里的黑沙滩辽阔空旷，还黑得纯正。

大海推出一波又一波雪白的泡沫，接连不断地涌到黑沙滩上来。还是黑沙霸道，把白色温柔的泡沫一下子就搂到怀里，转瞬就不见了。泡沫心痴，眼见着前面同类的消失，却不在意，仍然前仆后继地往黑沙滩上涌。这黑黑白白，就这样相亲相搏，没完没了。导游说：“在火山爆发中烧炼的砾石，经过千万年的风化碎裂，水冲日晒，碎而碎之，终成粗沙。令人感到奇怪的是，这砾石就那么黑得彻底，由石而成沙，竟不褪一丝颜色，大概是其中融入了一种元素吧。”

我俯身捡起一捧米粒儿大小的黑沙，怎么也看不出个究竟。可山崩而成石、石裂而成沙的变迁，还是让人心动，那得需要多么漫长的时光啊！地球古生代的那些“纪”里，还没有人类的存在。我现在看到的场景，在亿万年后又会变成怎样一种状态呢？

太阳还高高挂在天上，亮晶晶的。可气温下降明显，几乎能感觉到冬季傍晚的那种清冷了。导游指着车窗外的一座高山说：“看，草帽山。”

大家抬头看，这山离群索居，像是从一脉群山中跳出来，落到了平原的公路旁边。山的形状是很像一顶夏季戴在头上防晒的草帽，只是巨大无比，远超过一座万人运动场。我们就在“草帽山”的山脚下车，不过没能去登那立陡的山帽子，而是绕过山脚，去游览另一番景色。有水流顺着另一边的山脊蜿蜒而下，跳跃清丽的溪流，随着山势越来越平缓，成就了一条十几米宽的小河。小河就在我们脚下流淌过去，再到距下面十几二十米高度的山崖，就毫不犹豫，一个跟头翻下去，变成了一道瀑布。探身过去看，瀑布水势不小，千军万马，犹如雷霆轰响。

草帽山下瀑布吼，发声或为留远客？

斯奈山半岛上，一路过来，时常能看见那雪山上飞溅而下的水流。只是大多细小，滴滴落落，都没有这草帽山瀑布宏大汹涌而已。还是春的力量，时令节气，暖动山雪，一派晶莹飞流，实在也是顺理成章的事。

第二天，我们就近游览雷克雅未克市。先去了冰岛总统府，总统府在近郊，驱车不到半个钟头就到了。这个平整的小高地上，没有人来人往，显得非常安静，甚至都有点空寂冷清。小高地上，前后错落地建盖了三五幢红顶灰墙的大平房。看上去很平常，但不失整洁和规范。据说，冰岛的总统到现在已历经 60 届，他们都是在这里居住办公。按世界上通常的规模，冰岛的总统府实在要算袖珍，远没有一家中等公司的排面大。有点令人奇怪的是，这里没有卫兵，没有围墙，连区分地段的矮栅栏也没有。唯一看见的，是一辆四轮驱动的越野汽车，上面标示了警卫字样，停在大门前。有好奇的队友，踮起脚，趴着窗户玻璃，向房子里面打量。他还一边看一边说道：“里边也没什么不寻常，只是一些桌椅摆设，像是个小型会议室。”

这时候，才看见有一个警卫模样的人，从那辆越野汽车上走下来。我

注意到，这人并没有像一般警察那样，身上配备了八大件的装备。他甚至连帽子都没戴，制服也没穿，只是手里拎了一个大号的无线对讲机。这人慢腾腾地走过来，和趴窗户的队友打招呼，告诉他不要再靠近窗户了。

对全冰岛最高权力机构的参观，无形中变得寡淡无趣，实在没什么看头，真不如接下来登上的一座观景台。这座观景台，建在一座高高的山顶上，有一个半圆的顶盖，这让它看起来更像一座天文观测台，人们称这里为珍珠观景台。观景台视角辽阔，站在上面，雷克雅未克的全貌尽收眼底。城市方圆不大，目测着长宽 10 千米左右。环境优美，空气新鲜，整个市区里，看不见一根工厂烟囱。一面濒临海洋，另一面被高山环绕。我知道，北极圈在北纬 66 度以北，雷克雅未克的纬度大约在 64 度，也就是说，我们站在还差 2 个纬度的北极圈外。我想说的是，此时此地，居高临下，我一点都没有感到凉意，只有温暖在怀。

眼尖的伙伴提醒我，说是他看见了码头上的“诗歌”号。我顺着他的手指方向看，果然见到熟悉的邮轮，应该就在三五千米外的水域里，安安静静地停泊。

珍珠观景台上，也能清晰地看见著名的哈尔格林姆斯大教堂上，那辉煌的顶层建筑，那高高的十字架。说起这个大教堂，我们今天也曾去过那里，不过时间短暂，未能乘电梯登上那 70 多米高度的顶端。这座大教堂，造型新颖，迎街的正面十分宽厚雄伟。导游解说是大管风琴的象征图案。可在我看来，那分明就是一枚待点火起飞的巨大航天火箭和它的发射架。不信可以找到这哈尔格林姆斯教堂的图片，一眼看过去，你一定会赞同我的观点。大教堂于 1940 年奠基，至 1960 年完工。建筑中大量使用的，都是冰岛本地的建筑材料。这座教堂从设计到完工，几乎用了半个世纪的时间，标新立异，颇具冰岛风格，成为雷克雅未克的地标建筑。

教堂的名称是为纪念冰岛的现代诗人约纳斯·哈特格林姆松（1807—1845）。诗人被推崇为“民族的宠儿”“他是唯一的冰岛诗人”“他成了整个诗人流派的奠基人”。他在自己的诗歌中写道：

濛濛细雨的女神

驱使您大片大片的雨雾

穿过我的田地！

送我一些阳光

我会奉献

我的奶牛——我的妻子——

我的基督！

哈利格林姆斯大教堂大门前的广场上，耸立着一尊西格松雕像。雕像塑造得英气勃勃，冰岛独立之父西格松身披斗篷，手执战斧，抬头正视前方。这尊雕像，是美国于 1930 年赠送给冰岛的礼物，以纪念冰岛建国 1000 周年。19 世纪中叶，冰岛民族独立运动就是在西格松的领导下逐渐高涨起来，并最终取得成功。

车行回程，两天的乘车周游，让我对路旁的桦树林印象深刻。视线里，别的树种不多见，总是看到那些桦树，密集成丛，连续不断。这不是我们中国东北和俄罗斯的白桦，而是另一种黑桦树。大概冰岛这里的气候水土，就适合这种看上去黑黝黝、似铁石颜色的树种吧。

临登上邮轮时候，我们和那位同乡导游告别。最后再次谈到她居住的雷克雅未克，她无意间说："按着冰岛语来说，这雷克雅未克的意思，就是'冒烟的峡湾'。"

我有点奇怪，怎么我没见到那些缭绕在城市上空的"烟儿"？不论远近。导游女士看着我，笑了笑又说："冒烟是指这里的岸上有水气缭绕的境况。而雷克雅未克之所以能出现这种现象，是因为这里的地下储藏了丰富的地热资源。冰岛人把地热通达到民居里面，尽享地热带来的福利。同时他们也有自己的地热公司，统一管理地热。"

导游一席话，让我又心生感慨。冰的岛，却又配给了温泉热水，上天安排的巧妙，真是人力无法企及，人心无法预测。想象着外面冰天雪地，寒气逼人。回到家里却温暖如春，再洗上一个桑拿浴，喝上一杯，神仙也

不过如此了。

邮轮鸣笛歌唱，向雷克雅未克告别，向冰岛告别，然后悄然沉静地驶出法赫萨海湾。这海湾的水域，虽然和阿库雷里那里的埃亚峡湾不一样，可也辽阔宽深，终年不冻，也是难得的天然良港。从这里启航，转身南下，就会再次穿行在北大西洋里。

静静地观看着“诗歌”号在海湾里面行驶，觉着海在这里倒不像海了。极其平静的海，更像宽广无边的大湖。海水也不像水，倒像油，那么浓重，那么迟滞，不见一丝流淌。船首那里破开水面，荡起的水波，远没有平日那样汹涌，只是像成卷成匹的绸缎，缓缓抖开来，弱弱地翻动着。第一次看大西洋还能如此平静，风停了，停得彻底，脸上不觉一丝风力。

能看见海面上有三五只小海鸟会合在一起，浮在水绸缎上。它们向远处游走的时候，还神奇地把一串又一串弧形涟漪，丢在了身后。环境舒适，连小海鸟也懒得起飞，就那么漂着逛。

夜色渐浓，依然海平如镜。在船上就像在陆地上一样，丝毫也感觉不到游荡颠簸。人们不舍这难得的享受，流连漫步，悄声细语，直到很晚才回到舱室里去了。

英国列岛巡航：贝尔法斯特—伦敦多地纪行

从冰岛启航，“诗歌”号在北大西洋由北向南行驶了两天两夜，行程800多海里，到达了北爱尔兰的首府——贝尔法斯特。

晨起大雾，遮天蔽日，难见船外的水情。直到9时，浓雾才悄悄散去。越来越淡的雾气中，传来了邮轮靠岸的声响。不一会儿，邮轮就熄火，稳稳当当地停靠在码头上，就像走了不少远路，终于可以停下来休息的旅行者。四周一片清净，偶尔能听见几声海鸥的鸣叫。

听说在北大西洋触冰山而沉没的泰坦尼克号，就是在这贝尔法斯特船厂建造。这如果是真的，说明一点，这里在100多年前，甚至更早的时候，造船工业就已经很发达了。

我们知道，英国的全称是：大不列颠及北爱尔兰联合王国（United Kingdom of Great Britain and Northern Ireland）。我们眼下停靠的北爱尔兰，是爱尔兰岛的北部，当然也是英国的一部分。而爱尔兰岛的南部，则是另一个国家，称为爱尔兰共和国。

南北爱尔兰同在一个岛上，而南部的爱尔兰共和国，最终从英国独立出来，主要的原因是南北之间的宗教信仰不同。英国人大多信仰基督新教，爱尔兰人信仰天主教。这是个世界性的政治问题，如果想把它完全说清楚，可就难了。

吃过早餐，我们都下船去排队，准备登车去贝尔法斯特市中心的多尼戈尔广场。这次不用搭专程大巴，有从早至晚的免费班车往返在市中心到码头之间，专程接送“诗歌”号上的游客。

排队登车，当空飘落雨丝，洋洋洒洒几分钟后，竟又发起狠来，变成了中等程度。这兜头的下马威正告一众来人，英吉利的阴霾潮湿可不是说着玩的。挨浇的伙伴们，显出一分狼狈，大声抱怨天气，可又无可奈何。我心揣几分幸灾乐祸，因为我穿了防水的冲锋衣。这天气正好检验我在冰岛阿库雷里新买的 66 度牌冲锋衣的防水性可好。英国的中度雨水，给我的新衣服打了“A+”的等级评价。眼看着那些比米粒大的水珠儿，刚沾了衣服，却不浸入，都纷纷从衣服上滚落下去，令人欣慰。微笑着的干人儿，静候来车。

免费摆渡车，停在市政厅对面的马路旁。于是，就近参观市政厅。市政厅就是市政府，英语标在门墙上，City Hall。贝尔法斯特的市政厅，最早建于 1897 年。一百多年来，这座建筑经过了多次修缮，至今仍在使用，政府在里面办公，游人也可以在划定的区域里参观。

市政大楼的外墙呈灰白色，门庭的罗马柱、屋檐处的雕花边沿，还有铜绿色的房顶穹隆……大量极致的精雕细刻，尽显古香古色。依我看，这样的建筑，放在世界上任何一座城市里，当作政府大楼，都会给整个城市增添光彩。

大楼顶那尊醒目的绿色穹隆，直接让我想到了南非太阳城的建筑群。在心中略一比对，两边怎么着都有类似的感觉。建筑艺术的创作，会在模仿中生发开来，再超过模仿。猜着南非那些唯美的建筑，一定也渗透了英国乃至整个欧洲建筑美学的元素。

维多利亚女王的高大雕像，竖立在正门的圆形花坛中间。仔细看过了雕像下的铜牌才知道，这象征着英国统治地位的雕像也是后来建立在这里的。

在这市政厅的前花园里，能看见几尊贝尔法斯特历史上名人的雕像。再走进去，大楼东墙外侧，我看见了一块几十平方米的半圆弧形建筑。建筑物不大，一下子也看不出它的功能。但那独特的形状和耐人感受的气韵，让我注视着它，足有两分钟。最后，我终于恍然大悟。这半圆弧形的纪念性建筑物，如果放大十倍八倍，实在和我们哈尔滨松花江畔，凭江而立的防洪纪念塔很相像。记得那座纪念塔，造型确实异于国内其他同类建筑物，很受人尤其是哈尔滨人的推崇和赞美。那座纪念塔塔上阶的高度，也是 1957 年哈尔滨人民战胜大洪水时的最高水位。70 年之后，我站在英国贝尔法斯特市政厅花园里的这座小建筑物前，想到的却是小时候故乡的那座纪念塔。

市政厅的一楼，完全成了游人参观的展览厅。无须买票，随意进出。这里没有栅栏，没有围挡，原来什么样就什么样。除了两个清洁工和保安，整个一楼大厅里，都是络绎不绝的游人。这里有一些图片和文字，告诉你的主题就一个：贝尔法斯特是一座无与伦比的好城市。城市功成名就，靠的是无数城市之子、先贤精英奋斗的结果。“城市是人的城市，市民才是城市的主人”，宣传的内容里有科学家、航海家、艺术家……也有士兵、送奶工、运动员、建筑工人……所有的勤奋和功勋，都被准确地记载在市志上。

徘徊漫步，观察感受良久，我们才随人群踱出市政厅的大门。到了街上，我们就按着老规矩玩自己的游戏。分别找出街上别致的房子，并做比较，看看是谁找到的漂亮房子多。得承认，贝尔法斯特的街上，古风依旧，尽显特色的房子实在不少。

一座顶层拱起的楼房，十分漂亮，不由得被吸引着，想尽情地里外仔细欣赏。举着眼睛走进敞开的大门，却没想到，竟无意间走进了一个画廊，画廊里正在举办画展。画展以人体油画为主，眼搭在一幅又一幅的油画上，略加鉴赏。感觉作品的艺术水准，普遍都不大高明，像学习艺术专业的学

生们举行的画展。事实证明了我的判断，走到最里面的小厅，见到有教师模样的中年人在轻声说话，好像是在做艺术创作指导。他的对面，还有四五个学生少年在洗耳恭听。人们并不在意我们的闯入，甚至还有人冲我们点头微笑着，表示欢迎。

无意间能进入这样的画展参观，让我们感到轻松。心中也庆幸能有个机会，接触一下他们青少年的艺术学习和创作。有一个雕塑引起了我的注意，雕塑的主题是一个 10 岁左右的小女孩。她的身旁是两头胖嘟嘟的小猪崽，女孩头上却随便地扣着一顶破旧的大钢盔，手里端着一个凌乱的军用武装带，脚下是一个打上了邮戳的开口的大袋子。女孩儿满脸悲戚，眼里含着大颗晶莹的泪水。雕塑左下角有一段文字，像是学生画家对自己创作的简要说明。说是雕塑要表现的是小女孩收到了战场上父亲牺牲的信息和他生前的遗物，画作表现小女孩心灵震颤、惊讶悲痛的瞬间。

这显然是以反战为主题的雕塑作品，这类主题曾经风靡整个欧洲，至今仍旧深入人心。我一直凝视着这尊雕塑，感受到欧洲艺术教育的独特方式，还有那股稳定发展的新生力量。令我感到惊奇的是，这尊雕塑的作者，竟也是个十三四岁的小姑娘，她的年龄只比自己创作的主人公大一两岁。我们诚心诚意地为她竖起了双手的大拇指，这尊习作，配得上我们的尊重和赞美。

我们向年轻的艺术家们告辞，顺便还打听阿尔伯特纪念钟塔的方向。刚刚还羞红了脸蛋的小姑娘雕塑家，笑着陪我们走到室外路口，抬手指给我们看那座塔。然后伸出三个手指说："直走，三分钟就能到了。"

阿尔伯特纪念钟塔，蒙了雨丝，显得色泽深重，在不远处略显歪斜地耸立着。这塔是维多利亚女王为纪念她过世的丈夫阿尔伯特亲王所建。亲王逝于 1861 年，此塔建于 1867 年，算起来也有一百多年了。一边走一边搭眼看，这阿尔伯特钟塔远看着有点像伦敦的大本钟塔。当然，那规模和高度还是小多了。

最显眼的，还是这塔明显的歪斜。据说是建塔时选择的地基出了问

题，经过多年才渐渐造成如今这样的倾斜。塔身沉重达 2000 吨，地道的哥特式建筑风格。这也是一座钟塔，塔顶上的大钟，重达 2 吨，敲响后在 8 千米之外都能听得一清二楚。为了避免不断的陈旧风化，贝尔法斯特市政府曾在 2002 年耗资维修这座塔。走到塔身旁边，能看到这次修缮的说明。原来，塔上的六角星、浪花、小狮子等装饰件，还是本塔的原件。不过，越是原件，就越是损坏严重。经年的日晒雨淋、风霜剥蚀，让这些石质原件变得坑坑洼洼，已经难觅其原貌了。

塔下的喷泉，给纪念钟塔带来了些活气儿。还有零星的游人，在这里拍照留念。这座纪念塔，是贝尔法斯特的地标建筑。就算我们在船上的时候，也能一眼就看到它。

为赶摆渡车，我们确定了大致的方向后，就随意走进那些生疏的小街，想着体验当地民俗风情和日常生活。抬头见到小幅的广告，表现着一碗中式面条，红肉绿菜，汤水丰盈，热气腾腾。几个月没吃这种面条了，心中一热。无论如何也得来一碗品品那熟悉的滋味儿，否则，怕是把中国饭都忘了。一探身就从飘着雨丝的小街钻进了面馆，闻着了热汤面那熟悉的气味儿，心里断定，这味儿地道，应该是遇见了真佛。拉面一大碗，韩式清酒一杯。面的滋味儿果然正宗，辛辣浓郁，不觉间就吃出了一头的汗。清酒有点淡，喝着没那么有劲儿，倒也去了一上午的潮气。纯英国热汤面小哥，微笑着递过来账单，总共 43 英镑，够贵。打着饱嗝，心满意足间，不由得再抱怨邮轮上的西餐厨师。每天让我们看到的面条都是拌面、炒面、糊糊面，怎么就不能煮个可口的热汤面？那玩意儿有那么难吗？

准时回归船上，贝尔法斯特一日游，已经让我们筋疲力尽。

晚 6 时，“诗歌”号准时启航。邮轮似乎又来了劲儿，恢复了自己正规高傲的仪式。三声威壮严明的汽笛长鸣，接着播放《我的太阳》男高音歌唱。那精美高亢的歌声，像一些颗粒状的金豆子，排列成串，直冲云霄，在整个港口里面回荡。让我感觉着，好像码头里的每一条船，都播放了同一首《我的太阳》。傍晚的真太阳，似乎耐不住这不断的深情呼唤，竟可

着劲儿从晚霞里钻了出来，把金色的阳光洒在大西洋上。我感到身上暖洋洋的，心里说："这可不是加拿大和冰岛那样的凉太阳，这分明是英国春天的太阳，她正温暖着北爱尔兰，温暖着贝尔法斯特，让这里的大地生发出嫩绿的颜色。"

我们正在爱尔兰海，由北向南航行。

"诗歌"号离开爱尔兰岛的东岸，向大不列颠岛的西岸航行，斜着穿过了爱尔兰海，到达了英国重要的港口城市——利物浦。

气温随着南移而渐渐升高，阳光明媚，寒冷被我们甩得远远的，像永不会再降临。有班车往返于市区与码头之间，是那种颇具英国特色的红色双层大巴车。它会拉着我们去逛利物浦。

利物浦是英国的一座海港城市，位于英格兰西北部，默西河口的东岸。这条默西河又宽又长，在这里流入爱尔兰海。利物浦码头作为英国的第二大商港，停泊了数不过来的大小船舶。

车子转过第一道街口，雄伟的利物浦海港大厦迎面而来。整个大厦的外立面，都是用卡其色砂页岩建造，坚实平整，十分庄重。人们纷纷为大厦拍照，拍照中注意到，大厦顶层的圆形楼顶上，立着绿色大鸟的雕塑。圆顶是东西楼一边一个，上面的大鸟也是遥相对应的两只。其中一只朝向城里，另一只则朝向城外的河海。

这鸟塑造得有点怪，我没见过，似乎也没在我见过的任何鸟类中出现过。它不漂亮，甚至有点丑。但信心十足，昂首挺胸，张开双翅，嘴里还叼着一根什么植物的枝叶。车上那位和蔼可亲的英国老头儿导游告诉我们："这是利弗鸟，是一种能带来好运气的不死鸟。在几百年前，利物浦刚开埠的时候，就把这鸟描绘在城市徽章上面。人们希望这吉祥的鸟儿，能保佑利物浦。后来的利物浦足球队，也使用了这利弗鸟的形象来设计了自己的队徽。结果，利物浦足球队战绩辉煌，一直是欧洲常捧奖杯在手的一流劲旅。"

说起利物浦海港大楼，导游老先生还提到泰坦尼克号，说是那艘当年沉没的巨轮，就是在这座大楼里登记注册的。有队友提到，说是中国上海外滩上的一些欧式建筑，和这座英国利物浦海港大厦，都是出自同一个设计师的手笔。我看这信息有些牵强，你想啊，上海外滩依着黄浦江那一路上，有几十幢高楼大厦，当初开发建设时的设计师，怎么会是一个人呢？

导游还说到披头士摇滚乐队，说那也是利物浦的传奇之一。说着，还热情主动地拿出录有《便士小巷》的光盘，用车上的音响放给我们听。据说这首歌曲是当年披头士摇滚乐队创作的知名作品，曾经风行全球。可是，不知道是因为年龄的差异，还是因为文化背景的不同，听了《便士小巷》的一车人竟没有什么反应。说实话，我也是“左耳听右耳冒”，对披头士的音乐没什么感觉，不好意思。导游不甘心，又放了一首《嘿，朱迪》（*Hey jude*）。车上的队友中，终于有几位白人老先生鼓掌，表示了赞赏。导游老先生这才高兴起来，说道：“披头士摇滚乐队，在 20 世纪 60 年代，改变了当时狂放激烈的摇滚风格。年轻的乐手们在摇滚里掺和了一些平缓和抒发，这让当时的成年人开始接受摇滚。这一点，就是当年披头士摇滚乐队在音乐上的贡献。”

这边车里的游客听着想着，大巴车已经三转两拐，不觉间来到了一条幽静的小街上。导游让我们下车拍照，大家还有点摸不着头脑，却有一个队友指着不起眼的路牌说：“啊，原来这里就是便士小街。”

嗷，大家这才恍然，再细看这平凡无奇的小街。

导游笑了笑说：“是啊，这是利物浦最普通的小街。当年的披头士还是上学的少年，他们每天都经过这条街，到学校去。日久生发感怀，就写下了《便士小街》，从这里一直传唱到整个世界。”

在便士小街再听一遍《便士小街》，理应让人心潮涌动，这大概也是那位爷爷级导游先生善意的苦衷。可是，实话实说，我还是没有什么更深刻一些的感触，激动不起来。这首歌不能让我入神，倒让我不由得在心里

提出疑问：“披头士到底做出了什么伟大的贡献？让英国乃至世界都曾经为之疯狂？”

我隐隐感觉到，那个时代的英国小孩子，是生活条件最优越最富足的一代。那些孩子生来就被呵护宠爱，父母对他们照顾得无微不至，甚至都有些骄纵。他们弄出来的歌曲，就被捧成了伟大的艺术成就。然后招呼着别的同为父母的人们，一起为他们可爱的孩子热烈鼓掌，大肆推崇。我能想到的是，这些在“二战”中历尽了艰辛的父母辈，终于盼来了战后的和平，又迎接了自己的新生代。他们庆幸之余，都不知道该怎么培养自己那可爱的孩子了。披头士现象，只能是那个特殊时期里的文化现象，前不见古人，也后不见来者。到了半个多世纪以后的今天，披头士摇滚音乐早已随风而逝。就算强打精神，再重复那些激烈的声响，也只能由老去一代深切感怀，让逝音在心中徒然鸣响。

有趣的是，这和我们自身的想法和经历有点像。我们这一代，也是经历了艰难困苦的一代。我自己就曾经在心里暗暗发誓，绝不再让我的孩子遭受我年轻时候的苦难。我们也是非常珍惜自己孩子的一代父母，孩子在我们的心中是绝世的宝贝。对孩子的一切想法，我们都有求必应。结果我们的下一代，就有了比我们当年多得多的表现、发挥、展示、成功的机会，他们的境遇远远优越于父辈，时代变了。令人叹息的是，眼看着这下一代，也都不能像我们那样吃苦耐劳，坚强乐观。他们大多都敏感脆弱，听不得批评。

我不喜欢摇滚音乐，它没有在直接的音律中让我听出美妙，没有让我的心灵感到愉悦。一句话，摇滚音乐根本打动不了我。不过，年轻的孩子们能玩音乐，也不是什么坏事，就让他们尽情歌唱吧，我不反对。

心中胡思乱想，大巴在便士小街上徐徐行驶，路过了足球场，跨过了铁道线。便士小街渐行渐远，当年披头士摇滚乐队里的那些孩子们，现如今也都当爷爷了吧？不知他们可否再聚一起，重新来一把《便士小街》？也不知是否还能再次引起世界级的欢呼狂潮？

利物浦的街道旁，高大的树木已经抽出了嫩绿的叶子，微风摇曳，绿叶子掩映很多维多利亚式的民居。这些城市里的建筑，大多是暗红色。心中想起来，刚刚去过的贝尔法斯特，市内建筑给我的第一印象是大多的灰白色，那么利物浦就是个红色的城市了。那些红砖砌就的利物浦房屋，沧桑无尽而又年轻活泼。它们是否用红色来暗示自己的城市个性?

导游向我们介绍利物浦大都会教堂，它的全名是“基督国王的大都会大教堂”，建成于 1967 年。车子围绕着大教堂转了两圈儿，可我无论如何都看不出一个教堂的样子。这是一个正圆形的建筑，顶着一个圆锥体帽子。教堂整体近于银灰色，给人轻金属铝的质感。它体态庞大，几乎能占满一个小区。能看到教堂大门前的台阶下，有立着的牌子，上面书写了英文“欢迎”的字样。据说，这座教堂，对信奉天主教、基督新教，甚至是犹太教的教徒，都表示欢迎。只要你愿意，完全可以自由地进入，到里面参观、朝拜、祷告、忏悔……做一切有关的宗教活动。如此包容的教堂，还是第一次见到。

不过，还是看着它不像教堂，倒像一座封闭的运动场，甚至也像一座音乐剧场。教堂紧挨着利物浦大学的一家学院，导游说:“这大都会教堂和利物浦大学，相处得十分友好。平时日子里，学院图书馆座位紧张时，有些学生就悄悄溜进教堂里，寻一处坐下来研读功课。从无人来打扰读书的大学生，但要保持绝对安静。每当期末考试，教室不大够用时，教堂就主动腾出些地方，甚至不吝让出祷告大厅做考场，让大学生到教堂这里参加考试。”

听着有趣，想象着那些莘莘学子能安静地坐在神赐予的位置上奋笔疾书，这教堂可是把基督精神在大学生身上用活了。

喜欢看到教堂、学院的街上，那许多的年轻人。他们总是在手里拿着一杯咖啡，背上双肩书包，神色单纯，嘴脸洁净，来去匆匆，他们大概都是大学生吧。这和一路上所见的一众成年人，甚至沧桑迟钝的老年人们形成了巨大的反差。我一直看着那些活动的年轻人，感觉着利物浦似乎也成

了一个年轻的城市。

另一座利物浦圣公会大教堂，风格迥异于大都会教堂。这是用一种红褐色的石料建造而成的长方形教堂，对称的两座副楼簇拥着一座主楼，高高地耸立在河滨之上。这方形的古教堂建筑，无论怎么表现得端端正正，在我看来都更像一座城堡。它下边沟壑里的水，也让我想象到古城堡四周围绕着的护城河。也许，当年的环境真就不安全，教堂也需要自保。再也许，会有被袭扰的教徒民众，不得不躲到教堂里来避难？

据说，这座圣公会大教堂，开工建设于 1904 年，却一直到 1983 年才正式完工，慢工出细活儿吗？怎么翻过来倒过去地细看，都被这座教堂的细腻高贵所震撼，这也实在是我见过教堂建筑里面的上乘之作。

巴士车在乔治公园里停了下来，导游告诉我们："一会儿再开去马修街，那时大家就可以自由活动了。"

有队友鼓噪，这样的游览太机械了，大声提议："现在就下去可否？反正也不远。"

我赞成这提议，于是也大声应和，要求能在剩余的时间里自由地游览这座城市。在我们的请求终获允许后，就迫不及待跳下车去。再抬头看，就像事先约好了似的，利物浦图书馆竟迎面而立。我喜欢图书馆，从上学读书的时候，就愿意整天泡在那里。到后来，就连里面的管理人员也都相熟，只要馆里进了新的好书好资料，他们都会悄悄告诉我去查阅。后来，我写的许多东西，都是在图书馆里完成的。我在心理上，似乎对图书馆有一种依赖感。感觉着，在幽静的图书馆里，更能让人聚精会神，思想行空。在图书馆里写东西效率很高，那是个很"出活儿"的好地方。后来不泡图书馆了，但一有机会，还是愿意得其门而入，进去浏览环境，感受氛围。说真的，图书馆里的气味儿，在我闻起来都是那么细腻温和，弥漫了书籍特有的深沉味道。

英国的利物浦图书馆，和其他所有图书馆一样，宽敞安静，光线充足。不同的是，这里的图书馆已经电子化。数不过来的写字台上，都有工作电脑。坐在这样的写字台前，打字、翻阅、查资料都应该相当方便顺利，想想都觉着过瘾，实在是个好地方。

凑过去，打问工作人员模样的女士：“这里可有中文书籍借阅？”

女士言：“抱歉先生，这里现在还没有中文书籍。您如果急需这方面的书籍，可去市里的一家资料馆，那里有中文的书籍。嗯，这是资料馆的地址，请拿好。”

就世界文学的推广普及而言，使用中文写作的中国作家，是很吃亏的。世界上对中文创作缺乏应有的关注，几乎没人在意中文作品的趋势流向。再有价值的中文小说、诗歌、散文、剧本，也不可能像同类的英文作品那样，在世界上直接产生影响。中文本身又艰涩复杂，别说能像英语那样普及，就算是在翻译这样的专业范围里，“中译英”也难做到丰满精准，保持原作的内涵。那些已经翻译完成的中国名著中，也许已经流失了很多精美的中国文学艺术价值。

那些用英语等语言进行写作的作家，几乎都是直接在给“全世界”写作。可用中文写作，在很长的时间段里，就纯粹是给中国人写的，尽管我们中国人为数不少。中国文学迈进世界，还是天然地差着一大步。以后的高科技，兴许能发明出来更直接更严密的翻译器，那时候的中文创作就会和世界上的其他语言文学创作，真正并驾齐驱。目前的真实状况是中国作家举步维艰。

挨着图书馆的，是博物馆，利物浦博物馆。馆舍分五层楼，从上到下，从猿到人。我注意到，在上古历史部分，博物馆很看重埃及。有关埃及的考古发掘出土文物，就摆满了几乎一整层。展示人类历史，当然绕不过中国，关于中国的书画、丝绸、瓷器、古董……摆在一个房间里，那风格好像进了中国清朝时期某一官宦富贵人家的上房。在那一大盘纯中国瓷器的摆放中间，竟突兀地出现了一只俄式高脚玻璃杯。是管理中无意的疏忽，还是有人故意设了个小幽默？

天文学展馆，值得关注。这里展示了西方天文学的发展历程，其中有

一架演示 9 大行星的机械（冥王星在机械制造的时期还被认为是太阳系的行星）。摇动手柄，那些太阳系里的恒星、行星和卫星就都按着次序转动起来，星光闪耀，栩栩如生。记得前些年，在高中物理课上，老师为建立宇宙太阳系的空间概念，可是很费力气。虽说有挂图，也有幻灯，可那些都是平面二维的东西，缺乏立体感，更不好体现动态复杂的太阳系。这架机械好，别看笨重点，但真能表现出三维的立体效果。而且，就机械而言，这架演示教具，制作得相当精密准确。各个星球在自己的运行轨道里，规则旋转，相辅相成。月亮小卫星，像孩子一样，围绕着地球母亲旋转，地球母亲自转的同时，也“拉着”月球孩子，再围着太阳转下去。我特意看了看这架机械，想知道它制作的年代，终于在陈旧的机械角落里，看见了“1877”的字样。一般来说，在说明文字中出现数字，都是表示该事物产生或发生的年代。1887 年，那应该是在我们清朝的光绪三年。我还记得那个年头，列夫·托尔斯泰完成了长篇小说《安娜·卡列尼娜》的写作。

欧洲现代天文学的确立和发展，在 19 世纪中叶就正式开始了，这确实比我们中国早了近百年。虽然我们后来迎头赶了上去，也取得了不俗的业绩，甚至在某一些方面还超过了欧洲。但努力的空间还大得很，人说，人类未来的发展就在于人工智能和宇宙空间活动。

在这个偌大的博物馆的天文馆里，我悉心地查找有关我们中国在天文学方面的要素。最后，终于在一架玻璃柜子中，看到了一架绝对中国的风水罗盘。这架罗盘显然曾经被风水先生长期使用过，又在这异国他乡的博物馆里被保存了多年。罗盘十分陈旧，在射灯的映照下，泛着黯淡的光泽，就连圆盘中心的那个小指南针，都坏掉了，孤寂陈横，没有一丝本应在抖动时发出晶莹闪亮的灵气儿，不能给人们指出东西南北的方向了。

留了一把大胡子，穿了件长褂子的天文馆的管理员，主动上来搭茬儿。和他聊起天来才知道，原来，他对中国近些年的高速发展，尤其是在天文科学上的大跨度进步都了如指掌。当我问起：“既然如此，怎么在这里的中国元素还少得那么可怜？”

管理员撅起了胡子，眼神无奈地摇了摇头，然后耸起肩膀，摊开了一双掌心朝上的大手。这是白人在应对所有不解或是没法给出准确答案的时候，统一表达的标准行为。

我们不应该吹嘘，该做的事情还是要做。我们应该在文化上，多做世界交流。我想，有关部门的人员应该很乐意为国家的发展努力工作，到这儿的图书馆、博物馆里走走。

从图书馆和博物馆的大楼里出来，转身穿过乔治公园。已经转了两座馆，实在有点疲累，就坐下来歇歇腿儿。乔治公园不大，是一座闹市区里的小花园。园里绿草如茵，雕像群立。经常有收起翅膀的海鸥，降落到地上，瞪着圆圆的眼睛，一探一探地走，想从歇息的游客手里讨些零食吃。

不远处就是圣乔治大厅。还在大巴车上的时候，导游就着意提到这座金碧辉煌的圣乔治大厅，而且还拿出了一张彩色的照片，让大家欣赏。我当时就对这座大厅感到莫大的兴趣，把参观这大厅算在自己接下来的自由行程里。现在，可以打起精神，走进了圣乔治大厅。

建于 1854 年的圣乔治大厅外立面，雄伟辉煌，正门建有 16 根巨大的罗马式立柱，新古典主义风格明显。登上宽大的台阶，门庭里卖票，一张 9 英镑。拿了票先朝下走，进了地下室，里面终年不见阳光，全靠电灯照明。有一些被隔出来的小房间，又低又矮，还装着铁栅栏门。端详着，怎么看都像是关押囚犯的监室。从下面再登一道不宽的楼梯，三转两转，再推开门，一个标准的法庭出现在眼前。有法官高高在上的席位，也有辩护人、嫌疑人、陪审人各自的不同席位，桌子上都有铜牌一一表示位置。不过，这显然是一个空置的法庭，如今早已没了案件的审结。这个地方只不过是圣乔治大厅里，保留的历史痕迹，如今只是做了旅游的景点，供大家参观罢了。用手摸摸那些老橡木打造的桌椅，能感觉到 100 多年前的法律厚重，它们似乎还保持着至高无上的尊严。回想刚才在地下室里看到的那些小房间，正是关押嫌犯的囚室。这样就方便开庭时候去提审犯人，可以把那些嫌犯从后面的小楼梯间里押解到法庭来，还不被外人看见。

从法庭再登上 3 层，圣乔治大厅才真为我们敞开了大门。大厅里的设计装修果然非同寻常，高阔明亮，极尽奢华。几挂巨型的大吊灯，坠了鹅蛋大小的玻璃珠儿，晶莹剔透。阳光晃在上面，光彩闪烁，晶光灿烂。墙壁和顶棚上装饰了许多丝绸，还有古典绘画。那些边沿和中心的位置上，显然都镀上了黄金，十分气派豪华。据说，这里曾经是利物浦市政大事议决的场所，也是贵族们笙歌燕舞、灯红酒绿的去处。一路所见之奢华，这圣乔治大厅可以称魁首了。

在手机地图上，发现了一处军事博物馆。我历来喜欢参观军事及历史的博物馆，喜欢观看刀枪、舰船、战机……那些武器，也乐意了解那些军装、肩章、通信、后勤……那些军用品。在很多次旅游的途中，我都特意赶到类似的军事展览馆舍去大饱眼福。我实在就是一个业余军事爱好者，我觉着，人类互相争斗的时候，除了残酷，也尽显了智慧，军事博物馆里的春秋典故比极尽豪华奢侈的皇宫神殿有意思。

地图上的位置，注明得很清楚，看着路程也只有 2.3 千米。因为在大方向上，和我们邮轮停靠的港口是一个方向，可以顺路回去。于是，我们决定走过去。可实际走起来，找到这家西部通道博物馆（Western Approaches Museum），可真是费了不少劲儿。主要原因是，几乎没人知道这家博物馆。

左打听右打听，拿着手机地图给人家看。最后，终于在一幢不起眼的临街楼宇的一道小门里，找到了我们的目的地。进门感觉着这幢不大的楼房，建造得格外厚重敦实，年代久远。而且，门窗都小，室内采光不好。大白天的，只开着几盏电灯。

前台的年轻人，是这家私人博物馆的老板。看着他那张红润白胖的脸蛋儿，连 30 岁还不到。右侧的墙上挂着一块小黑板，上面打了表格，写有进门参观的票价，每人 11.5 英镑。旁边的格子里写了免费的字样。我顺嘴问了一句："这什么意思？"

年轻的老板笑了笑说："凡参加过第二次世界大战的老兵，才可以享受

免费待遇。”

他的话把我也逗笑了，是啊，“二战”老兵永远是我们尊敬的英雄，他们享受免票，理所应当。只是，屈指算算，“二战”结束时候，我还没出生呢。那些参战老兵的年岁，少说也都近 100 岁了吧！谁还能赶到这里来参观博物馆？黑板上的免费条款，显然是商家做的小噱头。见我笑中存疑的样子，年轻的老板冲我挤了挤眼儿。

买票后，走楼梯一路向下，有着近 20 米的深度。一道厚重的铁门敞开着，一眼就能看出来，门里是一处具有防炮防空袭功能的坚固掩体。往里走，发现里面足够大，看标牌上的说明才知道，这里竟是一座战时英国皇家海军的指挥所。指挥所最靠外间的格局里，有哨兵岗位、门卫电话间、仓库……甚至还有一家小型商店。这些我提到的所有位置，都保持着战争年代里的老样子。当年刊有号召民众起来抵抗、参军参战、勇赴前线内容的报纸、杂志，随意地摆在桌子上，张贴在墙上。小商店里出售的香烟、罐头、酒类，就连毛巾、肥皂等所有的物品，都被标示了军用的字样，显露出当年英国抗击德国法西斯的情势和军民的决心。

再向里面走，就进入了一座迷宫。一定要按着那个红箭头指示前行，否则都不知道拐到哪里去了。这里面有电影放映室，当年，这里是放映飞行员们从前线拍回来的侦察影片的地方。现如今，那架小型电影放映机正“哗哗”轻声响着，放映“二战”的纪录片，希特勒在咆哮演讲，一转镜头，丘吉尔也在演讲：“我们将战斗到底……我们将在田野和街头作战，我们将在海滩作战，我们将在山区作战……我们决不投降。”

影片还映出了爱尔兰和英国西侧的北大西洋上海战的真实镜头。再往里面走，有电话总机台、无线电通信中心、海图标示处、信息情报室、急救手术室……其中最宏大壮观的，是一个长方形的大厅，在两层楼高的大墙上挂了一张巨大的海图，海图中表现的正是爱尔兰和英国西部的北大西洋海域。这片海域被一个矩形的虚线框定，十分清楚地写着西部通道（Western Approaches）。海图上着重标示了利物浦的位置，还加上了红

颜色。然后就是那些黑色、黄色、红色的各种线条，弯曲走向，几乎布满了那个巨大的虚线矩形框内。不由得想起来，在“二战”题材的电影中见到过类似的大型战时指挥所。电影里的表现，似乎比我眼下见到的场景还要更宏大更阔气。可我宁愿相信，眼前的这个作战室，才是80多年前最真实的东西。

这里正是英国皇家海军在“二战”时期设立的“西部通道”战时指挥部。西部通道（Western Approaches）在“二战”时期，是一个特指的海域，就是那张大海图上用虚线标示的矩形区域。战争时期，很多战争物资从美国、加拿大运送至利物浦的默西港口。想想有趣的是，那些运送物资的轮船走过的航线基本也是我们的邮轮走过的航线，也是从冰岛绕过来爱尔兰海峡的。当时的德国，当然不能眼看着大批物资从美洲源源不断运送过来，支援英国的抵抗。于是，就在这“西部通道”布下潜艇，伺机摧毁这些货船。英德之间的海战，就在这“西部通道”激烈展开。

仔仔细细地一路观看，发现在这个指挥所里工作的战时人员几乎都是妇女。墙上的一张又一张照片，其中的主角也都是妇女。看到一排9个小小的房间，只有布帘做门，里面有上下层的窄铺位。如此简陋的临时休息间，却有小型衣柜，上面挂放的都是女人的衣物。这里的外间，甚至有一个不大的白色浴盆。这些都是指挥所里那些女战士的休憩地，虽然窄小，但也体现着对女性的人文关怀。

我记得，利物浦在“二战”时期遭到过德国空军的轰炸，想起了当时关于轰炸引起火灾的报道：“轰炸引起了大火，让整个城市在夜晚里彤红一片。”

可以想见，这个当年隐蔽地下的指挥所，也不是绝对安全之地。如果有人从这里钻出去，看到漫天大火、一片瓦砾，将会是一番怎样的心情？这些抗击纳粹德寇的英雄，平凡而又伟大。她们为了人类和平，曾经奉献过自己的生命。

利物浦也是一座坚强不屈的英雄城市。

晚 6 时，“诗歌”号鸣笛歌唱，掉转船头，离开默西港，驶向爱尔兰海峡。然后，南下经凯尔特海，再转东，去英吉利海峡，到南安普顿去。

一天的阴云都已散去，夕阳金光四射。

感觉着越是往南，天气越暖和。海风温和，轻轻地吹拂脸庞。站在甲板上看去，这爱尔兰海比大西洋热闹多了。时不时就能见到远近来去的船只，这样的航海生活，让人不再感到孤独和空寂。海水也温良，不再掀起惊涛骇浪。再有一个星期，我“漫步大西洋”的旅行生活就要结束了。

就这样再航行一天一夜，“诗歌”号将到达南安普顿港。有队友组织了从南安普顿到伦敦的一日游，打算开车往返。因为老妻没有去过伦敦，总应该去见识见识。我决意陪同前往，就参加了这支队伍。大家约好，到时早饭后在甲板集合，搭车去伦敦。

停泊在南安普顿港时候，风云突变。夜雨连连，一直下到早晨，又刮起了寒风。4 月末的英国，气温竟然又降回到零上 1 ~ 5 摄氏度。如果按照加拿大人“体验温度”的说法，怕是在冰水混合的 0 摄氏度间了。原本以为这一路南下，南安普顿总会比利物浦暖和多了。没想到英国湿冷的气候在这儿杀了个回马枪，把我们置于小冬寒。赶紧在里面套上毛衣，外面罩上始祖鸟冲锋衣，感觉着心里往外暖和，又充满了信心。来吧，看你这英式湿寒，还能把人折磨到什么地步。

高速公路上，旅行车飞驰，一路无话。不到两个小时的车程，伦敦到了。看着我们的队伍里，总有一半以上的人，都来过伦敦。带路的华侨，是个福建小伙子。他并不隐晦自己的经历，直言曾经当过 6 年的非法移民。说着还是那么笑呵呵的，给我们领路开车。看上去年轻人阅历不浅，经验丰富。小伙子直接在距白金汉宫不到 1 千米的背街上停了下来，然后告诉我们：“现在是 10 点 40 分，再过 5 分钟，就有卫兵在白金汉宫的执勤哨位上换岗。那换岗仪式承袭了近千年，有点看头。我刚才加速开车就是为让你们能赶这个钟点。”

怎么样？这小伙子办事精明地道不？勇于闯荡奋斗的华人，就是到了国外，也机灵勤奋，成人中龙凤。其实，我来过英国两次，也看见过皇宫卫兵换岗。这次是为老妻，也让她饱饱眼福，看英国士兵的列阵仪仗。天气还是一个劲儿的冷，这半千米路上，细雨飘飘，寒气逼人。先见雄伟的白金汉宫，然后找个位置，站在路边，探头顺着来路仔细瞧。和我们相同来路相同心愿的人们，都不觉间摆着同样的姿势，像道路旁边站满了杂色的鹅，一律伸长了直直的脖子。

阴霾中先见红色，人影幢幢，脚步齐整，“唰唰”地走过来。近了，又见红中掺和了金黄，还闪闪发光。哦，原来是军乐队，红色是乐队士兵身着的军礼服，黄色是他们手中的铜乐器。红黄中突然有响动，“呜哇呜哇”，吹吹打打。乐曲节奏感强烈，正好能合上乐队兵士们前进的脚步。

下一个方队是持枪的卫兵，也着红色制服。和乐队士兵区别在于拿枪换了乐器，还有就是他们头上戴的黑色高装毛朝外的帽筒子。这让他们整个人看上去和小孩子的玩具铅兵毫无二致，只是扩大了10倍的真人版。这让他们显得有点滑稽，我猜，都当过孩子的观众，恨不得人人都能上去摸他们两把。高帽子方队夸张地前后大力挥动手臂，整齐地迈步行进。整个方队的四角上，都有身着黄马甲的骑警压阵。他们胯下的战马，都高大健壮，扬起马头，威风凛凛。镶了蹄铁的马蹄子，踩在铺路的方石块上，发出了“夸吃夸吃”的声响。队伍行进得并不慢，只消几个镜头拍摄的工夫，就都走过去了。

过了一小会儿，前面的卫兵队伍，刚刚进了白金汉宫院落的大门。后面又有鼓号声音响起来，这次的军乐曲的声音没有前面军乐队的声音低沉粗犷。只是清晰跳跃，是口笛哨管一类的乐音，但也同样节奏感鲜明准确，协调了又一个方阵卫兵队伍的整齐步伐。这次走过来的方阵卫兵，他们的穿着和前面过去的卫兵不同。这些士兵统一着深蓝色的制服，裤子的两侧还都镶了深红的条饰。他们戴的帽子也是深蓝色，像一个平浅的圆筒子，帽子前边斜着镶了一道红布条，帽子上还有一条窄皮带，放下来兜住了士兵的下巴。这一队卫兵，和前边那队身着红衣的卫兵比着，脸色显得有点发黄，个头儿也小得多，远没有那么壮硕。一看就不是英国白人，而是亚洲人，可又不是我们中国人。正狐疑着，冷不丁看见那些卫兵腰间斜挎着的短刀。那刀长及小臂，刀身向里略微弯曲，刀柄上镶嵌的铜饰隐隐发亮。见此刀不由得心中恍然，这些亚洲裔的英国皇家卫兵，是尼泊尔的廓尔喀人。

原来这廓尔喀人是尼泊尔的一个部族，他们身体灵活，吃苦耐劳，民风剽悍，英勇善战。他们随时身挎短刀，廓尔喀短刀造型奇特，刀身里弯，形似狗腿，寒光闪闪，锋利异常。廓尔喀人在战斗中，善于近身肉搏，战斗时挥动短刀，横劈竖刺，置敌于死地。英国人殖民尼泊尔时候，曾经与廓尔喀人交战。不想只有 600 人的一队廓尔喀人，竟于山城上抵抗英军几千之众。他们手持“狗腿刀”，纵跳进退，灵活如猿，凶猛坚韧，刀刀见血，杀得英国军队胆寒。战后的英国人十分敬佩英勇无敌的廓尔喀人，遂收编这个部族于麾下，让他们为英国服务。据说，英国政府给予廓尔喀人的待遇十分优厚。他们的男孩成年后，就当兵服役于英军，成立了一支战力顽强的廓尔喀部队。记得香港回归前，在香港街头还看见过两个廓尔喀兵，身穿英军制服。大概是驻防香港英军中的廓尔喀兵，轮值休假，出来兵营逛街。没想到的是，在这白金汉宫的卫队里，竟也有纯廓尔喀兵做守卫。

我曾经于 7 年前来伦敦观光，那时候也是赶到白金汉宫这里来，看卫兵换岗。还记得当时是英国女王伊丽莎白二世在位，她每天都会来白金汉宫。现在这里的主人应该是国王查尔斯了，这位多年的王储，上位当英国国王的时候，已经是位满头白发的老人了。人生无常，世态变幻，让人心生感慨。任你君王帝位、皇冠金殿，也耐不住自然的沧桑更替。生老病死间，和老百姓也就没什么区别了。

还记得上次来这里，看卫兵换岗的人群远没有今天这么多。那时候也被栏杆隔在白金汉宫大门外，但看热闹的人群稀稀拉拉，找个位置很方便。

很容易就能举起相机，随意拍摄场景，留下清晰准确的镜头。如今可好，乌泱乌泱的，人头攒动，川流不息。好不容易举起手机，按动快门儿。下来仔细一看照片，镜头里的人后脑勺儿竟占了近半景框。不得不再次踮脚，再次尽量伸直胳膊拍那些卫兵。虽然明知道，这些列队、迈正步、高奏军乐的活动都是形式。老百姓也明白，就当看看充满仪式感的游戏罢了。

卫兵收队，各自回到了岗位，观光的人群也就渐渐散去。我们穿行于宫殿的后花园，天气依旧湿冷。可花园里草绿如茵，树木返青，却是一派新鲜茂盛。眼看着也有鲜花怒放，花瓣上沾了晶莹的水珠儿，却也不惧冷。开车的年轻人告诉我们："今年气候异常，若是搁在往年，现在的气温早就在 20 摄氏度上下了。"

还是草木纯情，约好的时令虽变了脸，草木却还在冷风中依常规开放。春天的草木，比人诚心，也比人坚强。

花园有小河流淌，有沼泽和草地、树林、花丛呼应凑趣。大雁和野鸭，身子一摇一摆地徜徉其中，全然不惧熙熙攘攘的人群。有喜欢动物的人，心存童趣，掏出来花生、面包之类递过去，野禽就伸脖子过来啄着吃，场面温馨有趣。不想，几只家鸽眼尖，飞掠过来，如飞贼般把食物叼走了。大雁和野鸭气得"嘎嘎"叫着大骂不止，还扇起翅膀，和那飞贼交战。家鸽当然打不过那几个大块头，而且利益既得，不必再费心战斗。于是，不慌不忙地衔着食物，飞远了。

一番争抢折腾，引起了橡树上面松鼠的注意。它们先是探头隔远了瞧，等到明白是有人在喂食，就不再迟疑，"嗖嗖嗖"连跳带蹦，从树上下来，一阵小风般蹿到了跟前。松鼠不怕人，但也不跟人亲近，一心只惦着讨吃食。当它得到一粒花生或是零碎食物时，就用两只小前爪捧着吃，那动作很快，抖抖索索的，有点像小猴子。同时两只圆溜溜的眼睛，还从斜上方盯着人手里的东西。松鼠的饭量好像不大，吃完了食物，就跳跳蹦蹦地在草地上溜达，一条深灰色的大尾巴，就像羽毛一样，在绿草地上飘来飘去。它们很聪明，能不费力把花生壳剥下去。松鼠是花园里的隐者，刚露了露面，接着就又快如闪电，一眨眼都爬到树上去，不见了。

卫兵天天挺着胸脯换岗，威武雄壮，气势如虹，让大家聚精会神地观看了五分钟。可我们盘桓在后花园里，倾心和那些小动物交流亲近。随意自由的方寸之间，盛满了和平与信赖，也让我们耽搁了半个多小时。再看整个后花园里，各处都散布了不少和小动物互动的人，尤其是孩子们。

接下来的活动，就是例行程序式的了。威斯敏斯特大教堂、国会大厦、大本钟、摩天轮……总之是那些依托着泰晤士河布局的建筑，都得细细致致走一遍。我们的车子停在第一法院的后街，一行人走过去游览。雨势渐强，夹杂着冷风飕飕。握着伞柄的手冻得发僵，几乎都伸不直了。可手机拍照没有停下来，“咔哧咔哧”快门闭合，大不列颠的经典，全都收了进去。

往返途中，经过一个小花园。小花园不大，却也有特点，四周围着边沿，塑了好几座人物的青铜像。人物里自然有值得他们英国纪念的王公重臣，精英将军。我心中还念叨，这都应该细看看，只是时间紧迫，脚步匆匆，容不得走心耽搁了。刚出了小花园的街角，一抬头，竟见到了那个倔老头的雕像，高高大大立在那里。我一眼就认出了这个梗着脖子，拄着手杖，嘴角上叼着雪茄，光头穿着风衣的胖胖大大的老者，正是英国的战时首相——丘吉尔。这个固定的形象，抓住了主人翁瞬间的神态，雕塑得活灵活现。这雕像一下子又让我想起了几天前，在利物浦西部通道博物馆里，看到的“二战”纪录片中那个演说的丘吉尔。相信雕塑艺术家，在创作中一定反复参考了大量所雕人物生前的影像素材，才能创作出这样线条粗犷从容，刀法细腻精到，和真人神似的雕塑作品，任世界品评而无愧。雕塑艺术家，也一定非常了解这位英国现代史上，号召民众坚决抗击法西斯德国，并战胜他们的伟大政治家。艺术家甚至知道，这个倔老头从不喜欢别人的赞美和奉承，凭智慧和良知服务于国家。艺术家动手如有神助，塑成丘吉尔雕像于伦敦街头。我记得，上次来伦敦时候，还没有这尊雕像，不由心下惊呼，干得好！真神人神作也！我在雨中脱帽，让路人帮着留下纪念的镜头。我知道，在“二战”时期，如果没有那些无数聪明才智和鲜血

生命的付出，我们难说还能享受今日的和平。

大本钟原本不动声色，只在雨中傲然矗立。当我举起手机为家人拍照时，却分明听见它被敲响了。先还是略有几分单薄的清亮小钟鸣响，接着就有重浊厚实的大钟声音挥发出来。“邦—邦—邦”的钟声在雨中延宕传播，十分丰满，声声震动天地间的一切。桥下的泰晤士河，似乎也无意间感染了钟声的振动，缓缓流淌的河水中，竟也泛起了成片的涟漪。

沿河的国会大厦，独一无二，在雨中沐浴，在钟声里标立崭新。

中午时分，我们赶到了大英博物馆。雨势稍减，寒气依然逼人。大家兴致勃勃，对这座全世界数一数二的博物馆，充满兴趣。领队带着我们团队从后门进入馆里，眼见得前门那里，一直排着长队，水泄不通。请来的年轻华人讲解员，十分熟悉自己的业务。侃侃而谈，融会贯通。还在他的讲解中，时不时加上一些小知识典故。教师出身的我，十分乐意听他讲话。心中称赞，小伙子年轻有为，前途不可限量。

进入大英博物馆，先在大厅迎面见到半人多高的罗塞塔石碑。石碑来自埃及，说是拿破仑远征埃及时候，从那里带回来的。石碑上面有密密麻麻的隐约文字，文字十分古老，难以辨认。据说当年英法两国都暗中较劲儿，看谁能抢先破译罗塞塔石碑上面的文字。结果出人意料，竟是一位名不见经传的法国青年最先破译了那些文字。令一众语言学家、历史学家们望尘莫及，惭愧不已。破译实际上非常艰难，法国青年打小时候起，竟用了二十年的光阴，才终有所成。这块罗塞塔石碑，被认为是大英博物馆珍品中的珍品，用我们中国话说，那可是一号镇馆之宝。

继续往里走，林林总总间，看得出来，埃及文化在大英博物馆里所占比重很大。从木乃伊到金字塔，万千展品，不一而足。我看得出来，英国人很看重四大文明古国中的埃及。他们似乎视埃及文化为人类现代文明的起源，最少也把埃及文化看成了人类发展中的重中之重。

我没有对埃及文化历史做过系统研究，当然对埃及文化只有尊敬赞赏的分儿。但我心里还是有些个人的看法，只是不轻易说出来。古埃及人，把死亡看得那么重，那么神乎其神。把死者制成木乃伊，也成了皇家、贵族才能享有的待遇。他们在木乃伊上寄托永生的希望和永恒高贵的特权。就这一点，几乎成了古埃及人足以称道的历史贡献，成了埃及文化中的重头戏。

说到底，木乃伊就是摆弄死人的学问。阴气浓重，尸横暗室。木乃伊被掏了内脏，再搁置于金字塔中。记得读高中世界历史的时候，看到书里印有古埃及文化中的狼头和鹰头人像，心里登时充满阴鸷的感觉，十分反胃，就赶紧“唰唰”两下，翻过去了。

博物馆里也有展示巴比伦两河文化、希腊文化的众多展品，那些文化里的神祇，大多形象俊美，健康丰满，性感十足。看上去，那就是人，是人中理想的标本，是人中龙凤。不过，他们比人更高大，更有过人的本事。当人把这些神画下来，再为他们配上音乐时，看着、听着、传说着，就有发自内心的喜爱溢满了世界。

博物馆里也设有专门的中国馆，一进去如鱼得水。眼睛里所见，耳朵里所听，甚至鼻子所闻，都那么亲切熟悉，像回到了中国，回到了家一样。中国馆里，可见历史上的字画、瓷器、青铜器、雕像、盔甲、文房四宝……古玩珍宝，数不胜数。这里的展品，在玻璃柜中有些带有中文说明，可以自己慢慢观赏。解说的小伙子，能暂时歇会儿。他拿过一瓶矿泉水，喝了一气儿。放下水瓶的时候，不经意间说道：“世界上有四大博物馆，英国的大英博物馆、美国的大都会博物馆、俄罗斯的艾尔米塔什博物馆、法国的卢浮宫。”

嗯？心中一下子就感觉不公平，脱口问道：“怎么没有中国的故宫博物院？”

我一直佩服的华人讲解员，似乎没想到这样的问题，也没有答案。他做出了无可奈何的表情，像白人那样，摊开双手，耸了耸肩。我不知道这四大博物馆是怎么评出来的，心中为故宫博物院感到不平。故宫可是保存了整整一座紫禁城！这样规模的古城宫殿，是哪国能相比的？这可不是那些摆在地上、柜子里、挂在墙上那些古董所能比拟的。上面说到的这几家

博物馆，我都去过。我还是认为，相比之下，中国的故宫博物院，实在应该被列为“几大博物馆”之一。怎么就被排除在外了呢？

这个世界上，有很多的几大奇迹、几大名人、几大富豪……那样子的俗说，都是民间茶余饭后的谈资而已，倒不必深究。可若真是世界级的博物馆评比，那必须严格探讨争论一番，全面衡量，给出科学结论，才能让人服气。

这就又提出了前面的问题，我们自己文化的对外交流，到底做得怎么样？中国文化不能只是拘在国内宣传学习，那容易为人疑作自吹自擂。应该走出去，传扬出去，要鼓励那些中华文化的使者，像行吟诗人一样，欢唱中国之歌。

我们的游览，明显就是走马看花。所经区域虽辽阔，但时间总归有限，不如此又能怎样？就说眼下这英国伦敦，没有三两个星期，怕是谁也难以全面细致地了解这座世界名城。这大英博物馆也几乎赶得上一座小城，里面展示历史、文化、政治、经济等方方面面的内容，包罗万象，无尽无休。讲解员说道：“眼下展出的展品，还不到大英博物馆自1753年建馆以来，所藏800多万件展品的1%。”

在美国学习艺术专业，并修完学位的女儿也曾经告诉我：“我备下吃喝，背了双肩包，在这大英博物馆仔仔细细地看了三天，结果所看的展品，算下来还不及这馆内展品的五分之一。”

想想，还有800万件东西，这辈子怕是都看不到，走马观花就走马观花吧。不管怎么着，也是带着崇敬之情，认真观赏，来此一游。

人类文化共通，在几千年的文明史上，靠着聪明才智创下了无比的灿烂辉煌。仅凭个人的能力和有限的生命，无论怎样努力，成就的事业仍旧有限，探究解决疑难更是屈指可数。

时间果真有点紧张，船上竟来电话提醒：“一切行动要按计划进行，把握住时间。下面还有游览项目，该从大英博物馆撤离了。”

队友半开玩笑地说：“人家让走还是走吧，再不走就成了迈阿密那帮朋

友了。”

知情的人都轻轻笑了，大家回想起了在迈阿密溜上岸那些人，他们可是成功做了美国的非法移民。玩笑归玩笑，我们还是准时离开了大英博物馆。一辈子能有幸来两次这样的博物馆，总算在人类文化中浸泡了两个半小时，但愿自己能得到聊胜于无的点化。

车子在特拉法加广场绕了一圈，最引人注目的是那个高高在上的雕塑立柱，人家告诉我们，那立柱有53米高，立柱顶端雕塑的是英国海军上将纳尔逊。拿破仑战争时期，纳尔逊上将在特拉法加海战中率领英国舰队，一举击败了法国的联合舰队，取得了决定性的胜利。英法之间的战势，由此发生了根本的改变。

广场上还有几个基座，上有几位历史名将、君主的雕像，其中能一眼看出来的，竟是美国的开国总统华盛顿。广场想必是为了纪念特拉法加海战建造起来的，英国人将永远缅怀那位在海战中牺牲了的纳尔逊上将。

广场上有数不过来的鸽子，密密麻麻，随处觅食，还毫无顾忌地排泄，把那些灰白斑驳的粪便，撒遍了广场的平地、水池、雕像、纳尔逊将军的头顶和肩膀，难怪有人也称这里为鸽子广场。

车子还路过了骑兵队的营房，这里我去过。装束有些古典的重装骑兵，其营房却在繁华大街旁边。那是一片前后相通的建筑，后门在另一条街上。还记得里面有马厩，马厩里拴着一排排的高头大马，那些大马在“咯嘣咯嘣”地嚼着草料，一股呛鼻子的牲口气味，扑面而来。那些大马驮着身着制服，头戴亮盔的骑士，马蹄下发出“夸吃夸吃”的声响，走在路上昂首挺胸，威风凛凛。

这样的马和骑兵，大抵是在表演，为人们显示出皇宫的威严和力量。平常老百姓都知道，这样的架势，是上不了战场的。想着英国的查尔斯国王，似乎就不勇猛，长相也不帅气。万一战事再逢英格兰，国王还能挺身而起，像丘吉尔那样率领国民勇敢战斗吗？

我们在伦敦的最后一游，自然是伦敦桥和伦敦塔。桥还是那座古桥，

画着优美的弧线，跨在泰晤士河上，做伦敦的大门。塔也还是那座古堡，在桥侧相伴，就像这个帝国足以验明自家身份的大印章。

倒是发现了过去没有的景观，在泰晤士河岸边，竟停靠了一艘“二战”时期的巡洋舰。军舰的命名竟是“贝尔法斯特”号，这可巧了，莫不是刚刚走访过的贝尔法斯特市，追着我们，赶到这里，变化成了这艘军舰，来跟我们做英国之行的告别？

像“贝尔法斯特”号这样一万多吨的巡洋舰，按“二战”时期的规模，应该是除了航母以外，第二大号的军舰，而比这更大的就是战列舰了。那时候各国的海军建设中，流行“巨舰大炮”主义，都认为制造的军舰吨位越大越好，舰炮的口径越粗越好。都指望着在未来的大海战中，以大搏小，一蹴而就，取得胜利。于是各国都投入大量资金，设计制造几万吨的巨舰。可是，海军装备的发展又形成了另一种趋势，那就是随着航空母舰的发展，海军飞机越来越强大起来。所有的战列舰、巡洋舰，虽然船身巨大，枪炮密布，却缺少面对空中攻击的能力。现代化的战斗机，可以远距离投放鱼雷和炸弹，有效攻击巨大的战列舰和巡洋舰的船身，将其炸沉。“二战”期间的战列舰和重巡洋舰，后来也就逐步被淘汰掉了。

我知道在“二战”后期，日本曾经费巨资，营造了两艘战列舰，一艘大和号，一艘武藏号，也都在海战中被美国海军的飞机缠绕不休，持续攻击，彻底击沉。我曾经花费精力，研究过大和号，购得模型材料，亲手制作了一艘大和号模型。记得战列舰上的四联主炮，口径竟有460毫米粗。如此近半米粗的巨炮开炮时，炮口的爆震相当强烈，足可以伤害自己的炮兵。据说，参加过这个主炮试射的日本兵回忆，开炮后自己的眼睛看什么都是红色的。战争激烈疯狂，岂止令人恐惧。

眼前的英国皇家海军退役巡洋舰，所载枪炮不下百门。但显然不及7万多吨大和号的火器多，大和号上所有枪炮加在一起，竟有上千门之多。可在更现代化的海军面前，一样吃了败仗。

“贝尔法斯特”号巡洋舰，参加过第二次世界大战，立下战功，也曾经在战斗中受过损伤。它遨游大洋，甚至在香港驻防，是英国至今保持完好的少数经典战舰之一，如今停泊在泰晤士河的伦敦桥旁，沐浴在一片夕阳金光中，让人追忆回想无限。

人们在街边等待大巴车的到来，我无意间感觉着街边那些铁柱子，是我前两次来英国时候，不曾见到过的。没错，从前的伦敦街边并没有这些粗壮黑色的铁柱子。它们有一米多高，每根柱子相隔一步，都码齐了，一个挨一个竖在街口。越是和行车大道挨近的街口，就越明显，密密麻麻。用手上去摸摸，再拍打拍打，感觉都是实打实的铸铁件。我不由得小声念叨："好家伙，这铁柱子又重又硬，可是个保个都能挡住坦克车了。"

有队友应和着说："哦，你说对了。这个我知道，有段时期，世界上个别城市发生了驾车冲街、碾压行人的恶性事件后，伦敦市政府立马实行了安保措施。用这些铁柱子立在街口，以保护行人于万一。"

再驱车 200 千米，抵南安普顿港，已是暮色黄昏。港口码头里面，那些排成阵仗的巨大桥吊、龙门吊上，都点亮了照明灯。沿着海堤的道路，纵横交错，车来人往，仍然忙忙碌碌。我知道这南安普顿是英国南部重要的海运枢纽，在这里有发往世界各地的货轮和集装箱船。如果从南安普顿出港，横渡英吉利海峡，东去欧洲，海上距离只有 300 多千米。按我们的"诗歌"号平均 20 节的航速计算，用 15 小时就可抵达。"二战"的诺曼底登陆作战期间，从西边的朴次茅斯到南安普顿这里，就排满了成千上万的船舰，准备开往欧洲法国，去打败德国法西斯。现在人们出门，除非是坐邮轮出行，大都搭乘飞机，南安普顿到巴黎飞行时间只需一个半小时。

南安普顿是英国十大港口城市之一，这是泰坦尼克号出航的城市，也是拥有世界名校南安普顿大学的城市。可惜的是，我只能随着邮轮，在此一走一过，把短暂的一天时间都耗到伦敦去了。

再见了南安普顿！有生之年如果能有机会，我会再访南安普顿。到时一定仔细地游览观光，写下一篇《南安普顿游记》。

法国勒阿弗尔：莫泊桑笔下的诺曼底海岸

四个月前，我曾经在法国的地中海港口城市土伦和马赛登岸旅行。如今乘邮轮在大西洋上绕了一大圈，又赶到了在英吉利海峡一侧的法国港口城市勒阿弗尔。这样说，也不知道自己在地理位置上的描述，是不是清晰？欧洲有两个国家——法国和西班牙——他们的国土南部濒临地中海，西北部又成了大西洋英吉利海峡的欧洲海岸。

我们搭乘的邮轮“诗歌”号，从英国的南安普顿出航，横渡英吉利海峡，到达法国的勒阿弗尔。大致的方向，是由北向南，两个港口之间的直线距离是 109 海里。邮轮夜行一宿，天亮时分已经从英国到达了欧洲大陆。

欧洲的城市都不太大，勒阿弗尔也不例外，这座大诺曼底地区的副首府（头一次看到这个词）有 18 万人。读中学的时候，语文课本里有一篇小说是法国批判现实主义作家莫泊桑写的《我的叔叔于勒》。还记得当年老师让我熟读这篇课文，然后在她的观摩教学中积极发言，也好配合她的教学工作。我遵师命，一遍又一遍读《我的叔叔于勒》，最后竟把整篇课文背了下来。没想到的是，因为不断地重复，就有两个外国词“进入”了我的脑袋，一个是“勒阿弗尔”，另一个是“哲尔赛”。前边那个词，是一个法国城市，后边的是一个岛。我时不时就念叨着“勒阿弗尔哲尔赛”“勒阿弗尔哲尔赛”……不懂世界地理，又说不清那一市一岛，心中很是烦恼。最后，是老爸帮我找到了这座英吉利海峡塞纳河口的城市——勒阿弗尔，也找到了海峡里属于英国的那座小岛——哲尔赛岛。这一市一岛，两边的距离，有一百多海里。我还复制了一张草图，标明了那一市一岛，送给老师。令人遗憾的是，在讲课时候，老师并没有使用我的那张图。勒阿弗尔和哲尔赛这两个词，在小说《我的叔叔于勒》里面，是最不重要的部分，那只是作者为了叙事方便，随意那么安排的，因为小说都是虚构的。可这两个词对于我来说，可是重要得不行。和喜欢读小说的朋友谈起法国的莫泊桑，我就不由自主地把对方往自己的口袋里逗引：“读过《我的叔叔于勒》吧？”

“当然，那还只是莫泊桑的短篇，我还读过他的《羊脂球》《项链》《一生》……”

“别忙别忙，勒阿弗尔和哲尔赛是怎么一回事？”

“嗯？！”

我已经能熟练到飞快的程度，把这两个词连着，随口甩出来，“勒阿弗尔哲尔赛”。看着朋友，甚至有时候是老师的交谈者瞪大了眼珠儿，一副蒙圈的样子，心中喜不自胜。我敢说，那时读过《我的叔叔于勒》的中国人，都不知道这个城市和那个岛，因为他们根本没在意小说里面这些小零碎。

莫泊桑是世界上最优秀的作家，是短篇小说大师。有人把俄罗斯的契诃夫、美国的欧·亨利，还有法国的莫泊桑合在一起，称为世界短篇小说三大巨匠。这样的排列是否合理且不论，但它客观地说明了莫泊桑在世界文学史上的地位。莫泊桑是法国人，他出生在诺曼底地区勒阿弗尔乡下的一个没落贵族家庭中，曾经参加过普法战争。据说，他患有强烈的偏头疼病症，大量的写作让他的病情加重，最后早逝，年仅 43 岁。我读过大部分被翻译成中文的莫泊桑作品，《项链》《俊友》《羊脂球》《我的叔叔

于勒》……我是他的崇拜者。莫泊桑是世界的，也是法国的，更是勒阿弗尔的。

现如今，勒阿弗尔就在眼前。地图和资料显示，这里是塞纳河口的冲积平原，属于法国的大诺曼底地区，这里的人都说法语中的诺曼底方言。一提到诺曼底，人们都会自然想到 1944 年的盟军诺曼底登陆。那是当时的一场生死决战，世界上的反法西斯力量，由此踏上了打败德国法西斯的胜利之路。

不过，位于诺曼底的勒阿弗尔，在当时并未如法国诺曼底海岸其他地方一样，一举被盟军收复，而是仍旧控制在德军手里。德国人在勒阿弗尔修筑了坚固的海岸联防工事，还用飞机在勒阿弗尔外海布下水雷。到了 8 月，盟军的空军和扫雷海军之间，还发生一起激烈的误伤事件，竟至造成 100 多人的伤亡。

有人组织船上的队友，包车赶赴巴黎。这里距巴黎还有 200 多千米的车程，来回需 5 小时。我们都去过巴黎，还有点懒，就决定干脆不参加那个巴黎之行。放慢节奏，等吃过了早餐，登岸来个勒阿弗尔自由行。

城市中心有一个宽阔的广场，广场以当年法国的战时领袖戴高乐将军名字命名。纪念广场上立了纪念碑，纪念第一次和第二次世界大战。像这样子，把两次世界大战连在一起纪念的纪念碑，好像在其他的国家也曾见到过。纪念碑的基石底座上，是民众群体高大形象的浮雕。浮雕人物的设计平庸呆板，所用花岗岩体积小，材质似也一般。历久经年，那些石块和石块之间的缝隙，就越来越大。裂纹和粗大的缝隙，纵横在雕像人物的身上甚至脸上，让他们原本饱满坚毅的神情被破坏，让人看着，心生遗憾。

和广场隔了一条马路，相对着的是火山国家舞台。所谓火山，并不是真有一座火山，而是一座钢筋混凝土建筑。它呈圆形，通体洁白，下阔上窄，似发电厂里冷凝塔的下半截儿。这样子造型的建筑，权作火山写意，称火山国家舞台。建筑本来有门，但锁得严实，欲入其门而不得。凭想象

琢磨，“火山”芯里，应当宽展辉煌，设施齐备，才好歌舞升平。

我们选中了广场横向上的一条大道，抬头看去，能见到一座高高的教堂顶端，顶端上的十字架，在蓝天中稳稳地举着。不知道这是哪一座教堂，也无须知道。反正去路在望，眼看着也就 1 千米远。于是就迈开双腿，去看大教堂。在大教堂门口，得遇一位骑自行车的白发老人。于是，上前打听。老人热情善良，笑着告诉我们：“我也是从英国赶过来的游客，这座教堂就是勒阿弗尔最著名的圣约瑟夫大教堂。”

得承认，这是我见过最高的教堂。如果在教堂门前，想看到它的顶端，得仰起整个上半身，让自己的后脑勺和地面几乎平行着。那个顶端的十字架，让我想起来，早晨在船上的 14 层甲板，目之所及的正是这在全城的任何地方都能看见的地标。

和所有去过的教堂一样，这里的大门也是敞开的，来人随便进出。大厅里果然十分宽敞，阳光正透过彩色玻璃折射进来，让教堂里充满了温馨平和的气氛。再仰头看里面也是高高的顶端，但里面的空间整体是空空荡荡，感觉和外面完全不一样。没有电梯能到达顶棚那里，能看见一架仅行单人的小悬梯，转来转去地挂在高高的内墙壁上。想着那楼梯也不是供人游览登顶的通道，十有八九倒是供给维修人员偶尔上下使用的。看上去，还真为用那小梯子的人担心，那险峻令人望而生畏。

有现成的资料和图片，注明了这座圣约瑟夫大教堂的来龙去脉。一张于 1946 年拍摄的照片清楚地显示。这里的原址上，一片瓦砾，曾经的教堂，早就被“二战”中的轰炸所摧毁。一直到近 30 年后的 1974 年，勒阿弗尔这里成立了大诺曼底教区，开始重新设计修建圣约瑟夫大教堂。新修建的教堂，确实被设计得十分高大，从地面至顶端的高度竟达到 108 米。

教堂里一直在播放着赞美诗的轻声歌唱，音乐声循环往复，在很高很宽的空间里柔软地飘荡升降。听上去，让人感觉就像在幽静的山谷里，悠然传来了空灵的歌声。

在船上的时候，就听说勒阿弗尔有一家民间的私人美术展览馆。出了

大教堂以后，我们就一路打听，一心想去欣赏真实的法国绘画创作。有牵着牧羊犬的妇人，热心相告。看出我们是外国游客，又担心我们找不到那家美术馆，心地善良的她略作思索，然后一笑，索性转过身来，陪着我们走了一段路。直到能看见那座美术馆建筑了，才向我们挥手告别。

一路前行，沿海的大道平整宽阔，海岸上空气新鲜，阳光充足。自从离开了美国的迈阿密，还真就没享受过这样怡人的好时光。干脆就选了一张岸边的白色长椅，放松身心地坐下来歇歇气儿。伸直了手脚，抻抻腰，大口地呼吸，吞吐那些看不见的氧离子。半眯着眼睛眺望深蓝色的海洋，和海面上来去跳荡的白帆。阳光披在肩头，就像沐浴在温水之下，浑身舒服极了。懒着，慢慢地掏出来备下的点心和矿泉水，一小口一小口地半吃半玩。喘口气儿，歇歇腿儿，等攒下更多的精神头儿，再去参拜法国的绘画艺术。

展览馆也是面朝大海，是一座现代风格的玻璃幕楼宇。大门前有一块房子大小的石头，被凿成棱锥形，上面刻写着展览馆的名字。门票每人5欧元，背包和外套都需脱下来，放在储物柜子里。

来馆里看绘画作品的人真不少，上至白发老者，下至蹒跚幼童，分布在一个又一个展厅里。大家默默观赏勒阿弗尔本地艺术家在各个不同历史时期创作的绘画作品，安静肃然。这里的画作大都创作于17至18世纪，基本是油画。题材都是取自当年这里的民间生活，画风自然、生动。也有一部分宗教题材的画作，表现了圣经里描述的场景，基督的降生、受难、复活……

我喜欢那些画作里表现的海洋、船只、田园、原野、农家、炊烟……那些自然风光和生活场景。也愿意仔细端详那些放牧的牛群、奔跑的马匹、跳跃的大狗、玩耍的孩子、聚餐的家人……那些如身临其境般浓郁的人间烟火气。油画深沉厚重，格局万千，淋漓凝聚，栩栩如生。油画是绘画种类里的王后，绝非几刀版刻，几抹碳墨，几点水墨丹青所能比拟。反复欣赏画面，揣摩画家心境，令人身心愉悦。过了一会儿的工夫，似也觉察些疑惑，那些画作的基本色调，都显得灰暗，甚至也有几乎近黑者，总体缺少亮色，几无光明，这是什么原因？是那个时代的油画风格吗？待有时间翻翻世界艺术史，找找画家朋友，或许能找到有关17—18世纪法国画家中勒阿弗尔流派的讲解评论，以释我心中的疑惑。

在画展的结尾部分，也有当代画家的十几幅画作参展，大都是些看上去感觉朦胧的印象派作品。我不习惯看画还得用猜，因此不懂，实在不知道说什么好。在一楼还看见几个年轻人，仍在忙着做布展一类的事情。那些当代的画作，应该也是青年一代的作品吧。

站着比走着还累，两个小时的参观浏览，让我们腰酸腿疼。从展览馆里面出来，再到海边去散步。还发现了几块大石头，被金色涂得灿烂，就那么在海滩水中半浸半露地泡着，还闪闪发光。这就更不知道，是不是属于即兴的城市艺术创作了。

抬眼望去，“诗歌”号就停在遥望可及的码头上。看看太阳还高高地挂在船桥上空，想来还有些时间，不能浪费。于是，就再打起精神，继续逛。

才转过几个街口，一座高耸着钟楼和十字架的教堂迎面而来。不是我专门喜欢看教堂，法国大诺曼底地区，实在是以古典的城堡和教堂为主要景观的地区。

这是一座古老的教堂，而且，那残缺的部分钟楼和布满弹洞的外墙，显示着她曾历经过的摧残。

这是勒阿弗尔大教堂，也称圣母大教堂。钟楼上有着典型的哥特式八角形状，教堂有30米的高度。据说，在最早时候，这里还曾经做过勒阿弗尔的灯塔。眼下的勒阿弗尔大教堂，有800多年的历史。也曾在漫长的历史中被摧毁过几次，最早应该是法国军队干的，最近要数“二战”时期的轰炸。直到1974年，教堂才获得重新修葺。看着新修的部分里有十二圣徒的塑像，每个塑像都有安定的底座，神态生动。可相对于他们后背依靠的老墙，圣徒们还是显新，就像刚洗过澡的年轻人。

我在教堂里外轻移脚步，抚摸着那历经磨难的粗糙墙壁，仔细观察，

浮想联翩。宗教有时候能体现一种不变的规律，历史的轮子不论转了多少个回合，最后却又转到那个最开始的原点上去了。我们既然知道如此，还折腾个什么？

风和日丽，只是航程将尽。这是多天来难得的日子，也是我漫步大西洋生活的尾声。明天，“诗歌”号将抵达荷兰的艾默伊登港，那里到阿姆斯特丹的路程只有20千米。我们会在阿姆斯特丹停留一天一夜，然后，搭乘荷兰航空公司的航班，直飞香港，再转机到海南，回归我们平静普通的日子。

邮轮在英吉利海峡里，自西南向东北航行。夜色朦胧，海风吹拂。这里和深远空旷的大西洋相比，多了无限的人间烟火气。目光所及，黑暗中有无数的灯火光亮，远远地点缀着，闪烁着，游动着。虽然还看不见那些闪亮下的人和物，但能猜出来哪些是岸边的楼宇，哪些才是海面上的船只。有一红一绿成对的彩灯微微颤动，那当然就是水中的浮标，它们和陆地交通里的红绿灯一样，一左一右，指示船只进出海港的水路。

向你告别，法兰西！再见了，勒阿弗尔！

荷兰北海门户：艾默伊登—阿姆斯特丹与伦勃朗的画卷

旅程最后一天的上午，“诗歌”号停靠在荷兰的艾默伊登港。这又是一个晴天朗日，碧空如洗，万里无云。我们做好了一切准备，下船登岸，从这里去阿姆斯特丹，需20分钟的车程。气温不高不低，在20摄氏度左右，一切都安定稳妥，甚好。

在码头，等待事先约好的出租车，左等不来，右等还是没影儿。和司机用电话联络，对方支支吾吾，说不清楚。足足又等了一个多小时，眼见那辆灰白的车子才姗姗来迟。司机浓眉大眼，派头十足，一张脸像欧洲白人，只是肤色显黄。养眼的司机，说起话来却吞吞吐吐，整个一半语子。既说不清汉语，又不说英文。我们两边连猜带比画，好一阵子才弄明白，来人是一位从新疆来的哈萨克族华侨。天下之大，这回又一次让我惊讶不已。哈萨克族老乡说，他弄错了，到另一个码头去接了，天知道这小小的艾默伊登港里，还有另一个码头？忍住了怒气，也没再说话，只是比画着，

递给他酒店的地址，一溜烟奔过去。

我们预定的是一个连锁酒店，为了第二天搭乘飞机方便，我们还选在距离机场只有 2 千米的一处分店。等车子到了酒店，我为了更准确托底，让司机在门口等一下，自己先进去前台对接信息。还真让我说着了，这里的前台告诉我，我们定下的分店不是这里，而是三千米以外的另一家。我赶紧转身，赶到门外面。没想到的是，那位哈萨克族老乡，竟然在我进去办事的时候，把我的行李卸下来放在地上，然后开车扬长而去了。我们万般无奈之下，只好再请求这里的柜台服务生帮忙，又花 20 欧元，另搭车子去我们预定的那家分店。

哈萨克族老乡先是找不到码头，再是找错酒店，最后还弃客而走。这样的网约车公司，真不知道是如何在这欧洲大城市里混生活的。幸亏我们是没什么急事的老家伙，这要是赶上个重要的事情，非让这家公司耽误了不可。和这家公司打电话，实事求是表达不满。对方还一个劲儿地解释辩护，言外之意是不能对我们进行赔偿。我们也没有那么多时间精力和他们争执，只好忍气吞声，稀里糊涂就那么算了。想想，真是气人。

终于到了自己预订的酒店里落了脚，才感觉这一折腾，还真是令人疲惫不堪。自己劝自己，把不愉快翻过去，重整心态。简单洗漱一番，再打车进了阿姆斯特丹。

这阿姆斯特丹，我来过好几次。但大多是作为旅程的交通枢纽路过，北京到阿姆斯特丹有一条多年的老航线，经济实惠。从这里再转机去欧洲其他地方，或是去北美洲，甚至去非洲都方便。真在阿姆斯特丹这里落地游玩，只有一次，也是十年八年前的事了。印象里有荷兰农业温室，里面种植了新鲜环保的绿色蔬菜；有古香古色的大风车村落，坐落在低地农田一侧；还有传统的木鞋铺，可以根据人的脚型，加工出具有历史风格的木鞋。

这次归程里，留了一天的时间，决心到阿姆斯特丹市里一游。当然也是走马观花，但又想着走得自由自在，走得随意深刻，越贴近民情，越真实越好。

和从码头到酒店的车费差不多，我们花了 45 欧元，搭车从接近机场的酒店来到了火车站。下车的第一印象，竟不是通常想象的火车站里那样，人群簇拥、喧嚷忙碌的景象。下车 10 步开外，竟然是一条宽阔规整、浪花翻涌的大河。这就是阿姆斯特丹运河，是 500 年前人工开凿的水道。见过很多运河，包括苏伊士、巴拿马，还有我们的大运河，可那些运河都不及眼下这阿姆斯特丹运河雄伟大气。走上天桥高处，能发现这运河还连通着大大小小，数不清的河流。原来阿姆斯特丹这里的运河，竟早已成为系统，纵横交错，融会贯通。荷兰是世界上最先发展航海经贸活动的国家，在 17 世纪就被称为“海上马车夫”。原来他们不仅精通造船和航海技术，而且早就大修运河，从根本上改造了自己的航海环境。航船整装待发时，阿姆斯特丹已经四通八达，水道密布。怪不得有人称赞这里是“北方的威尼斯”，原来早就是舟楫水泽之乡了。

我们在河边徜徉，观看大小船只在河面上来来往往，民众在水上岸边自由活动。就那么随心随意地待了一会儿，再转身进入了火车站。这里的建筑，就像扣在地面上的巨大贝壳，进去才看出来，里面的空间宽广立体，无处不相通相连。火车站里当然有火车，但你看不见，只见旅客的人流不断地汇聚，再分流到下一层去了。有各种通往不同方向的列车车次的指示牌，人们就都按着上面的指示流动。从这个火车站，能搭火车去伦敦、去巴黎、去柏林……甚至去伊斯坦布尔，能去几乎欧洲任何城市。火车站里还有地铁，通达城市的任一地点。可以从这里搭地铁去机场，再飞往世界各地。站前的阿姆斯特丹运河里，也有车站，能水陆联运，启航长短程的邮轮。这简直就是一座巨大无比的水、陆、空立体交通城，旅客可以在这里满足自己任何出行的心愿。

除了交通，火车站的建筑里，还充分提供吃、用方便，排布着数不过来的商家。略感饥渴时，我们竟在一家挨着一家的饭店里，发现了一家米粉店，于是坐下来吃了一顿简便的午餐。打听攀谈间，才知道店家原来是

越南人，夫妻在20世纪70年代流落到法国，再来到荷兰。一直以开米粉店为生，如今儿女都大了，老两口闲不住，依然操持旧业。越南人开店卖米粉的不少，在美国、加拿大都曾遇到过，也大都进去吃一顿过瘾。越南米粉，劲道Q弹，相佐的蔬菜新鲜，配肉也足。只是汤头有些咸涩，留下小遗憾。

吃罢离开火车站，横跨铁轨通道，往城里去。路上有什么城建工程正在施工，还遮挡了围板。围板所占范围相当大，把城市格局生生扰得走了形。围板内的工地里，还间或发出噪声，腾起小股的烟尘。

穿过施工地段，就登上了一座桥，桥下还是运河，只是河面不宽，显然是大运河的支流。河道整齐，波光粼粼，不断有船只在河上行驶。其中就有游客模样的人群，乘坐在一种扁平的游船上，沿河游览。他们都是一副笑意盈盈、精神头十足的样子。

在一段铁路桥下行走，有各种车辆在头顶的桥面上通过。车辆一过，就有“轰轰隆隆”声音传到桥下来，像炸响了一串一串的滚地雷，震耳欲聋。

在那座古香古色的临街教堂前，又有一座小桥，桥下是更小更窄的运河河道。这次，我们选择顺着小河前行，向更深的小街巷、古老的居民区里走去。那些古老斑驳的民居，沿着摆置了花草的河道排列，石头砌成的基座都平整地立在运河的水里，上面浮着墨绿色毛茸茸的青苔。只有十米八米宽的河水，无声地流淌。看见有人驾了小舢板船，顺着水流缓缓驶来。船上的年轻人，还朝着岸上小街的人挥手致意。这情景一下子勾起了我几年前在英国游览的回忆，那次是在大文豪莎士比亚的故乡——沃里克郡。除了参观莎士比亚的故居，了解他的少年时代。我还注意到了，在那个斯特拉福镇里，有好几条河流。那河流不宽，河堤平整，流向笔直，和我们今天看到的阿姆斯特丹这里的运河支流很像。当时我还特意询问了导游，这都是怎样的小河流？导游告诉我：“这些都是人工开挖的运河，很多年以前，英国这里发现了泥炭。但从沼泽里把这些燃料运出去，非常困难，于是人们就开挖了这些纵横交错的运河，用船把泥炭运出去。”

无独有偶，看来，英国也曾像荷兰这样开挖运河。只不过二者目的有所不同，英国是为了运输泥炭，荷兰是为了扩展航运，在没有飞机，没有高速公路，甚至连普通道路都简陋不堪的500年前，开挖运河，的确能有效解决交通运输方面的问题。

我们在千百年前的小街巷里穿行，在小商店里买些零碎，随意闲逛。猛一回头，见一连四五个落地的大玻璃窗，其中有一个不知怎么，里面原本遮挡严实的窗帘就落了下去。一尘不染的大窗户里，看见有三四个浓妆艳抹的女人，就在窗户里面撅腰凹腚地忙活着什么。重要的是，几个女人可都是大半裸的状态。她们身上只穿了三角短裤和胸罩，那短裤极短，后边的一段都勒到沟子里去了。胸罩也是我见过最窄小的那种，只是大致地挡住了乳头的部分。她们的头饰，倒是十分令人惊艳。发型别致，上面缀了很贵气的金银珠宝，闪闪发亮，颤颤嘟嘟。女人都化了浓妆，但时下并不美，因为她们都皱起了眉头，向窗外表示了怒气冲冲的样子。大概是为这意外的暴露，很有些尴尬。我们也很感意外，这走着走着怎么就碰到了这样的场面？可这又不怪我们，又不是我们给你拉掉的窗帘。转身的工夫，窗户里面的女人又把大窗帘拉上，遮挡得严严实实。旁边有人笑着摇头，也有人小声调侃，但听不懂说了些什么。我们掉头疾走，怕无意间惹下什么麻烦，再被治个“老头儿老太太不礼貌，冒犯性工作者”一类的罪过。我知道，刚才窗子里那些女人，是性工作者。在荷兰性交易合法。可性交易的时间，应该不是在眼下的时段，应该是在晚上夜间。那些女人，大概在做着些预备的工作，不想春光乍泄，就恼怒了。

我们又买了一面荷兰小国旗，就顺着小街转到了那条城市主道——达姆阿克大道上去。这条大道，从火车站一直通向近郊的大水坝。大道上车流滚滚，人群簇拥，显得纷乱陈旧。我想，我们至少绕了一个5千米的圈儿，又来到了火车站。

在阿姆斯特丹，不能不提到伦勃朗这位伟大的画家。阿姆斯特丹是一

座艺术之都，这里曾经诞生过无数音乐、绘画、诗歌的艺术家。据说在最辉煌的时代，阿姆斯特丹的每1000个市民中，就有一个艺术家。可千年历史中，伦勃朗还是在阿姆斯特丹的艺术圣殿中，占据着首屈一指的地位。他的《夜巡》《哲学家阅读》把人物的内心世界展示给我们，让我们事隔几百年，还能和那些人物心意相通。他的《石桥》《加利利海风暴》又把静动间的风景赋予了生命般的鲜活，让人心动不已。我因为身临阿姆斯特丹而怀念伦勃朗，我也因为历史上伟大的伦勃朗，而更深地认识了阿姆斯特丹。

阿姆斯特丹的一日，短暂而又匆忙。夜幕降临，我站在酒店的阳台上，向城市方向瞭望。那不远的夜空中，灯火璀璨。虽然看不见具体的场景，但我相信，这里的夜晚比白天还活跃热闹。

我的旅行结束了，我的“漫步大西洋”停下了脚步，可生活依然前行，日子没有脚，却还是不停地往前走。我将怀念这段非凡的经历和这段经历中的所思所想，品评其中熟悉而又奇妙的滋味。在我几近苍老的生命链条中，又增添了一百多个彩色的日夜，这虽非财宝，但比金子贵重得多。

2024年8月22日初稿

2024年9月1日修一稿

2024年11月30日再次修订于海南海口

责任编辑：王佳慧　黄嘉玲
责任印制：冯冬青
封面设计：中文天地

图书在版编目（CIP）数据

漫步大西洋 / 海平著 . -- 北京 : 中国旅游出版社 , 2025. 8. -- ISBN 978-7-5032-7608-8

Ⅰ. I247.5

中国国家版本馆 CIP 数据核字第 2025HG8041 号

书　　名：漫步大西洋

作　　者：海 平　著
出版发行：中国旅游出版社
（北京静安东里 6 号　邮编：100028）
https://www.cttp.net.cn　E-mail: cttp@mct.gov.cn
营销中心电话：010-57377103，010-57377106
排　　版：北京中文天地文化艺术有限公司
印　　刷：三河市灵山芝兰印刷有限公司
版　　次：2025 年 8 月第 1 版　2025 年 8 月第 1 次印刷
开　　本：710 毫米 ×1000 毫米　1/16
印　　张：21.25
字　　数：293 千
定　　价：69.00 元
I S B N　978-7-5032-7608-8
